KB237288

6 · 25의 소설과 소설의 6 · 25

푸른사상
비평선

10

A Novel of Korean War and

The Korean War of Novel

6 · 25의 소설과 소설의 6 · 25

김윤식 비평선

개인의 자유와 해방을 위해

내 전공은 한국 근대문학이오. '한국'은 어느 정도 안다고 믿었지만, 또 문학도 그러했지만, 제일 알기 어려운 것은 '근대'였소. 대체 근대란 무엇인가. 나는 모든 것을 제쳐두고 이를 따로 공부하지 않으면 안 되었소. 가까스로 알아낸 것은 '국민국가(nation-state)'와 '자본제 생산양식(mode of capitalist production)'으로 되어 있음이었소. 많은 노력으로 이 공부에 나아가 시간을 보내지 않으면 안 되었소. 정치 공부에 4년, 경제 공부에 또 4년이 그것. 국민국가, 자본제 생산양식은 이른바 보편성이었소. 이 둘을 바퀴로 하여 매진함이 근대의 속성이었소. 그러나 한국의 근대는 어떠했을까. 일제 식민지로 편입되었기에 반제 투쟁, 반봉건 투쟁이 급선무였소. 이를 특수성이라 부를 것이오. 참으로 딱한 것은 보편성과 특수성이 거의 절대모순이라는 사실이었소. 이 모순의 추구가 한국 근대문학이었소. 내가 쓴 모든 것은 이 추구의 궤적이외다. 이를 두고 나는 문학사라 부르는 것이 적당하다고 믿었소.

그러는 동안 나는 또 많은 사람들의 도움을 받았소. 그중 인상적인 것이 앤더슨의 『상상의 공동체』(1983)이오. 근대란 긴 인류사의 한순간, 기껏해야 200년간에 일어난 일이라는 것. 그러니까 실로 보잘것없는 기간의 사항이라는 것. 이중어 글쓰기(bilingual writing)가 빌미로 스며들었다는 것.

여기 실린 평론에서 내가 공들인 것은 「이중어 글쓰기의 어떤 초극현상」이오. 「이중어 글쓰기의 기원에 대하여」도 이 연장선상의 고민 사항들이오. 외국문학 전공의 학생들이 외국문학을 통해 민족의 '해방과 자유'를 지향했다는 경성제대 영문과 사토 기요시(佐藤淸) 교수의 회고는 감동적이외다. 그렇다면 문학 전공의 나 같은 자의 지향성은 무엇일까. '개인의 해방과 자유'가 아니고 새삼 무엇이리오.

누군가 묻겠지요. 그대는 개인의 해방과 그대의 자유를 찾았는가. 이에 대해 나는 이 평론집에서 조금은 대답을 내놓았다고 믿고 싶소이다. 학병세대인 선우휘의 「불꽃」, 탈출병들(장준하, 김준엽, 박순동)이 가담한 OSS, 종군위안부와 순백의 이미지(박순동, 야스오카 쇼타로) 등등은 근대와 무관한 것이 아닐지라도 이미 그런 것은 안중에도 없었소. 6·25 때문이었소. 소위 역사가 통째로 몸을 드러내고 있었으니까. 그 역사의 실체가 제일 구체적으로 드러난 것이 6·25이오.

이 평론집 제목을 "6·25의 소설과 소설의 6·25"라 한 것은 이에서 말미암았소. 이 역사 앞에 문학은 어떠했을까. 『태백산맥』(조정래), 『남과 북』(홍성원), 『지리산』(이병주), 『순교자』(이은국), 「장마」(윤흥길), 『흰옷』(이청준), 『노을』(김원일) 등등. 많건 적건 6·25와 무관한 문학은 거의 찾기 어려웠소. 이 숨막히는 막다른 골목에 숨통을 튼 것이 계간 『창작과 비평』(1965)이었고 장편 『분례기』(방영웅)와 『장한

몽』(이문구)의, 산맥처럼 거대한 모습이었소. 늦게 나온 또 다른 계간지 『문학과 지성』(1970)의, 4·19세대 중심의 소설에 맞섰던 것이오.

이 평론집은 잘 되었든 모자랐든 이 사실들을 암시하려 노력한 흔적이외다. 문학의 교육적 과제에 대한 글들을 몇 편 넣었는데, 나는 결코 나만이 옳다고 여기지 않소. 중요한 것은 이런 생각이 2010년에서 지금까지의 것이라는 점이외다. 시간이 지나면 조만간 이런 생각도 변할 것이외다. '나'란 실체가 없고 한갓 '현상'인 것을.

귀동냥으로 듣건대 세존께서는 제행무상이라 하셨다 하오. '개인의 해방과 자유'를 찾기 위해 나름대로나마 내가 문학을 해왔다면 이는 또 무엇일까.

2013년 9월

김윤식

제2부

『태백산맥』과 학병세대 출신의 세 인물 • 91

학병세대의 원심력과 구심력 • 141

제3부

제1부

이중어 글쓰기의 어떤 초극 현상

1. '공적 내셔널리즘'의 이중어 문제

식민지 통치하에 놓인 한국인의 전망이 조국의 회복과 독립으로 향해 있었다고 일반적으로 말할 수 있는데, 이는 국민국가에 기반을 둔 18, 19세기에 등장한 세계사적 흐름에 뿌리를 둔 것이어서 유독 일본과 한국 사이에서만 마주친 경우는 아니라 할 것이다. 이 국민국가가 빚어낸 생각을 골똘히 연구한 고명한 앤더슨의 『상상의 공동체』(1983)에 따르면 내셔널리즘에는 세 가지 형태의 단계별 유형이 있는 바, 첫번째가 미국 중심의 크레올(creole) 내셔널리즘, 둘째가 유럽 중심의 언어(자국어(vernacular)) 내셔널리즘, 세 번째가 공적(official) 내셔널리즘(일문판에서는 '公定 내셔널리즘'이라 함) 등이다(제4판에는 2차대전 이후의 새로운 내셔널리즘이 추가되어 있음).

이 중 식민지 시대의 한일 간의 문제는 공적 내셔널리즘 범주에 해당된다. 19세기에서 20세기에 걸쳐 식민지 통치를 위해 본국이 사용한 언어가 이에 해당된다. 본국의 현상이 이미 언어 내셔널리즘에로 치닫자 지배층(왕족, 귀족층)의 언어와 구별되기 시작했고 이를 돌파하기 위해 식민지에다 공적 언어 사용을 강요했다. 제국 일본도 한국 통치에 이 방법을 사용했다고 범박하게 말할 수 있다. 곧 식민지에 본국처럼 중앙집권적 학교 제도를 도입했고, 그 제1언어를 본국의 공적 언어인 이른바 '국어'로 했으며, 이를 통해 원주민은 지식 및 출세를 보장받을 수 있었다. 여기에서 문제된 것이 원주민 측의 이른바 이중어 사용이다. 이에 민첩했던 원주민 지식인이야말로 통치의 결정적 몫을 할 수 있었는데 그것은 그들 자체의 의식 구조의 이중성에서 왔다.

지식 계급이 권위적 몫을 하고자 한 것은 그들의 이중어 읽기·쓰기의 능력, 차라리 그들의 읽기·쓰기의 능력이라는 이중어 능력(bilingual literacy or rather literacy and bilingualism)에서 왔음이 일반적으로 인정된다.
— B. Anderson, *Imagined Communities*, Verso, p.116

이를 위해서는 인도네시아를 통치한 네덜란드와 달리 일본과 한국의 경우는 한 가지 뚜렷한 지정학적 문제점이 있었는데, 역사적으로 한자문화권에 속했다는 점, 같은 동양인이라는 점, 그리고 이 점이 중요한데, 현해탄만 건너면 그 지척에 일본이 있었다는 사실이다(實藤惠秀·實藤遠, 『中國新文學發達史』, 三人書房, 1955, p.43에 따르면 同州同種同文, 곧 같은 지역, 같은 동양인, 같은 한자문화권. 청국도 그러했지만.). 한국인 유학생들이 대량으로 일본 유학에 나아갈 수 있는 조건이 이 지정학적 사실 속에 놓여 있었는데, 여기에서 생겨난 변주 혹은 이중어 글쓰기의 극복이랄까 초월이라는, 헤이안조 천년의 고도 교토에서 일어난, 좁지만 기묘한 영역 하나를 검토함이 이 글이 겨냥한 곳이다.

2. '네 칼로 너를 치리라'의 사상

떼 지어 몰려간 한국 유학생들의 일차적이자 소박한 사명감은, 『무정』(1917)의 작가 이광수 이래 거의 한결 같았는데, '네 칼로 너를 치리라!'로 정리된다.

> 예술, 학문, 움직일 수 없는 진리……
> 그의 꿈꾸는 사상이 높다랗게 굽이치는 東京
> 모든 것을 배워 모든 것을 익혀
> 다시 이 바다 물결 위에 올랐을 때,
> 나의 슬픈 고향의 한 밤
> 홰보다도 밝게 타는 별이 되리라
> 청년의 가슴은 바다보다 더 설레었다
>
> — 임화, 『현해탄』, 동광당, pp.141~142

1942년 현재 일본 전체 한국 유학생 29,427명 중 반 수 이상인 17,000명이 도쿄에, 두 번째는 오사카, 세 번째가 교토였는데, 여기엔 181명(관립 69, 사립 112)이 있었으며, 윤동주, 송몽규가 있었던 1942년 무렵이 최고조였고 그 후엔 점차 감소되었다(「京都在住朝鮮人」, 『星うたう詩人』, 三五書房, 1979, p.132). 교토엔 미국계 기독교가 설립한 도시샤(同志社)대학을 비롯, 최고 관립인 제3고 및 교토제국대학이 버티고 있었는데, 만주 간도에서 온 조선인 윤동주는 도쿄 릿쿄대(立敎大)에서 도시샤로 옮겨왔다(송우혜, 『윤동주 평전』, 푸른역사,

2004, pp.374~375). 성공회 소속인 릿쿄대보다는 윤동주 가문의 기독교와 유사한 개신교 도시샤 쪽이 좀 더 친절해 보였는지도 모를 일이라 추측되지만, 그 이상을 따질 자료상의 근거란 없다. 윤동주(1917~1945)와 간도에서 함께 온 송몽규는 교토제대 선과생(選科生)이었지만 윤동주는 도시샤대학 영문과 재학 중 불온사상의 혐의로 체포되어 옥사했다(1945.2.16). 이를 둘러싼 연구는 오무라 마스오(大村益夫) 교수를 비롯, 내외 학자들의 무성한 논문이 있음은 모두가 아는 일이다(오무라 마스오, 『윤동주와 한국 문학』, 소명출판, 2001). 도시샤대학은 교정에다 윤동주의 시비까지 세울 정도로 윤동주와 그의 시는 한일 간의 커다란 거울 몫을 하면서 오늘에 이르고 있다.

대체 교토의 학풍은 어떠했을까. 도시샤대학 예과에 취직한 교토대 철학과(미학 전공) 출신의 마시타 신이치(眞下信一)는 잡지 『세계문화』(1935~1937)의 편집인으로 치안유지법이 적용되어 투옥된 바 있는데(도시샤대학 인문과학연구소 편, 『전시하 저항의 연구(1)』, みすず書房, 1968, pp.278~280), 그가 옥중에서 겪은 사례 하나는 어쩌면 윤동주나 송몽규의 상황과 흡사했을 수도 있다.

> 1937년 가을 검거되었을 때 (…중략…) 그동안 제일 깊게 내 가슴에 인상이 새겨진 한 사람은 스가모(巢鴨) 경찰서에 독방으로 있던 중국인 유학생 丁士選이었다. (…중략…) 일어가 서툴러 나와는 영어로 얘기했다.
>
> — 眞下信一, 『思想の現代的條件』, 岩波新書, 1972, p.11

고문을 당해 걸을 수 없을 정도였고 벽을 향해 오열했다. 그가 본국으로 소환될 때 남긴 글씨는 '四海同胞' 네 글자였다 한다.

'네 칼로 너를 치리라!'라는 명제를 '조국의 사상'이라 한다면 그 속에는 이를 넘어서는 사해동포의 사상도 은밀히 내포되어 있지 않았을까(졸저, 『청춘의 감각, 조국의 사상』, 솔출판사, 1999). 송몽규와 윤동주에 있어서는 그렇지 않다고 단언할 근거를 앨써 찾는 것은 자칫하면 천박한 표층적 민족주의에 전락되기 쉽다.

3. 「카페 프란스」의 위치 측정

윤동주보다 도시샤 10여 년 선배인, 충청도 옥천에서 낳고 휘문고보 장학생이었던 가톨릭 가문 출신의 시인 정지용(1903~1950)의 경우는 또 다른 사해동포의 비유를 가능케 한다. 물론 그 역시 '네 칼로 너를 치리라!'의 큰 범주에서 자유로울 수 없었다고 범박하게 말해도 될 터이지만 그는 여기에 멈추지 않고 끊임없이 변모를 거쳤는데, 이는 자기의 시적 자질과, 교토라는 모던하면서도 변함없는 헤이안 천년 고도(古都)와 도시샤대 영문과 야나기 무네요시(柳宗悅)의 W. 블레이크 연구 등에서 온 것이지만, 그 한가운데 놓인 것이 바로 이중어 글쓰기였다고 볼 수 있다(정지용의 졸업 논문은 "Imagination of William Blake").

한국 측 연구진에 있어서는 민감할 사안인 정지용의 일어시 창작(이중어 글쓰기)의 시초는 「카페 프란스」(『學潮』, 1926.6. 유학생 잡지. 제2호까지 발행)에다 두고 있었다. 논자들은 이 시를 조국 없는 식민지 청년의 감각을 읊은 것으로 간주했다(김학동, 『정지용 연구』, 민음사, 1987, p.28).

카페ㅤ쯔란스

옴겨다 심은 棕櫚나무 밑에
빗두루 슨 장명등,
카페ㅤ쯔란스에 가쟈.

이놈은 루바쉬카
또 한놈은 보헤미안 넥타이
뺏적 마른 놈이 압장을 섰다.

밤비는 뱀눈처럼 가는데
페이브멘트에 흐늙이는 불빛
카페ㅤ쯔란스에 가쟈.

이 놈의 머리는 빗두른 능금
또 한놈의 心臟은 벌레 먹은 薔薇
제비처럼 젖은 놈이 뛰여 간다.

"오오 패롤(鸚鵡) 서방! 꾿 이브닝!"

"꾿 이브닝!"(이 친구 어떠하시오?)

鬱金香 아가씨는 이밤에도
更紗 커틴 밑에서 조시는구료!

나는 子爵의 아들도 아모것도 아니란다.
남달리 손이 히여서 슬프구나!

나는 나라도 집도 없단다
大理石 테이블에 닷는 내뺨이 슬프구나!

오오, 異國種 강아지야

내발을 빨어다오.

내발을 빨어다오.

(표기 관계상 『정지용 시집』, 1935에 수록된 것을 사용함)

아무리 서구식의 모던한 포멀리즘적 수법을 사용해도 겉으로 드러날 만큼, 조국 없는 유학생의 센티멘털리즘이 노출되어 있다. "나는 자작의 아들도 아무것도 아니란다.", "나는 나라도 집도 없단다.", "이국종 강아지야 내 발을 빨아다오."란, 자연스러운 느낌이기보다도 의식화된 감각이 아닐 수 없다. 이를 두고 "이방인, 그리고 망국민으로서 그의 슬픔을 색칠한 소도구는 그래도 대리석 테이블이며 이국종(서양개?)의 세계이다. 이 하이칼라함이 이 시의 가벼움을 어떻게든 견디며 익살을 띤 슬픈 느낌을 우리에게 전하고 있다."(上垣外憲一, 「大正のポストモダンイン京都①—かっふぇふらんす」, 『朝日新聞』, 1988.1.15)라고 했는데, 적절한 평가라 할 만하다.

4. 첫 번째 이중어 글쓰기—「신라의 석류」

이러한 평가들을 의식의 근저에서 흔들어놓은 일이 그 후에 벌어졌는 바, 호테이 도시히로(布袋敏博) 교수의 자료 발굴이 그것이다(「정지용과 동인지 『街』에 대하여」, 『관악어문연구』 제21집, 1996.12). 『街』란 도시샤 대학생들의 동인지의 하나로 1925년에 정지용도 그 동인이었다는 것, 여기엔 「新羅の石榴」(1925.3), 「まひる」(1925.7), 「草の上」(1925.7) 등이 실려 있음이 밝혀졌는데, 그렇다면 첫 일어시로 알려진 「카페 프란스」보다 1년이나 앞선 것으로 된다.

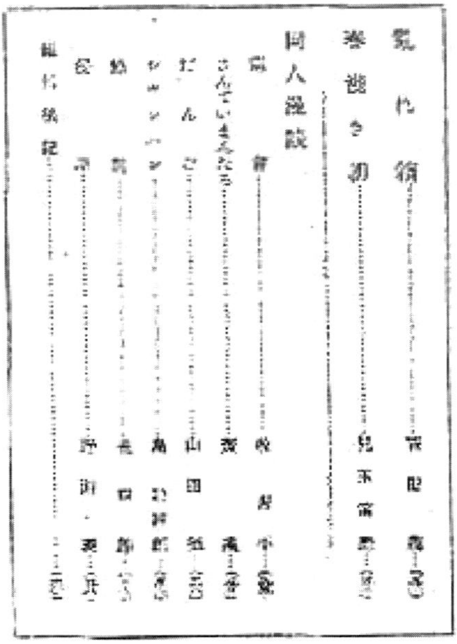

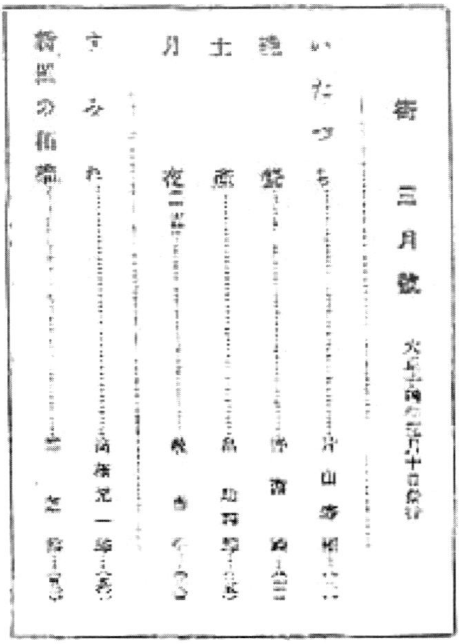

도시샤대학에 정지용이 입학한 것이 1922년이며 예과와 본과 6년을 여기서 보냈는데, 이때 그는 예과 시절이었을 터이다. 중요한 것은 최초로 일어로 발표한 시, 「新羅の石榴」가 「카페 프란스」보다 한층 세련된 것이며 훗날 한글로 발표된 「석류」(『조선지광』, 1927.3)보다도 한층 시적이라는 사실이다. 한국어로 된 「석류」까지만 해도 시인이 망국인의 의식에 아직 방황한 증좌이리라. 전문을 보이면 누구나 금방 그 세련성에 눈이 닿는다(호테이 교수가 비교표를 만들었는바 이를 보이고 그 의의까지 인용하기로 한다).

薔薇のやう咲きゆく火爐の炭火	薔薇꽃 처럼 곱게 피여 가는 화로예 숫불.
立春節の夜は藻汐草燒く香りする	立春째 밤은 마른 풀 사르는 냄새가 난다.
一冬越の石榴を割り	한 겨울 지난 石榴 열매를 쪼이여

ルビーの實を一つひとつつまむ

ああ透き通つた追憶の幻想を

金魚のやうな幼い感觸よ

この實は去年の神無月

われらの小さい物語りの始まつた頃熟つた

少女よいつか知らぬ間そつと窺くやうになつた

おまへの胸に眞白い仔兎が二匹

傳說の池に泳ぐ小魚の指と指

かすかな銀線のふるへ

ああ石榴の實をつまみつ

新羅千年の空を夢みる

(『街』, 1925.3, pp.50~52)

紅寶石 가튼 알을 한알 두
알식맛 보노니

透明한 녯 생각, 새론 시름
의 무지개여.

金붕어처럼 어린 녀릿 녀릿
한 늑김이여.

이 열매는 지난 해 시월
상ㅅ달,

우리들의 조그만한 니야
기가 비롯될 쌔 익은 것이어니,

자근아씨야, 가녀
린 동무야, 날몰니 것들인
네 가슴에 조름 조는 옥톡
기가 한 쌍.

녯못 속에 헤엄치는 흰고기
의 손까락, 손까락

외롭게 가볍게 스스로 써는
銀실, 銀실.

아아 石榴알을 알알히 비추
어 보며

新羅 千年의 푸른 한울을
꿈꾸노니

　　　　　一九二四. 二.

(『조선지광』, 1927.3, p.15)

이 두 편을 비교해볼 때, 「석류」에 있고 「新羅の石榴」에 없는 말이 그 반대의 경우보다 많다는 점, 그리고 「新羅の石榴」에서는 단어 하나로 표현하고 있는 데 비해 「석류」에서는 반복하고 있다는 점 등이 눈에 띈다.

전자의 예로서 1연의 '곱게', 마지막 연의 '푸른' 등이 있고, 후자의 예로서는 '追憶の幻想を', '녯 생각, 새론 시름의 무지개여', '少女よ', '자근아씨 야, 가녀린 동무 야', 'かすかな銀線のふるへ', '외롭게 가볍게 스스로 써는 銀실, 銀실' 등을 들 수 있다.

이것은 한국어와 일본어의 언어적인 특성으로 인한 차이점도 생각해야 하겠지만 그것보다도 먼저 쓴 작품에 비해 나중에 발표한 작품에 퇴고한 흔적이 보인다는 것이다. 이것은 앞에서 본 「まひる」의 경우도 나중에 다시 『近代風景』에 발표한 것이 시 전체의 연속성이 보인다는 점과도 상통하는 것이다.

― 호테이 도시히로, 「정지용과 동인지 『街』에 대하여」, pp.412~413

이 세련성의 근거는 어디서 온 것인가. 두말 할 것 없이 '신라 천년'에서 왔다. 승부수를 가리는 한 알의 바둑알이 바로 '신라 천년'이었다. 조선인 유학생 정지용에 있어 홍보석을 표현할 방도가 '신라 천년'뿐이라는 것, 이것은 세련성이지만 「카페 프란스」와 범주상 같은 계열이라 할 수 있다. 나라도 집도 없다는 것, 망국인의 백성이라는 것, 그렇지만 '신라 천년'이 있다는 인식이 무의식 속에 자부심의 근거로 깊이 뿌리내리고 있었기에 가능한 표현이다.

여기에 이르면 한 가지 출구가 지평선 너머로 떠오르는바, 이중어 글쓰기의 초월성이 그것이다. 출세용의 '공적 민족주의'의 무기인 이중어 글쓰기가 이미 이 시적 경지에 오면 발붙일 곳을 잃고 지평선 너머로 사라져 공중에서 흩어지고 그 자리에 남는 것은 굳이 '미적인 것'으로 부를 수 있는 경지이다. 이는 정지용의 일어 감각이 일어 시지

(詩誌) 『근대풍경』에 진출했을 때 기타하라 하쿠슈(北原白秋)에 의해 확인·증거된 바 있다(호테이, 앞의 논문, p.411). 그러나 이 경우 중요한 것은 징지용 역시 방황을 거듭했다는 사실이다. 이중어 글쓰기의 초월을 의식과 무의식 양쪽에서 깨치기 시작한 것은 그로부터 무려 9년이나 흘러서였다. 망국민 유학생의 의식을 괴롭힌 것은 바로 그 씨앗이 이중어 글쓰기였고 그것에서의 해방이란 이 씨앗을 갈아 없애는 방도가 아닐 수 없었다.

5. '조국=청춘=감각'에서 '촉수'에로

「신라의 석류」에서 「해협의 오전 두 시」(1933)까지의 거리를 잴 때 유의할 점은 표면상 발표 시기의 거리가 무려 9년에 이른다는 사실이지만 후자의 시가 속한 계열로 보면 어쩌면 도시샤대학 시절 적어도 현해탄을 건너 유학길에 오르내리던 한 식민지 청년 정지용의 내면과 깊이 관련이 있다고 할 것이다. 정지용의 '바다' 계열의 작품은 모두 6편으로 되어 있거니와(김학동, 앞의 책, p.33) 이는 현해탄을 건너야 했던 한국 유학생들의 두려움이자 희망이고 가슴 설레는 첫 관문이었음을 온몸으로 보여준 현상인데 유독 정지용만큼 이에 대한 시적인 사명감의 지속성을 가졌던 시인은 그 이전에도 없었고 그 후에도 없었다. 그 이유를 저도 모르게 실토한 작품이 「해협의 오전 두 시」라 할 것이다.

> 砲彈으로 뚫은 듯 동그란 船窓으로
> 눈섶까지 부풀어 오른 水平이 엿보고,

하늘이 함폭 나려 앉어
큰악한 암탉처럼 품고 있다.

透明한 魚族이 行列하는 位置에
훗하게 차지한 나의 자리여!

망토 깃에 솟은 귀는 소라ㅅ속 같이
소란한 無人島의 角笛을 불고

海峽午前二時의 孤獨은 오롯한 圓光을 쓰다.
설어울리 없는 눈물을 少女처럼 짓쟈.

나의 靑春은 나의 祖國!
다음날 港口의 개인 날세여!

航海는 정히 戀愛처럼 沸騰하고
이제 어드메쯤 한밤의 太陽이 피여오른다.
　　　　　— 「해협의 오전 두 시」, 『가톨릭 청년』 창간호, 1933.6.
　　　　(『정지용시집』, pp.22~23에 실을 때는 그냥 「해협」이라 했다.)

이 시의 핵심에 놓인 것은 바로 다음 두 행이다.

나의 청춘은 나의 조국!
다음날 항구의 개인 날씨여!

시적 표현으로는 실패작이라 하지 않을 수 없는바, 직설적 산문적 표현일 뿐만 아니라, 느낌표까지 동원되고 있는 형국이기 때문이다. 그만큼 혼과 육체를 송두리째 걸었음을 저도 모르게 실토한 것이다.

'조국=청춘'의 등식에 모든 것을 걸었다는 것. 미래란 여기에만 있다는 것.

유학길에 오른 식민지 유학생이란 "자작의 아들"이 아닐 뿐만 아니라 "나라도 집도" 없다는 것. 그렇다면 어떠해야 할까. 가진 것은 '청춘'뿐이라는 것. 많은 유학생들의 가슴을 불태운, 목숨을 건 사명감인 '조국의 사상'과 '청춘의 사상'은 등가라는 것. 그렇다면 그 '청춘의 사상'의 실체란 무엇인가. '감각'이 그 정답이다(졸저, 『청춘의 감각, 조국의 사상』). 현해탄이란 기껏해야 "감람 포기포기 솟아 오르듯 무성한 물이랑"(「다시 해협」)이며, 기적 소리란 "당나귀처럼 청량하며" 해협은 물이 엎질러지듯 하지는 않았으며, "해협은 천막처럼 퍼덕이며" "너랑 검정 알롱달롱한 블랑키도 두르고"(「바다(1)」) 등에서 보듯 경쾌한 감각의 놀잇감이 될 수밖에 없다.

이렇게 보아온다면 정지용은 유학길에 오른 당초부터 '청춘=조국'의 도식에 사로잡혀 있었음이 판명된다. 시적 표현이란 그에겐 만주 벌판의 독립운동이나 송몽규, 윤동주의, 목숨을 건 옥중 투쟁과 등가가 아닐 수 없다. 「신라의 석류」가 이에 해당되었다. 그 투쟁 방법은 일찍이 한국 근대시가 경험하지 못한 새로운 경지를 연 것이기도 했다.

이 사실을 재빨리 알아차린 유학생이 있었는데 금단추 여섯 개를 뽐내는 삼고생 이양하(1904~1963)가 그 사람이다. 평양고보를 거쳐 니시다 기타로(西田幾多郎), 다나베 하지메(田辺元)가 버티고 있는 교토에서 3년을 마친 그가, 도쿄제대 영문과를 W. 페이터 전공으로 마치고 다시 교토로 와서 교토제대 대학원에서 3년간 공부했는데, 그러니까 정지용처럼 꼭 6년을 이 헤이안조 천년 고도에서 머문 바 있었는데, 그는 정지용의 '조국=청춘'이 이른 곳을 '촉수'라는 어휘로 적확히 지적했다.

　그러나 시인의 촉수는 다만 예민하다는 말로 모든 것을 말하였다 할
수 있을 촉수가 아니다. 그것은 또 모지고 날카롭게 성급하고 안타까운
한 개성을 가진 촉수다. 그것은 대상을 휘어잡거나 어루만지거나 하는
촉수가 아니요, 언제든지 대상과 맞죄고 부대끼고야 마는 촉수다. 그리
고 맞죄고 부대끼는 것도 예각과 예각과의 날카로운 충돌을 보람있고
반가운 파악이라고 생각하는 촉수요, 또 모든 것을 일격에 붙잡지 못하
면 만족하지 아니하는 촉수다. 여기 이 촉수가 다다르는 곳에 불꽃이 일
어나고 이어 충격이 생긴다. 따라 시인은 이러한 때 다만 말초의 感官뿐
아니라 깊이 전신 전령이 휘둘리고 보는 독자는 이 치열하고 아슬아슬
한 광경에 거의 眩暈을 느낀다.

　白樺수풍 앙당한 속에
　계절이 쪼그리고 있다.

　이곳은 육체없는 寥寂한 饗宴場
　이마에 스며드는 향료로운 滋養!

　해방 五千피트 養雲層 위에
　그싯는 성냥불!

　동해는 푸른 揷畵처럼 옴짝 않고
　누뤼 알이 참벌처럼 옮겨 간다.

　연정은 그림자마저 벗자 쌍드랗게 얼어라! 귀뜨라미처럼

　한 완전한 스케치! 또렷한 연필 자국이 옴푹옴푹 마음에 새겨지는 듯
한 스케치다. 그러나 우리는 이것이 동시에 한 아름다운 서정시인 것을

잊어서는 아니 된다. 왜 그러냐 하면 우리는 여기 한 풍경의 점명한 스케치를 볼 뿐 아니라 귀뚜라미처럼 쌍드랗게 언 시인의 마음의 도식을 볼 수 있기 때문이다.

— 『이양하 미수록 수필선』, 중앙신서, 1978, pp.109~110

이 촉수가 향한 곳이 한국어의 자음과 모음에 대한 전례 없는 탐구를 이루어냈다는 것이 이양하의 진단이었다. 청춘→감각→촉수의 도식도 선명한 이 동선(행로)은 고도의 이지적 계산 없이는 불가능하다. 이 '촉수'가 닿는 곳마다 한국어와 그 시적 성과는 장미꽃 포기포기처럼 이루어질 수 있었다. 그가 당대의 최고 경지에 오른 시인인 곡절은 이로써 능히 설명되고도 남는다.

그 결과는 어떻게 되었을까. 두 가지 점이 지적될 수 있다. 이중어 글쓰기의 철저한 포기가 그 하나. 다른 하나는, 후기에 올수록 '촉수'가 무뎌져 시집 『백록담』(1941)의 「장수산」이나 「도굴」 계열에 이르면 동양 고전에로 함몰되어 흡사 도통한 선사(禪師)의 경지에 올라앉는 형국을 빚었다. 촉수의 형해라고나 할 것이다. 이 두 가지 사이에 혹시 무슨 상관관계라도 있는 것일까. 새로운 또 다른 논의의 대상이 됨직하다.

6. 자기 제어력인 연둣빛

다시 원점에서 검토할 필요가 있다. 원점이란 위에서 살폈듯 「신라의 석류」이다. 호테이 교수의 지적대로 일어로 쓴 이 시를 이 년 후 「석류」라고 한국어로 발표했거니와 그 방식은 원시를 한국어로 쓴 뒤에 일어로 번역했을 가능성이 높다. 일어로 쓴 그의 많은 시들의 한국어 원시가 있음에서 보아도 이 점이 인정된다. 말을 바꾸면, 일어시란 자기 검열의 방도였다. 일본 시단의 수준 및 그 시적 운용에 준하여 원시를 검토·수정·조절한 것으로 볼 것이다. 그러나 '조국=청춘= 감각'에서 '촉수'에 이르렀을 땐 자기 검열의 대상이 사라진 경지라 할 것이다. 이중어 글쓰기의 최대 장점인 자기 검열을 밀어내고 '촉 수'에 전적으로 매달린 순간부터 그를 견제할 것은 아무것도 없었다. 촉수, 그것이 바로 제왕이자 전체였기 때문이다. 이것이 이른바 이중 어 글쓰기의 초월 현상이다. 거기에서 잃은 것은 자기 억제력이며 얻 은 것은 한국어의 새로운 경지 탐구였다. 이 두 가지, 잃은 것과 얻은 것의 무게를 잰다면 어느 쪽으로 기울 것인가. 평형을 유지할 것인가. 이 중요한 물음에 한 가지 빛을 던진 것이 이양하였다.

이양하는 가까스로 취직(연희전문, 1934)한 지 수 년 후 교토를 방문한 바 있다. 정지용, 이양하들이 그토록 예찬한 찻집 고마도리(Robin)를 찾았으나 옛 정취란 상업주의에 밀려나 사라졌고 이곳저곳 낯익은 곳을 발이 닳도록 찾아다녔으나 사정은 거의 절망적이었다. 이때 그를 구해준 것이 있었다.

> 그러나 구원은 뜻밖에도 우연한 곳에 있었다. 이제는 잠자리라도 편해야 하고 터덜터덜 걸어가던 발이 문득 멈춰지는 어떤 京人形屋의 쇼 원도, 울긋불긋한 오이랑, 達磨, 大原女, 神宮, 武士, 승려 또 무엇무엇이 산재해 있는 한가운데 따로 떨어져 홀로 오붓한 자리를 차지하고 있는 한 쌍의 인형—내 조그만 불행은 금시 어디로, 나는 말조차 잊어 버렸다. 영기가 생동한다 할까. 神韻이 縹渺하다 할까.
> 여하간 말을 쓴다 하면 이러한 믿지 못할 신비로운 의미의 말을 써야할 이상한 기운을 후광처럼 발하며 그 자체 아주 한 딴 세계를 지니고 있는 逸品—여기 바로 내가 찾자 하는 옛날의 京都 平安朝 이래 천년의

古都의 한 조각이 놓여 있지 아니한가. 인형의 크기는 잘 해야 8, 9寸, 하나는 사내, 하나는 여자, 사내는 사모를 쓰고 木靴를 신고 여자는 머리를 뒤로 길게 지었으니 필시 평안조 시대의 혼례 복장일게다.

후락후락하고 너그러운 폼이 우리 조선 사람의 옛날 관복 비슷하다. 그러나 이 한쌍 인형의 名將하지 못할 아름다움은 그 단아한 雪膚빛 얼굴에 있는 것도 아니요 그 고아하고 관활한 옷 모양에 있는 것도 아니요 오로지 그 옷을 물들이고 있는 색채에 있다. 사내는 위 아래 모두 엷은 연두빛이요 여자는 위가 연두빛 아래가 연분홍이다. 이 분홍은 별로 문제가 되지 아니한다.

나는 차라리 그것마저 연두빛이었으면 한다. 연두빛 연두빛 하였으나 물론 연두가 아니다. 네이비 블루, 코발트 블루, 무슨 블루 해야 모두 아니다. 그 누군가의 방대한 색채 사전을 떠들여다 보아도 바로 이 빛을 찾아보기엔 곤란하리라. 바다의 초록 물결이 바위에 부닥치고 몰려가는 어느 순간 잠깐 보여주고 시시각각으로 그 뉘앙스를 달리하는 봄 하늘의 어느 한 순간 잠시 보여주나 한번 지나치고 보면 아무리 애쓰고 애써도 다시는 눈앞에 그려지지 아니하는 그러한 미묘한 빛이다.

여러분은 혹 고대 신라 사람의 복식을 본 일이 있는지. 혹 본 일이 있어 그것을 연상하면 어렴풋이나마 이 빛의 아름다움을 그려볼 수 있으리라고 생각한다. 신라 사람의 복식으로 말하자면 윗옷이 길고 너그럽고 아래 옷이 같이 푸렁푸렁하고 너그러운 데 있어 이 인형의 그것과 흡사한 점이 있다. 그 고아하고 담백한 기품에도 한 곳 통한 데가 있다.

그리고 내가 본 어떤 책의 사진판의 복색은 그 윗옷이 또 이와 근사한 연두빛이었다. 조잡한 사진판이라 원색의 아름다움을 내지 못했을망정 자주 띠와 대조되는 그 연두빛은 역시 신라 천년의 아름다움을 꿈꾸게 하는 빛이었다. 그리고 생각하면 우리 조선의 아름다운 하늘과 이러한 고대 신라 사람의 아름다운 복색 사이에는 전혀 인연 없는 것이 아니다.

— 이양하, 「경도 기행」, 『이양하 미수록 수필선』, pp.232~233

거듭 말하지만 정지용에게 있어 사랑, 곧 홍보석인 석류란 '신라 천년의 하늘'이 아니고는 표현할 다른 방도가 없었다. 그런 표현을 은근히 유도한 것이 다름 아닌 일본 시단의 수준이었다. 이를 무의식 속에서 알아차린 곳에 도시샤대학 예과생의 남다른 총명성이 작동하고 있었다. 그것은 누누이 말한 바 이중어 글쓰기의 자기 검열에서 왔다. 그러나 '조국=청춘=감각'이 '촉수'로 직행했을 때 이를 제어할 장치가 따로 없었다면 어떻게 될까. 자기 내부의 제어 장치를 찾아내야 하는 길이 있었는데, 여기까지 그는 나아가지 못했다. 그 대신 그는 매우 손쉬운 방도를 찾았는데 동양 고전(「장수산」, 「도굴」 계열)에의 경사였다.

이 사실을 정지용에게 일깨워준 것이 금단추 여섯 개의 삼고생 이양하였지 않았을까. 구원은 뜻밖에도 가까이 있었다고 이양하는 지적했다. '신라 천년의 하늘'과 '헤이안조 천년의 하늘'이 등가라는 것. 그것은 「장수산」에서처럼 "伐木丁丁 이랬거니"라는 시경(詩經)의 아득한 세계에의 도피행이 아니라 6년씩이나 교토의 골짜기의 물과 공기를 마시고 겪은 구체성에로의 귀환(자기 검열)이어야 했다는 것.

이중어 글쓰기의 첫 번째 작품 「신라의 석류」가 이중어 글쓰기가 가져온 최량의 특성이었다면, 이 이중어 글쓰기를 초월한 다음에도 그 자기 제어 장치가 따로 있어야 했는 바, 그것이 최소한 헤이안조의 하늘과 신라의 하늘의 공통된 '연두빛'이어야 한다는 것. 구원이 있다면 이것이 아니겠느냐고 이양하는 정지용을 향해 묻고 있었다. 이 물음은 이중어 글쓰기를 둘러싼 한일간의 근대문학사에서는 음미할 사안의 하나가 아닐 수 없다.

이중어 글쓰기의 기원에 대하여
─ 『문우』와 『청량』

1. 경성제대와 이중어 문제

조선의 통치에 나아간 일본이 16년 만에 고등교육기관인 여섯 번째
의 제국대학을 수도 서울에 세운 것은 1926년이었다. 학제상 고등학교
가 없었던 까닭에 개교에 앞서 고등학교에 준하는 예과(초기엔 2년제,
1939년 이후 3년제)를 세운 것은 1924년. 조선인 중심의 이른바 민립
대학(民立大學) 운동이 한창 열기를 더해가던 시점이기도 했다.

칙령 103호에 기반하여 예과는 1924년 5월 2일 개교했고, 본과인 경
성제대는 1926년 5월 2일 개교였는데, 이는 대만에 세운 대북제국대학
보다 세 해 앞섰지만 그 성격은 현저하게 달랐다. 후자가 해양연구소
의 성격이었다면 경성제대는 대륙 진출에 학문적 지향성을 가진 것이
었던 만큼 당초부터 조선인의 역사 인식과 맞설 수밖에 없는 문제성
을 안고 있었다(泉靖一, 「舊植民地帝國大學考」, 『中央公論』, 1970.9).

당초 '조선제국대학'으로 계획된 명칭이 내각 법제국의 심사를 거칠 때, "조선에 제국이 성립된 것 같이 해석할 자도 있다는 점"에 부딪혀 '경성제대'로 바뀌었으며(『紺碧遙かに』, 京城帝國大學創立50周年記念誌, 耕文社, 非賣品, 1974, p.16, 행정 단위로 조선은 일본의 한 현으로 규정되었음. 따라서 조선제국대학 쪽이 원리상 맞음), 초대 예과 부장 오다 쇼고(小田省吾)는 조선 학생이란 말 대신 '국어를 상용하지 않는 학생'이라 표현했을 정도였다(유진오, 「편편야화」, 『동아일보』, 1974.3.20).

예과의 경우는 (A) 법과, (B) 문과, (C) 의과 등으로 편제되었고, 첫 해 (A)에 든 조선인 학생은 정원 40명 중 10명 내외였고, 5회부터 16명, 6회엔 20명, 15·16회엔 각 25·29명으로 늘어났지만, 그 이상으로 불어나지는 않았다. 경성제대의 1926년에서 1941년까지의 인적 현황이 통계로 상세히 나와 있거니와 여기서 엿볼 수 있는 것은 시간이 경과될수록 조선인 학생이 불어났음이다(阿部洋, 「日本統治下朝鮮の高等教育」, 『思想』, 1971.7, p.73). 경성제국대학 및 그 예과가 안고 있는 첨예한 문제 중의 하나를 들자면 단연 민족의식이 아닐 수 없다. 조선어를 모어로 하는 자와 일본어(국어)를 모어로 하는 자의 공존에서 빚어지는 문제의식을 어떻게 조화 내지 극복해나갈 것인가. 이 문제는 조선인 학생에겐 바로 직접성으로 작동했지만 일본인 학생에게는 공적 언어가 국어였기에 간접성으로 작동했다고 볼 것이다. 이 낙차를 검토함으로써 얻어진 성과의 하나를 보이고자 함이 이 글이 겨냥한 곳이다.

2. 공적 민족주의 물결과 이중어 문제

경성제국대학의 학문적 전달 매체의 첫 번째 자리에 놓인 것이 일본어, 곧 '국어'였음은 움직일 수 없는 사실이었다. 이 국어가 서양어의 문법 논리의 영향하에 이루어진 이른바 속어 혁명의 산물임도 주지된 사실이다(이연숙, 『國語という思想』, 岩波書店, 1996). 따라서 '국어'를 대학의 전달 매체의 첫 번째 자리에 두었음이란 스스로 그 제이의 자리에 서양어, 곧 영어, 불어, 독어 등이 놓이게 됨을 의미했다. 제국대학 교수 요원이 되기 위해서는 외국 유학 체험(2년)을 필수 조건으로 한 점에서도 이 사실이 감지된다. 경성제대의 교육어란 '국어'와 '서양어'의 이중 구조였다고 섬세히 말해질 수 있다. 그 '국어'가 한자 문화권의 한자 중심주의였음은 새삼 말할 것도 없다. 세계사적 시선에서 이 언어 문제를 검토한다면 그 위치가 한층 뚜렷해질 수 있다. 고명한 『상상의 공동체』(B. 앤더슨, 1983)에는 국민국가 형성에 결정적 몫을 한 민족주의의 네 가지 단계가 고찰되어 있다.

첫 번째 물결이 이른바 '크레올(creole) 민족주의'이다. 본국을 떠나 현지에 정착해서 살아가는 사람들의 공동체의식이 국민국가를 낳은 사례가 바로 미국이다. 두 번째 물결은 유럽 속의 '언어 민족주의'인바, 이는 크레올 민족주의와는 달랐다. '국민적 출판어'가 이데올로기적 · 정치적으로 매우 중요한 의미를 가져 민중 쪽의 '언어 민족주의(vernacularizing nationalism)'로 나타났다. 속어 혁명은 이를 가리킴이다. 세 번째 물결이 '공적 민족주의(official nationalism)'. 19세기에서 20세기에 걸쳐 식민지 통치를 위해 본국이 사용한 언어가 이에 해당된다. 본국의 현상이 이미 언어 민족주의로 치닫자 지배층(왕족, 귀족층)의 언어와 구별되기 시작했고, 그들은 이를 돌파하기 위해 식민지에다 공적 언어 사용을 강조했다. 이것을 제국 일본도 모델로 사용했다. 식민지에 중앙 집권적 학교 제도를 도입, 이 학교 제도의 제1언어가 본국의 공적 국어였고, 이 언어를 통하지 않으면 지식 획득을 불가능하게 만들었다. 반면 원주민들 중 누구라도 재빨리 이 제국의 언어를 익히고 그를 통해 지식을 갖추고 또 사고의 훈련을 겪었다면 당연히 출세가 보장되었던 것이다(B. Anderson, *Imagined Communities*, Verso판, 제6장 Official Nationalism and Imperialism). 여기에서 문제된 것이 바로 이중어 사용이다. 이 이중어 사용에 민첩했던 지식인이야말로 결정적 역할을 할 수밖에 없었는데, 그것은 그들 자체의 의식 구조의 이중성에서 왔다.

> 지식 계급이 권위적 몫을 하고자 한 것은 그들의 이중어 읽기, 쓰기의 능력, 차라리 그들의 읽기 쓰기의 능력이라는 이중어 능력(bilingual literacy or rather literacy and bilingualism)에서 왔음이 일반적으로 인정된다.
>
> — B. Anderson, *Imagined Communities*, Verso, p.116

경성제국대학의 존재 규정을 이러한 이중어 글쓰기/읽기에서 검토한다면 어떠할까. 여기에서 교육받은 조선인들의 이중어 능력이 '조선사회사정연구소'의 핵심을 이루었다는 것은 각별한 분석을 요할 과제의 하나이다. 다시 말해 식민지 민족주의에서 가장 뚜렷한 구조가 공적 내셔널리즘(이 용어는 Seton-watson, *Nationalism and State*에 근거했다고 앤더슨은 각주에서 밝히고 있다)의 변형이라는 사실이다. 20세기 초두 이래 수마트라 동해안의 국가들, 가령 바타비아(Batavia)의 경우를 들어 앤더슨은 압축해서 다음과 같이 말하고 있다.

> 식민지 정부가 설립한 새로운 학교가 거대한 고도의 합리화된 엄격히 중앙집권화된 계층 질서를 구성하여 국가 관료기구 자체와 구조적으로 닮은꼴이 되었음을 염두에 둘 필요가 있다. 획일화된 교과서, 표준화된 졸업 증명서와 교원 면허증, 연령 집단에 의해 엄격히 규제된 학년제, 학급 편성, 교재 등 이러한 것은 스스로의 독립의 정합적 경험의 우주를 창출했다. 그러나 이에 못지 않게 중요한 것은 이 히에라르키의 지리(地理)였다. 표준화된 소학교는 식민지 전역 마을마다 작은 거리에 분산되고, 중학교, 고등학교는 군 또는 읍 소재지에, 고등교육기관은 식민지 수도 바타비아와 그 서남 백 마일의 서늘한 프리안간(Priangan) 고지에 네덜란드인이 세운 도시 반둥(Bandung)에 세워졌다.
>
> — *Imagined Communities*, p.121

이 대목은 조선에 시행한 일제의 교육 정책에도 그대로 볼 수 있어 경성제대란 교육의 위계질서의 최상층부에 해당되었다. 그러나 이 경우는 바타비아(네덜란드 식민지)의 경우와는 그 '지리적'인 의미가 이중적이었음에 주목할 것이다. 바타비아의 경우 본국의 수도 레이든이란 곳은 꿈에 지나지 않았기에 반둥이 그대로 '로마'일 수 있었으나, 그러나 이틀이면 닿을 수 있는 종주국의 수도 도쿄(東京)가 부분적으로 열려 있는 만큼 경성제대의 지리적 조건이란 이중적인 성격의 것이었다. 경성제대라는 지리적 조건의 이중성에다 공적 언어와 토착어의 이중성이 겹쳐 있었던 만큼 이 자의식에서 벗어날 길은 너무 벅찼다고 볼 것이다.

이는 같은 한자 문화권으로 토착어인 조선어가 문장어로 이미 확립되었음과도 무관하지 않다. 종주국의 수도에로 열려 있었던 만큼 식

민지 수도 서울이란 그 자체가 모순 개념이 아니면 안 되었다. 뿐만 아니라, 소위 '국어'(일본어)가 국민국가에 의해 강요·급조된 속어 혁명의 결과물이라면 조선어는 식민지화되기 이전에 이미 확립되었음에 주목할 것이다(塩川伸明, 『民族とネーション』, 岩波書店, 2008, p.84). 일본 통치 이전에 이미 문장어가 확립된 조선이기에 통치 기간에 행해진 '국어' 강요란 제한적이었음은 물론, 경우에 따라서는 두 언어가 경쟁관계에 있었다. 앞에서 말한 지리적 이중성은 경성제대 예과의 경우 이 점에서 정면으로 표출되었는 바, 『청량』과 『문우』의 이중어 사용이 그것이다. 공적 언어와 사적(私的) 언어의 대결 구조의 이중성이었다.

3. 서양어 번역에서 일어 창작에 이르기

경성제대 예과는 청량리에 세워졌고, 당연히도 학생회가 조직되어 그 기관지(교지)가 간행되었는바 명칭은 범속하게 지명을 딴 '청량(淸凉)'이었다. '공적 민족주의'의 모델에 의거된 이 교지의 용어가 '국어'(일본어)였음은 새삼 말할 것도 없다. 예과 학생 전체가 참여할 수 있는 잡지인 만큼 조선인 학생들이 여기에 참여했음은 극히 자연스럽다. 이 경우 그 참여 방식이 '문학'이라면 어떠했을까. 이 물음은 각별한 의미가 있는 바, 논문이나 보고서 등과는 달리 언어 감도가 문제되기 때문이다. 이 점에 주목한다면 다음과 같은 점이 드러난다.

첫째 번역 단계. 유진오의 경우 「두견에 부쳐」(워즈워드), 「로버트 브릿즈에스의 시에 부쳐」, 「신월을 노래하다」, 「등불이 터진다면」(셸리) 등 서양시의 번역을 『청량』(창간호, 1925.5)에 발표했고 이어서 시조 번역을 했다. 이효석의 경우 「도적맞은 아이」(W. E. 예이츠)를 『청량』(2호, 1925.12)에 먼저 발표했다. 어째 이들은 번역으로 출발점을 삼았을까.

경성제대 예과 전체 수석으로 입학한 유진오가 이 점에서 매우 민첩했음을 간과할 수 없다. 가령 Robert Bridges의 시 「신월을 노래하다」를 번역하면서 이 시인을 택한 이유를 밝혔는데, 소개적 논평에서 영시에 대한 이해를 과시했다. 일본인의 일급 두뇌들이 서양시 번역에 나아가는 것과 흡사한 흉내를 내고 있음이라 볼 것이다. 한편 그는 또 조선 특유의 시가인 시조의 번역도 시도했는바, 여기에서도 그 의도를 먼저 밝혀 놓았다. 법학 전공의 유진오가 서양시는 물론 조선시가에도 통달하다는 사실을 '일본어'로 만천하에 드러냈던 것이다. 이효석에겐 이러한 자의식은 없지만 그 역시 예이츠의 시로써 데뷔한 것이었다.

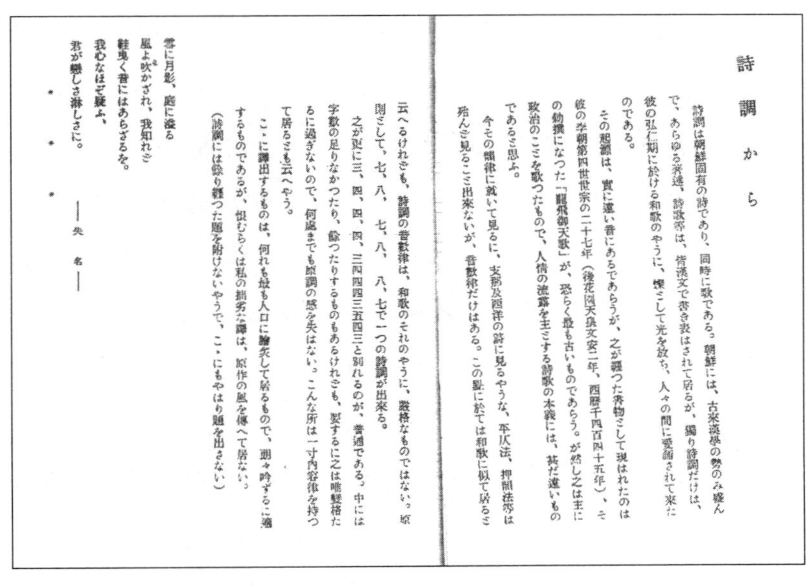

詩調から

詩調は朝鮮固有の詩であり、同時に歌である。朝鮮には、古来漢學の勢のみ繁んで、あらゆる著述、詩歌等は、皆漢文で書き表はされて居るが、獨り詩調だけは、彼の弘仁期に於ける和歌のやうに、慄さとして光を放ち、人々の間に愛誦されて来たのである。

その起源は、實に遠い昔にあるであらうが、之が纏つた書物として現はれたのは彼の李朝第四世世宗の二十七年（後花園天皇文安二年、西暦千四百四十五年）、その勅撰になつた「龍飛御天歌」が、恐らく最も古いものであらう。が然し之は主に政治のことを歌つたもので、人情の流露を主こする詩歌の本義には、甚だ違いものであると思ふ。

今その韻律に就いて見るに、支那及西洋の詩に見るやうな、平仄法、押韻法等は殆んど見ること出来ないが、音數律だけはある。この點に於ては和歌に似て居ると云へるけれども、詩調の音數律は、和歌のそれのやうに、嚴格なものではない。原則として、七、八、七、八、八、七で一つの詩調が出來る。

之が更に三、四、四、四、三四四四三五四三と別れるのが、普通である。中には字數の足りなかつたり、餘つたりするものもあるけれども、製するに之は唯製格たるに過ぎないので、何處までも原調の感を失はない。こんな所は一寸内容律を持つて居ると云へやう。

こゝに調出するものは、何れも最も人口に膾炙して居るもので、朗々吟ずるにするものであるが、恨むらくは私の拙劣な譯は、原作の風を傳へて居ない。

（詩調には餘り纏つた題を附けないやうで、こゝにもやはり題を出さない）

雪に月影、庭に溢る
風よ吹かざれ、我知れど
鞋曳く音にはあらざるを。
我心なほぞ疑ふ。

＊

＊

＊

　　　　　　—失名—

〈유진오의 시조 번역〉(『청량』 창간호)

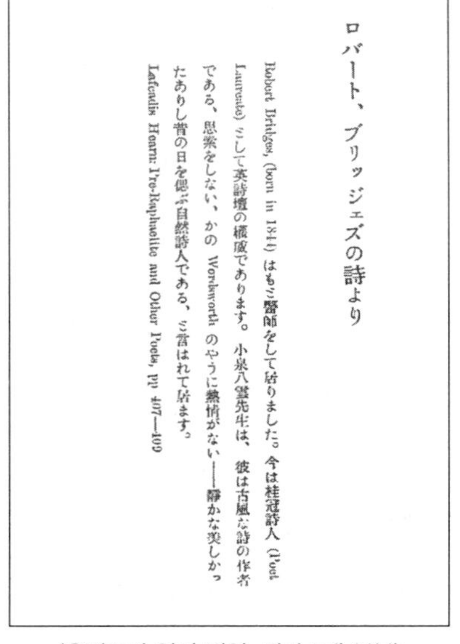

ロバート、ブリッジェズの詩より

Robert Bridges, (born in 1844) はもう醫師をして居りました。今は桂冠詩人 (Poet Laureate) そして英詩壇の權威であります。小泉八雲先生は、彼は古風な詩の作者である、思索をしない、かの Wordsworth のやうに熱情がない——靜かな美しかったありし昔の日を偲ぶ自然詩人である、と言はれて居ます。

Lafcadio Hearn: Pre-Raphaelite and Other Poets, pp 407—409

〈유진오의 영시 번역, 작가소개 부분〉
(『청량』 창간호)

窃まれた兒 (W. E. Yeats)

スルース森の岩多い高原
湖に浸る處
其處に蒼靈の豹搏の
居睡る河鼠を醒ます

李孝石

〈이효석의 영시 번역〉
(『청량』 2호)

이러한 사실은 무엇을 의미하는 것일까. 이 물음에 응해오는 것이 이중어 글쓰기의 실천이다. 곧 지배자의 언어로 번역한 이러한 행위를 그들이 지배층에 쉽사리 진입하는 수단으로 삼았던 결과물이라 하지 않을 수 없다. 왜냐면 지배자인 일본의 지향성이 서양 문명에 있었고, 그것의 번역을 통해서 비로소 그들이 문명권으로 진입해왔기 때문이다.

유진오, 이효석 등의 이러한 번역 시도의 중요성은 경성제대만이 할 수 있는 기능이었음에 주목할 것이다. 경성제대란 서양 학문, 이른바 세계적 보편성을 지향하는 고등교육기관인 만큼 일본이나 조선 등 개별 국가의 특성을 초월한, 그 위에 놓이는 존재였던 것이다. 특히 법과에서 영문과로 전과한 이효석의 영어 실력은 블라이스 교수가 극찬할 정도로 출중했음을 염두에 둘 것이다(조용만, 「이효석의 소설」, 『춤』, 1991.5).

이 단계를 거친 뒤에야 비로소 제2단계인 일어 창작시가 펼쳐졌다. 『청량』(제3호, 1926.3)에서 유진오의 「달과 별과」(조선어 자작시의 번역), 이효석의 「겨울의 식탁」, 「겨울의 시장」 등이 등장했다. 유진오처럼 조선어로 쓴 자작시를 일어로 번역할 수도 있고 이효석처럼 직접 일어로 창작할 수도 있었다. 이 점에서 특별한 존재가 이효석이었다. 그는 「6월의 아침」 외 5편(『청량』 제4호, 1927)을 거침없이 발표했는바 이 사실은 『청량』 전체를 통해서도 압도적인 것이었다.

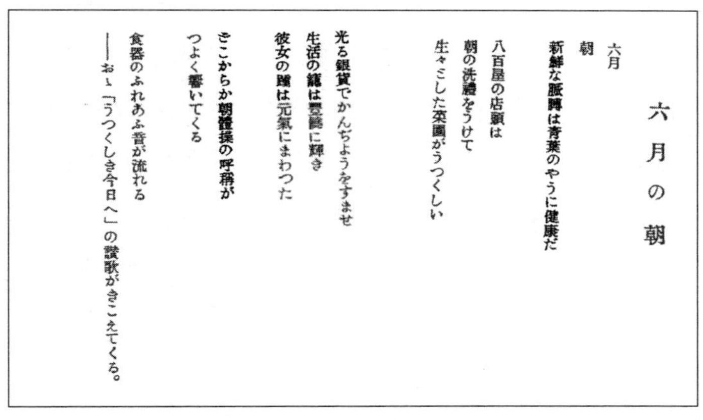

六　月　の　朝

六月
朝

新鮮な脈膊は青葉のやうに健康だ

八百屋の店頭は
朝の洗禮をうけて
生々した菜圃がうつくしい

光る銀貨でかんちようをすませ
生活の鍵は豊饒に輝き
彼女の踊は元氣にまわつた

きこからか朝體操の呼稱が
つよく響いてくる

食器のふれあふ音が流れる
──おゝ「うつくしき今日へ」の讃歌がきこえてくる。

〈이효석의 일어 시〉(『청량』 4호)

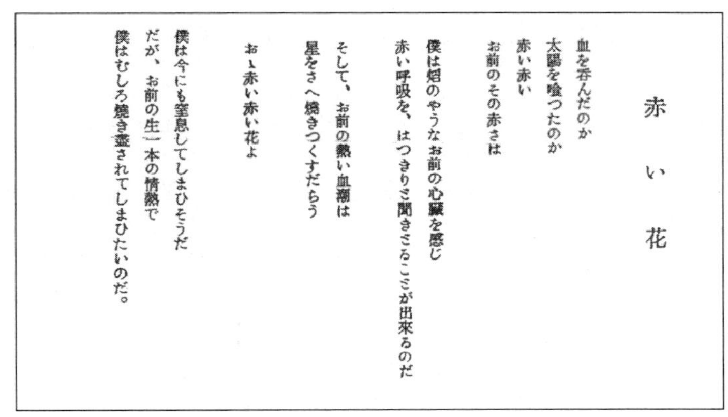

赤　い　花

血を呑んだのか
太陽を喰つたのか
赤い赤い
お前のその赤さは

僕は焰のやうなお前の心臟を感じ
赤い呼吸を、はつきりと聞きさることが出來るのだ

そして、お前の熱い血潮は
星をさへ燒きつくすだらう

おゝ赤い赤い花よ

僕は今にも窒息してしまひそうだ
だが、お前の生一本の情熱で
僕はむしろ燒き盡されてしまひたいのだ。

〈이효석의 일어 시〉(『청량』 4호)

그 뒤를 이은 것이 이른바 「靑葉同人集」(『청량』 제5호, 1927.4)으로 최재서의 「공동 욕탕」, 신남철의 「유방과 매미」 등이며 조용만의 「산길」(『청량』 제6호, 1927.12)이 이어졌다.

조선인 학생들이 일어로 일본 시단 및 대학 문단에 데뷔한 것은, 주요한의 『문예잡지』를 필두로 한 정지용의 힘찬 활동 등의 형태로 기왕에 있어왔다. 특히 동인지 『街』(同志社大學 문예지, 1925) 제3호에 실린 정지용의 「신라의 석류」(1925.3)는 일종의 절창이었다. 훗날 『정지용 시집』(1935)에 실린 「석류」가 바로 이 작품이었다(서지적 연구는 호테이 도시히로, 「정지용과 동인지 『街』에 대하여」, 『관악어문연구』, 1996.12). 그러나 정지용, 주요한 또 백철의 프롤레타리아 시 「9월 1일」(1930) 등이 아무리 출중하고 문단적 의의가 높다 해도 이효석, 유진오, 최재서 등 경성제대의 이중어 글쓰기와는 다음과 같은 사실 하나로써 둘 사이의 넘을 수 없는 선을 긋게 된다. 집단적 자의식에 근거한 이중어 글쓰기와 개별적 이중어 글쓰기는 당초 그 출발점에서 다른 지향성이었다는 점이 그것이다.

4. 『문우』와 『청량』을 가로지르기

잡지 『문우』는 경성제대 예과의 『청량』에 대응하여 창간된 조선어 잡지이다. 그것은 예과의 조선인 학생의 모임인 '문우회'의 기관지였다. 이 모임의 주역을 담당한 유진오는 이렇게 회고한 바 있다.

> 나의 예과 재학 중 일본인 학생과의 표면상의 충돌은 별로 없었지만 전교 학생으로 조직된 학생회와는 달리 조선 학생끼리 따로 모여 문우회란 조직을 만든 것은 자연의 이치였다 할까.

문우회의 명칭은 무슨 학생간의 동호 단체 같지만 사실은 조선인 학생 전체를 망라한 조선인 학생회였다. 학생회에서는 일본말로 '청량'이라는 잡지를 냈지만 문우회에서는 우리말로 '문우'라는 잡지를 냈다.

조선 학생들끼리 따로 학생회를 조직하고 잡지를 내고 하는 것을 관용한 것도 창립 당시의 경성제대가 어떻게 해서든지 조선인 학생의 감정을 자극하지 않으려고 유화정책을 쓰던 한 표현이라 할 것이다.

그러나 문우회의 수명은 오래가지는 못 하였다. 1929년 광주학생사건에 예과학생 이천진(李天鎭)이 주모격으로 관여되고 한일학생 사이에 불화가 잦아짐에 따라 학교 당국으로부터 해산 명령을 받고 말았다.

— 유진오, 「편편야화」, 『동아일보』, 1974.3.20

그렇다면 『청량』과 『문우』는 출발점에서부터 경쟁관계에 있었을까. 쟁점의 하나가 여기에서 온다.

『청량』이란 적어도 1929년까지는 『문우』와 대립관계이자 동시에 대립관계를 초월하고 있었다(1929년 이후라면 조선에서도 고보 과정엔 일어 교육 수준이 제도상 일본인과 별 차이가 없었다). 전교생 상대인지라 『청량』은 국어(일본어)를 사용했다. 국어란 제국의 언어인 만큼 공적 민족주의의 표현체였다. 경성제대에 들어온 이상, 이 표현체에 의거하지 않으면 학문의 길에 나설 수 없음이 원칙이다. 제국대학 역시 그 모델은 서양에서 온 것이었다. 조선어를 모어로 가진 학생이 이 국어에 이르는 과정의 하나로, 또는 보조 수단의 하나로 『문우』가 요망되었다고도 볼 수 있다. 일본인 학생이 『문우』에 접근할 수 없고 조선인 학생은 『문우』와 『청량』의 두 통로가 마련되어 있었다고는 하나, 또 그로써 『청량』과 맞선다는 의식이 작동되었다고는 하나, 실제상 또는 무의식상에서는 『청량』 쪽을 향하고 있었다. 『문우』가 『청량』에로 진입하기 위한 글쓰기 연습장이었다는 사실을 선명히 보여주는 사례의 하나로, 철학 전공의 신남철을 들 수 있다. 『문우』는 『청량』에 맞서 연 2회 간행된 120면(4×6배판)의 한글 잡지로 시, 소설, 논설, 수필 등 다양한 글을 실었다. 예과 제3회(1926) 입학생인 신남철의 소설 「된장」이 실린 것은 『문우』(1927.2, 제4호)였거니와, 이 작품을 거론하기에 앞서 같은 호에 실린 유진오의 소설 「여름밤」을 살펴볼 필요가 있다.

구직자 청년 M이 은행 고원으로 취직된 통지를 받고 종로 야시장을 헤매다 '엑조틱하고 에로틱한 여자'를 만나고 이런저런 일이 벌어지는 것을 풍자적 수법으로 다룬 「여름밤」의 집필 시기는 1926년 12월 21일로 되어 있고, "병중에 퇴고를 못하고 발표함을 부끄러워합니다"라고 토를 달았다. 그의 문단 데뷔가 「복수」(『조선지광』, 1927.4), 「스리」(동, 1927.5) 등임을 염두에 둔다면 「여름밤」은 이들 작품의 앞자리에 온다. 요컨대 『문우』가 문단 데뷔의 연습장이기도 했음을 잘 말해놓고 있다. 그러나 앞에서 보았듯 유진오는 이미 『청량』 창간호(1925)에서부터 맹렬히 일어로 썼고, 바로 창작시에로까지 거침없이 나아갔다. 대체로 이러한 현상엔 어떤 설명이 적절할까.

신남철의 「된장」은 말할 것도 없이 「여름밤」에 비할 수 없을 정도로 유치하다. 실업 청년 순오와 선주가 있다. 시골서 상경한 이들은 극도의 빈곤 속에서 거리를 헤매며 오직 하나의 목표에 매달린다. 계급 없는 사회, 빈부격차 해소를 위한 투쟁이 그것. 결국 선주는 옥살이를 하다 죽고, 순호는 하얼빈으로 탈출한다. 「여름밤」이나 「된장」이 당시 유행하던 동반자적 작품 경향에 이어진 것임은 새삼 말할 것도 없으나, 유진오의 경우는 『문우』에서의 글쓰기 연습은 단기간에 끝난다. 막바로 그는 문단으로 진출했고, 또 한편 『청량』에로 치달았다(유진오가 다니던 경성고보는 전형적 식민지형 교육 과정이어서 국어도 일본

인용의 것보다 정도가 떨어지는 실용적 교과서를 사용했다.「편편야화」,『동아일보』, 1974.3.9). 이에 비해 신남철은『문우』에서의 글쓰기 연습이 한층 치열했다. 그가「동무들아」(제5호, 1927.12, 삭제),「현실의 노래(2)」(제5호) 등에서 소설 대신 시를 시도했을 때 유진오는 철학적 사색의 글인「생활의 단편」(제5호)에 나아가고 있었다. 글쓰기 연습 시대의 끝 무렵이라는 징표라 할 것이다. 이효석의 시「님이여 들로!」(제5호)에서도 사정은 비슷했다. 최재서의 경우는 처음부터 뚜렷한 전공의식을 지녔음이 확실한데, 신부 신랑의 뒤바뀜이라는 주제를 두고, 조선, 인도(타고르), 영국(토마스 하디) 등을 비교함으로써 문학적 가치의 보편성을 드러내고자 했다.

「된장」의 작가 신남철은 어떠했던가.「현실의 노래(2)」는 'song of the open road'라 하여 미국 민중시인 W. 휘트먼에 바치고 있음에 주목할 것이다. 이어서「첫 봄의 새벽」,「님 생각」등을 썼거니와 구체성이 없는 관념적 편향성으로 일관되었다고 볼 것이다. 좌우간『문우』란 이처럼 모어의 글쓰기 연습장이라 규정될 수 있다. 그들은『문우』를 거쳐『청량』으로 나아가는 발판을 삼았는바 신남철의 경우 혼신의 힘으로 쓴「Schopenhauer를 통해 본 무상감」(『청량』제5호, 1928)이 이 사실을 증거하고 있다. 이 글의 끝에서 그는 이렇게 적지 않을 수 없었는데, 예과 2년 동안『청량』을 우러러 보았음을 반증하는 것이라 할 것이다.『청량』그것은 꿈 많은 예과 생활과 등가였다.

> 아름다운 청량에 봄이 찾아오고 있다. 생각 많은 두 해의 생활은 기천만의 Wunderhorn(靈笛)을 내 빈약한 가슴에 울렸던 것인가! 아마도 이 '청량의 두 해', 나는 내게 있어 가장 추억 많고 다정다감한 Wilkommen und Abchied(괴테 시 속의 한 표제)로서 뚜렷하며 그리하여

강한 영원의 탄식으로 되리라. "Seiryo, Ich müss dich nun lassen!" 졸고를 청량의 작은 맑은 흐름에 부친다. 1928.1.20.

— 『청량』 제5호, 1928, pp.101~102

그 '맑은 물'의 하나로 신남철은 시 「유방과 매미」(『청량』 제5호, 1928.4)를 읊었다. 생명의 강렬한 외침, 이는 성스러운 신비가 아닐 것인가. 쇼펜하우어의 염세주의와는 별개의 생활의 찬미가 동시에 신남철을 사로잡고 있었다. 『문우』에서 출발한 신남철들은 『청량』을 통해 선뜻 공적인 언어, 어른급에 턱걸이하고 있었다. 아래의 시 「유방과 매미」가 그러한 사례의 한 징표라 할 것이다.

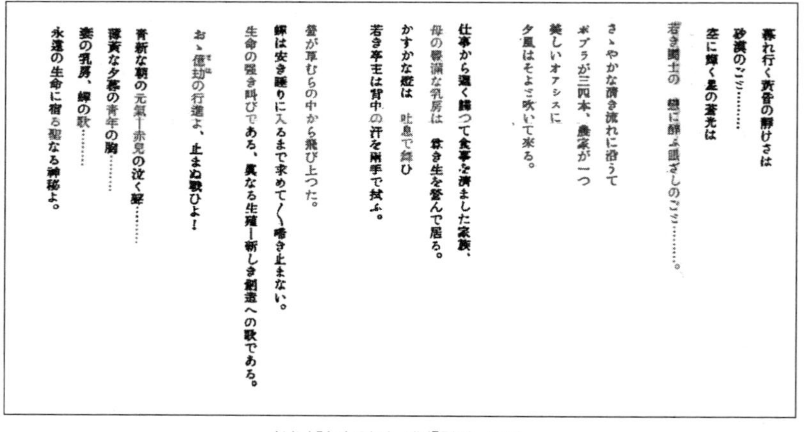

暮れ行く黄昏の静けさは
砂漠のごとく………
空に輝く星の蒼光は
若き闘士の　想に酔ふ眠ざしのごとく………。
さゝやかな清き流れに沿うて
ポプラが三四本、農家が一つ
美しいオアシスに
夕風はそよと吹いて來る。
母の豊満な乳房は　若き生を営んで居る。
仕事から遅く歸つて食事を済ました家族、
かすかな燈は　吐息で舞ひ
若き卒主は背中の汗を兩手で拭ふ。
螢が草むらの中から飛び上つた。
蟬は安き睡りに入るまで求めて＜＜啼き止まない。
生命の囃き叫びである、異なる生殖—新しき創造への歌である。
おゝ億劫の行進よ、止まぬ歌ひよ！
青新な朝の元氣—赤見の泣く聲………
潭青な夕暮の青年の胸………
妻の乳房、蟬の歌………
永遠の生命に宿る靈なる神秘よ。

<신남철의 일어 시>(『청량』 5호)

5. 단일어 글쓰기—『신흥』이 놓인 자리의 의미

『문우』에서 글쓰기 연습에 매달리고 또 『청량』을 통해 공적 언어의 글쓰기에 이른 이들 경성제대 조선인 학생들의 그 후의 행방은 어떠했을까. 글쓰기의 방면이라면, 다음 세 가지 길이 열려 있었다.

(A) 문단 진출

유진오, 이효석 등이 제일 먼저 동반자 작가로 문단에 진출하여 지식인 특유의 일정한 몫을 했는바 이는 문학사가 관여할 영역이다.

(B) 일본 문단 진출

조선인의 일본 문단 진출은 「아귀도」(장혁주, 1931) 이후인 만큼 경성제대 조선인의 몫이 아니었다. 일본학계 진출도 각 전공에 따라 이루어졌겠지만 이 역시 표면적으로 드러난 것은 거의 없다. 그렇다고 해서 이들이 이쪽 문을 단념했음이 아님은 새삼 말할 것도 없다. 이중어 글쓰기의 훈련 과정을 거친지라 이들의 잠재력은 결코 만만한 것이 아니었을 터이다. 그 증거로 내세울 수 있는 것이 신체제(新體制)하에서 찾아왔다. 목하 조선문학을 인정하고 조선인의 심성을 엿보기 위한 방식의 하나로 일본 문단은 조선 현대문학을 요망했고(『週刊朝日』 특집, 1941.5), 이에 응한 것이 토착적인 유진오의 「복남이」, 조선적 미를 추구한 이효석의 「봄 의상」, 조선 여인의 모습을 다룬 김사량의 「월네」 등이었다. 이보다 먼저인 유력 문예지 『文藝』(1940.7)의 조선문학 특집은 각별한 의의가 있다. 유진오의 「여름」, 이효석의 「은은한 빛」, 김사량의 「풀이 깊도다」, 장혁주의 「욕심의심」을 실었거니와, 이미 알려진 장혁주를 뺀 나머지 셋은 한결같이 제국대학 출신임에 주목할 것이다. 그중에서도 유진오, 이효석은 이중어 글쓰기의 자의식 속에서 계속 벗어날 수 없었던 것이다. 김사량(도쿄제대 독문과)의 경우도 이 자의식에서는 달랐다고 보기 어렵다. 이는 개인적 재능이나 편차를 떠난 자리에서 규정될 성질의 것이다.

(C) 조선어에로의 진출.

여기에서 거론될 수 있는 것이 종합지 『신흥(新興)』(1929.7)이다(박광현, 「경성제대와 『신흥』」, 『한국문학연구』 제26집, 2003). 국판 121면의 이 잡지는 조윤제, 김계숙, 신석호, 유진오 등의 논문을 앞세우고, 최창규, 유진오의 소설 두 편과 이종수의 시를 실어 창간호를 삼았고, 제3호(1930.7)는 이강국, 최용달, 유진오의 권두논문에 고유섭, 서두수, 최창규의 논문으로 채웠다. 신남철은 「신헤겔주의자와 그 비판」, 「민족 이론 이삼 형태」를 썼고, 박문규는 「조선 농촌기구의 통계적 해설」(1935.5)을, 김태준은 「대원군의 서원 훼철령의 의의」(동)를, 조윤제는 「고려시가 '진작'의 시가명칭고」(제9호, 1937.1) 등을 실어 당시 조선학계의 자생적 학문 역량을 이룩했던 것이다.

여기에까지 오면 이중어 글쓰기는 '단일어 글쓰기', 곧 자국어 글쓰기의 큰 비석을 세운 셈이다.

6. 이중어 글쓰기의 초극 방식—글쓰기의 원점

『신흥』은 이중어 글쓰기의 산물이지만 동시에 그것은 이에 대한 저항이 아닐 수 없다고 할 때 비로소 이중어 글쓰기의 한국적 현상에 닿게 된다. 어떤 문명도 이중어 글쓰기의 질곡에서 출발된다는 뜻에서 이는 벗어날 수 없는 질곡이지만 이에서 벗어날 때 비로소 독자적 자유가 획득된다는 의미에서 그것은 통과제의적인 성격을 띠고 있다. 『신흥』이 이 점을 상기시키고 있거니와 이는 한국학의 독자적 탐구에로 향했다는 점에서 '단일어 글쓰기'로 규정된다. 당연히도 이러한 이중어 글쓰기의 모순점을 극복할 수 있었던 여건을 문제 삼는 일이 남는다.

상해 임시정부(1919.4.11)와 조선어학회의 해산(1942.10.1) 전까지의 시기는 이중어 글쓰기 속에 있으면서 이 사슬을 끊고자 노력하는 과정이라 할 수 있다. 그러나 신체제 이후 일제의 식민정책은 다시금 이중어 글쓰기를 선택이나 권유단계에서 철저한 강요사항으로 삼았다. 이 강요사항으로서 이중어 글쓰기가 이루어진 시기를 제2시기라고 하면 전자는 제1시기라 할 것이다. 한국 근대사는 이 두 가지 이중어 글쓰기를 겪어야 했는바 이 중 제2기 이중어 글쓰기는 단연 특이한 양상을 빚어놓았다(졸저, 『일제말기 한국작가의 일본어 글쓰기론』, 서울대출판부, 2003).

일본어와 조선어를 동시에 익힌 문필가인지라 어느 쪽으로도 거의 자유롭게 글쓰기에 내몰렸는바, 그 결과는 어떠했을까. 실로 난감하고도 놀라운 결과물이 그것도 대량으로 창출되었다. 무엇이 그토록 난감했을까. 무엇이 그토록 놀라웠을까. 그들의 글쓰기가 국적 불명이라는 사실이 그것이다. 그들의 글쓰기란 일어도 아니지만 또한 조선어도 아니었기 때문이다. 그들이 쓴 어떤 글도 일본의 국어에 닿을 수 없었고, 그들이 쓴 어떤 글도 조선어의 순수성에 닿을 수 없었다. 친일적 글쓰기도 아니었지만 반일적 글쓰기도 아니었다. 있는 것이라곤 '글쓰기'라는 행위뿐이었다. 어떤 국가, 민족 이데올로기와 무관한 혹은 그런 것이 미치지 않는 기묘한 영역에서의 글쓰기의 가능성이 거기 엿보였다. 자기의 글쓰기 대상인 민족, 국가 이데올로기의 바깥에 무한히 뻗친 광야 끝의 박명 속으로 사라져 가는 현실에 대한 단념과 그것에 대한 애처로움, 이 단념과 애처로움의 감각이 자기의 지적 조작에 대해 엄격한 윤리의식을 배양하여 역동적 이론화의 추진력이 된다(丸山眞男, 『日本の思想』, 岩波新書, 1966, p.60)는 글쓰기의 주체적 자리에는 아직 이르지 못했기에 8·15와 해방공간(1945~1948)이 닥쳤을 때 이 문제에 대한 비판을 아무도 피해갈 수 없었다. 해방공간의 글쓰기에 대한 검토가 남은 과제라 함은 이에서 연유된다.

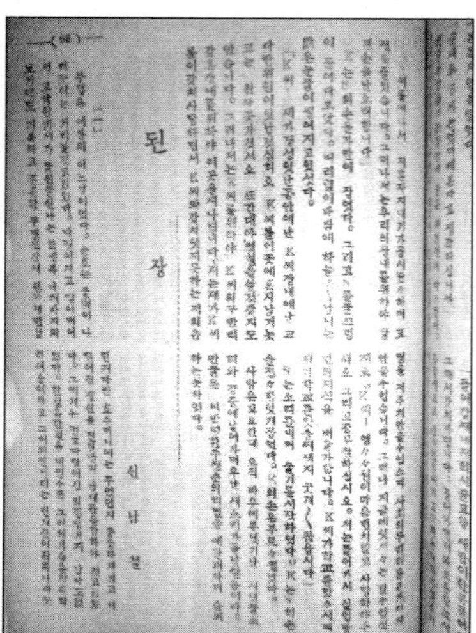

〈『문우』 4호, 1927.2〉

〈『문우』 4호, 1927.2〉

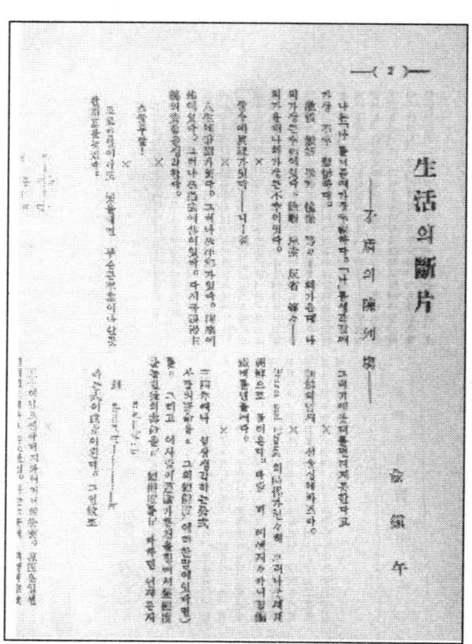

〈『문우』 5호, 1927.11〉

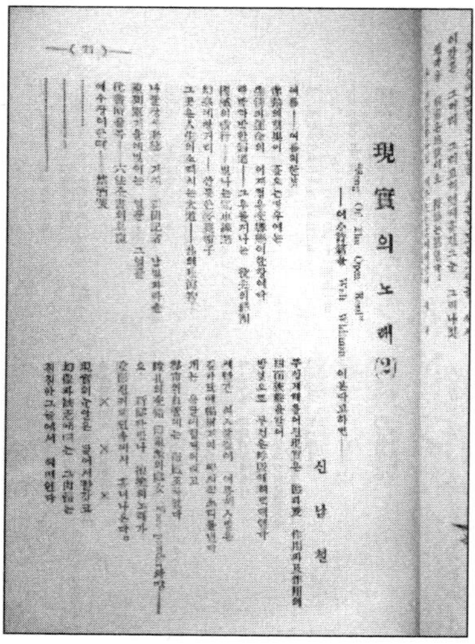

〈『문우』 5호, 1927.11〉

학병세대가 겪은 두 계보의 OSS 체험

1. 글쓰기의 비장함

(객): 문화민족주의로 규정됨직한 종합 월간 교양지 『사상계』
(1953~1970)가 지식인층에 끼친 영향만큼 대단한 것이 일찍이
이 나라 독서계에 있었을까. 6·25를 겪으면서 공백기와 다름없
던 문화계에 세계적인 뉴스와 지식의 소개는 물론, 번역에 대한
갈증을 어느 수준에서 담당해주었던 것이었지요. 선생이 쓴 글
중엔 이 잡지가 6·25로 인해 어수선했던 대학교육의 일환이었
음을 살펴본 것이 있더군요. 백낙준, 유진오, 김재준 등 당대 석
학들의 강의록이 그대로 실리기도 했으니까.

(주): 그건 조금 과장입니다. 내가 논의해본 것은 단지 대학에서의
문학교육이지요. 최재서의 등장으로 교육의 판이 어떻게 바뀌었
는가에 관한 것(「한국근대문학의 시선에서 본 〈문장독본〉과 〈문

학독본〉의 관련양상」, 『한국문학, 연꽃의 길』, 서정시학사, 2011).

(객): 해방공간에서 줄곧 굶주린 대학의 문학 지망생에게 구세주 몫을 한 것은 백철의 『문학개론』이었지요. 그러나 『사상계』의 등장으로 판이 크게 바뀌었다. 그 인물이 바로 영문학자 최재서. 그가 얼마나 고압적이었느냐 하면, 전공인 셰익스피어론 특강 「지성의 비극」을 『사상계』에 실은 것은 1955년 12월 초였는데, 조금 개고된 이 글은 잡지사의 모종의 시행착오로 다음해 3월 「문학과 사상」이라는 제목으로 『사상계』(1956.3)에 그대로 실리지요. 선생은 이를 두고 『사상계』도 머리를 숙인 셈이라고 했더군요(「한국근대문학에 비친 외국문학의 영향」, 한국비교문학회 주최 2011년 추계 학술대회 기조강연).

(주): 좀 경솔했다고 여기고 있소이다. 그때 내 머리를 스친 것은 '최재서'라는 문제적 인물이었지요. 경성제대 영문과의 수재인 그는 악명 높은 일어 잡지 『국민문학』을 주도한 인물. 창씨개명(1940.2)도 거부하고 본명인 '최재서'를 발행인의 이름으로 내세울 정도(1944.1에 창씨개명함). 이 대단한 실력자가 해방 후 친일파로 묻혔다가 이제 다시 양 날개를 펴고 등장한 셈.

(객): 잠깐, 그전에 『새벽』지에서부터 아닙니까.

(주): 맞소. 흥사단 기관지 『새벽』(『東光』의 후신)의 창간이란, 잘 알기 어렵기는 하나, 10년 만에 친일파의 오해를 벗을 만하다는 판단이 섰기 때문이지 않았을까. 최재서도 마찬가지. 그러나 문제는 실력. 영문학에 대한 실력 면에서 그를 능가하거나 견줄 만한 인물은 전무한 형국이 아니었던가. 적어도 세계를 무대로 한 문

학론이었으니까. 일어판 번역에 지나지 않는 '백철 문학론'의 소임은 이제 의미가 쇠약했고, 그러니 의식깨나 있는 대학생층은 최재서 앞으로 달려갈 수밖에요. 이 드라마는 문학교육의 문제인 것. 당시 청강생의 증언에 따르면 강의실에 들어갈 수가 없어서 마이크로 들리는 강의실 밖에도 학생들이 운집했다니까요(이선영, 『동방학지』, 2011.3).

(객): 선생이 얘기하고 싶은 것이 이제 조금은 실마리가 보입니다 그려. 최재서의 문학교육 드라마가 문학에 한정된 것이라면, 그래 봤자 글쓰기의 일환이지만, 이 글쓰기 영역에서의 드라마는 『사상계』라는 것, 맞습니까. 발행인 장준하의 글쓰기의 열정과 더불어 웅혼함과 비장함과 성스러움이 그것.

(주): 글쓰기의 열정, 웅혼함, 비장함, 성스러움이란 학병세대와 분리시킬 수 없는 것.

(객): 또 학병세대 타령이군요.

(주): 타령이라니? 나는 다만 문학사를 공부하는 서생(書生)에 불과합니다. 이 나라 문학사 공부를 하는 것이니까 유독 학병세대에 관심을 기울일 이유는 없지요. 식민지 시대의 이광수도, L·S·T(Landing ship for Tanks)의 이호철, 최인훈도 4·19의 이청준 등등에 대해서도 사정은 마찬가지.

(객): 그래도 『사상계』와 관련된 학병세대란 장준하, 김준엽 등이 중심부를 이루고 있지 않습니까. 곧, 서북 출신들이라는 것. 평안북도 삭주 땅 장로교 목사의 아들인 장준하, 신의주고보 출신의 김준엽, 여기에다 신상초까지 신의주가 고향이 아니던가요. 학도병 출신, 서도 출신이 여기에 무슨 연관이라도 있단 말인가요.

썩 궁금합니다.

(주): 학병 출신이라는 점과 글쓰기 사이에 늪처럼 펼쳐져 있는 광복군과 임시정부, 그리고 김구 주석을 직접 대면하기 위해 건넜다는 것. 이른바 탈출이겠소. 말이 탈출이지 중국대륙 6천리 횡단, 이 속에는 일제에 대한 불같은 저항과 젊음만이 할 수 있는 모험과 열정, 거기서 오는 자부심이 놓여 있소. 그리고 이 모두가 어울려 커다란 울림을 이루었던 것이 '글쓰기'의 드라마를 가져왔고, 문학도 그 속의 하위개념으로 되었던 것.

(객): 썩 막연한 얘기 아닙니까. 학병 탈출이란 이들만이 아니니까요. 김수환 추기경도 학병으로 남양에 끌려갔지요. 왜 이들만이 『사상계』를 창출해내었고, 그로써 독서계에 막대한 영향을 끼쳤는가, 또 그로 인해 문학적 글쓰기에도 영향을 끼쳤는가에 대한 설명으로는 구체성이 모자라는 것 아닙니까. 그들만이 가진 독특한 집념, 천재적 노력이 따로 있지 않았을까요. 김준엽(게이오대 역사학), 장준하(일본 신학교) 만의.

(주): 이제야 본론에 다가온 느낌이오. 그들만이 가진 글쓰기의 집념, 가장 어려운 장면에서 비로소 그 진가가 발휘되는 보물.

(객): 선생은 『등불』과 『제단(祭壇)』을 말하고 있습니다 그려. 글쓰기의 성스러움.

(주): 그렇소.

2. '등불' 과 '제단' 으로서의 글쓰기

(주): 30여 명의 학병들과 탈출하여 중경으로 가는 도중 임시로 머물

렀던 임천(臨川)에서 70여 일을 보냈다 하오. 그동안 지루한 시간을 보내기 위해 각자 자기의 사관을 강의하기로 했소. 발의자는 장준하. 그는 〈아가페와 에로스〉, 2번 타자 김준엽은 〈사랑〉, 세 번째가 윤재현(도시샤대학 영문과). 『등불』이란 잡지를 내자고 제안한 것은 윤재현. 김준엽과 장준하도 찬성. 그 사정 및 결과는 『돌베개』(세계사, 1992)와 『장정』 1(나남, 1987)에 넘치도록 상세하오.

(객); 요약해 보시면 안 될까요.

(주): 잡지 표지는 김준엽이 그렸는데 『등불』이란 제호 밑에 한반도를 그리고, 그 속에 램프를 그려넣은 것. 종이라곤 마분지뿐, 표지를 만들 수 없었다. 김준엽이 팬티를 빨아 이로써 표지를 딱 한 권 만들 수 있었다는 것. 『사상계』의 모체가 탄생하는 장면이라고 할까요.

(객): 그 장면은 제가 인용하고 싶소이다.

우리는 이어 2호를 착수하기로 하였다. 다음에 말하겠지만 장준하 형이 취사를 맡게 되어 주로 윤재현 동지와 내가 맡아서 『등불』의 편집과 제작을 해야 했다. 이 제2호에 나는 노능서(魯能瑞) 동지의 탈출 경로를 희곡으로 만들어 게재하였고 (…중략…) 이 희곡은 나의 처음이자 마지막 작품인데 학생 시절에 문학에 도취했던 소산으로 아는데, 당시로서는 흐뭇했으나 지금 생각하면 나의 만용에 나 스스로가 놀랄 지경이다.

아무튼 이 『등불』이 계기가 되어 전후(1952년부터)에 장준하 형이 『사상계』지를 창간하게 되고 1955년부터 나도 이에 관여하게 되었다. 우리가 보물로 여겼던 이 『등불』지를 장준하 형이 천신만고를 겪으며 국내까지 가지고 들어왔으나 6·25전란 때 아깝게도 분실하고 말았다.

— 『장정』 1, 나남, 1987, p.246

『사상계』와 『등불』이 그 뿌리가 같다는 것. 이제 조금은 고개가 끄덕거려집니다 그려. 여기서 "정신이 같다"가 아니고 "뿌리가 같다"고 한 것은 제가 조금 망설인 표현이기도 합니다만.

(주): 동감. 『등불』의 주도자는 보아온 대로 김준엽이지만, 이를 『제단』으로까지 발전시킨 것은 단연 장준하. 거기에는 신학(神學)의 뿌리가 살아 있었지요. 기독교의 신이란 조국이나 국가와 상충하는가 또는 나란히 가는 것인가. 이는 뿌리의 문제이겠지요. 기독교의 신처럼 다른 신에 대한 혹은 우상에 대한 불 같은 분노를 품고 있소. 그것이 일제였을 터이지만 이를 직접 대할 수 있는 곳은 중경의 임시정부, 김구 주석의 얼굴이었지요. 그러나 목사 아들인 장준하로서는, 김구 주석도 임시정부 인사들도 한갓 약한 인간이었던 사실에 직면합니다. 분노가 폭발할 수밖에요. 중경에서 학병 탈출자 50여 명이 보는 앞에서의 김구 주석에게 대든 분노.

(객): 그 분노가 『사상계』의 뿌리라고 선생은 우기고 있습니다 그려.

(주): 『제단』까지 검토해야 이 분노의 깊이를 조금 헤아릴 수 있겠지요.

(객): 아 그렇군요. 그것도 제가 인용해두고 싶소.

끝내 우리는 자위삼아 임천군관학교 분교에서 겨우 2호를 내고 중단했던 잡지 『등불』을 다시 속간해 보기로 했다. 그 초라한 잡지지만 지면으로 글을 발표해서 우리들의 호소를 전하고자 뜻했던 것이다.

거의 이 『등불』 발행이 유일한 즐거움이 되어버렸다. 다행히 (중경) 토교에는 등사판이 있어서 임천에서 붓으로 써서 두 호를 냈던 노력보다는 쉽게 80부씩의 『등불』을 내며 우리들의 필봉을 마음껏 휘두를 수 있었다.

— 『돌베개』, 세계사, 1991, p.261

　그런데 어째서 그는 『등불』을 버리고 『제단』으로 향했을까. 장준하, 그는 일본신학교에 가기 전에 먼저 3년간 정주에서 소학교 교원 노릇까지 했기에 학업 도중에 입대한 동기들에 비하면 세상살이의 때가 묻은, 그러니까 2주 정도의 결혼 기간이긴 해도 아내까지 있었던 인물. 1918년생이니까. 한편 게이오대 상급반인 김준엽(1920년생)과는 거의 동년배. 1920년생의 김준엽은 중국 최근세사에 주력. 학자 기질을 타고난 인물. 그가 입대할 때 오늘날의 집 한 채 값에 해당하는 비상금을 지닐 정도로 넉넉한 집안 출신. 신을 향한 분노, 인간을 향한, 곧 김구 주석 앞에서의 '폭탄선언'을 한 장준하와 여러모로 차이점. 『사상계』에 김준엽이 합류한 것은 1949년(중국 본토의 중공군 남침) 이후이지요. 『등불』에서 『제단』으로, 투쟁노선을 신의 이름으로 행하고자 한 장준하의 행위란 『사상계』의 진정한 힘이 아니었을까.

(주): 조금은 성급한 판단이 아닐까 싶소. 『제단』이란 희생을 바치는 성스러운 장소이긴 해도 종교와 관련되어 신이 주재하는 곳이지요. 이때 주목되는 것은 불하구(不河口)를 거쳐 6천리를 걸어온 학병들에 있어 신이란 특정종교의 신이자 민족(국가)에 다름 아닌 것.

(객): 『제단』은 중경의 토교에서 내놓은 『등불』 다섯 권에 대한 연속물이라 하나둘 사이에 엄연한 차이점이 감지됩니다 그려. 아래를 잠시 보십시오.

시안(西安)에 도착한 이래 고된 훈련에도 불구하고 『제단(祭壇)』이란
잡지를 내놓았다. 『제단』은 나를 바칠 제단이었다. 이 『제단』은 이장군
의 찬동을 얻어 순전히 나의 주편으로 뚜취(杜曲)에서 나온 잡지다. 『제
단』 1호는 300부를 발간해서 우리 광복군 제2지대원은 물론 중경에 있
는 정부요인들과 멀리 여주에까지 운송하여 대환영을 받았던 것이다.

— 『돌베개』, p.278

보다시피 김준엽이 빠져 있지 않습니까.

(주): 또 그는 이렇게도 적었소.

내가 만든 『등불』 5권과 『제단』의 1호와 채 제본이 끝나지 않은 2호
였다.

이것은 나의 모든 정성이, 나의 나라사랑이 깃들여 만들어진 잡지였다.

아내와 부모와 민족과 이웃과 친구와 동포와 송두리째 조국을 빼앗
긴 나로서는 나의 애정을 기울인 단 하나의 대상, 그것이 『등불』이요
『제단』이었다.

나의 보람의 기록이요, 내 사랑하는 모든 사람에게 내가 죽은 뒤 나
의 애정을 보여줄 유일한 증거였다.

내 사랑 다 쏟을 곳 없어 깨알처럼 붓으로 쓰고 매만지고 하며 마음
쓸 곳을 찾아 만들어낸 일곱 권(『등불』 5권, 『제단』 2권)의 잡지. 그것은
영원한 기념물이요 나의 망명 생활 속에 그린 망향물이었다.

— 『돌베개』, p.288

『등불』은 김준엽, 윤재현, 장준하 등 3인 합작이었고 김준엽이
주도였다면, 『제단』은 오직 장준하의 것. 신이 개재한 것, 신과
조국의 미분화 상태.

(객): 신≠조국의 기막힌 사상이겠는데요. 이 사상이 조국 해방 후
엔 어떻게 되었을까. 현실 정치가 가로놓였지요. 이 속에서 헤매

다 6·25를 겪게 되자 다시 『등불』과 『제단』이 요망되었던 것. 『사상계』란 그러니까 『제단』의 성격보다는 한 단계 아래인 『등불』적 성격으로 내려앉은 것.

(주): 민족주의적 문화 계몽지. 세계의 정보와 문화를 대변하고 있었으니까. 6·25를 겪었기에 세계와 고립될 수 없는 것. 물론 분단은 그대로 꿈쩍 않고 있었지만. 신이 떠난 곳에 놓인 것이 『등불』이었을 테니까. 아니 그보다는 신 쪽에서 떠났을 터. 인간의 문제는 인간이 해결해야 하니까.

(객): 『제단』의 세속화라고 선생은 지적하셨군요. 헤겔 투로 말해 절대정신의 3영역 중 예술이 차하위이고 그 다음이 종교, 최고위엔 철학(논리)이 군림한다는 것.

(주): 그런 논법으로 『사상계』를 감히 말해보라는 물음 같은데요. 자신은 없지만 혹시 이렇게 비유해보면 어떠할까. 『사상계』란 종교에서 떠나 예술 쪽으로 내려앉았다고.

(객): 선생은 시방 "예술"이라 했군요. 방대한 글쓰기를 가리킨 모양이지요. 글쓰기의 상상력, 활자문화의 성스러움. 이를 『등불』이라 함이 가하다는 것.

(주): 『제단』이 『등불』로 내려앉았으니 그만큼 불순해졌다고나 할까요. 현실적 글쓰기란 신과 무관한 것이니까.

3. 시안(西安)에서의 OSS와 『제단』

(객): 그 대단한, 신이 관여한 유일신의 『제단』에는 또 다른 낯선 신이 우뚝 서 있었다는 것. 이제 이를 좀 자세히 검토할 차례가 왔

습니다. 바로 OSS라는 것. 이 문제는 미국의 2차 대전 전략용어
에서 온 것이라 군사전문의 자료가 요망되는 것이겠는데, 장준
하들에게 OSS는 무엇이었을까요. 왜냐면, 『제단』을 만들던 몸
으로 부딪힌 낯선 신이었으니까.

(주): 어째서 『제단』에는 『등불』의 주역이던 김준엽이 빠졌을까. 이
점이 요점이 아닐까 싶소. 중국 최근세사 전공인 김준엽은 용모
도 수려할 뿐 아니라 중국어에 능통했고 또 사교성도 있었기에
이범석 장군의 부관으로 발탁됐고, 그 비서이자 애국지사의 딸
인 민영주와 그 와중에 결혼식을 올렸기 때문. 신혼이기에 『제
단』은 오직 장준하 그만의 몫이었던 것. 그만큼 OSS의 존재가
훈련 외에는 여유로웠다고 할까. 야곱의 돌베개는 이제 장준하
만이 보고 있었다. 그가 야곱이었으니까. 6천리의 대륙 횡단 끝
에 찾아온 중경을 채 석 달도 못 되어 떠나게 된 경위를 장준하
는 상세히 적었더군요. 중경에서 토교에로 이동, 거기 '한국기
독청년회관'에 머물었고, 1945년 4월 29일 중경을 떠나 뚜취(杜
曲)에도 갔고, 거기서 이범석 장군 휘하에 들었다. 이범석 장군
은 광복군 제2지대에 있었고, 대원은 180여 명. 종남산(終南山)이
바라다 보이는 서쪽으로 약 30리. 오래된 절간, 여기에 제2지대
훈련장이 있었다는군요.

　5월의 태양 아래 우리는 "OSS" 대원이 되기 위한 훈련에 들어갔다.
office of strategic service의 약자인 "OSS"는 미국의 전략 첩보대를 의미한
다. 중국에서의 "OSS" 활동은 앞으로 있을 미군의 일본상륙작전을 위해
눈부신 예비공작단계에 있었다. 쿤밍에 본부를 둔 이 "OSS"의 지휘관은
유명한 다나반 소장이었으며 해외 전략 기구로서 정보활동과 유격활동

을 병행해 나가며 적의 후방지역을 교란시키는 공작을 사명으로 하고 있었다.

이 "OSS" 대원이 되기 위해서 우리는 3개월 동안 특수훈련을 받아야 했다. 뚜취 지구의 "OSS" 대장은 싸젠트라고 하는 미군 소령이었으며 대위와 소·중위를 비롯해 문관, 하사관까지 20여 명의 미군을 데리고 우리를 훈련시키기로 되어 있었다.

훈련 과정은 예비훈련과 정규훈련으로 나뉘어 있다. 누구나 먼저 신입훈련생이 되면 일주일의 예비훈련을 받게 된다. 민가와 아주 멀리 떨어진 쫑난산 깊숙하게 쫑난사(終南寺)가 있는 이 절 옆에 예비훈련장이 마련되어 있었다.

— 『돌베개』, p.277

(객): 너무 상세한 체험기라 보탤 것도, 뺄 것도 없군요. 이에 비할 때 김준엽은 썩 다르군요.

1945년 7월 말 드디어 3개월간의 제1기생 50여 명의 OSS 특수공작훈련이 끝났다. 나는 무전기술 등의 시험에서 괜찮은 성적을 받았고 국내로 침투하여 모든 공작을 훌륭하게 수행할 수 있는 자신을 얻었다. 8월 1일부터 새로 제2기생 50여 명에 대한 훈련이 시작되었는데 (…하략…)

— 『장정』, p.411

체험기가 빠져 있는 기록물, 말하자면 논리(전체적 조망)일 뿐 아닙니까.

(주): 앞에서도 잠깐 인용했지요.

뚜취는 불교로 잘 알려진 쫑남산(終南山)을 서쪽으로 약 30리 앞에 두고 바라다 볼 수 있는 한적한 동리다. 이곳은 이범석 장군이 지휘하는 광복군 제2지대의 본부가 있는 곳이었다. 낯선 땅 어디서나 조심스러웠다. 우리가 들어선 병영은 오래된 절간을 내부 개조한 것이라 했다.
—『돌베개』, p.275

　　두 번씩이나 이 훈련장을 오래된 절간이라 언급했지요.

(객): 선생이 이 절간에 가본 여행기를 읽은 바 있습니다만, 어떻습
디까.

(주): 내가 거기 간 이유는 따로 있었소. 신라 왕자 원측(圓測)의 비석
을 보기 위함이었지요. 시안(西安)에서 버스로 포장 안 된 길을
한 시간 여 달려 닿은 곳은 호국흥교사(護國興敎寺). 붉은 글씨의
현판이 크게 걸려 있었소. 중화민국의 우국지사 강유위(康有爲)
의 글씨.

(객): 선생은 그곳이 이범석 장군의 OSS 본부가 있던 곳임을 몰랐지
요, 아마도.

(주): 그렇소. 무식했으니까. 송나라 때 세운 원측의 비석에만 카메
라를 눌렀으니까. 요컨대 내가 말하고자 하는 것은 체험기의 존
재 방식이오. 장준하에겐 그게 있다는 것. 김준엽과 좀 다른 글
쓰기라는 것.

(객): 선생이 유독 그 점에 주목하는데, 아마도 체험기가 비록 논픽
션이라고는 하나 '픽션 아닌 것', 굳이 말해 '문학적인 현상'이
라고 믿고 있는 증거의 하나가 아닐까 싶네요. 『돌베개』의 세계
가 그러하다는 것. 글쓰기의 영향력에도 이 점이 크게 작용했다
는 것. 지식이란 일회성으로 그만이지만 "문학적 현상"은 그렇
지 않다는 것.

(주): 우리의 대화가 엉뚱한 데로 비약되면 안 되겠지요.

(객): 아, 그렇군요. 바로 OSS 문제. 국내 침투훈련이 끝났을 때, 장
준하 일행은 어떠했던가. 1945년 8월 18일 미군 비행기로 이범
석, 노능서, 김준엽, 이계현, 이해평 등 모두 22명이 여의도에 진
입 등등의 곡절이 상세하고, 노능서, 김준엽, 장준하 등의 그 굉
장한 역사적 사진(1945. 8. 20 산동성 탄현에서)의 경위도 상세
하지요. 이에 비해 김준엽은 매우 논리적이군요. 보실까요.

그런데 이것이 웬 말인가? 1945년 8월 10일. 그날 오후 싸젠트 소령
은 상기된 얼굴로 대장실로 들어오더니 느닷없이 일본이 투항했다는 것
이다. 이장군이나 나는 출동 통지를 알리려는 줄 알았더니만 천만 뜻밖
에도 원수 왜놈들이 드디어 항복했다는 것이 아닌가!
— 『장정』, p.415

8월 15일이 아니고 10일이라는 것. 천황이 일본 국민에게 방송
한 것은 15일 정오였던 것. 일본은 외교 루트를 통해 각국 대사
관에 포츠담 회담의 조건인 "무조건 항복"을 알렸다는 것.
(주): 당시 모스크바에 초청됐던 중국 석학 궈머로(郭沫若) 역시 일
본 항복을 들은 것은 10일.

라디오로 "일본이 무조건 항복했답니다." 한다. 통쾌한 일이다. 의리의
통쾌한 일이다. 축배, 축배, 끊임없는 축배, 나는 완전히 의식을 잃었다.
— 궈머로, 윤영춘 역, 『소련기행』, 을유문화사, 1949, p.205

정작 일본 측 자료는 어떠했을까. 잠시 볼까요.

8월 6일 히로시마 원폭 투하. 8월 9일 나가사키에 원폭 투하. 8월 10

일 오후 2시 반 포츠담 선언 수락의 방침 결정. 8월 12일 일본 항복 조건에 대한 연합군의 회담 공전(公電) 도착. 8월 14일 어전 회의에서 포츠담 선언 수락을 결정. 8월 15일 정오, 천황의 전쟁 종결의 조서 방송. 스즈키 내각 총사의.

—『소화사사전』, 마이니치 신문사, 1980, p.473

한편 백범 김구 주석께서는 이렇게 썼군요.

"왜적이 항복한다" 하였다.

아! 왜적이 항복! 이것은 내게는 기쁜 소식이라기보다는 하늘이 무너지는 듯한 일이었다. 천신만고로 수년간 애를 써서 참전을 준비한 것도 다 허사다. 서안과 부양에서 훈련을 받은 우리 청년들, 각종 비밀한 무기를 주어 산동에서 미국 잠수함을 태워 본국으로 보내어 국내 요소를 혹은 파괴하고 혹은 점령한 후에 미국 비행기로 무기를 운반할 계획까지도 미국 육군성과 다 약속이 되었던 것은 한 번 해보지도 못하고 왜적이 함몰하였으니 진실로 전궁이 가석이어니와 그보다도 걱정되는 것은 우리가 이번 전쟁에 한 일이 없기 때문에 장래 국제간 발언권이 박약하리라는 것이다.

— 김학민 · 이병갑 주해, 『백범일지』, 학민사, 1997, pp.359~360

(객): 그리고 보면 초기 문제의 핵심에 놓인 것이 OSS입니다 그려. 그만큼 OSS 전략이 한국광복운동사에 던진 비중은 컸다는 것. 요컨대 미군이 한동안 한국광복군을 비로소 동지로 인정했음입니다 그려.

(주): 바로 자부심의 근거. 적어도 중경 시절 광복군에 있어서는 그렇다는 것.

(객): 선생은 "적어도"라고 한정사를 조심스럽게 붙였습니다 그려.

(주): 그럴 수밖에 없지 않습니까. 김구 주석이 귀국한 것은 1945년 11월 23일. 부주석 김규식 등 임정 제1진이었지요. 이미 국내에는 미군정이 실시되고 있었지요. 그보다 한 달 먼저(10.16) 미국에서 이승만이 귀국했지요. 임정은 군정에 의해 "개인자격"으로 귀국한 것. 요컨대 미군정은 임정을 인정하지 않았지요. 38선 이북의 소련군정도 조선독립동맹(김두봉)을 개인자격으로 보았소. 김무정 장군도 압록강을 건널 때 무장해제였던 것. 이런 사정은 자료상에서 살피면 금방 확인되는 것. 이런 상황 속에서 김구 주석은 얼마나 착잡했을까. 해방정국의 주도권 쟁탈전이 바로 눈앞에서 벌어졌고, 거기에 자동적으로 대처할 수밖에요. 이 판국에 정작 OSS 출신의 장준하는 어떠했을까.

(객): 두 가지 자료가 있군요. 하나는 김준엽에 대한 것.

    내게는 그래도 노능서 동지와의 재회가 큰 기쁨이었다. 노동지는 지난 8월 초순경 국내 잠입을 위해 OSS의 경진 지구조를 편성하였을 때 통신 책임을 폈던 동지다. (…중략…) 이번 입국 다섯 명의 수행원 가운데 안우생 씨는 안중근 씨의 조카였으며 안미생 여사와는 사촌간이었고 나머지 4명은 전부 나와 같은 학병 출신이었다.

— 『돌베개』, p.403

그렇게 가까웠던 김준엽이 빠져 있지요. 공부해서 학자로 중국에 남겠다는 김준엽. 장준하는 경교장 김구 주석의 비서로 현실정치에 뛰어들었던 것. 김준엽 없는 OSS 출신은 어떠했을까. 그 귀국 첫날 장면.

일본 38식 장총으로 무장한 이 광복군 국내지대가 겹겹이 경교장을 둘러싸고 있는 호위 속에 새벽의 깊은 적막이 침전하고 있었다. (…중략…) 세수를 마치고 군복을 단정히 차렸다. 나는 그때 완전한 미군 장교 복장을 하고 있었다. 환국 일행의 수행원 가운데엔 학병 출신이 네 사람 끼어 있었지만 광복군의 장교로서는 나 한 사람뿐이었고 다른 수행원들은 임시정부 경호대원으로서 혹은 수행비서로서 입국한 것이었다.

우리가 중경을 떠나 서안의 광복군 제2지대로 OSS 훈련을 받으러 갈 때, 그대로 중경에 임정 경호대원으로 남았던 동지들이 대부분이다. 짙은 국방색 미육군 군복 샤쓰와 자킷에 타이를 매고 가죽 각반이 달린 군화를 신었으며 옆으로 얹어 쓰는 모자 등 일체 지급받은 미군 정규 보급품에 광복군의 마크만을 붙인 복장의 차림이었다. 이제부터 나는 광복군의 한 군인으로서 국내 동포들과 접촉을 갖게 될 것이다. 많은 동포들을 만나게 되자 그들에게 우리 광복군의 모습을 보여주어야 할, 결코 가볍지 아니한 책임을 느꼈기 때문에 더한층 품위단정한 몸매에 관심을 가지지 않을 수 없었다.

— 『돌베개』, pp.349~350

(객): 과연 젊은이다운 순진한 포부. OSS의 복장이 소개되어 있네요. 그런데 완전한 "미군 장교 복장"을 하고 있다고 했는데 이건 무슨 말입니까. 또 "광복군 장교"라고 말했는데요. 광복군을 미군과 동등하게 본 것입니까.

(주): 중요한 것은 그런 꿈이 헛되고 말았다는 것이지요. 경교장에 머물며 장준하는 백범과 이승만의 다리 놓기에 동분서주.

스스로 자기(최기형)의 위치가 교량의 역할이라 했다. 물론 나는 나 개인을 위한 것이 아니기 때문에 쾌히 동의한 것이다. 그는 힘 있는 악수의 체온을 남기며 갔다. 잠시 나는 최형의 체온을 의식하면서 다른 임정 요원들처럼 나 개인의 어떤 목적을 가지고 돈암장엘 가겠다는 것이 아님을 스스로에 확신시켰다.

— 『돌베개』, p.414

(객): 학병. OSS 귀국을 얘기하다가 결국 여기까지 왔습니다 그려. 물론 『돌베개』나 『장정』이 아무리 자세해도 개인의 체험기에 지나지 않는 것. 엄밀히 말해 제1차 자료(학문)로 처리하기에는 무리. 그렇다고 허구냐 하면 이와도 구별되는 것. 뿐만 아니라 추후에 복원한 것. 자기 미화가 불가피. 이 미묘한 경계선이랄까, 그런 성격의 글쓰기인 셈. 어떻습니까.

(주): 동감. 또 다른 OSS의 체험기도 엄연히 있기 때문입니다. 역시 또 다른 추후 복원한 체험기.

(객): 요컨대 광복군의 OSS만이 전부가 아니라는 것. 그래봤자 제한적이라는 것.

(주): 광복군 OSS가 중심적이고 또 적극적, 구체적으로 묘사되어 있음은 사실이지만 다음에 우리가 검토해볼 버마전선에서의 OSS가 엄연히 있기 때문. 다만 비교컨대 둘 사이엔 체험기의 묘사력에 큰 차이가 있다는 것. 그 묘사력의 힘, 이것이 바로 내가 주목하는 곳입니다.

4. 「버마전선 패전기」와 「모멸의 시대」

(객): OSS가 광복군의 이범석 쪽만 있었던 것이 아니다. 유럽전선, 아프리카전선, 태평양전선 그리고 중국전선 등에 걸쳐 있었다. 본부는 워싱턴에 있었고 도노반 소장이 관장했다. 중국의 경우

는 곤명에 지부의 본부를 두었으며 홀리월 중령이 책임자였다. 학병 탈출자 장준하, 김준엽 등이 이범석 휘하에 들고 중경에 있는 써젠트 소령 휘하에의 OSS에 들어가 훈련을 한 것은 1945년 5월 1일이었다(『장정』, p.392). 이것이 OSS의 중국 쪽 사정이었음은 위에서 우리가 상세히 살폈지 않습니까.

(주): 버마전선, 이른바 악명 높은 임팔(Imphal, 인도)작전을 가리킴인 것이지요. 태평양전선이 연일 밀리자 일본군은 버마 쪽으로 돌파구를 찾아 인도 쪽으로 향하려 했다. 1944년 3월에 개시한 이 버마전선에서 일본군은 대참패를 맞았는데 숫자상으로 보면 25만 명 중 13만 명이 죽거나 행방불명. 여기에서 생존한 병사들의 악전고투는 상당한 분량의 체험기가 간행되어 있어 그 어려움이 눈에 잡힐 듯합니다(아라키 스스무(荒木進), 『버마패전행기』, 岩波親書, 1982; 마루야마 시즈오(丸山静雄), 『임팔작전 종군기』, 岩波親書, 1984). 그런데 참으로 불행이랄까 다행이랄까 뭐라고 하기 어려우나 여기에 참전한 한국인 학병의 상세한 기록이 남아 있습니다.

(객): 이가형의 「버마전선 패잔기」(1964)와 박순동의 「모멸의 시대」(1965)를 가리킴이겠습니다 그려.

　　나는 소의 뒷다리 사이에 축 처진 소불알을 보았다. 이놈의 새끼는 무엇이 편하다고 불알이 한 자나 늘어져 있나! 나는 구둣발로 그 축 늘어진 불알을 힘껏 걷어찼다. 순간 소는 껑충 뛰더니 쏜살같이 앞으로 내닫는다.

— 이가형, 「버마전선 패잔기」, 『신동아』. 1964.11, p.292

버마전선은 원시적 전투라는 것. 짐승을 이용한 전투라는 것. 탱크, 비행기 등 문명의 이기는 영국군의 기동부대 독점물이라는 것.

관세음보살!
나는 애절하게 가호를 불렀다. 무엇인가에 의지하지 않고는 그 곤경을 헤어날 수가 없을 것 같은 절망감에 사로잡혔다. (…중략…) 나는 저 앞에서 무엇인가 기다랗게 번쩍이는 것을 보았다. 발을 멈추고 눈을 홉뜨고 다시 바라보았다. 물이었다.
— 박순동, 「모멸의 시대」, 『신동아』, 1965.9, p.364

관세음보살이라 했군요.
(주): 이가형의 경우는 이 점에서 썩 다릅니다. 지식인이니까요. 이가형이 산포 2대대의 지휘반장 후쿠타니 마사노리(福谷正典, 중위)를 다시 만난 것은 1964년이었습니다. 「버마전선 패잔기」가 버마에 투입되었던 이른바 '늑대사단'의 행적을 다룬 기록이고, 거기에서 살아남은 유일한 장교가 바로 후쿠타니였습니다. 훗날 그는 살아남은 자를 수습하는 것을 목표로 해서 살았고 시골 양조장 주사로 호구하면서 『작살난 늑대』를 썼습니다. 이가형은 목포 태생으로 넘버스쿨 제5고를 나와 도쿄대학 불문과 재학 중이었는데, 그가 용산 26부대에 입대한 것은 1944년 1월 20일. 무려 5개월간 훈련을 받았고, 수송선으로 연합군 잠수함을 가까스로 피해 정작 버마에 든 것은 8월이었지요. 이가형은 훗날 『분노의 강』(경운출판사, 1993)이라는 심혈을 기울인 체험기를 '소설'이라 우기면서 간행했습니다. 이 체험기야말로 조선인 학도병이

학병세대가 겪은 두 계보의 OSS 체험 ■

아니고는 쓸 수 없는 임팔전선 체험기이지요. 창씨개명한 이름은 이와모토 아키오. 후쿠다니 중위가 만나고 싶은 인물임엔 틀림없지요. 장마철, 질병과 굶주림, 짐승들의 도움으로 후퇴하는 생생한 체험기는 조선인 학병이 아니고는 어림없는 특이한 경지이지요.

(객): 예를 들면요? 선생이 '조선인 학병'이라고 유독 표시를 했는데요.

(주): 이가형이 배치된 소대에서 조선인 학병이 아니고는 할 수 없는 체험 두 가지를 우선 말하고 싶소.

　　(A) 나 역시 모녀, 은경이와 셋이서 술을 주고받는 바람에 머리가 흐리멍덩해지고 그녀들이 무슨 얘기를 나누고 있는지 분간 못할 지경에 이른다. (…중략…)
　　진주라 천리 길을/내 어이 왔던고… (…중략…) 진주라 만리 길을 내 어이 왔던고.
　　나는 마음속에서 외치고 있었다. 사공의 뱃노래 가물거리며…
　　　　　　　　　　　　　　　　　— 『분노의 강』, pp.104~105

　　이른바 조선인 정신대 여인(한국 측 용어) 또는 조선인 종군위안부(일본 측 용어)와의 만남과 대화이지요. 나는 이 장면을 여러 곳에서 인용했지요. 또 하나 있소.

　　(B) 여자들은 몸뻬에다가 소매가 짧은 하얀 샤쓰를 입고 있었다. 나뭇잎 사이로 새어드는 달빛을 받고서 그 하얀 샤쓰들이 한 무더기의 박꽃 같았다. 푸념을 하는 여자는 실성한 사람처럼 사설을 늘어놓고 있었다. 푸념 소리에 의하면 그들은 이곳 구메 본부락에 와 있던 한국인 위안부

들이었다. 어찌 저녁에 포주놈이 어디론가 뺑소니를 했다는 것이었다. 그리고 일본놈들만 다 떠나면서 자기들을 추럭에다 실어달래도 모른다고 거절을 한다는 것이다. 그러니까 높은 분한테로 떼지어 가서 물고 늘어져야 한다고 다른 여자들을 흔들어대고 있었다. 그러나 추럭에는 모두 산더미처럼 짐이 실려 있었다. 짐 위에 앉은 병정이 그들을 내려다보면서 혼자 깔깔거리고 있었다.

"여, 조센삐야! 너희들 어제는 한판에 50원 달랬지? 지금은 얼마에 줄테냐? 지금은? 헤헤, 하하하하…"

버마에 와서 처음으로 조선삐(朝鮮妣)를 보았을 때의 놀라움과 부끄러움은 그 후에 광대한 버마전선에 걸쳐서 아주 그것도 숱하게 그들과 만남에 따라서 사라진 지 오래였다. 일본삐, 중국삐, 버마삐—저마다의 위안료가 달랐다. 일본삐의 위안료가 최고가임은 물론이다. 딴 삐는 고사하고라도 이 불쌍한 동포들은 어떻게 될 것인가… 그러나 그들의 운명을 걱정하기엔 우리의 갈 길이 너무나 바빴다.

—박순동, 「모멸의 시대」, 『신동아』, 1965.8, p.365

나는 이 대목도 다른 용도로 인용한 바 있소.

(객): 알 만합니다. (A)는 미탈출자인 이가형의 체험기. (B)는 탈출 도중의 박순동의 목격담. (A)는 NHK TV와의 인터뷰에 관련되기도 한 것. 그러나 (B)는 그야말로 탈출 도중에 숨어서 지켜본 것. 박진감의 면에서 보면 (B)쪽이 앞서지요. 탈출이란 아무리 패배하는 부대에서라도 목숨을 건 행동이니까. (A)가 지식인의 자의식이 작동된 내면화라면 (B)는 지식인이긴 해도 그 심도가 약하고 용기가 앞선 쪽에 가깝지 않을까 싶소이다.

(주): 지금까지 버마전선에 관해 중언부언 과도한 언급을 해왔습니다. 이러한 것은 오직 OSS의 중요성을 드러내기 위함이오. 광복군의 OSS와의 차이성 말이외다. 내 방식에 좀 불만이더라도 조

금 인내하면 어떠할까요.

(객): OSS가 그만큼 우리 대화의 중심과제라는 것. 얼마든지 참아보지요.

(주): 광복군 제2지대 이범석 휘하에서 OSS 훈련을 받은 장준하, 김준엽, 노능서 등은 써젠트 소령의 지도하에서 비교적 안정된 상태였지요. 앞에서 이미 살폈듯이 미군기의 도움으로 국내까지 들어올 수 있었고, 백범을 따랐기에 화려한 환국이 이루어진 셈이지요. 적어도 외면상으로는 말이외다. 정치현실에 뛰어들 수조차 있었으니까. 백범과 우남의 다리 놓기가 그것. 이와는 다른 OSS도 있었고, 그들의 체험과 귀국의 형편은 너무나 달랐습니다.

5. 박순동과 조정래

(객): 박순동, 이종실, 이가형 등이 버마전선에 투입된 것은 1944년 9월20일경이었지요. 앞에서 대충 살폈듯이 임팔작전의 완전 실패로 패주하는 와중이었던 것이니까. 제공권을 장악한 것은 물론 압도적인 기갑부대로 무장한 영국군 앞에 노출된 '늑대사단'이란 이가형의 표현으로 하면 '소'와 더불어 후퇴하며 기껏해야 소불알을 걷어차는 수준이었던 것. 이런 어수선한 후퇴전선에서 한 부대에 박순동, 이종실, 이가형 등 조선 학병이 3명이나 있었습니다. 이들은 이가형(이와모토 아키오)만 남기고 탈출을 감행했지요. 박순동이 이종실을 만난 것은 입대 후이지만 이종실과 이가형은 그렇지 않았습니다. 광주고보 선후배관계. 몸이 허약한 탓. 함께 탈출했다간 실패할 확률이 높았지요.

(주): 박순동은 이종실의 말을 이렇게 썼더군요.

> 아무래도 난 이와모토를 뺄 수는 없다. 그는 나와 광주고보의 3년 후
> 배이다. 내가 지금까지 그의 총도 메어준 것은 그가 약하고 내가 세다는
> 이유뿐만 아니었다. 그리고 지금의 건강 상태로 보아서 영군의 탱크가
> 오지 않더라도 먼저 으깨어질 우려가 있는 것은 이와모토다. 그런데 그
> 는 으깨어질 곳으로 보내고 건강한 우리는 짜고 빠진다? 야, 이건 너무
> 비겁한 이야기가 아니냐? 응? 이와모토를 버린다면 난 이 계획을 집어
> 치워도 좋다.
>
> ——「모멸의 시대」, p.360

(객): 감정상의 갈등이랄까, 정에 이끌린 상태에서 벗어나 이들 두
　　 사람은 결국 탈출을 감행하지요. 남은 이가형은 어떻게 되었던
　　 가. 박순동이 남긴 배낭을 들고, 배급품을 돌보지 않고 갈 수밖
　　 에. 그러자 일본인 상사는 호통을 쳤군요.

> "분대의 식량보다 탈주병의 배낭이 소중한가! 바보 같은 놈" ·
> 그렇다 그의 말대로다.
>
> ——『분노의 강』, p.243

동족에게 따돌림을 당하고 이족에게 업신당한 얼간이.

(주): 이제야 문제적 인물인 박순동을 살필 순서에 이른 셈이오. 내
　　 가 먼저 주목하는 것은 "모멸의 시대"가 이중적이라는 것. 조선
　　 인 학병의 모멸과 OSS에서 겪은 모멸.

(객): 이가형은 두 번씩이나 박순동의 출신, 학력 등을 소개했더군
　　 요. 이 점은 매우 의미가 있어 보입니다.

(A) 박순동은 창씨명 나오타 준토오(朴田順東)이며 일본의 불교대학 코마사와(駒澤)의 예과 재학 중이었고 고향은 전라도 순천이었다. 그가 승적을 가지고 있는 것 외에는 그에 대해 나는 아는 바가 없었다.

— 『분노의 강』, p.157

(B) 박순동은 전남 순천 출신의 학병이다. 코마사와 대학을 순천 선암사의 사비(寺費)로 다니던 중이었다. 그는 승적을 가졌다 하니 불경을 읽었으리라. 그는 완팅에서 체팡, 망시 방면으로 진격했을 때 내가 버마의 인가에서 스벤 헤딘의 『극에서 극으로』를 빼냈듯이 중국의 민가에서 『당시선』을 파질이나마 빼냈을 것이다.

— 『분노의 강』, p.239

(주): (A)에서 보면 이가형이 박순동을 만난 것은 학병 입대 시기라는 것. 일본 불교대학의 예과생이었다는 것. 고향이 순천이라는 것. 승적을 가지고 있다는 것. (B)에서 순천 선암사의 사비로 유학했다는 것. 불경을 읽었으니까 필시 한문을 어느 수준에서 해독했을 것이라는 것. 버마 민가에서 『당시선』의 파지를 배낭에 넣었을 터이라는 것. 도쿄제대 학부생인 이가형으로서는 『극에서 극으로』가 배낭에 넣을 수 있는 수준이라 격이 다르다는 것. 비교컨대 중고등학생과 대학생의 차이라고나 할까. 불쑥하는 용기가 혈기왕성함을 가졌다는 점이 암시되어 있다고 할까요.

(객): 잠깐. 선생은 박순동에 대해 과도할 정도로 민감해 보입니다그려. 아마도 박순동의 또 다른 모멸의 시대 체험인 OSS에 관련된 것이겠습니다. 이제 본론이겠소이다. 틀렸습니까. 혹은 한 박자 느린 것입니까.

(주): 좋은 지적. 한 박자 느림이 아니라 빠름이지요. 적어도 중경의

장준하 등의 OSS와 비교한다면 한 박자 정도가 아니라 아주 '빠른 박자'라는 것. 조금 품이 들더라도 그 '빠른 박자'를 살펴볼까요.

(객): 이종실, 박순동이 탈출하여 영국군에 투항한 장면. "현지인 게릴라들의 소개장을 읽은 장교가 우리를 쳐다보며 물었다. You Korean?/Yes/And student?/Yes/Good!" 이것이 첫 장면. 박순동의 호기심은 영국군 장비에 있었다고 적었군요. 바퀴가 10개나 되는 GMC, 탱크, 짚차 등. 소등에 무기와 식량을 싣고 산포를 끌며 소불알을 걷어차던 일본군과 비교할 때 실로 별세계라고나 할까. 그들은 이런저런 곡절을 겪어 비행기로 뉴델리에로 갔고, 거기서 며칠간 포로 취급을 당하며 심문에 응했고, 거기서 드디어 조선인 최상사와 김상사를 만났다. 조선인이었고 상관은 힌클리 미군 대위. 그들은 1945년 4월 25일 카이로에 닿았고 카사블랑카를 거쳐 워싱톤에 닿았다. 또 거기서 4월 28일 경비선으로 50분을 갔다. 산타 카탈리나(santa catalina) 섬 해안에 내렸다.(「모멸의 시대」, p.375 참조)

과연 빠른 박잡니다 그려.

(주): OSS의 훈련 과정이 펼쳐집니다. 그 목적은 중경의 것과 같은 것이라 더 덧붙일 것은 없겠지요. 다만 이종실은 죠(Geo), 박순동은 톰(Tom) 등이 유별나다고 할까.(조정래, 『태백산맥』에서는 '톰슨'으로 나옴, 한길사, p.70)

이런 훈련 과정에 8·15 종전이 왔던 것. 문제적 상황은 박순동에게 도무지 이해할 수 없는 것. 돌연 미군 당국에 의해 포로로 취급된 것. 하와이를 거쳐 귀국한 것은 1946년 1월이었지요. 실로 빠른 속도감. OSS에 대한 배신감, 바로 그것은 미국에 대한 배신감에 다름 아닌 것. 미군은 대국적으로 보아 그렇게 함이 합리적이었을 터이나 불교대학 예과생 출신인 박순동의 능력으로는 이 사태를 소화할 힘이 모자랐다고나 할까.

(객): 'OSS→반미'의 도식. 바로 이것이 조정래의 대하소설 『태백산맥』의 주역 중의 하나인 김범우. 선생은 이 점을 크게 강조했더군요. '이것 없이는, 염상진과 빨치산 계급 투쟁만으로는 씌어질 수 없다'라고(『한·일 학병세대의 빛과 어둠』, 소명출판사, 2012, 제3장).

(주): 작가 조정래가 OSS에 그토록 관심을 가질 턱이 없지요. 그러나 그 박순동이 자기의 외삼촌이라면 어떠할까. 감수성 예민한 소년 조정래에게 외삼촌은 「모멸의 시대」의 세계를 얼마나 잘 들려주었을까. 자랑삼아 혹은 분노로 가득한 육성으로.

이 땅 최초의 논픽션 작가이며 가장 탁월했던 논픽션 작가인 박순동이 나의 외삼촌인 것은 큰 영광이며 기쁨이다. 외삼촌은 내가 소설가 지망생인 국문과 학생인 것만 보셨지 소설가가 된 것은 보지 못하고 돌아가셨다.
— 박순동, 『암태도소작쟁의』, 이슈투데이, 2002, p.413 조정래의 발문.

(객): 그렇군요. 바로 육성으로. 외삼촌의 육성. 「모멸의 시대」의 이중성이겠는데요. 일본과 미국에 대한 '모멸'이었던 것. 이 천추에 못 잊을 한을 품은 외삼촌 박순동의 육성만큼 비지트한 것이 달리 있을까.

6. 체험으로서의 OSS와 비체험으로서의 M1소총

(주): 문학이란 묘사력을 가리킴일 텐데 그것은 육성으로만 가능한
　　　것. 그렇지 않으면 체험기에 지나지 않으니까.

(객): 아, 문학적 상상력을 가능케 한 육성, 볼까요. 『태백산맥』을 열
　　　면 바로 무녀 소화와 빨갱이 정하섭이 나오고 그 다음에 피에까
　　　지 스민 계급의식으로 무장한 주역 염상진이 나오지요. 소위 좌
　　　익사상을 머리에 내건 것. 그러나 제3장으로 오면 사정이 크게
　　　달라집니다. "민족의 발견"이니까. 벌교 대지주의 차남인 김범
　　　우가 학병에서 집으로 돌아온 것은 1946년 1월말. 노부모의 요
　　　청으로 결혼을 했다. 큰형 김범진은 북쪽의 고위장성이고, 그 무
　　　렵 미 군정청에서는 김범우를 모시고자 전남 청장 화이트 대위
　　　가 보낸 짚차가 왔다. 김범우에게 행정상의 도움을 청함이었다.
　　　김범우는 입은 한복 그대로 나섰다. 이어서 다음 장면.

　　앞자리에 오르는데 운전병이 "굿모닝 써" 하고 인사를 했다. "하이,
굿모닝." 거의 무의식적으로 인사를 받고는 김범우는 순식간에 저질러
진 자신의 경솔에 어금니를 물었다. 태평양의 외로운 섬 산타카탈리나
를 떠나 샌프란시스코 교외 어느 포로수용소에 갇히게 되면서 앞으로는
영원히 영어를 입에 올리지 않겠다고 결심했던 것이다. 운전병이 '써'
라고 존대를 하는 것조차 뱀 껍질이 닿는 것처럼 싫었다. 위에서는 그렇
게 하라고 명령했을 것이고 운전병을 그 명령을 충실히 지킨 것뿐이었
다. 그들의 그 철저성이 싫었다. 이제 다시 자신을 필요로 하는 것도 그
철저성의 발로였고, 산타카탈리나의 연합군 동지에서 하룻밤 사이에 샌
프란시스코의 포로수용소로 보내진 것도 그 철저성의 실천이었다. 김범
우는 자신이 집에 돌아온 지 나흘 밖에 안됐는데 그들의 손이 뻗쳐오는

신속성에 전혀 놀라지 않았다. 그들의 정보의 치밀성이나 기민성에 대해서는 이미 산타카탈리나에서 탄복했기 때문이었다. 그들은 벌교라는 하나의 읍에 대해서도 전봇대의 수효, 소화다리의 길이까지 알고 있을 정도였다. 그리고 산타카탈리나에서 벌교 포구의 침투가 제안되었는데, 현지 탐사를 한 잠수정에 의해 뻘밭이 너무 길기 때문에 부적격하다는 판정이 닷새 만에 날아들 정도였다. 로스앤젤레스의 근해 산타카탈리나 섬과 한반도의 구석 벌교 포구와의 거리감으로는 상상도 안 되는 일이었다.

"김 선생은 미국서 사셨는가요?"

차가 진트재를 올라가고 있을 때 뒷자리에 앉아 있던 사내가 뭔가를 좀 알아야 되겠다는 듯 마침내 은근하게 물어왔다.

"아무것도 알려고 하지 마시오. 그건 형씨의 임무 밖이니까."

김범우는 찬바람이 획 끼칠 만큼 매정하게 잘랐다. 사내는 흠칫 놀라며 긴장했다. 그리고 다음 순간, 왠지 모르게 턱없이 거만하게 느껴 대위는 더듬거리며 백기를 들고 있었다.

김범우는 군정청을 나서며 전주가 고향인 박두병을 떠올렸다. 아마 박두병도 자신과 똑같은 제의를 받았을 것이 거의 틀림없었다. 그도 어떤 이유를 붙여서든지 그 제안을 거절했을 것이다. 그는 하룻밤 사이에 동지에서 포로로 바뀐 처우에 대해서 얼마나 분개하고 절망했던가. 그는 버마전선의 같은 소대에서 만나, 나흘 전 인천항에 귀국해서 헤어질 때까지 이 년여를 그야말로 생사고락을 같이한 기막힌 사이였다. 그와 함께 일본군을 탈출해서 영국군에 투항했고, 일본군 포로가 아닌 한국인으로 연합군 편에서 무슨 일인가를 하고자 했던 요구가 받아들여져 두 사람은 미국으로 보내졌다. 그래서 그들은 그 혹독한 OSS 첩보요원 훈련을 밤낮없이 삼개월간을 받았고, 미 지상군의 한반도 상륙을 위한 전초작업 임무를 띠고 침투되려는 즈음에 일본 땅에 원자폭탄이 투하된 것이다. 일본의 항복과 더불어 훈련지 산타카탈리나 섬을 떠나면서 그들은 OSS 첩보요원에서 포로 신세로 바뀌어 샌프란시스코 근교의 수용소에 갇히게 된 것이었다.

"여러분, 미안합니다. 정말 미안합니다. 여러분을 이렇게 취급하는 것은 말이 안 된다는 사실을 너무나 잘 알고 있습니다. 그러나 여러분, 나는 일개의 육군 대령에 불과합니다. 여러분한테는 분명 특별조치가 취해져야 합니다. 그러나 그건 정부와 정부 사이에서 논의되어야 할 문제입니다. 우리가 여러분을 특별 취급해서 인계하려고 해도 여러분을 인수할 기관이 없는 것입니다. 여러분의 나라에는 아직 정부가 수립되지 않았다는 말입니다."

그래서 포로 취급을 하지 않을 수 없다는 데는 논리의 모순이 하나도 없었다. 아니, 당장 정부를 만들어 낼 수 없는 그들로서는 그 논리에 순응해야만 그나마 귀국을 할 수 있다는 결론이었다. 더 따질 수 있는 말은 얼마든지 있었다. 그러나, 본인의 말마따나 일개 육군 대령에 불과한 OSS 훈련책임자 비스크탭을 붙들고 백 번 천 번 말한들 무슨 소용이 있을 것인가. 참으로 엉뚱한 곳에서 나라 잃은 서러움을 뼈에 사무치도록 느껴야 했다. 학병에 끌려 나가면서도, 버마의 정글 속에 동료의 무덤을 계속 파면서도, 후퇴하는 자동차를 쫓아오며 경상도 사투리로 부르짖다가 부르짖다가 끝내 길바닥에 나뒹굴어지던 정신대 여자의 모습을 보면서도, 나라 잃었음의 서러움이 그렇게 기막히지는 않았었다. 기대하지 않은 자에게 받는 핍박보다 기대했던 자에게 당하는 배신이 열 배 아프다는 사실을 깨달은 계기였다. 인천항에 내려진 포로들은 미군의 명령에 따라 체조대형으로 양팔들을 벌리고 섰고, 바닷바람이 몰아쳐오는 일월의 추위 속에 모두는 발가숭이가 되어야 했다. "범우, 자네 꼬치가 춥다고 허네." 박두병은 허허대고 웃으며 말했고, "내 꼬치야 상관없네만 자네 꼬치나 얼지 않게 허소. 당장 일 시켜얄 것 아닌가." 김범우는 이미 장가를 간 박두병을 상기하며 대꾸했고, 두 사람은 발가벗은 채 찬바람 속에서 허허한 웃음을 허허로운 허공에다 뿌리고 서 있었다. 세 번째의 명령에 따라 발가숭이 포로들은 왼쪽에 줄 맞춰 놓여진 옷가지 앞에 하나씩 서야 했다. 그건 헐고 때묻은 일본군의 옷이었다. 결국 수송선을 타기 전에 하와이에서 얻어 입은 미군 옷은 하나도 남김없이 반납한 셈이었다. 김범우는 그것이 차라리 얼마나 홀가분한지 몰랐다. 기억마저도 그렇게 깨끗하게 잊혀지기를 바라고 있었다.

— 『태백산맥』 1, 한길사, pp.71~73

(주): 여기에 나오는 박두병이 이종실이겠습니다. 산타카탈리나 섬의 OSS의 책임자 아이폴로 대령에게 대들던 그 이종실, 그러나 아이폴로 대령의 논리는 따로 있었지요.

　그러나 솔직히 말해서 우리가 여러분을 넘겨주려고 해도 여러분을 인수할 기관(정부)이 없습니다. 이것은 여러분을 위해서 대단히 유감스러운 일이어서 여러분에게 이 점을 해명하기에 망설이면서 현재의 상태에 도달한 것입니다.

—「모멸의 시대」, p.381

　이종실=박두병의 도식을 늘 염두에 둘 필요가 있습니다. 『태백산맥』에서 박두병만이 빨치산으로 있으면서 이현상의 최후를 목격한 인물이니까. 대지주 차남 김범우와는 신분상의 차원이 다르지요. 이 작품에서 두 사람의 교류가 거의 없습니다.

(객): 분명한 것은 두 사람이 OSS 출신이라는 것. OSS→반미사상에 투철하다는 것. 그 체험의 모멸스러움을 결코 떨쳐버릴 수 없다는 점이겠는데요. 그러나 김범우가 미군정청에 다녀왔다는 사실은 큰 파장을 일으킵니다. 특히 염상진이 그러하지요. 나이상 선후배 사이이지만 염상진은 김범우와 "피가 다르다"는 계급주의자. 김범우도 반미사상에 투철했기에 염상진과의 소통의 가능성이 펼쳐집니다. 그야 『태백산맥』 전체를 읽어야 되는 사안이지만, 우리의 관심은 학도병으로서 OSS와 무관한 경우이겠습니다.

(주): 아, 이제야 또 다른 과제 하나가 떠올랐군요. 나는 이 문제를 작가 조정래의 독창성이라고 봅니다. 그 근거를 말할 차례.

심재모는 뒤로 고개를 돌려 외쳤다. 아까 부대를 지휘하던 상사가 재빠른 동작으로 뛰어왔다.

"나 잠깐 읍사무소에 다녀올 테니깐 장병들 휴식시키도록. 경계 철저, 이탈방지, 기물손상 예방, 잊지 말도록!"

"옛! 알겠습니다."

강상사가 손끝이 파르르 떨릴 정도의 힘찬 거수경례를 붙였다. 그는 심재모 중위보다 일고여덟 살은 더 먹어 보였다.

"갑시다."

심재모는 어깨의 M1소총을 고쳐 메며 경찰서장을 향해 말을 던졌다. 그의 그런 태도는 읍장이란 존재를 묵살하는 것이었다.

기관장 일행 대여섯 명은 마치 줄을 서듯이 해서 교문을 나서고 있었다. 말없이 걷고 있는 그들의 모습은 평소와는 달리 어딘가 주눅이 든 것 같았다. 토벌대장 임만수는 그 직책으로나 지금까지의 기세로 보아 당연히 경찰서장 앞에 서야 됨에도 불구하고 염상구와 함께 맨 뒤에 처져 걷고 있엇다.

"니기미, 사람 팍 겁 믹여뿌네."

염상구는 오래 참았다는 듯 쌍소리와 함께 침을 내뱉었다. 그러나 받들어총을 했다. 상사가 조회대를 향해 돌아섰다. 조회대에는 키가 껑충하게 크고 깡마른 젊은 장교가 서 있었다. 그의 모자에는 중위계급장이 붙어 있었는데, 오른쪽 어깨에는 사병들과 마찬가지인 M1소총을 메고 있었다. 그의 허리에는 분명 권총이 없었다. 그의 큰 키에 M1소총이 잘 어울리긴 했지만 장교가 칼빈도 아닌 M1소총을 메고 있다는 사실은 이색적이지 않을 수가 없었다.

"장병 여러분, 이동에 수고가 많았다. 우리는 마침내 작전 지구에 도착했다. 모두 각오를 새롭게 하기 바란다. 이상."

그의 음성은 깡마른 체구와는 달리 굵으면서도 우렁찼다. 그는 벌교, 보성지구 사령관 심재모였다.

심재모는 조회대를 내려와서 그때까지 엉거주춤한 자세로 서 있던 기관장들과 인사를 나누었다.

(객): 정부파견 빨치산 폭도 진압군 심재모를 상징하는 것이 ‘M1소총’이라는 것. 어째서? 이 장면이 묘합니다 그려. 선생은 이를 작가의 독창성이라 했는데요. 아마도 외삼촌 박순동의 냄새를 지운 존재라는 뜻이 아닙니까.

(주): 그렇소. 작가 나름으로 국군(계엄군 사령관)이 설정되어야 된다는 것. 박두병(이종실)과 맞세울 수 있는 인물이 요망된다는 것.

(객): 그러나 박두병과의 관련은 작품상 거의 없지요. 아마도 이 양쪽의 문제점을 김범우가 흡수한 형국이지요. 그러니까 심재모의 존재는 학병체험자로서는 신빙성이 크게 떨어지지 않습니까.

(주): 동감. 실상 『태백산맥』은 김범우의 일대기냐, 염상진의 일대기냐를 물을 수 있지요. 그러나 6·25를 고비로 하여 김범우의 활동이 압도적이지요. UN군에 종군하기가 그것. OSS의 체험에서 익힌 기술이지요. 작품 결말에 오면 김범우가 염상진 쪽으로 이해의 폭을 넓히기도 합니다만.

(객): ‘M1소총’이 독창성이라 선생은 보았는데요, 이는 가짜다, 라는 어조로 선생은 보는 것이 아닌가요.

(주): 그렇소. 대체 심재모는 누구이며 M1소총은 무엇인가. 작가는 염치도 없이 이렇게 썼습니다. ‘학병=OSS’의 존재로.

심재모는 경기도 수원 태생이었다. 예로부터 중부 이남 지역을 상대로 서울의 관문 역할을 했던 수원의 입지조건에 따라 그의 집안은 상업

으로 대물림을 해왔다. 그의 아버지까지는 장사에 유용한 수치계산의
숙달을 우선으로 하여, 글을 익히는 데도 장사에 필요한 만큼의 범위를
벗어나지 않았다. 그런데 세상이 달라짐에 따라 심재모에 이르러 그 범
위를 벗어나게 되었다. 그는 신식공부의 최상인 대학에까지 진학했다.
그러나 거기에는 가업승계를 전제로 한 엄격한 제한이 따랐다. 상업학
교를 다녀야 했고 상과대학에 진학한 것이 그것이었다. 환경의 탓이었
는지, 별다른 개성이 없어서였는지 심재모는 그런 제한을 별로 제한으
로 느끼지 않고 학교를 다녔다. 그런데 그가 식민지 상황을 가슴으로 앓
기 시작한 것은 대동아전쟁이 본격화되면서부터였다. 전에 피상적으로
만 느껴왔던 조국이라는 것이나 민족이라는 것이 구체적 실상으로 떠오
르기 시작한 것은 학도병 지원이란 몰이를 당하면서였다. 조국이라는
개념과 민족이라는 형체가 잡혀가면서 그는 전에 별로 관심 쓴 일이 없
었던 일군의 사람들을 증오하게 되었다. 그들은 다름 아닌, 글줄이나 써
먹고 살아가는, 문필가나 문학가로 불리는 사람들이었다. 그들은 내선
일체(內鮮一體)만이 우리가 복되게 살 수 있는 최선 최상의 길이라는 글
을 써대는 한편으로, 성전(聖戰)에 나가 죽는 것만이 가장 영광된 젊은
이의 일생이라는 요지의 글들을 뻔질나게 써서 선동을 일삼고 있었다.
그들은 글만 쓴 것이 아니었다. 떼지어 몰려다니며, 청년 장정은 성전으
로, 처녀들은 정신대로 솔선해서 나서자, 고 강연을 하고 다녔다. 심재
모는 버마의 끝없는 정글 속을 헤매며 그 문필가라는 족속들을 얼마나
증오하고 저주했는지 모른다.

—『태백산맥』3, pp.80~81

　심재모가 학병 출신이고 그것도 "버마의 끝없는 정글 속을 헤
매었다."라고 했습니다. 그 구체성이 전무하지요. 그런 체험이
없는 인물이니까.

(객): 작가가 급조해낸 허깨비다? M1소총도.

독립투사들의 물결은 그 기대를 완전히 뒤엎고 말았다. 경기지구 학도병 모임을 주도하고 있던 심재모는 이미 대학생 때의 심재모가 아니었다. 그의 의식은 가업을 이어 장사로 안주할 수가 없게 되어 있었다. 그는 아버지의 만류를 뿌리치고 뜻을 함께하는 학병 출신들과 군대로 뛰어들었다. 그는 학병시절부터 남다른 사격술을 가지고 있었다. 그는 이미 버마전선에서 M1소총을 다루었었다. 노획물인 M1소총은 저격용이었고, 자연히 사격술이 뛰어난 그의 차지가 되었던 것이다. 일본군의 소총에 비해 M1소총의 성능은 기가 막힐 지경이었다. 조준의 숙달을 거치고, 목표물의 거리와 탄알의 이동곡선이 직감적으로 계산되는 단계를 지나면 이동표적이라고 얼마든지 적중시킬 수 있도록 명중률이 높은 총이었다. 심재모는 M1소총을 통해서 미국이란 나라를 인식했고, 이런 총과 맞서 싸우다가는 일본은 언젠가 패하겠구나, 하는 생각을 혼자 했던 것이다. 그는 단기(短期) 장교훈련 때 M1소총을 다시 만지게 되었다. 그의 사격 솜씨는 단연 돋보였고, 그 덕에 보병 병과를 받게 되었는지도 모른다. 그는 M1소총의 성능을 믿었으므로 다른 총은 휴대할 수가 없었다. 칼빈은 그 방정맞은 생김새처럼 명중률이 형편없었고, 더구나 권총은 적과 싸우는 무기일 수가 없었다. 사병들 사이에서 그의 별명은 'M1'이었고, 아무리 키가 작거나 몸이 약한 사병이라도 M1소총이 무겁다는 내색은 하지 않았다.

— 『태백산맥』 3, p.82

"버마전선에서 M1총을 다루었다"고 했는데, 그것도 "노획물"이라 했는데 알다시피 버마전선은 미군과는 무관한 것. 영국군과의 대치 하에 있었으니까. "M1소총을 통해서 미국이란 나라를 인식했고, 이런 총과 맞서 싸우다가 일본은 언젠가 패하겠구나" 하는 표현들은 상식이하. 'M1'이라 별명이 붙은 계엄사령관 심재모. 외숙 박순동이 보았다면 아마도 기절초풍할 것이겠지요. 외숙의 냄새 지우기에서 나온 고육책이라고나 할까요. 그래도 의문점은 남는데요. 선생의 표정도 그러해 보입니다.

(주): 알겠소. 무슨 뜻인지. 어째서 계엄사령관으로 하필이면 ‘학병
출신’을 내세웠는가라는 점. 나도 이 대목을 잘 알 수 없소이다.
학병 출신 중 국군 창설인사들이 많았다는 것과 무관하다고 할
수 없다 해도, 혹시 이런 뜻은 아닌지요.
‘학병→OSS’계와 ‘학병—非OSS’계가 『태백산맥』의 계급사상과
맞설 수 있는 심리적 부담에서 연유된 것이 아닐까.

(객): 외숙 박순동의 냄새 지우기에 창작의 갈등을 겪었다는 것이겠
소이다. 이를 독자성이라 보아야 할지는 모르긴 해도.

(주): 한 가지만은 분명해 보입니다. ‘학병→OSS’이든 ‘학병—非
OSS’이든 이 나라 글쓰기 판에 보이지 않는 모습으로 스며들었
다는 사실.

(객): 소설쓰기가 아니라 ‘글쓰기 판’이라고 선생은 우기는군요.

(주): 그렇소, 넓은 뜻의 ‘글쓰기 판’이외다. 수사학과 구분되는 체
험기의 힘이 아니겠는가.

7. 글쓰기의 비장미, 문학의 자유스러움

(객): 이 나라 해방공간에서 국가 건설에 실질적 주역으로 활동한 인
재들 중 학병세대가 차지하는 몫은 막중했던 것을 볼 수 있겠지
요. 선우휘의 「불꽃」의 주인공 고현처럼, 피하여 조용히 교사노
릇이나 하고 살고자 해도 결국 역사 앞으로 이끌려 나왔고 이병
주도 마찬가지. 이들은 당시로서는 최고학부를 다니던 이른바
엘리트층이었지요. 그들이 어떤 이념 쪽에 동조하든 그들의 역

량은 특별했다고 보는 것이 옳겠지요. 그러나 학병 중 탈출자와 그렇지 않은 자 사이에 또 다른 선이 그어져 있었지요. 위에서 우리는 '학병→OSS'와 '학병—非OSS'를 보았지요.

(주): 알겠소. 그쪽에서 무슨 말을 하고자 하는지를. 임시정부 쪽의 서안에서 OSS 체험을 한 장준하, 김준엽 등과 박순동, 이종실 등이 겪은 '산타카탈리아'의 OSS의 두 계보가 있다는 것. 이들 사이에는 큰 차이를 보인다는 것.

(객): 바로 그렇소. 백범과 귀국한 장준하는 눈부신 정치활동에 뛰어들었고, 김준엽은 학자로 중국에 잔류. 그들에게 있어 OSS 체험이란 '친근성'이랄까 '아쉬움'의 일종이었지요. 8월 10일 일본 항복을 알아내고 있으니까. 박순동, 이종실의 OSS 체험과는 정반대라고나 할까. 이 두 가지 계보의 OSS 체험에서 얻은 것은 무엇이며 잃은 것은 무엇일까. 선생이 입만 열면 말하는 그 '문학사'에서 말입니다.

(주): 감히 '문학사'라 말하긴 좀 뭣합니다. '글쓰기'라고 하면 어떠할까.

(객): 한 발 뒤로 물러가겠다는 뜻이겠는데요. 수사학과는 다른 글쓰기의 기원을 문제 삼고자 하는 것이겠습니다 그려.

(주): 맞소. 그러나 반만 맞소이다. 장준하의 『돌베개』의 세계를 보시라. 글쓰기의 열정과 논리, 또 치밀함과 비장함이 훗날의 『사상계』 전체를 울리고 있었으니까. 『사상계』란 민족주의적 교양지라고는 하나 이 글쓰기의 기원을 떠날 수 없는 것. 그러나 반은 틀렸소이다.

(객): 그러고 보니 선생은 『태백산백』을 염두에 두고 있습니다 그려.

(주): 그렇소. 내가 주목하는 것은 이 나라 '문학사'이오. '학병=OSS'
　　　의 등식 없이 『태백산맥』의 문학적 독창성을 잴 수 없다는 것.

(객): 글쓰기의 기원으로서의 '학병=OSS'와 '문학사'의 일환으로서
　　　의 '학병=OSS' 그 두 계보.

(주): 『등불』, 『제단』을 발간한 장준하, 김준엽의 악전고투는 결국
　　　발표 욕망인데 그것이 창작으로 나가지 않았다는 사실은 주목될
　　　현상. 글쓰기에 멈춘 것. 이에 비할 때 박순동, 이종실이 가진 것
　　　은 충격적 체험뿐. 달리 무슨 수가 있겠는가. 글쓰기의 기원으로
　　　서의 무게, 창작으로서의 가벼움(자유스러움) 이 두 계보. 물론
　　　이렇게 간단하게 정리되지는 않겠지만 그 뼈대랄까 중심부는 그
　　　렇지 않은가 생각합니다. 응당 반론이 예상되지만 나는 그런대
　　　로 견디고 싶소. 학병세대의 OSS란 엄연히 역사성을 가진 것인
　　　만큼 그 누구도 지울 수 없기에. 내 서투른 어법이나 문법과는
　　　무관한 것이니까.

제2부

『태백산맥』과 학병세대 출신의 세 인물

1. 세 명의 학병 출신

이 글은 『태백산맥』(조정래, 제2판, 1994)론이 아니다.

전 10권에 이르는 이른바 대하소설 『태백산맥』에 대한 논의는 기왕에 많이 있어왔고, 그중 대부분의 것은 시대와 더불어 빛이 바랬는데 이런 현상은 어떤 글도 피하기 어려운 것이지만 시대성에 민감한 부분이 많은 작품의 경우엔 특히 그러하다.

이 작품은 1983년 9월에 쓰기 시작해서 1989년 9월, 그러니까 만 5년에 걸쳐 씌어졌고, '민족분단의 허리잇기'에 그 목표를 두었음이 강조되어 있다.

> 민족분단의 삶을 날줄과 씨줄로 엮어 민중의 상처와 아픔을 감싸고자 하는 베짜기 작업이 어떻게 종합되고 통일을 이루어, 잘려진 太白山脈의 허리를 잇는 데 얼마나 기여할지는 나도 잘 모른다. 그 짐을 나는

누가 보아도 목적의식이 뚜렷한 글쓰기에 다름 아니다. 다르게 말해 사명감으로 무장한 글쓰기, 그 목표는 '분단의 허리잇기'일진대, 만일 그 허리가 이어지기만 하면 무용지물이 될 수밖에 없다는 것. 물론 작가의 이러한 불타오르는 거대한 사명감이 실현된 뒤에도 그 작품이 '고전'으로 남아 독자를 고무케 하는 경우도 없지 않다. 『걸리버 여행기』도, 『1984』도 그러한 사례. 그렇다면 작가의 불타는 사명감이란 그 작품의 고전성과는 별개의 것일 수도 있다.

앞의 「작가의 말」에 또 하나 주목할 점은, "민중의 상처와 아픔"이라 한 점. 통일을 전제로 할 때, 다시 말해 국민국가(nation-state)를 염두에 둔다면 그 국가의 구성원은 민중이 전부일 수 없다. 비유로 말해, 국가경영자에 의해 피해를 입은 측의 역사관도 있고, 서구형 국가 이론에 입각한 원론적 역사관도 있을 수 있다. "네가 이 국가를 한번 경영해보라"라고 할 때의 역사관도 있을 수 있다(리처드 H. 미첼, 김윤식 옮김, 『일제의 사상통제』, 일지사, 1982). 피해자인 민중 측의 역사관이 우세한 경우라면 국가경영 측의 역사관은 수정주의로 취급되기 십상이다. 한반도의 민족 분단 문제란 초강국의 양극 체제와 밀접히 관련된 것이고, 이 점에 비중을 둔다면 남북 국가 전체가 희생물(홍성원, 『남과 북』)이다. 한편 민중 측에 비중을 두고 본다면, 6·25까지도 일종의 내전(계급 투쟁)의 발로로 파악될 수도 있다. 그 기원은 1920년대 소작쟁의에서 비롯되어 해방 공간에서 첨예화한 계급 투쟁

(내재적 발전론)이다(브루스 커밍스, 김주환 옮김, 『한국전쟁의 기원』, 청사, 1986). 『태백산맥』이 안고 있는 문제와 작가의 태도를 잠시 엿보았거니와, 이러한 태도가 이 작품에 등장하는 세 명의 인물에게 어떻게 형상화되었을까. 이 글은 이 세 인물에 대한 논의에 지나지 않은 만큼 『태백산맥』론이라 하기는 어렵다. 그렇지만 이 세 명의 인물이 『태백산맥』을 이루는 중심기둥이라면 이 글은 『태백산맥』론 축에 들 수도 있을 터이다.

2. OSS 출신 김범우

『태백산맥』의 중심 주역은 모두가 아는바 염상진이다. 소작인의 아들이며 순천사범을 나와 교사질 대신 소작쟁의에 헌신했다가 형을 살고, 일제의 징집에서 도망쳤다가 해방을 맞아 민중세력의 지도자로 군림, 6·25 이후엔 지리산 남부군에서 부사령으로 활약하다 수류탄으로 자살했고, 그 목이 순천경찰서를 거쳐 벌교역 마당에 내걸리는 것으로 이 대하소설은 막이 내려진다. 이 점에서 볼 때 주역인물을 굳이 찾는다면 염상진이라 할 것이다. 가히 염상진 일대기인 셈이다. 주목할 것은 그가 순천사범 출신의 지식인이라는 점이 아닐 수 없다. 이에 대응되는 인물이 순천중학 출신의 지주 아들, 염상진보다 후배인 김범우다. 작품 서두에서 등장한 김범우는 이런저런 곡절을 겪으며 염상진과 맞서기도 하지만 사상적 방황을 계속, 미군 통역관으로 평양 가기, 포로, 반공포로 등의 곡절을 겪으며 살아남는다. 이 작품 전체에 걸쳐 지식층에 속하는 인물이었는바, 그가 지식인층에 오를 수 있었던 것은 다음과 같은 가문 출신이었던 까닭이다.

김범우는 일천구백사십육년 일월이 다 저물어갈 즈음에 학병에서 돌아왔다. 집을 떠난 지 꼬박 이 년 세월이 흘러 있었다. "워디 보자, 내 새끼 워디 보자. 니를 영영 못 보고 죽는 줄 알었다. 요런 무정한 것아, 워디서 멀 허다가 인자사 오냐 금메. 넘덜은 다 오는디 니만 안 오니께 이 에미 속이 워쨌을 것이냐. 타고 타고 또 타고, 참말로 영영 못 보고 죽는 줄 알었다. 워디 보자, 워디 보자." 병색이 완연한 어머니는 김범우의 전신을 더듬고 또 더듬으며 한정도 없이 눈물을 흘렸다. 해방이 되는 날부터 두 자식을 기다리며 밤낮없이 흘렸을 눈물로 벌겋게 진물러 내려앉은 어머니의 눈자위를 보며 김범우는 속울음을 씹었다. 거기엔 모성의 질기고도 아픈 인내가 응결되어 있었다. 어머니의 득병은 너무나 당연한 결과였는지도 모른다. 어머니에게 있어서 해방의 의미는 두 아들을 다시 품에 안는 것이었을 터였다. 그런데 응당 돌아와야 할 두 아들은 한 달, 두 달, 석 달, 그리고 해가 바뀌어도 돌아오지 않았다. 석 달이 지나도 돌아오지 않은 사람들은 다 저승객이 된 것이라는 파다한 소문을 어머니가 못 들었을 리가 없었을 것이고, 그 어떤 매질보다 아픈 그 소문의 공포를 어머니는 견뎌낼 수가 없었을 것이다. "몸은 성하냐?" 절을 받고 난 아버지의 첫 물음이었다. 그리고 두 번째 물음이 나올 때까지 아버지는 꽤 긴 시간을 필요로 했다. 김범우는 보료 끝에 시선을 고정시킨 채 그런 아버지를 쳐다보지 않았다. "그려, 워디서 멀 허니라고 그리 오래 걸렸냐?" 아버지의 이 두 번째 물음은 꼭 대답을 듣고자 함이 아니었다. 그동안의 애태운 기다림에 대한 어머니와는 다른 감정 표현이었다. 설령 그것이 아니었다 해도 김범우는 자신이 거쳐온 이 년 동안의 생활을 결코 입에 올리지 않았을 것이다. "가그라, 건너가 쉬어." 아버지는, 을매나 고단허겄냐, 하는 말은 혼잣말처럼 낮게 뇌었다.

— 『태백산맥』 1, p.76

벌교의 대지주인 김사용의 큰아들은 일본 유학에서 독립운동으로 치달아 만주 벌판을 헤매었고 차남은 학병에서 돌아와 대를 잇기 위해 결혼을 하고 안착하지만 두 가지 사건이 동시에 터진다. 하나는 벌교에 이미 좌경 세력이 치안을 담당했다는 것이고, 다른 하나는 그들의 첫 과제가 지주계층 숙청이라는 것이었다.

> 범우, 빨리 피허게. 자네 춘부장 어르신은 몰라도 자네의 안전까지는 내가 보장할 수 없네. 자네헌테 이런 말 미리 하는 것은 우정 때문이 아니네.
>
> —『태백산맥』1, p.51

체포, 혁명, 숙청의 순서에 따른 것이었다. 왜 염상진은 김범우에게 이런 제안을 했을까. 우정 때문이 아니라면 또 그것은 무엇일까. 굳이 찾는다면, 또 훗날 지리산에서 판명되겠지만, 김씨 가문의 장남 김범진 때문이 아니었을까. 독립운동가를 길러낸 가문. 그 장남은 인민군 소장이 되어 남부군 총사령관 이현상 위에 군림하는 인물이었다. 그렇기는 하나 이 가문은 염상진의 혁명노선에서 보면 절대로 그냥 둘 수 없는 계층이 아니면 안 되었다.

> 범우, 자네 맘 내가 다 알어. 허나, 나는 자네하고는 피가 다르네.
>
> —『태백산맥』1, p.85

'피가 다르다'라는 명제만큼 이 작품의 저류를 흐르는 보이지 않는 물줄기는 따로 없다. 이데올로기 따위와는 차원이 다른 문제가 아닐 수 없다. 군정청의 화이트 대위를 만나고 나온 김범우가 염상진을 만난 장면은 이 핏줄의 의미를 되새기는 것이기도 했다. "이성적 판단을 이미 기대할 수 없는" 염상진이었던 것이다.

    (김범우): 좋아요. 어떤 주의를 따르든 그건 개인의 자유지요. 그러나 그것이 곧 민족 전체를 위하는 유일한 길이라는 성급한 판단은 금물입니다. 미국이다, 소련이다, 민주주의다, 공산주의다, 자본주의다, 사회주의다, 우리에게 필요한 건 그런 정치적 택일이 아닙니다. 그건 한 민족이 국가를 세운 다음에나 필요한 생활의 방편일 뿐입니다. 지금 우리에게 필요한 건 민족의 발견입니다. 그 단합이 모든 것에 우선해야 해요.

    (염상진): 자네 말은 아주 그럴듯해 보여. 그러나 그건 부르주아적 환상이야.

— 『태백산맥』 1, pp.82~83

핏줄 그것이 바로 계급이라는 것. 같은 인간이긴 해도 같은 인간일 수 없다는 것. 요컨대 가치중립성이란 지식인의 지적 환상이라는 것.

여기까지를 읽은 독자라면 결국 민중과는 일정한 거리를 둔 두 지식인의 대결구도임을 예감할 수 있을 법하다. 또 그랬더라면 별개의 『태백산맥』이 구축되었을 터이다. 그러나 「작가의 말」에서와 같이 민족 분단의 '허리잇기'를 '민중의 상처와 아픔'에로 일방적으로 치닫게 함으로써 김범우의 모습도 서서히 이에 물들어 그 본래의 빛을 잃게 된다. 김범우가 이렇게 기울어짐에는 그만한 이유가 따로 있었다. 바로 OSS 체험이 그것.

귀향한 김범우에게 생긴 첫 번째 사건이 염상진의 귀띔이었다면, 두 번째 사건은 바로 OSS에 연결된다. 도군정청 화이트 대위가 옛 OSS 대원 톰슨을 지프차로 모시러 온 것이었다.

3. 반미사상의 기원—OSS 체험

대체 OSS란 무엇이었던가. 그 정식 명칭은 'Office of Strategic Service(미전략 정보기관)'이며, 제이차대전에 참가한 미국이 영국의 권고로 조직한 전략기구. 정보활동, 유격활동을 병행하면서 적의 후방지역을 교란시키는 공작사명으로 유럽전선, 아프리카전선, 태평양전선, 그리고 중국전선 등을 활동무대로 했다. 본부는 워싱턴에 두었고, 도노번 소장이 관장했으며, 중국의 경우는 곤명에 지부 본부를 두고 홀리웰 중령이 책임자였다. 학병 탈출자 장준하, 김준엽 등 수십 명이 이범석 휘하에 들고, 중경(重慶)에 있는 서젠트 소령 휘하의 OSS에 들어가 훈련을 한 것은 1945년 5월 1일이었다.(김준엽, 『장정』, 나남, 1987, p.392) 한편 태평양 지역의 OSS는 어떠했을까. 이 물음은 김범우, 심재모, 박두병 등 세 명의 지식인을 떠나도 『태백산맥』이 성립될 수 있겠느냐의 문제성에 직결되어 있음을 먼저 지적해두기로 하자. 이는 곧 염상진(민중)만으로는 씌어질 수 없는, 『태백산맥』의 실질적 모델과 무관하지 않음을 보여주는 사례인 까닭에 그만큼 역동적일 수 있었던 것이기 때문이다. 허구를 보강한 모델의 견고성이었던 것이다.

도군정청으로 간 김범우에 대한 역동적 묘사를 먼저 보기로 하자.

앞자리에 오르는데 운전병이 "굿모닝 써" 하고 인사했다. "하이, 굿모닝." 거의 무의식적으로 인사를 받고는 김범우는 순식간에 저질러진 자신의 경솔에 어금니를 물었다. 태평양의 외로운 섬 산타카탈리나를 떠나 샌프란시스코 교외 어느 포로수용소에 갇히게 되면서 앞으로는 영원히 영어를 입에 올리지 않겠다고 결심했던 것이다. 운전병이 '써' 라고 존대를 하는 것조차 뱀 껍질이 닿는 것처럼 싫었다. 위에서는 그렇게 하라고 명령했을 것이고 운전병은 그 명령을 충실히 지킨 것뿐이었다. 그들의 그 철저성이 싫었다. 이제 다시 자신을 필요로 하는 것도 그 철저성의 발로였고, 산타카탈리나의 연합군 동지에서 하룻밤 사이에 샌프란시스코의 포로수용소로 보내진 것도 그 철저성의 실천이었다. 김범우는 자신이 집에 돌아온 지 나흘밖에 안 됐는데 그들의 손이 뻗쳐오는 신속성에는 전혀 놀라지 않았다. 그들의 정보의 치밀성이나 기민성에 대해서는 이미 산타카탈리나에서 탄복했기 때문이었다. 그들은 벌교라는 하나의 읍에 대해서도 전봇대의 수효, 소화다리의 길이까지 알고 있을 정도였다. 그리고 산타카탈리나에서 벌교 포구의 침투가 제안되었는데, 현지탐사를 한 잠수정에 의해 뻘밭이 너무 길기 때문에 부적격하다는 판정이 닷새 만에 날아들 정도였다. 로스앤젤레스의 근해 산타카탈리나 섬과 한반도의 구석 벌교 포구와의 거리감으로는 상상도 안 되는 일이었다.

— 『태백산맥』 1, p.75

어째서 김범우는 미국에 대해 저토록 반감을 가졌던 것일까. 산타카탈리나(Santa Catarina)의 체험에다 다시 샌프란시스코 교외 포로수용소의 체험으로 그것이 요약되어 있다. 반미감정의 노출은 곧 OSS에 관련된 것이었다. 학병에 끌려갔다가 탈출하여 영국군을 거쳐 미국 측으로 인도되어 OSS에 가담한 김범우들의 논리도 신념도 오직 조국 해방에 있었다. 그러나 8·15 직후 미국은 김범우들을 포로로 취급해버렸던 것이다. 미국의 이러한 표변에 혈기방장한 지식인 김범우들의 배신감의 밀도는 헤아릴 성질을 넘어서고도 남았다. 반미감정의 기원이 바로 여기에서 왔다.

"안녕하십니까, 화이트 대위님. 용건에 들어가기에 앞서 한 가지 분명히 해둘 게 있습니다. 내 호칭에 대해섭니다. 나는 톰슨이 아닙니다.

그 이름은 산타카탈리나 섬을 떠나면서 잊도록 되어 있던 이름이었습니다. 나는 이제 OSS(해외전략군) 첩보훈련원 톰슨이 아니라 조선인 김범우라는 사람인 것을 확실히 구분해주기 바랍니다.”

김범우는 일부러 사무적인 태도를 취하며 딱딱하게 말했다. 그들이 ‘톰슨’이란 호칭으로 얽고자 하는 그물을 미리 막을 필요가 있었다. 화이트 대위는 예상하지 못했던 공격이었던지 무척 당황하는 태도를 감추지 못했다.

“아아, 그 점은 내 실수였소, 미스터 킴. 기분 나쁘게 했다면 내 사과하겠어요. 난 단순히 반가워서 사용해본 이름일 뿐이었소.”

역시 그들다운 솔직하고도 능란한 제스처를 화이트 대위는 잊지 않았다. 그러나 그건 어디까지나 제스처에 불과할 뿐 그의 상한 기분까지 회복된 건 아니라는 사실을 김범우는 잘 알고 있었다.

“왜 나를 불렀는지요?”

김범우는 대위와의 이야기를 빨리 끝내고 싶었다.

“아, 그건 다름이 아니라……” 대위는 언짢은 기색이 역연한 얼굴로 쩝쩝 마른 입맛을 다시고는, “미스터 킴이 우리와 함께 일해주기를 바라고 있소.” 빠르게 말을 해치웠다. 뻔한 요구였다.

“산타카탈리나의 연장으로서 말입니까?”

김범우의 시선은 날카로웠고, 대위는 난감한 표정이 되었다. 대위는 마땅한 말을 찾기 위한 시간을 벌기 위해서인지 천천히 담배를 빼들었다.

“우린 능력 있는 통역관이 필요하오. 물론 적정보수도 지급하게 될 것이오.”

대위는 더듬거리듯 어렵게 말하고 있었다. 김범우는 담배에 불을 붙이며 엷게 웃었다. 적정보수라는 말이 자신을 유혹하기에는 너무나 허약하게 느껴졌던 것이다.

“산타카탈리나의 일원이 됐던 것도 전적으로 내 개인의 선택권에 의해서였습니다. 더구나 적정보수가 지급되는 통역관의 일은 더 말할 필요가 없을 줄 압니다. 대위님의 호의는 고마우나 나는 그 일을 맡을 형편이 못 됩니다.”

김범우는 그들의 생리에 맞게 명백한 태도를 보였다. 대위는 몹시 당혹해하고 있었다. 김범우는 그 당혹해함이 비위에 거슬렸다. 그것은, 말만 꺼내놓으면 감지덕지할 것이라고 이쪽을 쉽게 생각했던 계산착오의 반응이었기 때문이다.

"미스터 킴, 이건 새로운 당신네 나라를 위해 하는 일이오."

김범우는 또 엷게 웃었다. 대위는 그들다운 마지막 카드를 내민 셈이었다.

"알고 있습니다. 그러나 새 나라를 위해 내가 할 일은 따로 있습니다. 내 전공은 영문학이 아니니까요."

대위의 얼굴은 보기 민망할 정도로 일그러졌다.

"딴 일이라니, 그게 뭔지 말해줄 수 있습니까?"

대위는 야비하게도 회피의 기회를 봉쇄하겠다는 의도를 노골적으로 드러냈다.

"난 선생이 될 겁니다. 학생들을 가르치는 일이 새 나라 건설에 그 어떤 일보다 유익하다고 생각합니다."

김범우는 침착하고도 능청스럽게 거짓말을 꾸며대고 있었고, 그런 자신이 그렇게 믿음직스럽고 마음에 들 수가 없었다.

— 『태백산맥』 1, pp.76~77

통역관 제안 거부의 배경은 바로 다음처럼 길게 이어진다. 이 사실은 강조될 성질의 것이 아닐 수 없는데, 작가 조정래 씨의 외삼촌 박순동이 모델로 되었음에서 왔다.

대위는 더듬거리며 백기를 들고 있었다.

김범우는 군정청을 나서며 전주가 고향인 박두병을 떠올렸다. 아마 박두병도 자신과 똑같은 제의를 받았을 것이 거의 틀림없었다. 그도 어떤 이유를 붙여서든지 그 제안을 거절했을 것이다. 그는 하룻밤 사이에 동지에서 포로로 바뀐 처우에 대해서 얼마나 분개하고 절망했던가. 그는 버마전선의 같은 소대에서 만나, 나흘 전 인천항에 귀국해서 헤어질 때까지 이 년여를 그야말로 생사고락을 같이한 기막힌 사이였다. 그와 함께 일본군을 탈출해서 영국군에 투항했고, 일본군 포로가 아닌 한국인으로 연합군 편에서 무슨 일인가를 하고자 했던 요구가 받아들여져 두 사람은 미국으로 보내졌다. 그래서 그들은 그 혹독한 OSS 첩보요원 훈련을 밤낮없이 삼 개월간을 받았고, 미 지상군의 한반도 상륙을 위한 전초작업 임무를 띠고 침투되려는 즈음에 일본 땅에 원자폭탄이 투하된 것이다. 일본의 항복과 더불어 훈련지 산타카탈리나 섬을 떠나면서 그들은 OSS 첩보요원에서 포로 신세로 바뀌어 샌프란시스코 근교의 수용소에 갇히게 된 것이었다.

"여러분, 미안합니다, 정말 미안합니다. 여러분을 이렇게 취급하는 것은 말이 안 된다는 사실을 너무나 잘 알고 있습니다. 그러나 여러분, 나는 일개의 육군 대령에 불과합니다. 여러분한테는 분명 특별조치가 취해져야 합니다. 그러나 그건 정부와 정부 사이에서 논의되어야 할 문제입니다. 우리가 여러분을 특별취급해서 인계하려고 해도 여러분을 인수할 기관이 없는 것입니다. 여러분의 나라에는 아직 정부가 수립되지 않았다는 말입니다."

그래서 포로 취급을 하지 않을 수 없다는 데는 논리의 모순이 하나도 없었다. 아니, 당장 정부를 만들어낼 수 없는 그들로서는 그 논리에 순응해야만 그나마 귀국을 할 수 있다는 결론이었다. 더 따질 수 있는 말은 얼마든지 있었다. 그러나, 본인의 말마따나 일개 육군 대령에 불과한 OSS 훈련 책임자 비크스텝을 붙들고 백 번 천 번 말한들 무슨 소용이 있을 것인가. 참으로 엉뚱한 곳에서 나라 잃은 서러움을 뼈에 사무치도록 느껴야 했다. 학병에 끌려나가면서도, 버마의 정글 속에 동료의 무덤을 계속 파면서도, 후퇴하는 자동차를 쫓아오며 경상도 사투리로 부르짖다가 부르짖다가 끝내 길바닥에 나뒹굴어지던 정신대 여자의 모습을 보면서도, 나라 잃었음의 서러움이 그렇게 기막히지는 않았다. 기대하지 않은 자에게 받는 핍박보다 기대했던 자에게 당하는 배신이 열 배 아프다는 사실을 깨달은 계기였다. 인천항에 내려진 포로들은 미군의 명령에 따라 체조대형으로 양팔들을 벌리고 섰고, 바닷바람이 몰아쳐오는 일월의 추위 속에 모두는 발가숭이가 되어야 했다. "범우, 자네 꼬치가 춥다고 허네." 박두병은 허허대고 웃으며 말했고, "내 꼬치야 상관없네만 자네 꼬치나 얼지 않게 허소. 당장 일 시켜야 할 것 아닌가." 김범우는 이미 장가를 간 박두병을 상기하며 대꾸했고, 두 사람은 발가벗은 채찬바람 속에서 허허한 웃음을 허허로운 허공에다 뿌리고 서 있었다. 세 번째의 명령에 따라 발가숭이 포로들은 왼쪽에 줄 맞춰 놓여진 옷가지 앞에 하나씩 서야 했다. 그건 헐고 때묻은 일본군의 옷이었다. 결국 수송선을 타기 전에 하와이에서 얻어 입은 미군 옷은 하나도 남김없이 반납한 셈이었다. 김범우는 그것이 차라리 얼마나 홀가분한지 몰랐다. 기억마저도 그렇게 깨끗하게 잊혀지기를 바라고 있었다.

— 『태백산맥』 1, pp.78~79

전주가 고향인 '박두병'에 주목할 것이다. 그는 과연 누구인가. 위의 기록에 따르면 OSS 동기임을 대번에 알 수 있다. 그렇다면 구체적으로 그는 어떤 인물일까.

4. 논픽션 버마전선 탈출자 박순동과 이종실

일제가 조선인 학병의 강제 입대를 각의에서 결의한 것은 1943년 8월이었고 실시한 것은 1944년 1월 20일이었다(이 날짜는 일본인 학병 입영 1943년 12월보다 불과 두 달 후였다). 당초 일본 내 조선인 전문, 대학생은 약 5,700명이었고, 입영 거부 및 사범계 이공계를 제한, 입영에 임한 학생은 총 4,385명이었다. 이들은 서울, 대구, 평양을 거쳐 남방, 북중국, 버마 등지로 향했는데, 그중 버마행의 한 가지 사례를 잠시 엿보기로 한다.

내가 산포 제49연대 제5중대에 편입되어 남방 파견을 위해 용산역을 떠난 것이 1944년 6월 18일. 부산항 출범이 20일. 그러므로 나는 그날 남방 총사령관의 예하에 들어간 셈이다. 이때의 나의 역종은 제일 보충병, 병종은 산포(山砲), 특기는 어자(馭者, 말을 모는 것), 관등은 육군 이등병이었다. 중대 편성으로는 단열(段列)에 속했는데, 단열이라 함은 산포를 가지지 못하는 소대이며 그의 구실은 대체로 산포를 가진 소대의 뒷받침을 해주는 소대이다. 대체로 무능한 병정의 집단이며 일본인의 보충병들로 차 있고 그 속에 조선인 학병들이 많았다.
— 이가형, 「버마전선 패잔기」, 『신동아』, 1964. 11, p.272

장준하, 김준엽(평양), 이병주, 황용주(대구) 등이 입영 직후 바로 전선으로 향한 것과는 달리 이가형(도쿄제국대학 불문과 2년생)의 경우는 거의 4개월간 용산에서 훈련을 받고 겨우 출발한 형국이었다. 그럴 만한 이유가 있었겠지만 가까스로 목적지 버마에 투입되었을 땐 전세가 참혹할 정도로 기울어진 뒤였다. 당시 태평양전선이 봉쇄되기 시작하자 일본군이 새로운 돌파구를 찾아 버마, 인도 쪽으로 주력군을 투입한, 이른바 악명 높은 임팔작전(병력 13만 중 생존자는 6만 명 정도)을 수행하다 실패하여 전군이 후퇴하는 거기에 이가형 등이 투입된 것이었다. 그 경위는 「버마전선 패잔기」에 상세하다. 이 소중한 기록에서 주목되는 곳은 많지만 그중에서도 같은 소대에 배치된 조선인 학병과 이가형의 관계가 가장 주목된다.

버마에 열셋(학병)이 왔는데 박태영과 임종완은 중국 운남성 만빵에서 병사했고, 안욱은 생사불명(아마 전사), 박순동(朴順東)과 이종실(李種實)은 행방불명(아마 도주, 투항)이었다.
— 「버마전선 패잔기」, p.300

문제는 바로 박순동과 이종실에서 왔다. 같은 소대에 있으면서 이 두 사람은 이가형에게 귀띔조차 하지 않고 자기들끼리 탈출했기 때문이다. 이때의 배신감을 다른 기록에서는 이렇게 실토했다.

> 나는 그들에게 배신을 당했다는 생각을 버릴 수가 없었다. (…중략…) 그들은 그 절호의 기회를 독점한 셈이다. 그들만이 영웅이 되려고 한 것이다. 나는 영웅이 될 기회를 놓친 셈이다. (…중략…) 나는 요시다의 부축을 받으며 일어섰다. 나는 조선인 학병 동지에게 배반당한 우정을 일본인 전우에게서 발견하고 있었다.
>
> — 이가형, 『분노의 강』, 경운출판사, 1993, p.242

이가형을 떼놓고 탈출한 박순동, 이종실은 어떤 인물들이었을까. 박순동의 경우가 단연 문제적이었다. 전남 순천 출신의 학병이라는 것. 고마사와(駒澤)대학을 순천 선암사의 사비(寺費)로 다니던 중 학병으로 입영한 인물. 그는 승적을 가졌다 하니 불경을 읽었으리라. 순천 선암사의 승적을 가졌다는 점에 일단 주목할 것이다. 『태백산맥』의 김범우처럼 순천중학을 다녔을 터이다. 정작 박순동은 버마전선 탈출기 「모멸의 시대」(『신동아』, 1965.9)에서 상세히 적었다. 이 기록에서는 어째서 이가형을 떼놓고 그들만이 탈출했는지의 경위를 다음처럼 해명했다.

(이종실): 너는 이와모토(이가형의 창씨명)는 버리라는 것이냐.

(박순동): 버리자는 단정은 아니다. 그러나 이 계획은 첫 번에 완전히 성공하든가 그렇지 않으면 죽음이든가 결과는 둘 중에 하나.

(이종실): 아무래도 난 이와모토를 뺄 수는 없다. 그는 나와 광주고보의 3년 후배이다. 내가 지금까지 그의 총을 메어준 것은 그가 약하고 내가 세다는 이유뿐만이 아니었어. 그리고 지금의 건강 상태로 보아서 영군의 탱크가 오지 않더라도 먼저 으깨어질 우려가 있는 것은 이와모토

다. 그런데 그는 으깨어질 곳으로 보내고 건강한 우리는 짜고 빠진다?
그렇다면 나는 이 계획을 집어치워도 좋다.
　(박순동): 너무 감정에 치우치진 말게. 우리의 탈주가 반드시 사는 길
이라고도 할 순 없고, 분대의 가는 길은 반드시 죽는 길이라고도 할 수
없다. 우리에겐 우리의 운명이 있고 이와모토에게 그의 운명이 있다. 다
만 우리는 의식적으로 이 길을 택해본 것이고 성공의 기약은 없다.
　　　　　― 계훈제, 박순동 공저, 「모멸의 시대」, 『식민지 시대의 지식인』,
　　　　　　　　　　　　　　　　　　　청년사, 1984, p.133

　　결과적으로 박순동, 이종실은 탈출하여 영국군 진영으로 갔고, 뉴
델리를 거쳐 미군에 인도되었다. 비행기로 카이로, 카사블랑카를 거
쳐 워싱턴으로 간 것이 1945년 4월 25일이었다. 다시 간 곳은 산타카
탈리나 섬이었다. 그들은 컬(Curl) 소령의 지휘 아래 미국식 이름을 받
았다. 이종실은 조(Joe), 박정무는 찰리(Charlie), 박순동은 톰(Tom). 바
로 OSS 대원으로 편입된 것이었다. OSS의 훈련이 시작되었고, 도중
8·15를 맞았고, 곡절 끝에 이들 조선인은 하와이에 있는 포로수용소
로 옮겨졌다. 일본군으로 환원되었고, 일군과 꼭같은 포로 신세로 전
락했을 때 이들의 격렬한 분노가 미국에 대한 배신감으로 변했음은
물론이다. 『태백산맥』에서 OSS 출신들이 가진 한결같은 반미사상의
기원도 여기에서 말미암는다. 그들이 인천에 상륙한 것은 1946년 1월
11일이었다.
　　대체 박순동이란 어떤 인물일까. 이가형의 다음 기록을 그대로 옮겨
볼 필요가 있는바 『태백산맥』을 관통하는 지름이 거기 있기 때문이다.
박순동의 사후 그의 기록을 간행하는 마당에 이가형은 머리말에서 이
렇게 적었다.

내가 고 박순동 씨를 만난 것은 일본 군대에 학병으로 끌려간 용산 629부대에서였다. 그곳에는 강제로 끌려온 소위 지원병들이 있었고 그 중 학병 동지들은 일본 군대에 끌려온 것을 심히 부끄럽게 생각하고 있었다. 그러므로 버마(지금의 미얀마)에서 악성 말라리아나 아메바 이질로 죽어가느니 일본 군대를 탈출하여 연합군에 투항하여 일본과 싸우기를 원하고 있었다. 하기야 그 당시 일본 군대는 형편없이 부족한 병력과 말라리아로 인해서 많은 병사들이 죽어가는 등 일본의 패전은 불 보듯 뻔했다.

나는 본래 체력이 약한 데다가 극심한 체력을 소모시키는 미얀마에서의 군생활에 지쳐 그나마 견디고 있는 것만도 용한 형편이었다. 거기다 나는 지리적 방향을 알지 못해서 탈출이란 것은 꿈도 못 꾸었다. 그러나 나도 마음속으로 기회만 있으면 탈출할 생각은 가지고 있었다. 그후 일본군이 연합군에 항복함으로써 나는 일 년 동안의 포로생활을 마치고 고국에 돌아올 수 있었다. 내가 속한 부대에서 한국 병사로서 말라리아로 죽은 동지가 네 명 있었고 전사한 동지도 오륙 명 있었다. 그중에 일본 경도대학에 다니던 안욱은 황소처럼 체력이 강하여 기관총을 메게 되어 전투 때 전사한 것으로 짐작된다. 박순동과 함께 탈출했던 이종실은 나에게 중학 3년 선배였으며, 이 두 사람이 탈주한 시기는 일본군이 영국군에게 쫓기어 패주일로였던 때였고 내가 말라리아로 생사의 갈림길을 헤매고 있을 때였다.

— 박순동, 『암태도 소작쟁의』, 이슈투데이, 2003, 이가형의 서문

여기서 주목되는 것은 『분노의 강』의 후반부가 「모멸의 시대」라는 점이다. 이 인연으로 박순동이 이가형의 손아랫동서가 되었거니와, 이로써 버마전선 학병의 체험기가 나름대로 완성된 셈이었다. 이가형이 버마 체험에 최우선 순위를 두었다면 정작 『태백산맥』 작가의 주안점은 따로 있었다.

외삼촌이 세상을 떠나신 지도 까마득한 세월이 되었다. 이제 그 자식들이 다 장성해서 외삼촌이 남기신 글들을 한데 묶어 책을 낸다 하니 돌아가신 분이 새삼 그립고, 이 세상에 자식을 남기는 의미를 되새기게 된다.

외삼촌은 이 땅에서 첫손 꼽히는 논픽션 작가였다. 논픽션이란 문학 장르가 아직 정착되지 않았던 이 나라에서 월간잡지 『신동아』가 1965년 최초로 논픽션 공모를 했고, 그 첫 회 최우수 당선자가 외삼촌이라는 사실 때문만이 아니다. 외삼촌은 그 후 연속으로 3회까지 최우수 당선을 차지했는데, 그 편편이 사회적으로 문학적으로 높은 가치를 확보하고 있었던 것이다.

「모멸의 시대」와 「암태도 소작쟁의」는 우리 민족의 역사 기록의 일부분들로 인정되어 민족사 기록의 전집으로 묶이기도 했고, 여러 역사, 사회과학서적들에 인용되면서 그 소중한 값어치를 입증해왔다.

— 박순동, 『암태도 소작쟁의』, 조정래의 발문

순천 출신이자 선암사 승려 계통의 박순동이 정작 조정래 씨의 외삼촌이라는 점은 크게 강조될 필요가 있다. 알려진 바에 따르면 작가 조정래 씨의 부친이 승려이자 시조시인이었음을 고려할 것이다. 이때 비로소 작품에서 외삼촌 박순동의 참모습이 묘사될 수 있었다고 볼 것이다. 작가 조씨는 이 외삼촌이 최초의 논픽션 작가라 했거니와, 논픽션 「암태도 소작쟁의」를 썼음에 대한 조씨의 평가는 외삼촌 박순동의 기록성에 대한 의미를 부여한 것으로 평가된다. 곧 '민족→민중'의 맥락이 그것인데, 이는 『태백산맥』의 주제와 결코 무관하다고 하기 어렵다. 「모멸의 시대」가 민족사의 과제라면 「암태도 소작쟁의」는 민중사의 줄기에 해당되기 때문이다. 민족사의 박순동이 귀국하여 어떤 곡절로 염상진으로 대표되는 민중사에로 옮겨가는가를 다룬 점에서, 또 그 형상화의 밀도에 따라 『태백산맥』의 문학적 또는 고전적 성격을 가늠할 수 있다.

5. 외삼촌 박순동의 분신—김범우, 박두병

『태백산맥』의 입구는 무당 딸 소화와 정하섭이 차지하고 있다. 정하섭은, 대지주 김사용의 차남이자 OSS 출신 김범우가 잠시 머물렀던 순천중학 교사 시절 제자 중의 하나이다. 천민층인 무당 딸을 사랑하는 양조장집 아들 정하섭이 빨갱이 세포조직을 만드는 과정을 작품 입구에 걸어놓았음은 이 작품의 성격 규정의 한 징표이며, 그 최후의 연장선상에 남부군 부두목 격인 염상진이 도사리고 있다. 그러나 이러한 민중사에 대응 구조로 설정된 것이 김범우다. 대지주인 탓에 재산권력 유지를 위해 내선일체의 친일사업에 협조할 수밖에 없었다. 이런 일은 장남 김범진이 독립운동가로 만주 벌판을 헤매고 있었던 결과와 무관하지 않았다.

염상진과 맞수로 등장한 김범우, OSS 미국 이름 톰슨에 대한 정보라든가 기타 자료가 작가의 외삼촌인, 승적을 가진 박순동에 의거했음은 앞에서 이미 본 바이거니와, 이 사료를 조금 변형시켰음도 지적될 수 있다. 박순동의 OSS 이름이 '톰'이라는 것, 버마전선에서 탈출할 때 이종실과 같이했고, 이가형에겐 알리지 않았다는 것 등에 대해서 작가는 한 마디도 언급하지 않았다. 작가의 신중한 몸짓이 새삼 느껴지는 대목이거니와, 작가는 다만 김범우의 OSS를 통해 외삼촌 박순동을 박두병이라 했고, 순천 출신인 그를 전주 출신으로 설정했다. 그역시 군정청의 통역관 제안을 받았을 테고, "아마도 박두병도 자신과같은 제의를 받았을 것이 거의 틀림없었다. 그도 어떤 이유를 붙여서든지 그 제안을 거절했을 것"이라 적었다. 박두병이 기혼자이고 김범우가 총각임을 지나가는 투로 적고 있다. 그렇다면 김범우가 말한 이 박두병은 그 후 어떻게 되었던가. 전북도당 상급간부 박두병이 문화부 연대의 대본 집필자이자 박두병의 경호병 격인 손승호와 만난 곳은 지리산 뱀사골이었다. 전북도당(뱀사골), 경남도당(천왕봉), 전남도당(노고단) 등 세 덩어리가, 빨치산 제2단계가 지리산을 중심으로 전개될 때 박두병의 소임이 제일 빛나는 곳은 지리산의 지리적 성격을 손승호에게 가르치는 대목이다.

박두병이 부싯돌을 치기 시작하자 손승호는 산을 휘둘러보았다. 좌우 양쪽에 산들이 겹겹이 펼쳐져 있었다. 산의 물결, 그의 직감적인 느낌이었다. 짙은 녹음에 덮인 채 겹을 이루며 펼쳐져 있는 산들은 거칠게 일어나고 있는 파도들의 형상 그대로였다. 그 산마루가 꽤나 높은 지점이라는 것은 그다음에 온 깨달음이었다.

"손 동무, 전에 지리산에 와본 일이 없더라도 혹시 지리산에 대한 글을 읽어본 적은 있습니까?"

박두병이 담배연기를 시원하게 내뿜고 나서 물었다.

"아 예, 기행문을 그저 몇 편 읽은 기억이 있습니다."

"그게 기억이 납니까?"

"글쎄요…… 다 예찬이었는데 특별한 기억은 없고, 최남선의 글이 제일 낫지 않나 하는 정도의 기억밖에 없습니다."

"그 친일파!"

박두병이 내쏜 소리였다. 그 소리는 전혀 크지 않았는데, 이상하게도 가슴에 쿵 부딪혀오는 것을 손승호는 느꼈다. 그건 갑작스러움 때문이 아니라 박두병의 단호함 때문인 것 같았다.

"나도 그 글은 읽었소. 그런데, 재주를 친일하는 데나 더럽게 써먹은 자라서, 그 글에는 경치에 대한 찬사의 말들만 너절하게 늘어놓고 있을 뿐이지 조국강산에 대한 진정한 애정은 찾을 수가 없었소. 아무리 기행문이라지만 기행문도 어디까지나 글인 것은 분명한데, 글이 그 모양이 돼서야 글이라고 할 수 있겠소?"

"글쎄요, 박 동지 말씀이 틀림은 없는데요, 최남선한테서 그런 정신을 기대하는 건 이광수한테서 항일투쟁을 기대하는 거나 마찬가지 아닐까요?"

"아 맞소! 내가 잠깐 어리석었소."

박두병은 무릎을 치는 것과 함께 헛웃음을 쳤다. 그리고 담배를 깊이 빨아들여 연기를 천천히 내뿜고는 입을 열었다.

"손 동무는 어떻게 생각하는지 모르지만, 내가 보기엔 최남선의 친일은 계급적 기회주의의 표본이오. 그는 돈 많은 중인 집안의 자식이었는데, 그 중인계급의 생리란 게 아주 묘하고도 고약합니다. 중인계급은 지배계급과 기본계급 사이에 끼여 중간착취를 일삼는 게 그 계급적 특성 아닙니까. 그 중간착취계급의 대표적인 게 관리로서는 아전 부류고, 도시사회에서는 상인이고, 농촌사회에서는 마름인 건 다 아는 사실이지요. 그런데 그들의 공통점은 지배계급에게는 열등감과, 기본계급에게는 우월감을 동시에 가지고 있는 겁니다. 그 이중성은 위로는 계급상승욕구로 나타나고, 아래로는 지배확대욕구로 나타납니다. 그래서 그들은 위를 향해서는 간사한 아부와 아첨을 일삼고, 아래를 내려다보고는 악랄한 횡포와 억압을 자행하게 됩니다. 그리고 그들은 또한 직접생산을 위해 땀 흘리는 노력을 하지 않고도 두 계급 사이에서 정치적 지위와 경제적 안정을 누릴 수 있기 때문에 철저한 보수집단인 반면에 정치세력의 변동에 따라 언제나 민감하게 변신하는 반응을 나타냅니다. 그래서 그들의 이중성은 민첩한 현실주의와 교활한 기회주의를 낳게 됩니다. 그들의 그런 기생충과 같은 생리는 일제 치하에서부터 지금까지 일관되게 나타나고 있습니다. 일제 치하까지 거슬러 올라갈 것도 없이 지금 우리들 주변을 유심히 살펴봐요, 중간계급 출신이 얼마나 있는가. 내가 살펴본 바로는 거의 없어요. 농민들이 그렇게 많은 데 비해 마름이나 그 자식들은 하나를 찾기가 어렵다 이 말입니다. 그들은 인간적으로나 역사적으로나 아무런 기대도 걸 수 없는 속물적 집단이고 반역사적 집단입니다. 얘기가 좀 길어졌는데, 내 생각이 어떻습니까?"

박두병은 입을 훔치며 큰 코를 씰룩했다.

"예, 저도 중간계급에 대해선 좋지 않게 생각해오긴 했습니다만, 그렇게까지 논리적으로 정리를 하진 못하고 있습니다. 아주 정확한 파악이라는 생각이 듭니다."

손승호는 조심스럽게 말했다. 그는 박두병에게 새삼스럽게 놀랐는데, 그 기색을 드러내는 것이 실례가 될 것 같았던 것이다. 흡사 논문을 읽고 있는 것 같은 그의 말에 그가 얼마나 체계적으로 그 문제를 생각해왔는지 알 수 있었고, 그가 지배계급 출신이기 때문에 그 비판은 더 설득력이 강했던 것이다.

— 『태백산맥』 9, pp.328~329

지식인이자 작가 격인 손승호에게 지리산 산천의 미학 강의를 한 전북도당 고급간부인 박두병이 손승호와 헤어지는 장면이 두 사람의 마지막을 이루고 있다. 지리산 남부군이 더 이상 토벌대의 공격을 막아낼 수 없게 되자, 손승호는 역사투쟁전선을 위해 고향으로 가고자 하산하다 도중에 총에 맞아 죽는다. 바로 박두병과 헤어진 직후였다. 박두병이 마지막으로 손승호에게 준 선물은 귀순증이었다. 이 장면은 OSS를 문제 삼을 때 매우 소중한 대목이라 할 것이다.

"이거 받으세요. 귀순증입니다. 만일의 경우에 사용하십시오."

박두병이 접은 종이를 주머니에서 꺼내 내밀었다.

"예에."

손승호는 어떤 긴장을 느끼며 그 종이를 받아 들었다.

"김범우 만나시거든 그때 일 사실대로 말해주세요. 내가 일부러 떼놓았던 거라고요. 그 친구는 어떻게 살고 있는지…… 결과적으로 그 사람 말이 맞아떨어진 셈이지요."

박두병의 얼굴에 자조적인 웃음이 스치고 지나갔다.

"그동안 무사한지나 모르겠군요."

　　손승호는 귀순증을 주머니에 넣었다.

　　"글쎄요. 워낙에 거칠었으니. 그 사람이 무사하면 손 동무 사업에도 도움이 클 텐데요."

　　"그러기를 바라야지요."

　　"예. 손 동무도 부디 무사하시길 빕니다."

　　박두병이 몸을 일으켰다. 그리고 손을 내밀었다. 손승호는 그 손을 잡았다.

　　"손 동무, 그간에 참 고생이 많았어요. 우리의 투쟁 경험이 손 동무의 글솜씨로 씌어져 세상에 널리 퍼질 날을 우리는 기약합시다."

　　"예, 그러지요."

　　그들은 서로의 손이 으스러져라고 힘주어 잡았다.

— 『태백산맥』 10, p.286

　　두 사람의 최후의 장면이 아닐 수 없다. 손승호는 하산하다 사살되었고, 토벌군에 의해 박두병도 여지없이 사살되었을 것이다. 그 최후의 장면에서 박두병은 돌연 박순동으로 환원하여 김범우에게 유언을 남기고 있었다. OSS 전우인 학병 이가형 몰래 탈출한 박순동의 본심이 다시 한번 확인되고 있었다. 배신이 아니라 불가피했다는 것. 그러고 보면 김범우는 바로 박순동의 분신이었고 박두병도 꼭같이 박순동의 분신이었음이 판명된다.

6. 학병 출신의 제3인물 심재모

　　『태백산맥』의 OSS 삼총사로 순천이나 벌교 출신과는 달리, 또 민족사에서 민중사에로 기울어진 김범우, 박순동과는 달리 국민국가 측에 굳건히 선 인물이 심재모 중위이다. "벌교 보성지구 사령관 중위 심재몹니다"라고 선언하며 경찰서장, 읍장, 토벌대장 임만수 등등의 앞에 나타난 계엄사령관 심재모는 깡마른 체구와는 달리 굵고 우렁찼다. 조금 기묘한 것은 권총을 차지 않았는데 그 대신 M1소총을 사병들과 꼭같이 메고 있었음이다. 그 M1소총의 유래를 작가는 매우 품을 들여 이렇게 묘사하고 있다.

심재모는 경기도 수원 태생이었다. 예로부터 중부 이남 지역을 상대로 서울의 관문 역할을 했던 수원의 입지조건에 따라 그의 집안은 상업으로 대물림을 해왔다. 그의 아버지까지는 장사에 유용한 수치계산의 숙달을 우선으로 하여, 글을 익히는 데도 장사에 필요한 만큼의 범위를 벗어나지 않았다. 그런데 세상이 달라짐에 따라 심재모에 이르러 그 범위를 벗어나게 되었다. 그는 신식 공부의 최상인 대학에까지 진학했다. 그러나 거기에는 가업 승계를 전제로 한 엄격한 제한이 따랐다. 상업학교를 다녀야 했고, 상과대학에 진학한 것이 그것이었다. 환경의 탓이었는지, 별다른 개성이 없어서였는지 심재모는 그런 제한을 별로 제한으로 느끼지 않고 학교를 다녔다. 그런데 그가 식민지 상황을 가슴으로 앓기 시작한 것은 대동아전쟁이 본격화되면서부터였다. 전에 피상적으로만 느껴져 왔던 조국이라는 것이나 민족이라는 것이 구체적 실상으로 떠오르기 시작한 것은 학도병 지원이란 몰이를 당하면서였다. 조국이라는 개념과 민족이라는 형체가 잡혀가면서 그는 전에 별로 관심 쓴 일이 없었던 일군의 사람들을 증오하게 되었다. 그들은 다름 아닌, 글줄이나 써먹고 살아가는, 문필가나 문학가로 불리는 사람들이었다. 그들은 내선일체(內鮮一體)만이 우리가 복되게 살 수 있는 최선 최상의 길이라는 글을 써대는 한편으로, 성전(聖戰)에 나가 죽는 것만이 가장 영광된 젊은이의 일생이라는 요지의 글들을 뻔질나게 써서 선동을 일삼고 있었다. 그들은 글만 쓴 것이 아니었다. 떼지어 몰려다니며, 청년 장정은 성전으로, 처녀들은 정신대로 솔선해서 나서자, 고 강연을 하고 다녔다. 심재모는 버마의 끝없는 정글 속을 헤매며 그 문필가라는 족속들을 얼마나 증오하고 저주했는지 모른다. 독립투사를 밀고하는 밀정보다도, 독립투사를 고문하는 고등계의 말단형사보다도 그들은 더 더럽고 흉악한 종자들이었다. 그의 그런 판단은, 그들 문필가라는 자들이 모두 배울 만큼 배운 지식층이라는 사실에서 비롯되고 있었다. 정신대로 끌려 나온 여자들이 하루에 평균 이, 삼십 명의 남자들에게 짓밟히다가 임신을 하거나 성병에 걸리게 되면 가차없이 정글 속에 버려지고, 성전이란 전쟁터에 끌려 나온 청년들은 표나는 차별대우 속에서 누구를 위한 것인지 모를 총질을 하다가 매일매일 죽어가고 있었다. 너희놈들은 이 기막힌 꼴들을 아느냐. 너희놈들은 그 짓을 한 대가로 얼마나 호의호식하고 사느냐. 도대체 너희놈들은 어느 나라 사람이더냐. 심재모는 동료의 시체를 정글에 묻으며, 죽을 고비를 넘겨가며 치를 떨었다. 해방이 되었다. 해방은 새나라 건설과 함께 모든 종류의 친일파나 민족반역자들을 깨끗하게 처단한다는 뜻이었다. 반드시 그렇게 되어야 하고, 그렇게 되리라고 믿었다. 그러나…… 세상의 물결은 그 기대를 완전히 뒤엎고 말았다. 경기지구 학도병 모임을 주도하고 있던 심재모는 이미 대학생 때의 심재모가 아니었다. 그의 의식은 가업을 이어 장사로 안주할 수가 없게 되어 있었다. 그는 아버지의 만류를 뿌리치고 뜻을 함께하는 학병 출신들과 군대로 뛰어들었다. 그는 학병 시절부터 남다른 사격술을 가지고 있었다. 그는 이미 버마전선에서 M1총을 다루었었다. 노획물인 M1소총은 저격용이었고, 자연히 사격술이 뛰어난 그의 차지가 되었던 것이다. 일본군의 소총에 비해 M1소총의 성능은 기가 막힐 지경이었다. 조준의 숙달을 거치고, 목표물의 거리와 탄알의 이동곡선이 직감적으로 계산되는 단계를 지나면 이동표적이라도 얼마든지 적중시킬 수 있도록 명중률이 높은 총이었다. 심재모는 M1소총을 통해서 미국이란 나라를 인식했고, 이런 총과 맞서 싸우다가는 일본은 언젠가 패하겠구나, 하는 생각을 혼자 했던 것이다. 그는 단기(短期) 장교훈련 때 M1소총을 다시 만지게 되었다. 그의 사격솜씨는 단연 돋보였고, 그 덕에 보병 병과를 받게 되었는지도 모른다. 그는 M1소총의 성능을 믿었으므로 다른 총은 휴대할 수가 없었다. 칼빈은 그 방정맞은 생김새처럼 명중률이 형편없었고, 더구나 권총은 적과 싸우는 무기일 수가 없었다. 사병들 사이에서

그의 별명은 'M1'이었고, 아무리 키가 작거나 몸이 약한 사병이라도
M1소총이 무겁다는 내색은 하지 않았다.

— 『태백산맥』 3, pp.88~90

심재모가 경기도 수원 태생이라는 점에 우선 주목할 것이다. 벌교
보성지구 계엄사령관인 그는 이 지역과는 아무런 관련이 없었다. 또
가문은 상인계층이어서 절도 있는 삶을 신조로 했다. 이런 인물은, 김
범우, 박두병 등 이 지역 토박이들에 얽히고설킨 읍장, 서장 등등의
처지에서 보면 실로 이질분자가 아닐 수 없다.

심재모와 서장이 큰길로 나서는 것을 바라보고 있는 기관장들의 가
슴에는 까닭 모를 찬바람이 일고 있었다. 그의 존재가 믿음직스러운 것
같기도 했고, 불편한 것 같기도 했고, 쓸 만한 사람 같기도 했고, 귀찮은
존재 같기도 했고, 서로 말이 없는 가운데 사람들은 제각기 생각에 잠겨
있었다. 그들은 서로 감추고 있었지만 심재모에 대하여 달갑잖고 마땅
찮게 여기는 감정은 공통되고 있었다.

— 『태백산맥』 3, pp.87~88

이 장면의 의의란, 작가가 의식했든 못했든 간에 큰 의의를 갖는데,
심재모라는 존재가 이데올로기라는 괴물스런 존재를 알게 모르게 충
격해놓고 있기 때문이다. 실상 『태백산맥』의 민중사관으로서의 이데
올로기란 벌교, 보성, 순천의 산천사상이 아니었던가. 관념적 논리적
인 학문의 대상으로서의 이데올로기와는 무관한 것. '삶의 터전의 느
낌' 또는 '실감'이기에 그만큼 원초적이자 본능에 접근된 일종의 습성
이 아니었던가. 심재모의 등장은 이 점을 충격한 것이었다.

심재모가 선 자리는 벌교, 보성 지역 사람의 처지에서 보면 외부에

서 들어와 자기들 위에 군림하는 악당, 지배자, 폭군의 존재 이상도 이하도 아니었다. 계엄군 사령관 심재모 중위는 중앙의 국가에서 파견된 인물인 만큼 아무도 이를 거부할 수도 없지만 동시에 받아들일 수도 없었다. 일단 받아들인 후 그를 이 지역성이 어떻게 변화 또는 망가뜨려 축출하는가를 보여주는 인물로 작가는 토벌군 대장 임만수를 등장시켰다. 가난한 집 출신인 임만수는 출세를 위해 일본군에 지원하고 조선인을 못살게 군 위인이지만, 8·15 이후엔 재빨리 국가권력에 밀착되어 토벌군 대장에까지 이른 인물이다. 그러나 이러한 인물을 통해 심재모를 축출하지만 임만수 역시 하수인에 지나지 않는 것은, 국가의 권력은 대번에 다시 심재모스런 인물을 내보낼 수 있기 때문이다.

여기서 작가는 어째서 심재모를 OSS 출신으로 규정하지 않았을까, 라는 의문을 독자는 던지지 않을 수 없다. 김범우, 박두병과 더불어 학병 출신이었다는 점은 어떻게 설명해야 적절할까. 작가는 심재모가 상과대학을 다니다 학병으로 끌려갔고, 버마의 정글 속을 헤매다 패전 후 귀국했다고 적었다. 그는 버마전선에서 M1소총을 보았고, 그 정확성에 놀랐고, 무기상에서 미군의 우위성에 의심 없이 공감을 표시했다. 패전 후 귀국했을 때 그는 이미 가업을 이을 수 없었고, 새로운 국가 건설에 주역으로 활동하게 된다. 경기 지역 학병 모임을 주도했고, 부친의 만류를 뿌리치고 뜻을 함께한 학병 출신자들과 군대(국방경비대)에 뛰어들었으며, 중위 계급장을 달고 시방 계엄사령관으로 김범우, 박두병의 출신지 벌교에 나타난 것이었다. 어째서 그는 버마전선에서 탈출, OSS에 투입되지 못했을까. 이 물음에 작가는 썩 민첩해 보여 인상적이다. 심재모가 M1소총을 통해 미국의 위대함을 증명하고 있다는 것. 다시 말해 OSS에 가지 않음으로써 심재모는 반미주의자가 될 수 없었다. 심재모가 M1소총을 깃발처럼 메고 벌교, 보성지구 계엄사령관으로 군림한 것은 곧 친미주의 깃발을 들고 온 것과 진배없었다.

당초 버마전선에서 같은 소대에 세 사람의 조선 학병이 있었다. 박순동, 이종실, 이가형이 그들. 이는 엄연한 역사적 사실이다. 이 중 박순동, 이종실이 탈출하여 OSS로 갔고 철저한 반미주의자가 되어 귀국했지만, 이가형만은 탈출도 하지 않고 해방 후 포로생활을 거쳐 귀국했다. 이는 물론 역사적 사실이다. 어째서 박순동, 이종실은 이가형을 빼돌리고 저들만 탈출했을까. 이 점에 대해서는 『분노의 강』, 「모멸의 시대」에서 밝혀져 있거니와, 그렇다고 이가형이 친미주의자인지의 여부는 알기 어려우나, 중요한 것은 작가 조씨가 작품 속에 세 사람의 학병을 등장시켰음에서 왔다. 이 사실은 『태백산맥』을 논할 때 빠뜨릴 수 없는 창작동기에 해당된다. 바로 외삼촌 박순동의 「모멸의 시대」를 작가가 얼마나 소중히, 또 의미심장하게 받아들였는가의 반증이 아닐 수 없다. 그렇다면 또 이렇게 묻지 않을 수 없다. 학병이란 무엇인가라고. 한 마디로 이에 대응되는 대답은 '민족의 발견', 곧 민족사의 과제에 수렴될 성질의 것이 아닐 수 없다. 이 지점에서 학병들은 둘로 갈라지지 않을 수 없다. 'OSS 체험→반미주의' 쪽의 김범우, 박두병의 노선과 심재모의 노선이 그것이다.

'OSS 체험→반미주의' 대 '非OSS→친미주의'의 도식이 이로써 선명해졌다. 심재모로 표상되는 이 친미노선, 또 국가노선은 그 후 어떻게 되었을까. 작가는 상당한 비중을 두고 심재모의 행적을 추적해놓고 있다. 벌교 보성에서 밀려난 심재모가 대위로 승진해 신병훈련교관으로 옮겼다가 국민방위군 사건에 걸려 일선으로 갔고, 500고지 전투에 투입된다. 소령 계급장을 단 심재모의 오른손에는 여전히 M1소총이 들려 있었다.(8권, p.248) 최일선에서 싸우는 심재모에게 제일 난감한 것은 친미주의 사상이었다. 작전권을 쥔 미군의 횡포 앞에 정 중령이 속수무책으로 노출되었을 때 한국군 심 소령의 반응은 이러했다.

심재모는 순덕이를 생각하며 또 한 줄기 증오가 뻗쳐오르는 것을 느끼고 있었다.

"내놓고 말을 못해서 그렇지 심 소령 말이 맞소. 미군이 하는 짓들을 보면 이 전쟁을 왜 하는지 의심이 생길 때가 한두 번이 아니오. 군인이든 민간인이든, 우리를 도대체 사람 취급을 안 하고 자기들 멋대로 나대는 걸 보면서, 그들이 우릴 위해 전쟁을 하는 것인지, 우리가 그들을 위해 전쟁을 하는 것인지, 도무지 알 수가 없어진단 말이오."

"예, 생각이 제대로 박힌 장교라면 다 그런 생각들을 할 겁니다. 미군들의 횡포에서 한 나라 국민으로서 견디기 어려운 모독감과 증오심을 느낄 때가 너무나 숱하니까요. 그렇지만 당장 어쩌겠습니까. 우리가 약하니까 참는 수밖에요."

"그래요, 참 더럽고 기막힌 일이오. 참는다? 참아야겠지. 한국군 중령이 미군 사병 새끼 하나만도 못 돼 개떡이 되는데도 참는다? 그래 참아야지! 지놈이 안 참으면 어쩔 거야. 그 사병놈에게 총을 쏠 거야, 군복을 벗을 거야. 아무 짓도 못 하잖난 말야. 그러니까 참아야지! 참는 게 군자니까. 어허허허허……"

정 중령은 헛웃음을 치기 시작했다. 그 자조적인 웃음소리를 들으며 심재모는 자신의 가슴에 구멍이 뚫리는 것 같은 허탈을 느끼고 있었다.

"중령님, 술 인제 그만 드시고 주무십시오. 내일 작전이 또 있잖습니까."

심재모는 정 중령의 손에서 술잔을 빼앗았다.

"그래요, 지아이들이 티껍구 아니꼽게 굴어두 우리가 할 일은 해야 하니까. 우리 부하들은 우리가 지켜야 하니까. 안 그렇소, 심 소령?"

"예, 맞습니다. 우리가 믿을 건 우리 부하들밖에 없습니다."

심재모는 정 중령을 일으켰다.

"심 소령, 심 소령은 누구 부하요?"

"바로 중령님 부하 아닙니까."

"으아하하하하…… 심 소령, 앞으로 나 좀 잘 부탁하오."

"예, 선임대대장님으로 성심껏 받들겠습니다."

"고맙소, 나 심 소령만 믿겠소."

정 중령의 술기운 도는 얼굴에 쓸쓸한 웃음이 스치는 것을 심재모는 보았다. 그날 미군 사병의 철모를 지휘봉으로 내려치던 모습과는 너무 대조적이었다. 그러나, 정 중령의 참모습은 바로 그것이었다고 심재모는 믿고 있었다. 그 장면을 직접 목격한 이상 정 중령은 그 누구보다도 당당한 한국군 장교였고, 존경할 만한 선배라고 심재모는 생각하고 있었다.

— 『태백산맥』 9, pp.228~229

심재모의 태도가 반미주의로 기울었다고 볼 수 있을까. 설사 그렇다 치더라도 김범우, 박두병이 겪었던 그 철저한 반미주의에 비하면 실로 미미한 것이자 일시적 현상에 지나지 않는다.

심재모는 잠도 오지 않고 그렇다고 혼자서 술을 더 마실 수도 없어서 전선의 하늘에 뜬 별들을 망연히 바라보고 있었다. (…중략…) 휴전회담이 열리기 시작했는데, 이 상태에서 전쟁이 끝나면 다시 원점으로 돌아온 것뿐인데, 이 전쟁에서 이긴 것은 누구고 진 것은 누굴까? 원점으로 돌아와 끝나는 이 전쟁의 의미는 무엇일까? 그리도 많이 죽어간 사람들은 무엇을 위해 죽은 것인가? ……속 시원한 대답을 얻을 수 없는 의문들이 잇따라 일어나고 있었다.

— 『태백산맥』 9, p.233

철저한 군인 심재모 소령이 철학자의 흉내를 냄으로써 그는 이 작품
에서 종적을 감춘다. 그의 이러한 감정은 센티멘털리즘의 일종이어
서, 반미주의 또는 친미주의와는 무관한 것이 아닐 수 없다.

7. 김범우에 맞물린 반미사상과 친미사상

학병 출신 세 명이 가로지르는 작품 『태백산맥』에서 그 중심인물은
단연 김범우다. 그의 출발점은 OSS에서 체득한 반미주의자이자 민족
주의자였다. 이에 맞선 인물이 염상진이었다. 이른바 민중의 대표 격
인 염상진은 민족주의와는 피가 다르다고 선언했다.

> "범우 자네 맘 내가 다 알어. 허나 나는 자네하고는 피가 다르네."
>
> ― 『태백산맥』 1, p.85

민족과 민중은 피가 다르다고 염상진이 주장했다는 사실은, 어째 이
작품의 결말이 염상진의 사살과 그의 목이 벌교역 광장에 내걸렸는가
를 푸는 열쇠이기도 하다. 다르게 말해 민족에서 민중에로의 김범우
의 변모 과정으로 『태백산맥』을 읽는다면 어떠할까. 민족도 개념사의
범주이지만 썩 막연하며, '계급'과는 달리 민중 역시 썩 막연한 낱말
이다. '피가 다르다'고 했지만 사회과학 개념으로서의 '국민국가' 또
는 '계급성'과는 달라서 그 '다른 피'도 막연한 말이 아니었던가. 그러
기에 '피도 섞일 수 있다'고 할 수도 있지 않을까. 그런 사례의 중심부
에 놓인 인물이 바로 김범우이다. 김범우에 대한 분석이 『태백산맥』
읽기에 기본항으로 놓이는 것은 이에서 말미암는다.

민족주의자 김범우의 민중에로의 변모 과정을 구체적으로 살핀다면
다음과 같다.

(A)

"(…상략…) 내 호칭에 대해섭니다. 나는 톰슨이 아닙니다. 그 이름은
산타카탈리나 섬을 떠나면서 잊도록 되어 있던 이름이었습니다. 나는
이제 OSS 첩보훈련원 톰슨이 아니라 조선인 김범우라는 사람인 것을
확실히 구분해주기 바랍니다."

— 『태백산맥』 1, p.76

군정청 화이트 대위의 통역관 제의를 거절하는 김범우의 첫 번째 반
응은 이처럼 전적으로 OSS 체험에서 온 것이다. 이 OSS 체험이 추상
적인 민족의식의 일종이었음은, 공산당에서 회의를 느껴 사상 공백기
에 빠진, 문필가이기도 한 손승호(국민학교 교사)의 '인간'과 각각 대
응된다. 민족이냐 인간이냐의 대응구도는 『태백산맥』의 1권에서 10권
까지 계속 울리고 있음도 주목될 것이다. 이들 두 사람이 작품을 통해
추상적 민족/인간에서 조금씩 현실적 구체적 민족/인간에로 변모되는
과정이라 볼 수도 있다.

(B)

"나 사표 냈네. (…중략…) 서울로, 지각한 공불 하려고."

— 『태백산맥』 4, p.241

귀국한 김범우는 군정청 통역관을 거부하고 순천중학교 교사로 근
무했다. 학병 출신들은 귀국 후 심재모처럼 군에 들어간 부류와 김범
우처럼 교직에 나아간 부류로 대별되거니와, 김범우와는 달리 손승호

는 서울행을 결정했다.

그가 교직을 버린다는 것은 현 체제에 종사하는 모든 직장에 대한 거부를 의미했다. 현 체제 속에서 현 체제에 전혀 종사하지 않고 살아갈 수 있는 방법, 그것은 대체 무엇일까. 이 점에서 손승호는 김범우와 마주하는 형국을 빚는다. 사범계 출신 손승호가 교직을 버리고 상경한다는 것은 새로운 역사적 지평의 탐색이란 점에서 사범계 출신 선배이자 행동대원인 염상진과도 마주하고 있는 형국을 빚는다. 이 마주 봄의 구도가 김범우의 상경으로 드디어 빛을 발하게 된다. 어째서 김범우도 상경해야 했을까. 손승호처럼 현 체제에 대한 거부반응과는 물론 일정한 거리가 있었다.

> 김범우는 서울행 밤기차에 몸을 실었다. (…중략…) 학병에 끌려가면서 중단된 공부를 다시 이으려고 하는 사이에는 흘러간 오 년 세월이 들어앉아 있음을 김범우는 새삼 상기하고 있었다. 그 오 년, 결코 허송했거나 뜻없이 보낸 세월이 아니라고 그는 생각했다. 공부는 중단되었을망정 그 세월은 많은 것을 겪게 했으며 많은 것을 생각하게 했으며 많은 것을 느끼게 해주었다. 그것은 공부가 가르치거나 일깨울 수 없는 것들이었다.
>
> ─『태백산맥』5, pp.19~20

이러한 체험에는 그 나름의 한계가 있었다. 그것은 국가의 정치적 문제가 미치는 말단행정 현상이 빚어낸 체험에 지나지 않았던 것이다. 서울에서 진짜 현실정치 공부가 절실히 필요했다. 이 점에서 그것은 손승호의 상경과 짝을 이룬다. 요컨대 염상진과는 달리, 지식인이었음을 증거한 것이다. 이 몸부림은 『태백산맥』의 뼈대가 지식인 중심임을 증거하는 것에로 이어진다.

(C)

　상경한 김범우가 한 첫 번째 일은 모략에 걸려 옥에 갇힌 심재모 구출 운동이었다. 염상진 모친의 씨받이 건에 대해 김범우는 심재모에게 조언을 했고 이를 따른 심재모가 '적과의 내통분자'라는 모략에 걸린 사건인 만큼 김범우로서도 응당 책임감이 없을 수 없었다. 김범우가 도움을 청한 곳은 친분 있는 신문기자 이학송, 민기홍들이었다.

> "김형 얘길 듣자니까 그 심 중위란 사람이 구해낼 만한 가치가 있는 군인 같은데, 잘못했다간 몸뚱이에 얼병깨나 들게 생겼는데 수사에 어떻게 대처하고 있는지 모르겠소. 우선 어디에 갇혔는지 알아보도록 합시다. 필동 헌병대가 아니면 조선호텔 앞 대륙공살 테니까."
>
> —『태백산맥』5, p.153

　심재모는 결국 구출되지만 김범우는 귀향하지 않을 수 없었는데 아버지 김사용이 입원했기 때문이었다. 그러나 곧 서울행이 이어진다. 대체 김범우는 서울서 무엇을 했을까. 범일스님에게 실토한 말을 그대로 옮기면 이러하다.

> "예, 서울에 가서 보니 다 늦은 공부에 애착을 가질 분위기도 아니고, 저 자신도 의미를 찾을 수도 없고 그랬습니다. 기자생활 같은 걸 통해서 현실 속에서 뭔가 바른 것을 찾고 뭔가 실천하는 것이 더 낫지 않을까 하는 생각에서 이(학송) 선배한테 자릴 부탁했던 겁니다."
>
> —『태백산맥』6, p.85

　국도신문 이학송의 알선으로 김범우가 통신사에 근무한 지 두어 달 된 시점이었다. 정치적 시대적 이데올로기에 첨예하게 반응하는 지식인 특유의 직업이 이른바 기자직임을 염두에 둘 필요가 있다. 그 한가운데 김범우가 끼어든 형국이었다.

(D)

6·25가 났을 때 김범우는 감옥에서 나온 손승호와 마주 앉아 있었다. 한강은 폭파되었고, 바야흐로 세상이 바뀐 것이었다. 김범우의 태도는 어떠했던가. 이 물음은 중요한데, 손승호와는 달리 대지주 차남인 김범우에겐 형 김범진이 있었다. 그것도 인민군 소장의 직함을 가진 김범진이 귀향한 것이었다. 김범우는 도당 문화선전부에 적을 두었고, 인천상륙작전 이후 당의 임무를 띠고 문서 전달 차 군산까지 간다. 박두병, 손승호와 함께 행동한 결과였다. 이 점에서 보면 김범우라는 인물은 시류적인 것에 편승하는 줏대없는 인물임이 확실하다. 작가가 의식했든 아니든 간에 그의 자의적 선택은 미군 통역 거부 한 건을 빼면 거의 없는 형편이었다.

> "난 도당 문화선전부 김범우란 사람이오. 공작을 나갔다 오니 도당이
> 다 비었는데, 혹시 어디로 간지 아시오?"
> "체에. 고런 걸 알면 민청원을 멀라고 허겠소?"
>
> ─『태백산맥』7, p.181

김범우, 그는 허깨비와 진배없었다. 드디어 미군이 논산에 들어왔고 전세가 역전되자 김범우는 귀향할 수밖에 무슨 수가 있었으랴. 그러나 귀향 도중 그는 미군과 마주쳐야 했다. 미군이 물동이를 인 한국 여인들의 물동이를 취미 삼아 쏘아 깨뜨리는 장면. 이 순간 김범우는 이런 행동을 취했다.

"웨러 미닛, 갓 뎀 지아이!(멈춰라, 미국놈들아)"

김범우는 고함치며 내달리고 있었다. 그는 달리는 기세 그대로 한 미군의 등짝을 걷어찼고, 벌떡 일어서는 다른 미군의 낯짝을 후려갈겼다. 두 여자가 재빠르게 기어서 몸을 피했다.

"보쉬(씨팔)!"

"썬 오브 비치(개새끼)."

두 미군이 각기 욕을 내뱉으며 대검을 뽑아 들고 다가들었다.

— 『태백산맥』 7, pp.238~239

이 장면은 누가 보아도 청소년 기질의 발로에 지나지 않는다. 그만큼 김범우가 한갓 책상물림이었음을 웅변하는 대목이다. 학병에서 귀국하여 오 년간 겪은 그의 삶이란 실로 이 정도의 수준에서 맴돈 것이었다. 그러나 문제는 여기서부터 시작된다. 미군과의 마주침을 통해 미군과의 협력관계의 형성이 그것. 이 사건으로 미군 소위 앞에 나아간 김범우는 스파이로 의심받는다. 영어를 너무 유창히 했기 때문이다. 이를 따지는 소위에게 김범우의 답변은 이러했다.

"말조심해! 당신이 유창하다고 인정하는 내 영어는 바로 당신네 육군이 막대한 정부 예산을 들여가며 가르쳐준 거야. 내가 천구백사십오년 팔월 십오일까지 뭐였는지 알아? 바로 일본을 무찌르기 위한 미국의 스파이 OSS였다. 당신 OSS가 뭔지 알아? 당신이 육군 소위가 되기 전에 벌써 내 신분은 당신네 정부와 육군이 보증했던 사람이라 그거야! 알겠어!"

— 『태백산맥』 7, p.241

소위의 상전인 미군 소령 앞에 나아간 김범우는 자의반 타의반으로 미군 통역을 수락하게 된다. 작전권을 가진 미군인지라 설사 김범우가 거부한다 해도 능히 집행될 수밖에 없었다. 여기서부터 김범우와 미군의 유착관계는 불가피해졌고, 또 그 영어 때문에, 미군 때문에 그의 생명조차 구하기에 이른다.

⒠

미군 통역관 김범우의 행적은 서울로, CIC(정보부)의 통역으로 심슨 휘하에 들고 평양까지 가게 된다. 그러나 이미 그땐 중공군 개입이 시작되어 미군의 후퇴가 불가피해졌다.

두 달 동안 통역으로 지낸 김범우는 중공군 개입으로 후퇴하는 미군에서 탈출, 인민군 쪽으로 귀순한다. 그러나 또 한 번 사태가 뒤바뀌게 되는바, 인민군에 귀순한 김범우 부대가 국군에게 포로로 잡혔고, 바야흐로 거제도 포로수용소에 수용되었음이 그것. 김범우는 후퇴 도중 미군의 집중폭격으로 파편에 맞아 다리병신이 되고 만 것인데, 지팡이에 의지한 김범우의 모습은 단연 새로운 국면을 보여준 상징적 사건이었다. 이 대목에서 작가 조정래 씨의 민첩함이 새삼 빛났음을 결코 간과할 수 없다.

서울을 거쳐 서부전선으로 후퇴하던 부대가 포공격을 집중적으로 받은 것은 삼월 십육일 금촌 근방에서였다. 치열한 포공격을 받은 부대는 혼란에 빠져들었고, 흩어진 병사들은 아무 데나 마구 떨어지는 폭탄을 피해 사생결단 북쪽 방향으로만 내닫고 있었다. 김범우는 서너 명과 함께 개울둑을 타넘고 있었다. 그런데 폭음과 동시에 몸이 붕 떠오르는 것을 느꼈다. 당했다! 하는 짧은 의식이 끝이었다. 정신을 차려보니 개울 바닥에 쓰러져 있었다. 견딜 수 없는 통증과 함께 오른쪽 다리는 피투성이었다. 그러나 일어나려고 했다. 뒤에서는 적들이 쫓아오고 있었다. 몸을 일으키다가 비명만 지르고 도로 주저앉았다. 지팡이가 필요했다. 주위를 둘러보았다. 지팡이 할 막대기는 보이지 않고 함께 뛰었던 인민군들이 쓰러져 있는 것이 보였다. 그들은 셋이었는데, 모두 꼼짝을 하지 않았다. 이미 죽어 있었던 것이다. 그때 인기척이 들렸다. 그리고 개울 둑 위에 불쑥 나타난 것은 총을 겨눈 미군들이었다.

"잠깐! 쏘지 마, 쏘지 마! 난 인민군이 아냐. 대한민국 국민이야. 인민 군에게 강제로 끌려 나간 대한민국 국민이란 말야!"

김범우는 두 팔을 들어 올린 채 기를 쓰며 외쳐대고 있었다.

응급처치만을 받아가며 부산의 수용소까지 도착하는 데 나흘이 걸렸 다. 그동안에 파편들이 박힌 상처 부위는 염증을 일으켰다. 그리고 무릎 가까운 상처에서 일어난 염증이 관절에까지 퍼지기 시작했던 것이다.

— 『태백산맥』 9, p.220

이 절규는 물론 거짓말도 참말도 아닌 경지. 그런데 더욱 중요한 것 은 영어도 한국어도 아닌 경지라는 점에서 왔다. 훗날 정신을 차려 반 성한 결과 그것이 '영어'였음을 알아차렸지만 생사의 절박한 장면에 서라면 영어도 한국어도 아니었을 터이다. 그러기에 다음과 같은 반 성과 죄의식은 지식인의 자기 기만에 속하는 것이다. 김범우, 그는 비 로소 민족 대신 손승호가 추구하던 '인간'에 접근된 것이었다.

김범우는 자신이 부상을 당하고도 포로로 살아나게 된 것은 '대한민 국 국민' 이라는 말보다는 그 말을 '영어' 로 외쳐댔기 때문이라고 생각 했다. 총을 겨눈 미군들이 즉각적으로 나타낸 반응에서 그걸 느낄 수 있 었고, 조사 과정에서도 그들은 영어를 잘하는 것에 대해 꽤나 호감을 보 였던 것이다. 김범우는 그들에 대한 오랜 불신을 안은 채 영어가 자신의 목숨을 살렸다는 사실에 쓰디쓰게 웃을 수밖에 없었다. 자신의 거짓말 은 영어뿐만이 아니라 사병에게는 계급이 없는 인민군의 군복으로 그들 을 수월하게 속여넘길 수 있었던 것이다. 의용군으로 위장하지 않고 자 신의 행적을 곧이곧대로 늘어놓았다간 미군들의 총이 불을 뿜을 것은 보나 마나 한 일이었다.

— 『태백산맥』 9, p.221

지식인답게 포로가 된, 지팡이에 의지한 김범우가 포로수용소에서 또 그놈의 '영어'로 통역꾼이 되어 인민군을 돕는다는 식의 소설적 처리는, '영어'(미군)에 대한 일관된 자의식의 표현으로 정리될 성질의 것이다. 휴전회담이 성립되어 김범우는 인민군 중에서 반공포로가 된 팔천 명 중 한 사람으로 석방되어 귀향한다. 다리병신 김범우의 귀향으로 『태백산맥』속 그의 소임은 끝났다. 손승호가 죽고 염상진도 죽은 『태백산맥』에서 살아남은 것은 김범우 혼자였다. 설사 다리병신이었을지라도.

그렇다면 학병 세 사람은 어떻게 되었던가. 이 물음이 마지막으로 남게 된다.

8. 모델인 외삼촌 박순동과 작가의 상상력

서두에서 밝힌 대로 이 글은 『태백산맥』론이 아니다. 등장인물 세 사람, 곧 학병 출신인 '김범우·박두병·심재모론'에 지나지 않는다. 더욱 좁히면 OSS에 관련된 김범우·박두병론이라 할 것이다. 이 글이 겨냥한 곳은 바로 학병 및 OSS 문제가 『태백산맥』의 문학적 상상력의 견고성을 보장하고 있음을 밝힘에 있기 때문이다. 말을 바꾸면, 소설이란 문제적 상황에 관련되었을 때 비로소 그 상상력은 견고해져 상상력이 공상에 떨어지지 않는다. 이 상상력이 자칫하면 공상으로 치닫기 쉬운데 이것을 방지하는 것은 역사적 사실에서 온다. 이 역사적 사실의 힘이 없거나 미약해질 때 상상력은 그 본질상 밑도 끝도 없이 치닫게 마련인 까닭이다. 가령 『광장』(최인훈, 1960)의 주인공 이명준의 경우에도 사정은 거의 같다. 6·25의 휴전 처리에서 포로 송환 문제를 들지 않을 수 없다. 남쪽도 북쪽도 가기를 거부하고 중립국(인도)으로 가겠다는 포로가 공산 측에서는 86명, 한국군 쪽에서는 2명이 생겼는데, 이것은 엄연한 역사적 사실이었다. 이명준은 88명 중의 하나였다. 한국군 중 인도를 택한 사람이 2명 있었다는 것은 당시 사회적으로 큰 충격을 준 사건이었다. 어째서 공산 측 포로들 중 86명이나 본국에의 송환을 거부했을까. 어째서 한국군 두 사람이 고국을 버리고 중립국을 택했을까. 뿐만 아니라 미군 쪽도 본국 가기를 거부한 경우가 있었다. 이러한 역사적 사실이, 주인공 이명준의 상상력이 빚어낼 수 있는 허상을 지상으로 이끌어 내려 굳건히 땅에 말뚝을 박게 만들었다. 『태백산맥』의 경우 이에 대응되는 것이 OSS와 관련된 학병 체험이라 할 것이다.

작가 조정래에게 가장 견고한 현실적 근거는 외삼촌인 박순동에게 왔다. 순천 선암사 사비로 일본 불교계 고마사와대학에 다니다 학병으로 징집되어 버마전선으로 투입된, 승적을 가진 박순동은 작가 조정래에겐 가장 가깝고도 확실한 존재였다. 아무리 작가의 상상력이 터무니없이 뻗고자 해도 이를 어느 수준에서 제어한 힘은 박순동에게서 나올 수밖에 없었다.

> 논픽션은 단순한 '있었던' 일의 발굴, 기록만이 아니다. 기록을 하되 '어떻게' 하느냐가 문제시된다. 그 대목에서 논픽션의 문학성이 결정되는 것이다. 특히 이 부분에서 외삼촌은 탁월하셨다. 논픽션을 마치 소설인 듯 구성하시는가 하면, 그 문장 표현력이 출중해 어떤 장면들은 소설이 무색할 지경의 실감으로 감동을 자아내게 했다.
>
> ─『암태도 소작쟁의』 발문, p.412

이가형의 「버마전선 패잔기」보다 한 해 뒤에 나온 박순동의 「모멸의 시대」를 비교 검토해보면 논픽션의 기묘한 글쓰기의 특징이 한눈에 잡힌다. 작가 조정래는 「모멸의 시대」에 전적으로 의존했음이 판명된다. "외삼촌은 이 땅에서 첫손 꼽히는 논픽션 작가였다. (…중략…) 1965년 최초로 논픽션 공모를 했고 (…하략…)"에서 보듯 이가형의 논픽션은 안중에 두지 않았다.

외삼촌이라는 가장 견고한 가족 구조를 작가는 순천·벌교의 민중사 한가운데에다 바둑돌처럼 놓았다. 그 바둑돌이 논픽션 「모멸의 시대」를 세 가지 형식으로 변형시켰음에 작가의 역량이 빛났다. 그 세 가지 변형을 정리해보는 것이 『태백산맥』 독법의 천왕봉이 아닐 수 없다.

(A) 김범우의 경우

대지주 김사용의 차남인 김범우는 염상진과 더불어 작품 초두에서부터 등장한다(필자는 MBC의 요청으로 1988년 12월 15일에 작가와 더불어 벌교에 갔고, 먼저 일본인 지주의 이층집을 답사하고 그다음 조선인 대지주 김범우의 집을 견학했다. 두꺼운 담이 인상적이었다). OSS 체험으로 반미상을 몸에 익힌 인물이지만 6·25를 겪고, 결국 미군 통역 노릇을 했고, 인민군에 가담했다가 폭격으로 부상당해 다리병신이 되지만 끝까지 살아남는다. 결과적으로 그는 어수룩해 보여도 지식인 특유의 방식으로 현실에 적응했던 인물. 위급했을 때 미군 앞에서 영어로 자기는 인민군 출신이 아니라고 거짓말을 함으로써 목숨을 건졌던 인물. 결국 통역 수준의 인물.

(B) 박두병의 경우

OSS 출신인 그는 당초부터 빨치산 쪽에 가담했고, 마지막까지 살아남는다. 손승호와 지리산에서 헤어질 때 박두병이 손승호에게 준 선물은 귀순증이었다. 만일의 경우에 사용하라는 것. 불행히도 외골수인 문사 손승호는 이 귀순증을 사용하기도 전에 죽는다. 그렇다면 박두병은 어떻게 되었을까. 작가는 아무런 언급도 없다. 독자의 상상력에 맡긴 것이다. 어차피 그 역시 손승호의 운명을 밟게 되겠지만 작가는 차마 그 최후를 묘사함을 삼갔다고 볼 것이다. 왜냐면 작가의 외삼촌이 아니었던가. 신념의 인물.

   ⓒ 심재모의 경우

학병이되, 또 버마전선 체험자이되 OSS 체험이 없는 심재모는 『태백산맥』(전 10권)의 제3권에 등장해서 끝까지 살아남는다. 그는 어디까지나 군인으로 일관했다. 국방경비대 출신으로 중위에 소령으로 진급하면서 일선에 투입되었고, 또 끝까지 본분을 지키며 휴전 직전 제9권에서 그의 소임은 끝난다. 역시 신념의 인물.

이렇게 작가는 박순동을 세 인물로 변형해 보였는데 인물들의 그 공통점과 차이점을 비교 검토하는 일은 결국 논픽션 「모멸의 시대」의 분석과 분리되지 않는다. (B)와 (C)가 각각 신념의 인물이라면 (A)는 기회주의적 인물이다. 지식인의 경우를 대표하는 (A)이기에 『태백산맥』을 관통하는 남부군 부사령 염상진과 족히 대조된다. 외삼촌 박순동의 분신인 삼 인의 학병에 작가 조정래가 보여준 민첩성은 단연 문학적 상상력이라 하지 않을 수 없다.

9. 정신대에 대한 세 사람의 이미지

계엄사령관 심재모의 버마전선 회고가 이렇게 걸려 있다.

심재모는 창가로 다가갔다. 어둠뿐이었다. 고개를 들었다. 별들이 잡혔다. 아아……, 문득 가슴에 번지는 감상이었다. 저 별들이 왜 일순간에 감상을 자아내는 것인지 그 연유를 알 수가 없었다. 낙엽을 보고 마음이 스산해지는 까닭을 알 수 없는 것과 마찬가지였다. 별, 별, 별……
재모야, 니 나이가 벌써 몇 살인지 알기나 하니. 어서 장가갈 생각을 해야지. 군인이야 니가 좋아 된 것이니 어쩔 수 없다만 장가는 가야 될 것 아니겠니. 여동생 민자가 대필한 어머니의 편지였다. 그 편지에는 어머니의 육성이 그대로 묻어 있을 뿐만 아니라, 혼기가 다 찬 여동생의 초조함도 깃들여 있었다. 결혼─여자와 사는 것, 아니 좀 더 구체적으로 말하면 여자와 성을 나누고 애를 낳아 키우며 사는 것. 그는 고개를 저었다. 여자와 성을 나누는 것, 그것은 생각만 해도 저항감이 치미는 일이었다. 그가 동정을 떠나보낸 것은 버마전선에서였다. 상대는 정신대 여자였다. 여자의 음부가 그렇게 진저리쳐지게 추악하고 토악질나게 더러운 것인 줄은 몰랐었다. 천막 안으로 뛰어들어 발기한 그것을 정신없이 여자의 사타구니 사이에다 디밀었고, 그리고, 배설이 몰아오는 폭풍에 휩쓸려 정신이 어릿거리다가 풍덩 빠져버린 허망한 구덩이. 바지를 추슬러 올리다가 문득 눈길이 멎은 곳, 그것은 노출되어 있는 여자의 음부였다. 붉은 속살을 드러내며 헤벌어진 음부는 가래침 같기도 하고, 고름 같기도 한 정액을 머금고 있었고, 음부꼬리로는 그것이 질질 흘러내리고 있었으며, 거무튀튀한 색깔의 음부 가장자리는 정액이 맥질이 되었는데, 듬성듬성 난 음모들은 맥질된 정액의 끈끈함에 풀죽어 거무튀튀한 피부에 달라붙은 채 어지러운 무늬를 수놓고 있었다. 시궁창! 그 느낌과 함께 토악질을 하며 천막을 뛰쳐나왔다. 수많은 남자들이 싸질러놓은 정액을 닦아낼 여유도 없이 음부를 드러내놓고 있는 그 여자가 바로 동족이라는 사실을 환기한 것은 한참이 지나서였다. 그 후로 여자와 성관계를 해본 적이 없었다. 젊은 육신이 일으키는 성욕은 수음으로 처리되었고, 깨끗한 여자의 그곳이 그럴 리가 없다고 스스로를 일깨우고 생각을 고쳐먹으려 애써보았지만 첫 경험을 통해 판박혀진 그 더러움과 추악함은 이겨내지지 않았다.

　얼굴을 기억하지 못하는 그 여자는 전쟁의 수라장 속에서 살아나기나 한 것일까. 목숨을 부지했다면 고향으로 돌아오기는 했을까. 어찌할 수 없이 수음을 하게 되고, 그러다 보면 그 기억에 사로잡히고, 그 기억을 쥐어뜯며 안쓰러운 마음으로 떠올려야 했던 그 얼굴을 기억할 수조차 없는 여자에 대한 염려. 심재모는 그 생각을 다시 되풀이하고 있었다.

다시 고향에 돌아왔다 한들 그 몸으로 어떻게 살까. 시집을 갈 수도 없을 것이고, 사람들의 손가락질을 못 견뎌 고향에서 살 수도 없을지 모른다. 여기까지 생각을 잇고 있는 심재모의 머리를 스치는 말이 있었다. 남자의 강간은 범죄로 생각하지도 않고, 강간을 당한 여자는 그것이 사건화되는 것을 바라지 않는 것이 우리 사회의 일반적 현상이라는 권 서장의 말이었다. 심재모는 자신이 그 여자에 대해서 했던 생각이 바로 권 서장이 했던 말의 반증인 것을 깨달았다.

그 여자가 무슨 잘못을 저질러 손가락질을 당하고, 고향에서 쫓겨나야만 하는가. 그 여자는 가엾고 불쌍한 피해자일 뿐인 것이다. 나라 잃어버린 남자들의 빙충맞음으로 여자들이 당한 수난이었다. 그렇게 고통받은 여자들이 도대체 몇 명일까. 일본놈들은 극비에 붙인 채 전국 방방곡곡에서 여자들을 강제로 끌어갔으므로 그 수를 정확하게 파악할 수가 없고, 그 여자들은 만주에서 버마에 걸치는 광대한 동남아전선에 고루 보내졌기 때문에 그 수는 상상보다 훨씬 많을 것이리라. 삼만…… 아니 오만, 심재모는 고개를 갸웃했다. 칠만…… 그 전선이 얼마나 넓은데, 십만…… 심재모는 더 이상의 수를 헤아리고 싶지 않았다. 그런데, 그들은 다 어찌 된 것일까. 분명 해방이 되었는데도 그 여자들에 대한 이야기는 사회적으로 한 번도 거론된 일이 없지 않았는가. 심재모로서도 그건 너무 뒤늦은 깨달음이었다. 임시정부가 귀국해 대대적인 환영식을 벌이고, 광복군이 의기양양하게 귀국해서 기세를 올리고, 죽음을 면한 학도병들은 끌려갈 때와는 정반대의 당당함으로 개선 아닌 개선을 앞세우고 돌아와 조직체를 만들고 법석이었는데, 정신대라는 존재는 그 어디에서도 찾을 수가 없었던 것이다. 사회는 여자들이 당한 일이라서 대수롭지 않게 여겨 잊어버리고 말았을까. 정신대를 공개적으로 거론하면 나라 체면을 깎고 위신을 손상시키는 것이라고 생각해서 의도적으로 덮어버리고 만 것일까. 여자들 스스로가 창피스럽고 부끄러워 남 모르게 꼭꼭 숨어버린 것이었을까.

심재모는 무수하게 반짝이는 별들만 하염없이 바라보고 서 있었다.
— 『태백산맥』 4, pp.21~23

버마전선에서 학병 심재모가 체험한 정신대 문제를 「모멸의 시대」의 경우와 비교해보면 박순동의 필치의 무게가 훨씬 문학적임을 실감케 한다. 탈출하는 도중 박순동이 묘사한, 경상도 사투리를 쓰는 정신대와 마주친 장면. 달빛을 받고서 그 하얀 셔츠의 여인들이 "한 무더기의 박꽃 같았다"고 박순동은 썼다.

우리는 쌀이 아직 풀어지지 않은 물을 갈라 마시고, 수통 바닥에 붙은 밥티를 갈대 줄기로 끌어내서 먹었다. 그리고 나머지 생쌀을 씹으면서 日沒을 기다렸다.

달이 밝아져서 우리는 M씨집 쪽으로 향해서 公路로 나섰다. 길에서는 通信兵들이 가로수에 쳤던 電話線을 철거하고 있었다.

'구메' 부락이 가까와질수록 右往左往하는 병정들의 발걸음이 바빴고, 구메 本部落으로 들어가는 갈림길이 있는 喬木 아래에는 將星級의 乘用車가 두 臺, 그리고 추럭이 세 臺가 停車하고 있었다. '야스' 師團本部가 와 있는 모양이었다.

추럭 앞을 지나는데 추럭 옆에 웅성거리고 있는 병정들 너머에서 상기된 듯한 女子의 경상도 사투리가 들려오고 있었다. 병정들 뒤로 다가가 보았다. 7, 8名의 여자들이 추럭 아래 맨땅에 보따리를 놓고 그 위에 쭈그리고 앉았고 그중의 한 女子가 푸념을 하고 있었다. 女子들은 몸뻬에다가 소매가 짧은 하얀 샤쓰를 입고 있었다. 나뭇잎 사이로 새어드는 달빛을 받고서 그 하얀 샤쓰들이 한 무더기의 박꽃 같았다.

푸념을 하는 女子는 실성한 사람처럼 사설을 늘어놓고 있었다. 푸념소리에 의하면 그들은 이곳 '구메' 본부락에 와 있던 韓國人 慰安婦들이었다. 어제저녁에 抱主놈이 어디론가 뺑소니를 쳤다는 것이었다. 그리고 日本놈들만 다 떠나면서 자기들을 추럭에다 실어달래도 모른다고

6
·
25
의
소
설
과
소
설
의
6
·
25

■

134

거절을 한다는 것이다. 그러니까 높은 분한테로 떼지어 가서 물고늘어
져야 한다고 다른 女子들을 흔들어대기도 했다.

그러나 추럭에는 모두 山더미처럼 짐이 실려 있었다. 짐 위에 앉은
병정이 그들을 내려다보면서 혼자 깔깔거리고 있었다.

"여, 죠센삐야! 너희들 어제는 한판에 50圓 달랬지? 지금은 얼마에
줄 테냐? 지금은? 헤헤… 하하하하하…"

버마에 와서 처음으로 朝鮮삐를 보았을 때의 놀라움과 부끄러움은
그 후 광대한 버마戰線에 걸쳐서 아주 그것도 숱하게 그들과 만남에 따
라서 사라진 지 오래였다. 日本삐, 中國삐, 버마삐―저마다 慰安料가
달랐다. 日本삐의 慰安料가 最高價임은 물론이다. 딴 삐는 고사하고라
도 이 불쌍한 同胞들은 어떻게 될 것인가…… 그러나 그들의 運命을 걱
정하기에는 우리의 갈 길이 너무나 바빴다.
　　― 박순동, 「모멸의 시대」, 『신동아』 1965.9, 청년문고판, pp.140~141

이가형의 경우는 어떠했을까. 보다시피 이가형의 묘사는 직선적이
자 낙천적이다.

어느 날 朝鮮삐 몇이 이 냇가에 빨래를 하러 왔다. 日本 병정들이 거
는 농에 대해서 그들은 조선말로 마구 욕을 퍼부었다. 말끝마다 '쪽발
이' 라는 말이 나왔다. 내리다지에다가 나막신을 발에 걸친 이 朝鮮삐들
은 朝鮮人 병정 한 사람이 묵묵히 옆에 있다는 것을 몰랐다.

우리의 宿舍 맞은편 집의 넓은 빈 마당에서 나는 中年의 한국 女性을
만났다. 그분은 말하자면 抱主의 아내가 아니었나 한다. 빼짝 말랐으나
상냥한 부인이었고 며칠 후면 慰安所가 열릴 것이라는 말까지 내게 해
주었다.

내일이면 위안소를 개시한다는 밤, 나는 그들에게서 초대를 받았다.
'버마' 의 밤은 칠흑같은 밤이다. 천지분간이 어려운 밤이다. 이 한밤중
에 촛불을 켜놓고 조선인 동포들이 모여서 잔치를 베풀었다. 술이 나오
고 안주가 나오고, 그리고 노래가 나왔다. 日本 노래, 朝鮮 노래, 주로

유행가들이 나왔다. 全州女高普를 중퇴했다는 '미스' 金이 日本流行歌
를 실컷 부르고 나서는

진주라 천리길을
내 어이 왔던고

하고 구슬프게 곡조를 뽑기 시작했다. 그녀 다음에 나는 「木浦의 눈물」
을 불렀다. 그녀도 함께 따라 불렀다. 술이 또 오고 가고 노래는 자꾸만
구슬퍼가고 있을 때, 바깥에서 느닷없이 떠드는 소리가 들렸다. '미스'
金과 또 한 여자가 밖으로 나갔다. 밖에서는 日本將校의 酒氣와 노기를
띤 소리가 들려왔다. 요컨대 오늘밤 자기를 왜 逐客하는가였다. 그리고
당장이라도 開店하라는 것이었다. 고래고래 지른 호통과 마룻바닥을 굴
리는 軍靴 소리가 우리 방 쪽으로 가까이 오는 것 같았다.
　'미스' 金이 썩 방에 들어오더니 촛불을 불어서 껐다. 그리고 장교놈
이 日本刀를 빼들고 친다고 외치고 있으니 얼른 이 자리를 피해야 한다
는 듯이 나의 손을 잡고 나를 끌어냈다. 나는 갑자기 장님이 된 듯 '미
스' 金에 끌려 방을 나와 복도를 건너고 장교가 올라온 계단과 반대쪽
인 계단으로 내려갔다.
　"오늘밤은 바로 가세요. 내일은 꼭 와주세요" 하고 '미스' 金은 나의
손을 꼭 쥐었던 손을 가만히 놓았다.
　나는 두근거리는 가슴을 한 손으로 달래듯 하면서 숙사로 돌아왔는
데, 숙사에는 한 명의 병정이 남아 있다가 나더러 驛으로 작업하러 가라
한다. 나는 다시 그 姙屋 옆을 지나가는데 아까의 장교의 술주정은 여
전히 계속하고 있었다.

— 이가형, 「버마전선 패잔기」, pp.279~280

이러한 이가형의 정신대 묘사의 동화적 성격은 현장체험의 순수성
에서 온 것이어서 그 자체의 특수한 의의를 갖는다. 정신대에 대한 역
사적 고찰이나 그 의미를 따질 처지와는 판이한 곳. 이가형들과 정신

대들은 누이/오빠의 유년기 동화적 분위기 속에 있었던 만큼 같은 처지에 놓였던 것이다. "진주라 천리길을 내 어이 왔던고"가 모든 것을 감싼 결과였다.

이 정신대를 가운데 놓고 박순동, 이가형의 묘사를 살펴보았다면 이번엔 정작 일본군 쪽의 묘사는 어떠했을까. 이 물음에 응해오는 사례의 하나에 『해변의 광경』(1959) 작가이자 일본 예술원 회원인 야스오카 쇼타로(安岡章太郎)를 들 것이다. "내가 간 군대는 옛 만주의 소련 국경 근처 손오(孫吳)에 있었다"(『아사히신문』, 1992.2.12)라고 실토한 그는 사단 사령부 근방에 위안소가 있었다는 것, 졸병인 그는 고된 매일의 훈련에 시달려 그런 곳에 들를 엄두도 못 낼 처지에 있었다는 것 등을 담담히 기술하고, 도하작전 훈련 중인 어느 날의 목격담을 이렇게 묘사했다.

> 과연 얕은 여울 쪽에 젊은 여자 대여섯 명이 물을 거슬러 오르내리고 있었다. 그러나 그 모습은 내가 생각하고 있던 '위안부'와는 일치되기 어려웠다. 단지 처녀들로만 생각되었다. 그들은 송사리를 얕은 곳으로 몰고 있는 모양이었다. 그중 몸집 큰 두서너 명이 송사리가 빠져나가지 못하게 물속에서 손으로 몰며 이쪽으로 가까이 오지 않겠는가. 커다란 맥고모자에 감추어져 얼굴은 잘 보이지 않았으나 양손으로 번갈아 걷어 올리는 스커트 밑으로 드러난 다리는 눈부신 순백이었다. 여자의 다리란 그토록 흰 것이었을까. 나는 이런 말을 입에 담으며 잠시 멍해졌다.
>
> ― 『아사히신문』, 1992.2.12

이 정신대 여인이 일본인인지 중국인인지 조선인인지의 여부는 알기 어려우나, 위의 묘사가 단연 문학적임은 의심의 여지가 없다. 순백의 다리, 그것은 논픽션의 박순동이 묘사한 어둠 속 시골 처마 위에 놓인 박꽃과 족히 대응된다.

여기서 한 발자국 나아가면 바로 소설의 벌판이 열리게 마련이다. 일본의 경우 그 한 가지 사례가 조선인 위안부를 다룬 「매미의 추억」(『新潮』, 1993.5)이다. 작가 후루야마 고마오(古山高麗雄)의 이 소설의 무대는 버마(미얀마), 요컨대 덩치 큰 조선 위안부가 나무라면 거기 달라붙은 매미 신세로 된 것이 바로 일본군이었다는 것. 이 상상력은 바로 창작의 영역이지만 동시에 졸병인, 제3고 중퇴생인 작가의 체험에 바탕을 둔 것이었다.(졸저, 『한일 근대문학의 관련양상 신론』, 서울대 출판부, 2001, 제4장) '어둠 속의 박꽃', 그것을 넘어서 소설의 영역으로 나아간 것이 『태백산맥』의 천왕봉이었다.

10. 인민군 고위간부 김범진과 아우 김범우가 끝내 만나지 않은 곡절

『태백산맥』이란 무엇인가. 작가의 설명에 따르면 1983년 9월에서 1989년 9월까지 집필한 16,500매 분량의 소설이며, 여기까지엔 6년이 걸렸고, 10권 중 8권까지에 해당되며, 이러한 집필 과정에서 처음 계획의 수정이 불가피했음을 머리말(8권)에서 밝혔다. 그 수정 부분이란 사소한 것이 아니라 전체 구도에 있었다. 그것은 총 16년을 전체 구도 속에 두고 그 전반부 8년(1945년 8월~1953년 8월)이 민족자주독립 수립 노력의 시기라면, 그 이후의 8년(1953년 8월~1960년 8월)은 민족통일추진 시대의 구도. 이러한 구도의 구분 이유로 내세운 것이 이 두 시기 사이의 성격이 판연히 다르다는 인식에서 온 것이다. 이를 무시하고 한 작품 속에 묶는다는 것은 "여러 측면에서 무리"라고 판단했다는 것이 작가의 해명이었다.(8권, 「작가의 말」)

『태백산맥』은, 그러니까 6·25가 끝나는 1953년 10월에서 일단 끝낼 수밖에 없었다. 이 점에서 볼 때『태백산맥』은 단연 미완성체일 수밖에 없다.

> 소설『태백산맥』을 다루고 있는 시대를 흔히 '민족사의 매몰시대', '현대사의 실종시대'라고 한다. 그것은 곧 그 시대가 그만치 치열했고 격랑이 심했으며, 분단사 속에서 또 그만큼 왜곡과 굴절이 심했음을 의미한다. 그 시대의 진실과 참모습을 얼마나 객관적으로 복원하고 되살리느냐가 바로 분단 극복이고 통일 지향일 것이다. 그 시대의 복원은 바로 오늘(1989년 9월 현재)을 푸는 열쇠이기 때문이다.
>
> ― 「작가의 말」

이러한 작가의 열쇠론은 역사의 필연성 신봉자의 목소리를 닮았다고 비판당할 수도 있다. 역사 속에 작동하는 수많은 우연성의 개입을 알고 있는 쪽에서 보면 눈살을 찌푸릴 수도 있다. 그러나 6·25를 계기로 전반부와 후반부로 역사 인식이 크게 달라진다는 것. 그 둘의 '허리잇기'(작가의 표현)가 바로 남은 과제라 할 것이다. 남은 과제, 곧 분단의 허리잇기란 당연히도 민족사만의 과제일 수 없고 그렇다고 민중사만의 과제일 수도 없다. 민족사와 민중사의 '허리잇기'로 위의 명제가 정리될 성질의 것이다. 이 점에서 그 전반부에 해당되는『태백산맥』은 어떻게 평가될 수 있을까. 이 물음에 대한 해답의 하나로 내세울 수 있는 인물이 바로 김범우일 터이다. 대지주의 차남이며 OSS 체험자인 김범우는 민족의 발견에서 민중의 발견에로 조금씩 기울어져갔다. 민중의 대표 격인 염상진 쪽에서는 김범우를 두고 '피가 다르다!'고 선을 그었다. 그렇기는 하나, 김범우의 형 김범진은 전남서남지구 인민군 사령관 고위층이었다. 그는 남부군 총사령인 이현상과 맞먹는 인물이었다. 염상진이 김사용의 사망 시 '우리 부모와 같다'고 김범진에 조의를 표하는 장면 속의 그는 '피가 다르다'고 하여 김범우를 비판한 바로 그 염상진이었다. 작가는 모질게도 끝내 김범진과 김범우의 형제 상봉을 주선하지 않았다. 다만 이렇게 썼다.

> 김범우는 사흘이 걸려 집으로 돌아왔다. 집에는 그를 놀라게 할 충격이 기다리고 있었고, 그도 또한 집안 식구들을 소스라치게 할 충격을 가지고 있었다. 범진 형님이 인민군 고급군관으로 돌아와 있다는 사실에 그는 충격을 받았고, 집안 식구들은 그의 지팡이 짚은 절룩거리는 다리를 보고 충격을 받았던 것이다.
>
> —『태백산맥』 10, p.314

이 '재회 거부' 내지 회피 현상은 소설 『태백산맥』의 가장 난해한 부분이라 하지 않을 수 없다. 작가도 어째야 좋을지 몰랐음을 보여주는 사례라 할 것이다. 이 점에서 '분단의 허리잇기'란 단연 미완의 과제가 아닐 수 없다.

학병세대의 원심력과 구심력

1. 「불꽃」과 어떤 학보병의 세대

(객): 선생에게 묻고 싶은 것이 많소. 그중의 하나가 학병세대에 관한 것이오. 어째서 학병세대도 아니면서 지속적으로 그것에 관심을 두었을까요. 선생이 학보병으로 자진 입대한 것이 아마도 대학 2학년이었지요. 1957년 여름, 논산으로 향하는 열차를 탄 선생의 포켓 속엔 『대학신문』이 들어 있었지요. 거기에는 이철주(영문과 대학원생) 씨의 「불꽃」론이 실렸지요. 훗날 안 일이지만 이병주는 첫 장편 『내일 없는 그날』(1957)을 썼더군요. 선생이 최인훈의 『광장』(1960)을 밤을 새워 읽었을 때로부터 따지면 3년 이전의 시점. 『광장』(『새벽』, 1960.11, 6백 매 전재)을 다 읽었을 때 새벽 두부장수의 요령소리를 들었다고 선생은 어딘가에서 썼더군요. 그때 선생은 서울에서 멀지않은 바닷가의 사범학교 국

어선생이었지요. 「불꽃」과 『광장』의 사이에 끼어서 말이외다.

(주): 4·19는 어디로 갔는가. 그 점이 궁금한 모양이군요. 4·19 때 나는 군중 틈에 끼어 경무대 앞까지 갔고, 발포장면을 목격하였으며 쓰러진 사람을 메고 병원으로 달려가기도 했소. 그렇지만 이 모두는 한갓 구경꾼이었지요. 말 그대로 구경꾼. 나는 그때 이미 사회인으로 신참 기성세대의 소속인 교사였으니까.

(객): 그렇다면 선생은 학병세대는 물론이고 4·19세대도 아닌 셈인데, 또 그렇다고 전전세대(손창섭, 장용학 등)도 전중세대(김성한, 곽학송 등)도 아니지요. 그런가 하면 전후세대(이어령, 최상규 등)인가. 그렇지도 않지요. 기껏해야 학보병(군번 0007470)이었으니까. 이도 아니고 저도 아닌 세대. 바로 그것이 무슨 특권일까요.

(주): 특권이라? 그렇군요. 그 특권이란 구경꾼 또는 방관자로서의 특권이라고 할 수 없을까. 왜냐면 문학사에 관여된 것이니까. 제일 유리한, 또 감히 말해 확실한 특권이 아닐 것인가.

(객): 「불꽃」도 이 문학사 앞에는 한갓 작품이고 『광장』도 그럴 수밖에. 그것들은 하늘에서 떨어진 씨앗이 아니라 이 나라 문학사의 소관이다, 그런 의미이겠습니다 그려. 그런 자리에 요행히도 선생은 서 있었다. 이는 대단한 행운이자 또 다른 특권이다! 어느 수준에서 객관적으로 관찰할 수 있는 자리에 설 수 있었다면 이 어찌 특권이 아니랴. 뭐 이런 말씀이겠습니다.

(주): 굳이 말해 "내 자신의 세대의식은 없다"로 요약되는 것. 따지고 보면 나는 전후세대의 꼬리에 붙어 있었지만 4·19세대와는 전혀 다르지요. 이 점에서 딱한 경우라고나 할까. 유령이라 할까.

하지만 이 유령이야말로 객관성 시각의 투명성이 아닐 것인가.

(객): 무슨 소리인지 조금 알 수 있을 것 같소. 4·19세대가 70년대 이후의 이 나라 문학을 리드해 왔음에 대한 선생의 반응이 뚜렷하군요. 잃은 것과 얻은 것 말이외다. 4·19세대의 평론가 김현이 "내 나이는 18세에 멈추어 있다. 모든 것을 4·19의식으로 판단하고 쓴다."라고 말할 정도로 그것은 강렬하고도 철저한 세대의식이지요. 선생에겐 이런 것이 없다. 그것에서 투명한 경우이다. 그러기에 4·19세대를 꿰뚫어볼 수 있다. 이른바 4·19세대가 『광장』을 포함해서 이루어 놓은 문학이란 기껏해야 내성문학 정도인 것. 지식인의 내면을 형상화하는 것. 계간 『문학과 지성』을 바라보는 선생의 문학사적 시선은 이처럼 투명했지요. 내면소설이란 기껏해야 소설의 한 유형에 지나지 않으니까.

(주): 학병세대의 문학은 어떻게 되는가. 그것도 4·19세대처럼 투명한가. 이렇게 그쪽에서 묻고 있습니다 그려.

(객): 그렇소. 4·19세대란 선생과 함께 시대를 살았으나 학병세대란 한 세대 앞이자 또한 특수한 민족사적 과제에 연결된 것이니까, 이것도 문학사의 잣대를 갖고 달려들 수 있으랴.

(주): 맞는 말. 문학사의 잣대가 휘청거릴 수밖에요. 일제가 전쟁수행을 위해 그들 학병을 소집한 것은 1943년 11월이었고 조선인 학생 소집은 1944년 1월 20일이었소. 총 5천여 명(4,385)이었지요. 「불꽃」을 보시라. 그들은 일본 유학을 했고, 중국전선으로 향했고, 죽기도 탈출하기도 했소. 또 「불꽃」의 주인공 고현처럼 살아서 돌아오기도 했소. 이들이 남북국가 건설에 주역이었음은 모두가 아는 일.

(객): 그 학병세대가 놓인 자리를 보시라, 그런 말이군요.

(주): 그렇소. 한반도에서 태어나 특권 중의 특권인 일본 유학을 하고, 버마, 남양군도, 중국 체험을 한 것이란 무엇인가. 이들의 의식이란 이 체험에 달려 있었던 것.

(객): 농경사회에 바탕을 둔 구세대인 김동리의 샤머니즘과는 분명 다른 세계가 이들이 체험한 것이었다. 거기까지는 알겠는데, 또 이 공간 확대의 굉장한 체험이 문학사에서 볼 때 어떠할까.

(주): 문제는 바로 그 점. 4·19의 내성소설과 비교할 때 학병세대의 소설은 어떠한가. 설사 내가 잘 설명할 수 없다 해도, 4·19세대도 학병세대도 아닌 나의 시점에서 그 차이를 어느 수준에서 짚어낼 수 있지요. 문학사에서 말이외다.

2. 입영 이전부터 글쓰기를 목표로 한 경우

(객): 선생은 말끝마다 전가의 보도처럼 문학사를 휘두를 참이겠소. 학병세대의 문학사적 의의랄까 위치를 선생은 무슨 보물처럼 인용하는 것을 옆에서 몇 번 지켜보았지요. 또 인용할 참이겠는데요. 그래야 우리의 논의가 진행될 테니까.

(주): 학병세대의 이병주가 그의 체험적 소설 『관부연락선』을 연재하는 마당에서 이렇게 주장했지요.

우리는 너무나 바쁘게 지나쳐 버린 것 같다. 바쁘게 가야 할 목적지도 뚜렷하지 않는데 뭣 때문에 그렇게 바삐 서둘렀는지 알 수가 없다. 해방 후 이 땅의 문학은 반드시 청산문학(淸算文學)의 단계를 겪어야 했었다. 자학할 정도로 반성하고 자조할 정도로 자각해야 했고 일제에의 예속을 문학자 개개인의 책임으로 해부하고 분석해서 그러한 청산이 이루어진 끝에 새로운 문학이 시작되어야 했었다고 생각한다. 그러한 겨를도 없이 문학자들은 대립항쟁하기 시작했고 저마다의 주장만 앞세우고 나섰다. 다시 말하면 우리가 해방을 맞이했을 때 "과연 우리에게 해방의 기쁨에 감격할 수 있는 자격이 있느냐"고 물어보기도 전에 감격해 버린 것이다. 이건 결코 문학자의 태도가 아니었다. 그랬기 때문에 아직껏 이 나라의 문학은 이 나라의 정신을 주도하는 자리를 차지하지 못하고 있는 것이다. 만시의 탄은 있지만 나는 이 작품에서 일제의 시대부터 6·25동란까지의 사이, 시대와 더불어 동요한 하나의 지식인을 그림으로써 한국의 근세를, 그 의미를 알아보고자 한다. 『관부연락선』은 그런 뜻에서 역사적으로도 상징적으로도 빼놓을 수 없는 교통수단이며 무대다.

— 『관부연락선』 서문, 『월간중앙』, 1968.4, p.427

(객): 1968년이라면 바야흐로 신세대문학이 태동하는 시점이겠지요. 『창작과 비평』(1966)이 이미 그러한 지식인 작가를 내포하고 있었고, 더욱 내밀히는 『문학과 지성』(1970)이 준비 중에 있었지요. 이른바 이들은 4·19세대를 특징짓는 것. 이들이 내세운 문학이란 서로 다르긴 해도 크게는 지식인의 내면을 다룬 것. 내성의 문학이라 하겠지요. 물론 5·16 군사혁명과 그 탄압 속에 놓인지라 내성으로 치달을 수밖에 없었고, 따라서 그것 자체가 일종의 저항의 자세라고 큰 테두리에서 볼 수 있었지요. 이청준의 경우에 이 점이 선명하지요.

(주): 문학의 마당이니까, 이들 4·19세대의 문학사적 부정의 대상이란 구세대문학이겠는데요.

(객): 김동리 중심의 샤머니즘적인 것. 그것 또한 일제에 맞서는 문학사적 방식이니까 굳이 따진다면 문학사적 의의를 안고 있는

것이겠소만, 4·19세대는 이 구세대의 샤머니즘에 대한 거부의
몸짓을 취했지요. 『문학과 지성』 쪽은 구세대와 참여파를 동시
에 거부함으로써 지식인의 내성소설을 특권처럼 내세웠지만
『창작과 비평』은 사르트르를 내세워 내성문학보다는 좀 더 큰
사회 문제에로 의식의 촉수를 뻗고자 겨냥하고 있었지요. 어느
쪽이든 이들 신세대는 구세대문학과 선을 긋고자 한 점에서는
일치했지요. 선생은 그 한가운데 방관자로 서 있지 않았던가요.

(주): 훗날에 가서야 깨친 것이지만 『관부연락선』의 작가가 구세대
와 신세대 사이의 공백지대 또는 '빈' 세대의 문학을 이어야 문
학사가 성립될 것이라고 했던 지적은, 더불어 이들 학병세대의
커다란 의의였던 것. 신세대가 감히 따를 수 없는 영역, 곧 문학
사의 명분.

(객): 알겠소. 신세대란 한반도, 그것도 휴전선 이쪽의 극히 한정된
지역의 산물이라는 것. 자기 집안 일, 자기만의 일에 매달린 문
학이기에 내성문학(內省文學)에로 웅크릴 수밖에. 그 대신 일찍이
없었던 밀도 높은 그런 것. 최인훈, 이청준, 박태순 등의 밀도 높
은 내성문학은 이에서 말미암은 것. 그러고 보니 문학사에서 일
찍이 이룬 바 없는 영역을 이들이 이룩한 점에서 긍정적인 평가
를 내릴 수 있지만, 동시에 또 그것은 부정적 평가도 가질 수밖
에요. 내성문학에 빠져 허우적거린 점, 허무적 심리묘사에로 향
한 점이지요.

(주): 『관부연락선』의 작가를 보시라. 일본유학·중국전선, 이 두 외
국 체험을 염두에 두어보시라. 차원이 다른 것이지요. 이 다른
공간 확대를 이 나라 문학사에 전례 없이 끌고 들어온 것이 바로

선우휘의 「불꽃」(1957)이지요. 내성소설에 대한 행동주의 소설이라 평가되고, 프랑스의 A. 말로를 내세우기도 했지만 내가 주목한 것은 다음과 같은 소설 무대의 공간 확대.

(A) 다음 해 봄에 현은 낡은 추렁크를 들고 일본으로 건너갔다. (…중략…) 삼 년의 예비단계가 끝나고 학부에 들어가는 날, 백발의 총장은 점잖은 어조로 대학생활의 커다란 하나의 소득은 좋은 벗을 얻는 데 있다고 했다. 그러나 현은 친구라면 친구라고 할 수 있는 그런 정도의 아오야기라는 한 명의 일인 학생과 가까웠을 뿐이었다.

—「불꽃」, 『문학예술』, 1957.7, p.38

(B) 철학사를 가르치는 젊은 히다까 조교수는 다까다 교수와 좋은 대차를 이루었다. 명철한 두뇌와 섬세한 정서를 가진 그는 소집을 받고 떠나면서 찾아간 현에게 이런 얘기를 했다. "틀렸어 모두가 돌았어"라고.

—「불꽃」, p.41

(C) 창씨한 탓으로 산자가 붙어 다까야마(高山)가 된 현은 일본 나고야 부대에 입대되었다. 치중병(수송대)이 되었다. 마구깐 당번을 하게 되었다. 때로는 손으로 말똥을 긁어모아야 했다.

—「불꽃」, p.44

(D) 다음 해 봄 현은 북부 중국에 파견되는 노병들 가운데 섞여 있었다. 황막한 중국 땅에 내려섰을 때 현은 틈을 타서 도주할 결심을 했다. (…중략…) 어느 달밤 현은 보초를 서다가 틈을 탔다.

—「불꽃」, p.46

(E) 저녁에 현이 중국인 부탁으로 내려가 한자를 써가며 사유를 납득시키고 (…중략…) 그곳은 주로 팔로군이 유격 활동하는 지역이어서 그

길로 연안으로 안내되었다. 그 후 여기서 숨을 돌리기에 먼저 놀랬다.

—「불꽃」, p.47

(F) 만주에서 빠져나가 1945년 7월 중순이었다. 만주에서 헤매던 현은 9월 중순이 지나서야 고향 P고을로 돌아 왔다.

—「불꽃」, p.48

(A)~(F)까지에서 보이듯 한반도 38선 접경 P고을에서 자란 현의 일본에서의 대학 체험, 중국전선 탈출, 팔로군에서 다시 탈출한 경로가 소상합니다. 이를 통틀어 세계화, 곧 공간 확대로 요약되는 것. 소설무대가 한·중·일의 3국에 걸쳐 있었던 것.

(객): 선생은 어느 글에선가 선우휘가 학병에서 제외되었다고 하지 않았던가요. 조선인 학병 약 5천 명(4,385)이 1944년 1월 20일에 일시에 입대했을 때도 일제는 사범계와 이공계는 제외했으니까요.

(주): 바로 그 점이 중요하다고 나는 생각하오. 이런 소설공간의 확대 체험은 세대개념으로서의 학병세대의 '자기 한계'와 무관하지 않다는 것.

(객): '자기 한계'라 하셨습니다 그려. 아마도 그것은 진짜 학병 체험 사람들과는 일정한 거리를 가진다는 뜻이겠소. 학병세대이긴 해도, 진짜 학병 체험자와 미체험자 사이에는 중요한 차이점이 있다는 것, 그것이 문학사에서 어떤 몫을 했는가에 관련된 문제이겠습니다 그려.

(주): 꼭 적절하다고 할 수는 없을지 모르나, 경남 하동군 북천면에서 자란 이병주가 일본의 메이지대학(明治大學) 전문부 문창과에

다니다 학병으로 끌려가 중국 소주 주둔 일본군 60사단에서 치중병으로 근무하고, 해방 후 상하이에서 부산항으로 돌아온 것은 1946년 2월이었지요. 『관부연락선』(1969~1970)과 『지리산』(1972~1978)의 대형작가 나림 이병주(1921~1992)는 무엇보다 전쟁 체험이 하도 강해 우연히 작가가 된 경우가 아니라 대학 때부터 글쓰기를 전공으로 겨냥했다는 점입니다. 『작살난 늑대』의 저자는 버마전선에서 유일하게 살아남은 '늑대사단'의 대위 후쿠다니 마사노리(福谷正典). 그는 전 생애를 사자들을 연구함에 바쳤지요.(이가형, 『분노의 강』, 경운출판사, 1993) 그러나 이병주는 이와는 또 다르지요. 대학공부가 민족의 독립이나 뭐 그런 것과는 무관한 것.

(객): 선생의 연구서 『이병주와 지리산』(2011)에 따르면, 고바야시 히데오(小林秀雄, 1902~1983)와 미키 기요시(三木清, 1897~1945)를 모방코자 했더군요. 당시 최고의 인기 있는 과목이 문학과 철학의 글쓰기였으니까. 그런 그가 소주 체험을 겪고 귀국하여 진주농림, 해인대학 교수 노릇을 했지요. "통산 10년 남짓한 교원 생활에서 영어, 프랑스어, 자신도 뭔지 모르는 철학을 가르친 순엉터리 교사였다. 게다가 일제 용병이었다는 회한이 콤플렉스가 되어 한번도 교사다운 위세를 떨쳐보지 못했다."(『이병주 칼럼집』, 세운문화사, 1978, p.149)라고 했더군요.

(주): 요점은 일제의 '용병'이었다는 것.

(객): 이는 회한 때문에 한 번도 교사다울 수 없었으며, 학생 앞에서 위선을 세울 수 없었다는 것.

(주): 문제는 바로 '용병'이었다는 것. 이를 일정한 여과도 없이 직

선적으로 노출시킨 것이 이병주인 것. 선우휘의 간접체험과 일
정한 선을 그은 것.
(객): 「8월의 사상」(1980)이 그 결과물인 셈인데요. 직접체험이 시간
이 지날수록 굳어져 무슨 원죄 같은 것으로 되고 만 것.

그러나
사자는 사자시대의 향수를 지니고 있다.
독사는 독사시대의 향수를 지니고 있다.

그런데
너는 도대체 뭐냐
용병을 자원한 사나이
제 값도 모르고 스스로를 팔아버린
노예

너에겐 인간의 향수가 용인되지 않는다
지금 포기한 인간을 다시 찾을 수 없다.
갸륵하다는 건 사람의 노예가 되기보다는
말(馬)의 노예가 되겠다는 너의 자각이라고나 할까.

먼 훗날
살아서 너의 집으로 돌아갈 수 있더라도
사람으로서 행세할 생각은 말라
돼지를 배워 살을 찌우고
개를 배워 개처럼 짖어라
　　　　　　— 「8월의 사상」, 『행복어 사전』 5, 한길사, pp.277~278

친구들을 모아놓고 소주회 회장은 죽을 때까지 자기가 맡겠다

고 공언한 대목에서 이병주는 시를 써버렸네요. 노예의 시 말이
외다. 돼지와 개처럼 살아갈 것이라는 것은, 시로서밖에는 다른
표현의 방도가 없다는 것.

(주): 간접체험자 선우휘와는 일정한 선이 그어져 있지요. 잠깐 보
실까요. 최후의 결단.

> 분명한 한 가지는 외면하거나 도피하지는 않을 것이다. 외면하지 않
고 어떻든 정면으로 대처하자.
> 도피할 수가 없도록 절박한 이 처지. 정면으로 대하도록 기어코 상황
은 바싹 내 앞으로 다가온 것이다. 이에 꽃밭의 시대는 끝난 것이다.
>
> ─「불꽃」, p.69

이병주가 원죄의식에 안주함과 얼마나 다른가. 실상 이병주는
'노예의 사상'을 무의식중에 즐기고 있었을지도 모를 일. 선우
휘와 견주어 볼 때 특히 이 점이 뚜렷하지 않습니까. 미체험세대
와 체험세대의 의식상의 차이란 이만큼 다른 것. 이 최후의 결단
은 체험과는 일정한 거리를 둔 문학적인 것, 일종의 내공력(內攻
力)이랄까, 문학적 역량인 것. 이병주에게는 이것이 없거나 빈약
한 편. 비문학적이랄까요.

3. 간접체험─「불꽃」(1)과 「불꽃」(2)로서의 「외면」

(객): 학병 체험세대 글쓰기의 앞잡이들은 물론 한둘이 아니지요.
중국전선에서 탈출한 신상초, 장준하, 김준엽 등의 방대하고도
날센 기록이 이에 해당되는 것. 또한 버마전선에서 탈출한 박순

동, 이종실과 그대로 종군한 이가형 등이 있지만 이들은 체험이라는 역사의 비중에 기울어져 있었다. 거듭 말하지만 학병세대 중 당초부터 글쓰기를 목표로 한 경우는 이병주밖에 없었다. 이 사실을 덮어두고는 어떤 이병주론도 성립되기 어렵다? 이게 선생의 제일 공들인 지적이겠는데요. 맞습니까?

(주): 내가 주장하는 것이 아니라 『관부연락선』의 작가가 스스로 그렇게 주장했습니다. 고바야시 히데오냐 미키 기요시냐, 이 사이를 왔다 갔다 했지요. 그는 메이지대학 전문부 문창과 학생이었으니까. 법학부의 신상초, 신학과의 장준하, 사학과의 김준엽 등과는 출발부터 다른 점이지요. 학병으로 가든 안 가든, 또 어느 부대에 들어가든 글쓰기가 최우선 순위였다는 것. 탈출해도 안 해도 이 점에서 변화 없는 것. 간부 후보생이 되고 일군 장교가 되는 것도 이 글쓰기 다음에 오는 것.

(객): 그 글쓰기란 결국은 시(詩)다. 적어도 시적인 것이다? 「8월의 사상」에서 이병주는 시를 써버렸지 않았던가요. 노예의 사상이란 시적인 것인 만큼 소설쓰기를 초월해버렸다는 것. 시를 썼다는 것은 글쓰기이긴 해도 막장에 닿았다는 것.

(주): 오기 같은 것. "나는 이렇게 대단한 인간이다. 너희들과는 다르다."라고 외치기. 그때 나올 수 있는 것은 산문이 아니라 시적인 것이지요. 소설을 더 이상 쓸 수 없는 지경에 이르렀다는 선언이기도 했던 것. 체험에 기울어져 소설이 감당해야 될 상식적이고 관습적인 부분을 감당하지 못했다는 것. 요컨대 문학적 균형감각을 잃었다는 것.

(객): 잠깐, 그러니까 선우휘와 비교할 때 그렇다는 지적이겠습니다

그려. 비교의 대상이 바로 선우휘의 존재라는 것.

(주): 그렇소.

(객):「불꽃」의 선우휘는 실상은 학병세대이긴 해도 학병 체험이 없
    었지요. 이를 학병세대라 하기엔 좀 난처하지 않겠습니까.

(주): 나는 그렇게 보지 않습니다. 세대단위란 최소한 10년의 묶음
    속에서, 그 밀도가 개인에게 조금씩 다르긴 해도, 엄연히 지식인
    의 의식을 지배한다고 믿기 때문이지요.

(객): 선우휘는 이 점에서 문학적으로 유리한 입장에 설 수 있었다,
    곧 시를 쓰는 막장까지 가지 않아도 되었다, 요컨대 학병세대의
    의식을 균형감각으로 파악할 수 있는 자리에 위치할 수 있었다?
    체험과 일정한 거리를 지닐 수 있었다는 것. 이게 선생이 주장하
    는 요점이겠는데요. 맞습니까? 그러니까 선우휘론을 새로이 검
    토해보아야 되겠군요.

(주): 앞에서 여러 번 지적했듯이 학병세대의 강점은 일본, 중국, 버
    마, 태평양 등의 세계, 곧 공간적 확대에 따르는 전쟁과 관련된
    폭력 체험입니다. 문학사적으로 의의 있는 부분이었지요. 이는
    군부 밑에서 생성된 4·19세대의 의식과 결정적으로 구분되는
    것, 곧 내성소설이 갖는 문학사의 의의란 DMZ 이남의 극히 제
    한된 공간의 산물이었던 것. 바야흐로 문학사가 크게 바뀌는 장
    면이겠지요. 이 장면에서 이병주가 시를 쓸 수밖에 없었다면 선
    우휘는 무엇을 썼을까.

(객): 선우휘는 계속 소설을 썼다, 그는「불꽃」을 계속 썼다.「불꽃」
    (1)과「불꽃」(2)「불꽃」(3) 등등.

(주): 우리의 대화가 이제 합의점에 접근되었습니다 그려.「불꽃」(2)

를 검토해볼까요. 55세의 선우휘가 쓴 「외면」(1976)이 그것입니다 그려. 저널리즘의 첨단감각을 지닌 『조선일보』 편집국장에서도 물러난 육군대령 출신의 선우휘가 「외면」을 쓰면서 이런 거창한 목소리를 내고 있소이다.

금년 55세. 이 나이에 내가 문학의 가치가 무엇인지를 분명히 알게 되었다면 사람들은 웃을 것인가? 내가 문학의 가치라고 하는 것은 상대적 가치가 아니라 절대적인 가치를 말한다. 그러니까 문학이 아니면 안 되는 것, 문학만이 할 수 있는 것, 정치로도 경제로도 언론으로도 종교로도 안 되는 것. 정치도 경제도 언론도 종교도 할 수 없는 것. 그것이 무엇인가를 알게 되었다는 것이다. 그리고 그러기에 문학이 인간이 하는 가장 가치 있는 일임을 터득했다는 말이다. 더욱 그것이 나에게 있어 귀한 것은 동서(東西)의 어느 문학의 의견을 받아들여서가 아니라 오랜 회의 끝에 내 나름으로 파악한 것이기 때문이다. 그래서 이제부터 나는 기쁨과 보람을 가지고 소설을 쓸 생각이다. 그러니까 이 작품은 그렇게 느끼고 신념을 가지고서의 나의 첫 작품이 되는 셈이다.

— 「외면」, 『문학사상』, 1976.7, p.379

(객): 과연. 언론인인 그가 지천명에 이르러 마침내 이른 길. 데뷔작 「불꽃」(300매)으로부터 무려 19년 만에 쓴 350매 짜리 「외면」이란 바로 「불꽃」(2)에 해당되는 것이겠는데요.

"분명한 한 가지는 외면하거나 도피하지는 않을 것이다. 외면하지 않고 어떻게든 정면으로 대하자."

— 「불꽃」, p.69

그런 각오로 선우휘는 용감하게 사르트르를 비판하면서 신진세

력『창작과 비평』의 주간 백낙청과 논쟁(「작가와 평론가의 대결
—문학의 현실 참여를 중심으로」, 『사상계』, 1968.2)을 벌였고
「십자가 없는 골고다」, 「싸릿골의 신화」, 「도박」, 「띄울 수 없는
편지」, 「묵시」(친일 춘원의 내면), 「하얀 옷의 만세」, 「상원사」,
「사도행전」, 「단독강화」, 「쓸쓸한 사람」(신사참배에 굴복한 목
사 문제), 「황야의 노역에서」 등을 거침없이 썼더군요. 언론계의
막강한 『조선일보』 편집부장에다 미 국무성 초청, 일본 도쿄대
1년 연수, 세계일주 등의 위치에 선 선우휘가 아니었던가요. 이
당당함, 이 확고함 앞에 그 누가 토를 달 수 있었겠는가. 그렇다
면 어째서 「외면」을 써야 했을까. 「불꽃」 이래 지금까지 쓴 당당
함과 확고함에 대한 반성일까, 부정일까, 자기 수정일까요.

(주): 그동안 저토록 외면하지 않고 당당히, 확고히 창작해온 것을
통틀어 분석해보면 한 가지 사실로 귀일됩니다. 국내 문제라는
것, 남북분단 문제라는 것, 이데올로기를 걸고 넘어지지 않고,
어디까지나 보통사람, 민중들, 그러니까 평균치의 한국인을 주
인공으로 삼았다는 것. 요컨대 어디까지나 국내 문제라는 것, 분
단국가인 남북 문제라는 것, 그 속에 사는 보통인을 문제 삼았다
는 것.

(객): 처음부터 이데올로기를 끌고 들어온 『지리산』의 이병주와 다
른 점이군요.

(주): 그렇소. 감당도 못할 외래산 이데올로기에 놀아난 인간들의
도달점은 기껏해야 '허망한 정열'로 귀결되었지요. 관념에서 출
발했기 때문이지요. 남의 사상을 관념으로 삼아 글쓰기를 일삼
다가 결국 그것이 '허망한 정열'에 지나지 않음을 깨쳤다고나

할까. 남부군의 이현상과 하준수(남도부)도 그런 부류. 다만 지리산 기슭에서 태어나 자란 박태영만이 이 '허망한 정열'이 눈에 보였지요. 데뷔작인 「소설·알렉산드리아」 역시 상식수준에 지나지 않는 독일의 숄 형제 사건이라든가 기타 비스듬히 책으로 읽은 것들을 조립한 것. 무슨 대사상가라도 된 듯한 착각을 주변에서 일으킬 정도. 가령 마르크 브로트의 『역사에의 변명』을 들먹거릴 때 문단조차도(『문학과 지성』에 재수록) 속아 넘어갈 정도였으니까.

(객): 그런 점에 비추어볼 때 「외면」의, 저토록 「불꽃」(2)라 할 만한, 아니 그보다 한층 '절대적 가치'의 글쓰기란 무엇이었을까. 선생은 「불꽃」(1) 이래 쓴 갖가지 작품이란 '국내' 문제에로 한정되었다는 점으로 귀결된다고 하지 않았습니까. 「외면」은 그동안 무엇을 또 어디를 '외면'했던가요.

(주): 우리의 대화가 이제야 본 궤도에 올랐습니다 그려. 미 국무성 초청으로 미국 시찰, 도쿄대학에서의 연수, 세계일주 등에서 선우휘가 마침내 '외면'할 수 없는 문제에 맞닥뜨렸던 것. 곧 세계의 인식이 그것. 한국이라는 국내 문제를 외면하지 않고 당당히, 확고히 잘난 척 매진했지만, 일본·미국·남양 등의 세계 속에서는 한국을 깡그리 외면해오지 않았던가. 이를 외면하고도 한국의 작가라 할 수 있겠는가. 공간 확대, 간접 체험의 것이긴 해도 결코 외면할 수 없는 것.

(객): 미군 고문관 변호사의 말대로 전범(B, C급) 포로인 조선인 임재수는 일본인도 조선인도 아닌 것. 그럼 뭐냐. "개도 소도 개구리"도 아닌 것. 이 한국인을 작가가 과연 '외면'할 수 있겠는가.

없다!

(주): '절대적 가치'가 머무는 영역이니까.

(객): 작품 「외면」을 계몽적 차원에서 조금 자세히 소개하고 나가야 겠네요.

(주): 그렇군요. 종교도 언론도 정치도 감히 넘보지 못하는 그런 것을 두고 절대적 가치라 하지 않았던가. 더욱 중요한 것은 외국 이론에서 배운 것이 아니라 스스로 터득했다는 점이지요. 무조건 외국 이론으로 달려든 이병주와는 정반대 현상이라고나 할까. 선우휘는 학병세대 감각을 결코 떠날 수 없지요. 간접 체험으로서의 학병세대의 최강점이니까.

4. 『콰이강의 다리』와 조선인 B, C급 전범의 심문 과정

(객): "몬텐루파―일본군 전범수용소가 있는 이곳에도 어디서나처럼 하루 종일 내려쪼이던 햇빛이 어느새 자취를 감추는가 하더니 노을로 곱게 물들인 저녁 하늘만 남겨놓았다."로 시작되는 「외면」은 태평양전쟁의 종언 직후 미군 포로 학대 죄목으로 처형을 앞두고 있는 포로감시원인 조선인 하야시 병장(임재수)의 처형에 이른 과정을 다룬 작품. 대체 '몬텐루파'가 어딘지 선생은 아십니까.

(주): 조금 조사를 한 바 있긴 하지요. 필리핀에 있는 지명. 뜻있는 일본인의 뇌리에 깊이 새겨진 곳. 얼마나 까다로운 문제였는가. 미군으로부터 전범으로 기소되어 복역 중인 사형수 56명, 무기형 31명, 유기형 27명을 필리핀의 키리노 대통령이 사면, 귀국

시킨 것은 1952년 7월로 되어 있습니다.(다나카 히로미(田中宏巳), 『B, C급 전범』, 치쿠마신서, 2002, p.209) 만일 임재수가 살아 있었다면 이 범주에 들었을지도 모르겠네요. 그러나 그는 이미 처형되었지요. 작가 선우휘는 다음처럼, 개인으로서는 어쩔 수 없는 역사라는, 이른바 내용 우위의 바윗돌을 올려놓았지요. 그것도 한 · 일 · 미 3국의 시선으로.

태평양전쟁이 끝난 뒤 필리핀에서는 전쟁을 도발한 일본군에 책임을 묻는 이른바 전범재판에 의하여 필리핀 방면 일본군 최고 사령관인 야마시다 대장 이하의 숱한 일본군 장병이 처형되었다. 그때 필리핀의 미군 포로수용소장을 지낸 바 있는 조선인 홍사익(洪思翊) 중장도 미군 포로에 대한 학대의 전책임을 걸머지고 처형대의 이슬로 사라졌는데 그와 함께 직접적 하수인으로 처형된 우리의 동족인 '조센징'(朝鮮人) 전범은 열여덟 명이나 된다.

어두워가는 수용소의 외진 한 구석에서 혼자 끙끙 앓고 있는 이 사나이도 그 중 한 명이었다. 그의 본성은 임(林) 그래서 일본 발음으로 '하야시', 금년 스물네 살.

— 「외면」, p.381

(객): 작가는 "우리의 동족인 조센징"이라 했습니다 그려.

(주): 객관화에까지 이르지 못했다는 것. 이게 학병세대의 감각이었겠지요. 이 감각은 원죄와도 같아서 이래도 좋고 저래도 좋다는 식의 상대주의가 아니라 절대적인 것. 선우휘=조센징의 절대적 가치. 이를 뛰어넘어 객관화할 수 없음이 시퍼렇게 살아있지요. 남이 보면 도무지 이해할 수 없는 것.

(객): 잠깐, 선생이 너무 흥분하고 있지 않은가요.

(주): 그야 나도 제삼자가 아니니까. 우리 문학사의 과제이니까.

(객): 우리의 대화가 너무 가파르게 된 느낌인데요. 조금 숨을 고를
필요가 있습니다. 선생은 〈휘파람 행진곡〉을 가끔 입에 올리더
군요. 뭐, 그런 것 말이외다.

(주): 아, 그 『콰이강의 다리』. 활동사진으로도 여러 번 본 것. 영국
군 포로와 일본군이 태국과 버마를 잇는 콰이강의 다리를 건설
하는 이야기를 다룬 것. 이른바 헤겔의 주인—노예 변증법을 바
닥에 깐 이 영화의 하이라이트는 포로수용소 소장인 하세가 대
령과 니콜슨 대령의 위치전복사건이지요. 그러나 영화의 이러한
해석은 서양인의 시선일 뿐. 소설도 그러할까. 『콰이강의 다리』
의 원작은 프랑스 작가 피에르 블르(Pierre Boulle)의 것. 이를 영
국의 데이비드 린 감독이 영화화한 것은 1957년. 소설 작가는 말
레이시아에서 8년간 토목기사를 한 인물. 그 소설을 직접 읽어
보면 영화와 사뭇 다른 표현이 숨어 있습니다. "고릴라처럼 생
긴 조선인", "잔나비처럼 생긴 조선인" 등, 아주 '조선인'을 그
대로 노출시키고 있습니다.(오징자 역)

(객): 바로 포로감시원이 조선인이었다는 점. 일본군은 포로 학대용
으로 조선인을 투입했음이 그 표현 속에 묻어 있군요. A급 전범,
B, C급 전범(A급은 진짜 전범, B급은 장교, C급은 하사관 이하,
그러나 실상은 B, C를 동급으로 다룸). A급 기소자 수는 28명,
B, C급 사형판결은 5,644명, 그중에 조선인이 18명이었다? 맞습
니까.

(주): 내가 읽은 어떤 책에는 이런 대목이 있더군요. B급 전범으로
처형된 조센징 조문상(趙文相)의 유서 속의 한 구절입니다. "설사

넋이라도 이 세상 어딘가에 떠돌 것이다. 그것이 안되면 누군가의 기억 속에 남을 것이다"라는. 일본군의 상부 지시에 따른 이런 행위와 그 책임지기의 억울함이 이 속에 소리치고 있습니다.(다카하시 데츠야(高橋徹哉), 『전후책임론』, 고단샤, 2005, p.84)

5. '절대적 가치'로서의 「외면」

(객): 이제 하야시, 임재수를 검토할 차례. 사실에 근거한 것인지, 처형된 18명 중의 한 조센징이라 상정하고 작가의 상상력을 민첩하게 작동시켰는지의 여부까지는 선생도 당장은 판단하기 어려울 테지만.

(주): 1921년 평북 구성 시골의 자작 겸 소작인 집안의 셋째로 태어나서 보통학교만 나온, 힘깨나 쓰는 청년 씨름꾼인 임재수가 출세할 수 있는 길은 순사 되기. 그러나 시험을 쳐야 하는 어려운 공부를 감당할 수 없어 포기했을 때 뜻밖의 길이 열렸것다.

(객): 조선인 징병제겠군요. 창씨개명(1940.2, 총독부령)과는 달리 일본 각의에서 조선인 징병제 실시를 결의(1942.5), 동 11월 20일에 실시했던 것. 씨름꾼 임재수의 살길이 활짝 열렸것다. 총검술이 강하다는 명목하에 미군 포로수용소 감시원으로 발탁되었것다. 병장(입대 즉시 이등병, 1년쯤 되면 일등병, 그 다음이 병장, 그 뒤가 하사관급 군조)인 그는 직속상관인 모리(森) 군조의 하수인 노릇을 제일 잘해냈다. 소설 『콰이강의 다리』에 나오는 "고릴라 같이 생긴 조센징", "잔나비 같은 조센징"이 임재수일 수도 있것다. 문제는 모리 군조와 임재수의 관계이겠는데요. 직

속상관이니까. 모리 군조가 임재수를 가르친 것은 한마디로 악
마적인 것. 선생이 좀 인용해보세요.

(주):

　　그는 나더러 개처럼 마룻바닥을 기도록 일렀소. 그것을 내가 거절하
자 그는 자기 다리를 나의 다리에 걸어 쓰러뜨리고는 몽둥이로 수없이
어깨와 허리와 허벅다리를 후려쳤소. 그리고 개처럼 세 바퀴 방안을 돌
게 하더니 개처럼 짖으라는 시늉으로 자기 자신이 '왕왕왕왕' 하고 기
묘한 소리를 내보이더군요. 그래서 내가 '왕왕왕' 하고 개소리를 내자
그는 크게 한번 너털웃음을 웃고는 방 안 한구석에 둘러 앉아 있는 동료
들을 쳐다보면서 또 한번 회심의 웃음을 지었지요. (…중략…) 그는 나
의 밥그릇에 탁 침을 뱉더니 먹기를 강요했습니다. (…중략…) 한마디로
그(임재수)는 악마의 상징이었지요. 누구나 그를 보기만 해도 육체적 고
통을 느꼈으니까요.

—「외면」, p.396

(주): B, C급 전범을 심문하고 기소하기 위해 파견된, 변호사를 꿈
꾸는 미국 우드 중위의 증언 조서에는 임재수만이 '악마의 상
징'으로 되었다는 점.

(객): 중요한 것은 우드 중위의 인식이겠습니다 그려.

(주): 미국의 법률, 기독교문화권 등으로 생활화된 우드 중위가 밝
히고자 한 것은 어째서 임재수만이 '악마의 상징'이냐는 점. 이
를 밝히기 위해 그는 임재수의 상관인 모리 군조를 심문했지요.

(객): 보나마나 모리 군조는 모든 것을 부인. 임재수의 성격에로 돌
렸을 터. 이쯤 되자 임재수와 모리 군조를 대질시킬 수밖에. 바
로 그 순간 임재수는 모리 군조를 급습하지 않겠는가. 왜, 또 어
떻게. 그것도 일본어로.

(주):

　　이놈의 자식, 네가 시켰잖아? 응, 그래 이제 와서 안 시켰다고? 이 거
짓말쟁이! 너 전에 뭐라 했지? 그런데 이제사 너만 살아보겠다고? 이 비
겁한 자식 같으니. 자! 여서 너 죽고 나 죽자!

— p.388(이하 「외면」)

(객): 여기서 비로소 또 한 사람이 등장했군요. 이른바 공간 확대. 미 · 일 · 조선의 세계적 판도. 포로 신세이면서 통역관으로 차출된 인텔리 장교 이쯔끼(五木) 소위. 통역관 이쯔끼 앞에서 대질 심문에 호출된 모리 군조는 '소위님'에게 어떤 말을 꼭 전해 달라 했것다. 임재수의 악행을 자기가 저지코자 노력했다고.

(주): 우드 중위와 이쯔끼 소위는 누가 보아도 최고의 인텔리층. 대체 인텔리는 양심에 따르는가, 통념의 가치에 따르는가, 법률이라는 형식조건에 따라야 하는 것일까. 여기에다 선우휘는 간접 체험자인 학병세대의 내용 우위의 바윗돌을 올려놓았지요. 두 나라 인텔리의 저울질하기가 그것.

(객): 이 두 인텔리 앞에서 모리와 임재수의 대질 장면. 임재수의 마지막 항변. 이는 조선어가 아닌 일본어였던 것. 이 장면은 선우휘의 문학적 역량이 빛나는 대목.

(주):

　　모리의 대답이 너무도 서슴없는데 불만을 남긴 채 거기서 우드 중위
는 모리에 대한 심문을 일단 끝내려고 만년필을 내려놓았는데, 모리가
퉁명스럽게 한 마디 덧붙였다.

　　"그는 조센징이니까요."

　　그 한마디에 미처 그 뜻을 알아차리지 못한 우드 중위가 언뜻 고개를
들어 모리를 보고 다음으로 이쯔끼를 쳐다보았다. 이쯔끼의 얼굴 표정

에 순간적으로 야릇한 변화의 빛이 스쳐가는 것을 우드 중위는 놓치지
않았다. 그래서 우드 중위는 재빨리 이쯔끼에게 물었다.

"방금 그는 뭐라고 했소?"

이쯔끼가 잠깐 뜸을 들인 뒤 대답했다.

"하야시(임재수)는 조센징이라고요."

"조센징?"

"일본인이 아니란 말입니다."

"일본인이 아니라고? 하야시가?"

"그렇소."

우드 중위는 도대체 그게 무슨 말인가 싶어 양미간을 찌푸렸다.

"그럼 그가 일본인이 아니면 대체 뭐란 말이오? 말이란 말이오, 소란
말이오? 아니면 개구리란 말이오?"

이쯔끼는 황급히 대답했다.

"코리안! 그렇소, 그는 코리안이오."

"코리안?"

우드 중위는 말꼬리를 치올렸다.

태평양전쟁이 끝난 시점에서 미군의 한 중위의 아시아에 관한 지식
은 코리안이 어떤 인종인지를 얼른 알아차리지 못했다. 이쯔끼가 그의
등 뒤에 걸린 아시아지역의 지도에 가까이 다가가서 어느 작은 한 점을
가리키자 그제야 우드 중위는 미군이 그 남쪽의 반을 점령하고 있는 반
도가 코리아이며 거기 사는 주민이 코리안인 것을 새삼스럽게 깨쳤다.
우드 중위는 한참동안 이쯔끼의 설명을 듣고 나서야 코리안이 일본군에
게 편입되어 전쟁에 참가하게 된 내력을 알게 되었지만 일본인과 코리
안의 관계와 그 인종적인 차이점을 분명히 실감하기는 힘들었다.

— p.387

(객): 선생이 굳이 이렇게 길게 인용한 이유가 이제 짐작이 갑니다.
곧 학병세대의 원심력. 선우휘가 향하고 있는 세계 속의 확산 장
면. 소도 말도 개구리도 아니고 코리안으로 세계 속에 놓이기가

그것.

(주): 맞소. 코리안이란 어떤 형편으로 세계 속에서 인식될 수 있는
가. 검찰관 우드 중위와 통역관으로 차출된 포로인 일본군 이쯔
끼 소위와의 대화를 작가는 이렇게 정리했는데, 그게 바로 국제
(세계)적 감각이지요. 그들의 대화를 보세요.

(객):

"가령, 일본인이 미국인이라면 코리안은 무슨 종족과 비교할 수 있
소?"

이러한 우드 중위의 물음에 이쯔끼는 처음에는 아메리카 인디언이라
고 했다가 푸에르토리칸이 아닌가 하고 말했다. 그래도 우드 중위는 석
연치가 않아 이쯔끼에게 말했다.

"미국인에 대한 필리피노는 어떻소?"

이쯔끼는 대답 대신 신통치 않게 거저 고개만 끄떡여 보였다. 그는
영국인에 대한 아이리시라고 할까 하고 망설이다가 말았다.

이런 경황 속에서 일본인도 조센징도 영국인이나 아이리시에 비할
꼴이 못된다고 생각되었던 것이다.

그러한 이쯔끼의 망설이는 시늉을 보고 우드 중위는 마음속으로 뇌
까렸다.

"얼굴 생김새나 피부색으로 보아 미국 백인과 필리핀인과의 차이라
고도 하기 힘들군."

우드 중위는 그렇게 생각하고 이쯔끼를 건너다보며 그저 빙그레 웃
었을 뿐이다.

— p.388

(주): 영국인≠아이리시, 미국인≠인디언, 미국인≠푸에르토리칸,
미국인≠필리피노. 이런 비교 자체가 세계적 시선이지요. 한반
도 DMZ의 좁디좁은 구심점에로 향한 인식과 크게 다른 시선이
아니겠는가.

(객): 그렇다면 미군 포로 신세인 통역관 이쯔끼 소위의 생각은 어떠
했을까. '일본인≠조센징'이라 해봤자 패전의 마당인 지금 영국
인≠아이리시의 차이를 운운할 처지일 수 없는 형편인 것.

(주): 대질 심문 장면에서 벌어진 모리 군조와 임재수의 너무도 다른
태도. 우드 중위가 놀랄 만한 것. 모리 군조는 어디까지나 침착
하고 논리정연하고, 요컨대 신사적이었던 것. 요컨대 인격 있는
인물임에 비해 임재수는 정반대.

  하야시(임재수)는 계속 황야의 사나운 짐승처럼 부르짖었다. 헌병의
제지로 모리의 멱살을 놓자 하야시의 얼굴과 몽둥이는 이쯔끼를 향했
고, 그리고 우드 중위에게로 돌아왔다.
  그러한 하야시의 두 눈은 불을 뿜는 듯이 빛나고 있었고 노호는 상처
입은 맹수의 그것처럼 때론 높게 때론 낮게 고함은 신음으로 변하고 신
음은 다시 고함으로 변했다.

— p.388

(객): 우드 중위로서는 이것만 보아도 임재수가 짐승같이 미군 포로
를 학대한 증거로 삼기에 모자람이 없었겠지요. 광란을 일으킨
하야시이니까.

(주): 변호사 지망을 겨냥한 우드 중위로서는 인간다운 호기심이 발
동했지요.

(객): 그렇군요.

(주):
  그러나 그가 광란을 일으킨 동안 소리소리 지른 내용이 무엇인지 궁
금했다.
  만약 그중 한마디에서라도 그의 학대행위에 관련하여 그의 인간성의

편린(片鱗)이라도 발견된다면 자기 의견으로서 한 줄 기록해둘 필요가
있을 것이라고 생각했다. 그렇게 하는 것이 승리한 쪽의 검찰관이면서
공정을 잃지 않는 일이기도 하다고 믿었다.

　그러나 이쯔끼의 대답은 그에게 전혀 그런 자료를 제공하지 못했다.
이쯔끼도 그 고함 소리의 뜻을 알아차릴 수 없었다는 것이다.

　우드 중위와 다름없이 갑자기 당한 하야시의 광란이 봉변으로 말미
암아 얼굴이 하얗게 질린 이쯔끼는 뜻밖에도 하야시가 소리소리 지른
말은 일본말이 아니었다고 알려주었다.

　"일본말이 아니라고? 그럼 그가 무슨 말로 소리쳤다는 거요?"

　"코리아 말이오."

　"코리언, 그럼 코리아의 토어였단 말이오?"

　"그런가 보오."

— p.389

　우드 중위의 처지에서 보면 짐승 같은 하야시인 코리언과 일본
인은 다르다는 정도. 그리고 우드 중위의 교양 셰익스피어, 『톰
소여의 모험』, 또 유년기의 자기 회고.

(객): 이 토어(土語) 앞에 이쯔끼 소위의 충격은 어떠할까. 하야시가
한 말은 조선어가 아니라 일본어라는 사실 앞에 이쯔끼 소위가
받은 충격은 작가 선우휘의 문학적 역량이 응축된 대목. 아무리
길어도 이 대목만큼은 꼭 인용하고 싶습니다 그려. 지식인의 내
공이랄까 윤리적 감각이 작동하는 곳. 패자와 승자, 그 패자인
이쯔끼 소위이니까. 승자 앞에 저도 모르게 거짓말을 하는 지식
인 이쯔끼 소위.

　한편 이쯔끼 소위의 충격은 우드 중위의 그것과 달랐다. 그는 하야시
가 모리를 보고 울부짖은 소리, 자기를 향해 던져진 저주의 소리, 우드

중위에게 한 넋두리 같은 애달픈 원망의 소리를 너무나 똑똑히 두 귀로 들었던 것이다.

실은 하야시는 조선말로 소리 지른 것이 아니라 분명한 일본말로 고함쳤던 것이다. 다만 극도의 흥분으로 찢어진 그의 일본말은 우드 중위의 일어 이해의 한계를 훨씬 넘어 섰을 뿐이다.

이쯔끼는 우드 중위에게 하야시가 한 말을 차마 옮길 수 없어서 그가 일본말이 아닌 조선말을 했다고 거짓말을 한 것이다.

하야시는 모리의 멱살을 잡고 함께 죽자고 소리친 다음 이렇게 다구쳤던 것이다.

"이 자식아, 네가 배워준 그대로 한 것이야. 네가 소총의 개머리판으로 때리면서 똥 묻은 구둣바닥을 핥으라고 하면서 그렇게 안하면 죽여 버린다고 위협을 주면서 알으켜 준 그대로 한 거란 말이다. 안 그러냐? 그렇다고 해! 그렇다고 하란 말이야! 미군 포로들을 사람도 아닌 짐승이 나처럼 그렇게 때리라고 일러놓고 멀찌감치에서 술마시고 담배 피고 낄낄 대며 바라본 것은 어느 누구였지? 응! 말해봐! 입이 있으면 말해보란 말이다!"

그리고 이쯔끼 소위를 쳐다보고는 이렇게 퍼부었던 것이다.

"소위님, 장교님들은 일시동인(一視同仁)이니 같은 폐하의 적자(赤子)니 하셨지요. 일본인과 조센징은 하나의 같은 뿌리에서 나온 잎새 같은 것이라고요. 그런데 역시 그렇지 않았군요. 소위님, 이 조센징이 뭐 잘못한 게 있었나요? 소위님, 일본인의 말 잘 들었다는 게 잘못이었던가요. 공부 많이 해서 세상 이치를 잘 아실 소위님. 역시 일본인은 일본인이고 조센징은 조센징이란 말이지요? 그 밖에는 다 치레뿐의 거짓말이었지요. 좋아요. 죽죠. 내가 죽죠. 당신네들은 사세요. 이것 참 재미있군요. 그렇게 깨끗이 죽겠다던 당신들이 산다고 발버둥치니."

왜 하야시는 갑작스레 조센징으로서의 원한을 털어놓았던 것일까?

이쯔끼는 그 까닭을 안다.

숨이 막히고 눈알이 튀어나오도록 멱살을 붙잡힌 모리가 그 억센 하야시의 손아귀에서 벗어나려는 안간힘의 얼떨결에 그만

"더러운 조선놈의 새끼!"

라고 하고는 이쯔끼를 보면서

　"소위님. 조센징 때문이 이 일본인이 죽습니다. 이쯔끼 소위님, 좀 구해줘요."

라고 소리쳤을 때 어찌된 까닭인지 모리의 틀어잡았던 멱살을 놓고 시선을 이쯔끼에게 돌렸던 것이다.

　그의 눈에는 경악과 증오의 빛이 교차하면서 불꽃을 튕기는 듯 싶었다.

　하야시는 모리의 그 한 마디에 순간적으로 모리건, 이쯔끼건 일본인이란 일본인은 모두 조센징인 자기와는 거리가 먼, 전혀 딴 패라는 것을 느꼈으리라.

　다음으로 하야시의 눈길은 우드중위에게로 옮겨갔던 것이다.

　"야 이 양키야. 어째 이길라면 빨리 이기지 않구서 질질 끌어갖구 날 요모양 요꼴로 만들었지? 눈이 파래 못보느냐. 귀가 막혀 못 듣느냐 왜 잘 알지도 못하면서 야단이지. 이 재수 없는 조센징 죽으면 시원하겠어? 그렇다면 죽어주마. 얼마든지 죽어주마. 날 잡아먹어라 이 양키야."

　그러나 거의 한 마디도 알아들을 수 없는 우드 중위는 울부짖는 우리 속의 짐승을 보듯이 지긋이 양미간을 찌푸리고 하야시의 일거수일투족을 쳐다볼 뿐으로 그가 하야시를 인간 취급했다면 그것은 헌병을 불러 그를 밖으로 끌어내게 한 일일 뿐이었다.

　어떻든 하야시의 광란은 이쯔끼 소위에 있어서 분명 하나의 충격이 아닐 수 없었다. 그러나 이쯔끼는 그 충격이 없었던 것처럼 자기 마음속에 자국을 남기지 않으려고 무진 애를 태웠다. 그래서 이쯔끼는 모리에게로 그 생각을 돌렸다. 그는 모리 군조가 그렇게도 비겁하고 간악할 줄은 미처 몰랐다.

— pp.390~391

(주): 선우휘가 선 자리. 학병세대의 원심력이겠소. 내가 강조해온 참주제이니까. 학병 간접 체험자인 선우휘이기에 원심력으로 향할 수 있었지요. 이병주의 「8월의 사상」에서처럼 직접 체험자들은 자기 통제력을 가지기엔 한계가 있었던 것이니까. DMZ의

폐쇄공간에서 창작한 4·19세대와 선을 그을 수 있었음에서는, 또한 공간 확대의 체험에서는 일치하지만 자기 통제력의 여부에 관해서는 원심력(선우휘)과 구심력(이병주)에 차이가 있었던 것. 김동리식 샤머니즘과 4·19를 잇는 문학사의 중간 연결점의 회복이긴 해도 여기서 다시 갈라지는 것.

6. 수사학만의 세계화─「소설·알렉산드리아」와 『지리산』

(객): 이병주의 공식적인 데뷔작인 「소설·알렉산드리아」(『세대』, 1965.7)는 '소설'과 '알렉산드리아'가 등식으로 되어 있더군요. 그도 그럴 것이 5·16 때 필화사건(1961.5)으로 실형 2년 7개월을 복역하고 쓴 것이기 때문이겠지요. 『국제신보』의 편집국장, 논설위원으로 있으면서 박정희의 군사정부 비판("조국이 없다. 산하가 있을 뿐이다."라는 요지)으로 군사재판에서 10년 선고를 받은 이병주의 처지에서 보면 이것은 결코 대설도 중설도 아니라 '소설'이라고 표제에 내걸었던 것. 소설인 만큼 군사혁명도 비판할 수 있다는 것.

(주): 문제는 거기서부터이지요. 여기에는 어떤 폭력이나 권력도 미칠 수 없는 성역 같은 곳이라는 것. 말을 바꾸면 제왕이 된다는 것. 소설가=제왕이라는 것.

나의 정신은 이 구원으로 빙화(氷花)를 면한다. 그러니 걱정할 건 없다. 영하 20도는 영하 31도보다는 덜 차다. 설혹 영하 30도가 된다고 하더라도 영하 31도보다는 덜 차가울 것 아닌가. 인간의 극한상황이란 숨이, 숨이 끊어지는 그 순간을 두고는 없다.

—「소설 · 알렉산드리아」, 한길사 판, p.9(이하 이 판본에 의거)

(객): 대설도 중설도 아닌 소설이야말로 제왕의 글쓰기라는 것. 옥살이를 체험한 자의 실토이기에 그만큼 실감을 동반한 것이겠지요. 실제로는 특권층 친지들의 보살핌이 있었더라도 말입니다. 그런데 제왕의 글쓰기가 소설이기 위해서는 소설의 문법이랄까 규칙을 따라야 하는 것.

(주): 그야 당연한 일. 옥살이 하는 주인공이 있고, 그 아우가 있습니다. 형이 피리 부는 아우에게 편지를 합니다. 아우는 편지를 통해 형의 사상, 이념을 이해하려 합니다. 스스로 제왕학을 옥중에서 수행하고 있는 형에 점차 동화되어 갑니다. 그 극점이 바로 동서 문명의 공존지역이며 3천년의 문화를 가진 알렉산드리아 행. 외항선을 타고 거기까지 간 아우는 그곳에서 프린스 킴이라는 인물로 성숙해집니다.

(객): 그러고 보니 제왕학이라고 하나 범속한 소설 문법에 지나지 않습니다 그려. 원래 소설이란 거짓말이니까요. 그러나 형이 옥중에서 아우에게 보낸 편지 속에는 지식인의 인간으로서의 품격과 위신 지키기가 핵을 이루고 있습니다. 아우는 물론 이런 주장을 받아들이지 않다가 점점 감염되어 알렉산드리아에까지 가서 형의 제왕학을 펼칩니다. 소설문법치고는 단순한 것. 그러나 아우의 거부반응을 음미해볼까 합니다.

형의 불행은 사상을 가진 자의 불행이다. 형은 만인이 불행할 때 나 혼자 행복할 수 없다고 했다. 나는 그런 말을 거짓이라고 생각한다. 세계가 멸망하더라도 나 혼자 살아남으면 된다는 것이 인간의 자연스런 생각이라고 나는 믿기 때문이다. 나는 형이 고의로 그런 거짓말을 했다고는 생각질 않는다. 형이 지니고 있는 사상이란 것이 그런 거짓말을 시킨 것이라고 생각한다. 사상의 발전이 이 세계를 오늘만큼이라도 문화화되게 했다는 사실마저 나는 부정하려 들지 않는다. 그러나 그런 사상이나 문화는 천재라는 역군이 할 일이지 평범한 사람이 맡을 성질의 것이 아닌 것이다. 천재는 스스로의 생활을 불구화해가지고 평범한 사람의 생활을 보다 건전하게 하는 데 의미가 있다고 들었는데 천재도 못되는 사람이 천재의 행세를 하다간 스스로의 생활을 불구화하고 주변의 사람들만 불행하게 할 뿐 아닌가. 형의 불행은 따지고 보면 천재가 아닌 사람이 천재적인 역군이 되려고 하는 데 있는지도 모른다. 그러나 그것이 운명이라면 도리가 없다. 형의 불행은 형의 운명이니까. 운명은 이에 순종하는 사람은 태우고 가고 이에 거역하는 사람은 끌고 간다는 말이 있다.

— p.20

주인공을 통해 이병주는 스스로를 천재라 했더군요.

(주): 또 운명이라 했지요. 거역할 수 없다, 라고.

(객): 그 천재인 형의 생각이 퉁소만 불 줄 아는 아우에게 서서히 물들어 가는 것. 이게 이 소설의 문법입니다 그려.

(주): “내가 만 권의 책을 읽고도 이루지 못한 것을 너는 한 자루의 피리를 통해 이룰 것이다.”(p.17) 형의 이런 권고에 따라 피리 하나 달랑 쥔 아우가 외항선을 타고, 형이 옥중에서 꿈꾸던 알렉산드리아에 갔고 거기서 여사여사하여 프린스 킴이 되어가는 과정, 이것이 소설 문법이지요. 거기서 망명객 공주를 만나고 이런 정황 설명에 온갖 저항세력의 사례들을 종횡무진으로 두서도 없이 읊어대고 있지요. 독일 숄 형제의 백장미그룹 등은 말할 것도

171

없고요.

(객): 잠깐. 이제야 선생의 본심이 드러납니다 그려. 표면상으로는
공간(무대)의 확대이기에 학병세대의 원심력으로 보이지만, 따
지고 보면 한갓 독서에서 온, 겉멋 부린 수사학에 지나지 않는
것. 진짜는 서대문 옥중에 있으면서 한 망상이겠습니다. 아닌가
요? 지금 있는 곳은 서울, 서대문 형무소인 것.

(주): 바로 간파하셨소. 학병세대의 구심점의 원점. 선우휘의 원심
력과 판연히 구분되는 것. 저렇듯 화려한 수사학이란 한갓 독서
(교양)에서 온 것. 지식인이라면 누구나 아는 상식 중의 상식인
것. 흡사 이 서구적인 수사학으로 원심력을 펼친 것 같지만 이는
일종의 사기술이라고도 할 것. 이런 수사학은 대작『지리산』
(1978)에서도 작동하고 있었소.

어디에서 죽고 싶으냐고 물으면 카타로니아에서 죽고 싶다고 말할
밖에 없다.
어느 때 죽고 싶으냐고 물으면 별들만 노래하고 지상엔 모든 음향이
일제히 정지했을 때라고 대답할 밖에 없다.
유언이 있느냐고 물으면
나의 무덤에 꽃을 심지 말라고 말할 밖에 없다.
— 『지리산』 6, 한길사, p.35

가장 한국적인 구심점의 원점이라 해도 될『지리산』에서 조차
스페인 내전 때 죽은 G. 로르카의 시를 끌고 들어왔지요. 이것
이야말로 겉멋. 원심력을 위장한 것.

(객):『관부연락선』에서 공간 확대, 이른바 원심력으로 학병세대의
최강점을 제일 강하게 펼쳐 보임으로써 정작「8월의 사상」에까

지 나아갈 수 있었지요. 선우휘는 그렇지 못했지요. 학병 미체험이었으니까. 그러기에 선우휘는 늘 망설임이 동반되어 거리감을 유지할 수 있었지요. 「외면」이 그러한 사례. 이에 비해 그 「8월의 사상」의 작가는 서서히 마침내 구심점으로 향했다!

(주): 그 구심점으로 향하기가 하도 강력하여 표변이랄까 정반대 현상을 빚고 있었다. 한 가지 참고사항이겠지만 다음과 같은 동시대인의 회고담도 엿볼 필요가 있지요.

(객): 선생이 그동안 입에 담지 않았던 참고사항을 제가 말하기로 하지요.

　　나는 정말로 눈앞에 앉은 이 이병주의 손에서 박정희 일당을 규탄하는 훌륭한 작품이 나오길 고대하는 마음이었어. 그런데 사람 일이란 알수 없는 거야. 그러했던 이병주가 75년의 '사상전향'을 기점으로 해서급속도로 박정희와 군부세력에 접근해요. 그는 박정희의 종신대통령제의 법적 기틀을 닦은 유신헌법이 선포된 어느 날 박정희의 자서전을 쓰기로 했다고 나에게 말하더라고. 이병주에 대한 나의 우정과 기대가 컸던 만큼 그의 앞에서 이런 고백을 들은 순간 나는 큰 방망이로 뒤통수를 얻어맞은 것 같은 현기증을 느꼈어. 전쟁범죄소설은 간 데 없고 그 대신이병주는 폭군에 아부하는 전기를 썼지. 이때부터 나는 이병주를 멀리하고 그 후 완전히 결별했지요.

— 리영희 · 임헌영, 『대화』, 한길사, 2005, p.391

(주): 여기서 '우정'이라 했지만 사상적인 이해 수준에 지나지 않는것. 진정한 우정이라면 멱살이라도 쥐고 말려야 인간적 도리였을 터. 그건 그렇고, 문제는 이제 조금 확실해졌으리라 믿소.

(객): 구심점 말이군요.

(주): 그렇소. 구심점의 원점 말이외다. 박정희의 자서전 쓰기와 선
우휘의 「외면」을 비교해보면 구심력의 원점, 원심력의 원점이
뚜렷해집니다.

(객): 우리의 대화는 참으로 서서히 진행되었습니다 그려. 도무지
서두를 성질의 것이 아니니 그럴 수밖에 없긴 합니다. 우리의 대
화에서 제가 얻은 감동이랄까, 뭐 그런 것이 있다면 소설이란
'소설문법'만으로 이루어지는 것이 아니라는 점입니다. 그렇다
고 '소설적 관습'만으로도 이루어지지는 않겠지요.

(주): 그게 바로 세대감각이 아니겠소. 유신세대, 4·19세대, 386세
대 등등.

7. 다음 단계의 원심점과 구심점

(객): 원심력과 구심력의 향방은 어떠할까. 이것이 검토되어야 할
남은 과제이겠는데요. 제 의견을 먼저 얘기해볼까요. 유감스럽
게도 둘이 모두 막다른 골목에 닿고 말 것이다. 어째서? 아주 단
순한 형식논리의 사고에 지나지 않지만, (A) 소재의 한계성이 그
하나. 학병세대의 글쓰기란 원초적으로는 체험적인 것을 바탕으
로 삼았는데 그것이 한계에 닿았다는 것. 그렇다고 굳이 학병세
대를 찾아다니며 소재를 발굴하기에도 한계가 있는 것.

(주): 창작이란 남의 체험으로는 한계가 있으니까.

(객): 또 (B)가 중요한 변수겠지요. 왈, 정치적 변수 말이외다. 공간
적 확대로서의 원심력이 한·중·일·미국 등의 정치적 변수에
따라 늘 유동적이라는 사실.

(주): 우리의 주변을 에워싸는 이데올로기의 문제이겠군요. 특히 구
　　심력에 있어서는.

(객): (A), (B)가 극점에 오른 것이 「외면」과 『지리산』이라는 것. 원
　　심력은 「외면」에서 더 이상 나아갈 데가 없다는 것. 구심력이란
　　『지리산』에서 더 이상 나아갈 데가 없다는 것.

(주): 「외면」과 『지리산』이 각각 원심력의 '원점'과 구심력의 '원점'이
　　라는 것. 그렇다면 이 원점, 극점의 다음 행보가 문제일테이지요.

(객): 「외면」이 극점이라면, 그 다음의 행보로 「쓸쓸한 사람」(1977),
　　「한 평생」(1983)을 검토해볼까요.

(주): 「쓸쓸한 사람」은 일제 때 신사참배 강요에 굴복한 목사 한빈을
　　다룬 것. 혼자 신사참배에 나아간 조선인 목사. 고문 앞에 자결
　　이냐, 굴복이냐의 갈림길.

　　고등교육을 받은 일본인 경무주임이 나서서 자결이란 기독교 교리에
어긋나는 것이 아니냐고 그럴 듯이 말했으나 한 목사는 일소에 부쳤어
요. 그건 기독교도 아닌, 네가 나서서 걱정할 일도 아닌, 동시에 나도 이
제 기독교를 버린다고 했으니 그런 기독교 교리는 적용되지 않는다구
요. 젊은 일본인 경무주임은 창피만 당했지요.
　　　　─「쓸쓸한 사람」, 『선우휘 문학선집』 3, 조선일보사, 1987, p.283

　　보다시피 일제와의 관계를 내면화, 윤리화한 것이지요. 「외면」
에서의 임재수가 여기서는 주체성 있는 인간의 품위와 인간적
격조를 가진 것으로 되어 있습니다.

(객): 그렇군요. 그 다음 행보는?

(주): 「한 평생」은 춘봉이란 사람의 일생을 다룬 것. 어째서 그는 해

방 직후 좌익세력을 때려잡는 이른바 서북청년(西北靑年)의 두목
이 되었을까. 여사여사한 이유가 줄줄이 이어집니다만, 이런 투
로 서술됩니다.

> 그렇게 하여 신문사, 정당, 무슨 동맹 할 것 없이 그가 쳐들어가지 않
> 은 좌익단체는 하나도 없게 되었다. 그의 이름은 곧 우익진영 전반에 알
> 려졌을 뿐 아니라 미군정(美軍政) 치하인지라 미군 헌병(MP)들의 입에
> 까지 오르내리게 되었다.
> ─「한 평생」, 『선우휘 문학선집』 3, p.523

(객): 여기까지 오면 「외면」의 그 순수한 원점이 한반도에로 향하고
    있음이 확인됩니다. 원심력의 구점화라고 할까요. 그렇지만 그
    다음 단계는 어떠했을까.

(주): 바로 그 점. 원심력에서 구심점으로 향하는 과정은 국시를 반
    공으로 하는 DMZ 이남으로 서서히 내려앉기인 것. 아마도 그
    가 작가로 더 살아남으려면 이러한 현상유지에 내려앉기겠지요.
    「한 평생」이 그러한 사례를 보여주는 것이 아닐까 싶소이다. 적
    어도 이 땅에서 소설을 써야 하는 마당이니까.

(객): 「8월의 사상」의 이병주는 어떠했을까요. 그가 『관부연락선』을
    쓴 '목적'에 대해 선생은 크게 다루곤 하던데요. 4·19세대와 구
    세대의 단절감 잇기가 그것 아닙니까. 학병세대 글쓰기의 훌륭
    한 문학사적 명분. 세대 소통의 명분. 김동리식 샤머니즘도 일제
    에 대한 저항의 산물이긴 해도, 이것으로 지금에는 구세대를 대
    표할 수 없다. 왜냐면 학병세대라야 한다는 것. 맞습니까.

(주): 그렇소. 그 정점에 이른 것이 『지리산』이지요. 여기에 대해서

는 지난번의 『이병주와 지리산』(2011)에서 상세하게 적어놓았습니다. 거기서 나는 이렇게 분석했습니다.

『지리산』이 권창혁, 이현상 두 사람의 교사를 축으로 한 교육소설이라면 작가의 세계관은 어떠한 것인가. 마지막으로 남는 것이 이런 물음이다. 이 두 교사는 하영근 같은 허수아비가 아니며 (…중략…) 『지리산』의 작가는 현명하게도, 또 당연하게도 이현상의 죽음의 과정과 그 의미를 상세히 드러내지 않았다. 작가가 말하고자 하는 것은 공산주의도 사상 쪽에 지나지 않는다. 공산주의의 제도적 측면을 모르는 마당이기에 이현상 비판은 불가능하기 때문이었을 것이다. 공산주의의 사상적 측면이란 과연 어떠했던가. 한갓 허망한 정열이었다.
— 『이병주와 지리산』, 국학자료원, 2011, pp.262~263

'허망한 정열'에 이르기. 이것이 구심력의 극점에 다름 아니라는 것. 그쪽에서 묻고 싶은 것이 무엇인지 짐작이 됩니다 그려. '허망한 정열'의 다음 단계.

(객): 맞소. 『지리산』 다음에도 나아갈 곳이 있었을까. '허망한 정열'의 되풀이인 「겨울밤」(1974), 「그 테러리스트를 위한 만사」(1983)이거나, 아니면 막다른 골목이겠는데요. 선우휘처럼 말이외다.

(주): 글쓰기를 목적 삼은 메이지대학 출신 이병주는 학병을 갔어도 글쓰기만을 품었던 인물인 만큼 막다른 골목이란 없는 법. 『지리산』 다음에도 얼마든지 길을 뚫을 수 있었지요.

(객): 바로 대중화 현상. 심지어 통속화에까지 여지없이 나아가기. 『바람과 구름과 비』(1978), 「빈영출」(1982), 『행복어 사전』(1982)에로 하강하며 종당엔 『소설 일본제국』(1987), 『소설 정도전』

(1993), 다방 마담 사랑 타령인 『비창』(1984)에 이르기.

(주): 이제 별로 할 말이 없을 것 같소. 인간이란 누구나 약하며 또 세월 속에 발버둥쳐도 초라해지는 법이니까. 그렇지만 글쓰기에도, 바로 거기에 글쓰기의 운명 같은 것이 있다고 보면 어떠할까요. 다음 세대가 밀고 올라오니까.

(객): 상식적인 교훈이군요.

(주): 그렇소이다. 4·19세대, 유신세대, 5월 광주세대, 386세대 등등, 시간이나 세월이란 흐르는 것이 아니라 포개지는 것.

(객) 포개진다? 멈추는 것이 아니긴 마찬가지이겠지요. 아마도.

(주): 나도 그렇게 생각하오. 흐르긴 해도 포개지고 싸인다는 것. 나는 이 표현이 마음에 드오.

문학적 현상으로서의 한일 간에 걸린 흰빛

1. "수요모임" 1,000회가 놓인 곳

먼저 신문기사 한 토막을 소개함으로써 이 글을 시작하고 싶습니다.

일제강점기 위안부 동원에 대해 일본 정부의 사죄와 배상, 책임자 처벌 등을 촉구하는 수요집회가 14일 1,000회를 맞았다. 이날 서울 중학동 주한 일본대사관 앞에서 열린 수요집회는 시민 1,000여 명이 참석해 대사관 앞 도로를 가득 메웠다.

한국정신대문제대책협의회는 1,000번째 집회를 기념해 일본대사관 건너편에 '평화비'를 세웠다. 시민 모금으로 서울 평화비는 위안부로 끌려간 13세 소녀를 새긴 청동상으로 소녀는 주먹을 쥐고 일본대사관을 정면으로 바라보고 있는 모습이다. 평화비를 조각한 김운성(48) 씨는 "어린 소녀가 느꼈을 슬픔과 분노를 표현했다"고 말했다.

—『중앙일보』, 2011. 12. 15.

여기에 나오는 용어에 우선 주목해 주십시오. 한국 측은 '정신대'라고 부른다는 점. 일본 측의 용어로 하면 '종군위안부'에 해당됩니다. 남자들이 나라를 위해 군에 동원되었을 때 이에 대응되는 여자정신대가 이루어진 것은 1944년이며, 이들은 군수공장 등에 자진 동원되었고, 그중에는 양가집 여자들도 있었으나, 여러 가지 여성적 조건 때문에 상당한 마찰도 있었던 것으로 알려져 있습니다.(『아사히신문』, 1944.6.5.) '몸을 돌보지 않고 앞장서기'의 뜻을 가진 용어에 '여자'라는 한정사가 붙어서 만들어진 '여자정신대(女子挺身隊)'로서 최후까지 또는 마지막까지 남은 층위가 바로 '종군위안부'입니다. 물론 이 속에는 일본인, 중국인, 대만인, 인도네시아인, 네덜란드인, 필리핀인 그리고 조선인 등이 포함되는 바, 이 중 일본인을 빼면 나머지는 강제 또는 준강제로 동원된 것이지만 유독 조선인(한국인)의 경우만이 문제적으로 한일관계 속에 전후 청산의 과제로 오늘에 이르고 있는 것은 웬 까닭일까요. 일본 측의 공식적 입장은 한일회담(1965)으로 인한 청구권 완료에 두고 있습니다. 그러나 국민의 충분한 동의 없이 한국의 군사정권 측에서 일방적으로 서둘러 조인한 청구권(민중당 국회의원 61명이 한일협정에 반대하고 국회의장에게 사퇴서를 냄)이었던 만큼 국제법과는 관련 없이, 수용하기 어려운 과제로 남을 수밖에 없었던 것입니다. 물론 그 후 일본 측도 이 문제 해결에 응분의 해결책을 모색해 왔음도 사실입니다. 무라야마(村山) 내각이 앞장서 설립한 '아시아여성기금'은 그중에서도 뚜렷한 것입니다. 구체적으로는 1995년 이가라시(五十嵐) 관방장관이 앞장서서 기금을 모아, 수상의 사죄 서신과 함께 보상을 실시했음도 사실이고 또 그 성과도 상당했음이 밝혀져 있습니다.(오오누마 야스아키(大沼保昭), 『'위안부' 문제란 무엇인가』,

中公新書, 2007.) 그러나 이러한 한 움큼의 조치들의 한계랄까 특징은 어디까지나 '민간인 측'의 사안이었다는 점에서 옵니다. 전후 연합군의 재판 과정에서 각국 군대의 위안부 문제 비교론을 비롯해서 일본 군대 만의 특수성도 밝혀져 있긴 하지만, 요컨대 일본 측은 (1) 종군위안부에 관한 정부소관 자료의 전면 공개 (2) 국제법 위반행위, 전쟁범죄를 일본 국가가 범한 것임을 승인, 사죄 (3) 책임자 처벌을 하지 않았음에 대한 책임을 승인할 것 (4) 피해자의 갱생(rehabilitation)의 실행 (5) 피해자의 명예회복과 개인배상 (6) 무엇이 잘못되었는가를 명확히 하여 잘못을 되풀이하지 않기 위한 역사교육·인권교육의 실시 및 피해자를 추도하는 기념비의 설치, 자료센터 설치, 기념관 설치. 재발방지를 위한 조치의 실행이 이루어져야 한다는 것. 그렇지 않으면 이 사실들을 숨긴 일본의 문화 및 대타민족의식의 혁신 없이는 국제적 신뢰를 얻기 어렵다고 주장되기도 함을 봅니다.(요시미 요시아키(吉見義明), 『從軍慰安婦』, 岩波新書, 1995, p.234.)

위에 제시된 (6)항에 잠시 주목하십시오. "피해자를 추도하는 기념", 바로 그것의 하나가 수요모임 1,000회째에 만들어진 13세 소녀의 '평화비'입니다. 그렇다면 이에 호응하는 일본 측의 반응은 어떠했을까.

> "당신들의 한을 풀어드리고 싶어요. 미안합니다."
> "할머니들에게 정의를!"
> "진실은 하나. 일본정부는 할머니들에게 사과하세요."
> "할머니와 언제나 함께"
> "반성하지 않으면 어두운 미래가 다가올 뿐이다."

이러한 문구들은 대부분 일어로 쓰인 것이지만 그중에는 서툰 한국어도 있었는데, 일본 각지에서 도쿄로 모여든 여인들이 1,000장의 천 조각을 하나로 잇는 바느질한 조각마다에 새겨진 것입니다. 가로 9m 세로 125cm 짜리 큰 펼침막 같은 퀼트(quilt, 누비이불)작품. 11월 하순 부터 일본 각지의 위안부 문제 해결 촉구 집회에서 선보인 이 펼침막 은 서울에서 열린 1,000회 집회에 보내졌습니다.

니시무라 스미코 일본군 위안부 문제 간사이 네트워크 공동대표는 11일 『한겨레』와의 통화에서 "홋카이도에서부터 오키나와에 이르기까 지 곳곳에서 천을 보내왔다"며 "위안부 할머니 문제 해결을 진심으로 바라는 우리 마음이 천 하나하나에 담겨져 있다"라고 말했다. 일본 시 민단체들은 이 퀼트 작품을 앞으로 만들어질 〈전쟁과 여성의 인권 박물 관〉에 기증할 계획이다.

— 『한겨레』, 2011.12.12.

서울에서 1,000회 집회가 열리고 있을 시간에 일본인들은 일본 외무 부 청사를 인간띠로 에워쌀 계획이었고, 이명박 대통령이 방일(17, 18 양일)하여 정상회담 석상에서 일본정부에 강력 요청했음도 일본 수상 이 냉정한 반응을 보였음도 알려져 있습니다. 또한 소녀의 평화비에 맞서 일본의 우익단체들이 주일 한국대사관 앞에 다케시마(竹島, 한국 의 독도) 비석을 세우고자 했고, 일본 측은 이를 허락하지 않은 것으 로도 알려져 있습니다.(『중앙일보』, 2012.2.7.) '다케시마의 날'(2월 22 일)이 시마네현(島根縣)에 제정되어 있고, 비석 건립계획이 서울의 평 화비가 세워진 일주일 뒤에 기획되었음도 알려진 바 있지만, 전쟁의 역사와는 거리가 먼 것이겠습니다. 사회운동가이자 목사인 81세의 노 무라 모토유키(野村基之) 씨가 노래 〈봉선화〉를 '평화의 소녀비' 앞에서 플롯으로 연주하기도 했지요.(『동아일보』, 2012.2.14.) 앞으로도 이런

저런 일들이 있을 것으로 예상됩니다.

이 글의 서두가 너무 길었나요. 하지만 제가 말하고자 하는 요점만은 뚜렷해졌을 줄로 믿습니다. 일본 국가의 침묵 속에서도 민간인 차원에서 종군위안부 문제의 해결을 위한 노력들이 있었다는 것. '13세 소녀의 평화비'라는 한국 측에 호응하여 1,000장의 조각보로 만든 퀼트작품이 만들어졌다는 것. 이를 요약하고자 하면 제일 확실한 말이 있다는 것, 바로 예술이 그것입니다. '13세 소녀의 동상'과 '1,000조각의 말을 갖가지 색깔로 새긴 퀼트작품'을 예술이라 부르지 않고 달리 표현할 방도가 있겠습니까? 상상력 또는 간접화(間接化)를 겨냥하는 예술이야말로 정치적 또는 역사적 난제를 돌파할 수 있는 문화의 가치 있는 부분의 하나라고 저는 믿어오고 있습니다. 그러니까 이 글은 문학을 예술(간접화)의 한 갈래로 보고 살아온 제 처지에서는, 문학상의 종군위안부 문제인 것입니다. 한국문학은 정신대를, 일본문학은 종군위안부를 어떻게 묘사했을까. 그들 사이에 놓인 문학으로서의 공통성이 어떤 이미지를 창출했을까. 빈약한 자료이긴 해도 이는 제가 할 수 있고 또 해야 될 영역이 아닐 수 없습니다.

2. 눈부신 흰 다리, 어둠 속에 드러난 흰 셔츠

비평가 에토 준(江藤淳, 1932~1999)의 고명한 평론 「성숙과 상실」(1967)이 끼친 영향력을 평가함에 있어 이러한 말까지 등장할 정도였다고 알려져 있소.

시대의 자화상을 그려낸, 거울과 같은 작품이 있다. 그 자화상의 너무도 정확함에 우리들은 기가 죽어 눈을 돌리고 싶어진다. 이처럼 눈물

없이는 읽을 수 없는 작품이 있다면 우리들에 있어 60년대는 에토 준의 「성숙과 상실」, 80년대는 미우라 마사시(三浦雅士)의 「나(私)라는 현상」(1981)이 그것들이다.

— 우에노 지즈코, 『〈성숙과 상실〉에서 30년』, 고단샤, 1993, p.256.

「성숙과 상실」의 해설을 쓴 여성운동가 우에노 지즈코(上野千鶴子). 일본 여성의 지위향상을 위해 몸바쳐온 그녀의 처지에서 보면 한갓 문학평론서에 눈물을 흘릴 만큼 절박성을 띤 것이지만, 냉철한 시선에서 보면 「성숙과 상실」 전체가 문학평론이기에 앞서 일본문화론, 정확히는 인류학적 분야에 속한다고 하겠지요.

이 평론의 첫줄은 야스오카 쇼타로(安岡章太郎, 1920~   )의 중편소설 『해변의 광경』(1959)으로 시작되어 있소. "노래부르기란 어머니가 자랑스럽게 여기는 것의 하나였다"가 그것인데, 그런 노래를 외아들 신타로는 강보에서부터 들었고 그것이 얼마나 아이의 정서 위에 군림해 억눌렀는가를 문제 삼았던 것. "어리기에 죄를 모르고/보채면 손으로 흔들던 옛날을 잊을 것인가./봄은 추녀의 비, 가을은 뜰의 이슬/어미는 떠나지 않고/기도함을 모르는가." 에토 준은 이 일본식 노래를 미국의 카우보이 노래와 대비시키고 있소. "천천히 가거라. 어미 없는 송아지야/우왕좌왕 하지 마라/그런 짓은 그만두게나/풀이란 발밑에 잔뜩 있다/그러니 천천히 가거라/너의 여로는/영원히 이어지지 않는다네,/천천히 가거라. 어미 없는 송아지야/천천히 가거라." 어미에게 거부당한 송아지와 같은 미국의 카우보이 소년들과 어미의 희생 위에 절대적으로 보호된 일본 아이들의 심리적 비교란 농경사회와 유목사회, 어미중심의 문화와 아비중심의 유목사회 간의 문화적 차이를 말해주는 것임은 상식 중의 상식이다. 그런데 어째서 그것이 여성운동가의 눈물을 흘리게 했을까. 아마도 그것은 『해변의 광경』의 다음 장면에 대해 일본 여인이라면 기가 죽지 않을 수 없고 가능만 하면 눈을 다른 데로 돌리고 싶은 모종의 착잡한 느낌에서 온 것이 아니었을까.

<blockquote>

신타로는 어머니와 함께 막 이사한 집 부엌 옆방에서 고다츠(난방용 기구—인용자)에 바싹 붙어 있었다. 볼일이 있어 찾아온 사람이 부엌 문에서 "주인이 군인이라고요"라고 물었다. (…중략…) 볼일 있어 찾아온 풋내기는 주인의 계급이 무엇이며 칼은 몇 자루 갖고 있는지 등을 묻고 "주인께서 기병입니까"라고 말했다. "아니오"라고 어머니는 대답했다. "그럼 무엇인가요" "수의(獸医)다"라고 신타로가 답하려고 하자 고다츠 밑에서 어머니의 손에 다리를 잡혔다. 그리고 어머니는 "자 그런데"라고 급히 냉담한 말투로 대답하면서 신타로의 얼굴은 말없이 응시하며 입을 다물었다. 그때의 어머니의 수치심이 단적으로 아들의 마음에 옮겨졌다. 그것은 손톱을 세워 잡혀있던 발의 통증과 함께 찌릿하게 아픔과 같은 부끄러움으로 그의 마음에 심어졌다. 동시에 그러한 별것 아닌 것을 부끄러워하는 어머니의 태도가 또한 그에게 상처를 주었다.
</blockquote>

—「성숙과 상실」, 고단샤, pp.12~13에서 재인용.

제가 지금 『해변의 광경』을 논하는 처지도 아니며 그럴 능력도 없지요. 「성숙과 상실」에 대한 시비를 걸고 있음은 더욱 아닙니다. 제가 말하고 싶은 것은 단지 『해변의 광경』의 작가가 식민지 조선에서 소학교 체험을 가졌음에 관련된다는 점이며, 또 그것은 종군위안부 문제와 어떤 연결점이 있는가를 엿보고자 함에 지나지 않습니다.

나의 쇼와사(昭和史)는 다이쇼(大正) 천황의 죽음(1926)과 장례식의 기억에서 비롯된다. (…중략…) 그 무렵 나는 조선의 경성(京城, 서울)의 헌병대 관사에서 살고 있었다. 아버지는 직업군인으로 육군 수의(獸医) 대위이고, 나는 남산(南山) 유치원에 다니고 있었다. 그 옆이 남산 소학교인데 그 옆을 지날 때는 무거운 노랫소리가 들렸다.

— 야스오카 쇼타로, 『나의 소화사』I, 고단샤, 1991, pp.7~8

보다시피, 아비는 수의사였고 육군 대위. 기병대가 아닌 군의관, 그것도 그냥 군의관이 아니라 수의사 군인이었음이 드러나 있습니다. 그렇다고 해서 『해변의 광경』이 사소설이며 그만큼 개인적 체험기에 입각한 것이라 하기는 어렵다 해도 적어도 이 소설이 지닌 진실성이랄까 진지함이 유독했음을 암시한 것으로 이해됨 직합니다. 여기에는 그 나름의 또 다른 설명을 덧붙일 만도 한데, 1920년대 식민지 서울에 거주하는 일본인 삶의 방식의 한 단면 묘사가 살아 숨 쉬고 있기 때문입니다.

지금의 경성 곧 서울은 인구 오백만 명이라는 초과밀 도시로 도쿄와 같이 혹은 그 이상으로 활기가 있다. 그러나 자연환경의 파괴도 심해서 옛 모양은 거의 없다. 우리들이 있던 경성은 인구가 아마도 50만 명쯤으로 작았지만 잘 정리되고 하이컬러스러운 느낌의 도시였다.

내가 살고 있었던 곳은 본정(충무로)이라는 번화가 밑의 구석으로 앞길에는 미츠코시라든가 긴자의 가메야 지점들이 나란히 있었다. (…중략…) 하늘은 거의 일 년 내내 맑았고, 특히 겨울이면 파랗게 맑아서 쨍하는 소리가 날 만큼의 색깔이었다. 물론 매연 따위란 전혀 없었다. 단지 우리들은 자동차를 비교적 자주 탔다. 달리 교통수단이 없었기도 했지만 무엇보다도 우리들 일본인은 여기서 특권계급이었던 까닭이다. 아버지는 "바야흐로 중위에서 가난한 대위"라는 대위였기에 그러한 풍요로운 생활이 될 수 없었으나 군인은 경기/불경기에 좌우되지 않는 직업인지라 급료도 외지수당이 붙었고 집도 관사여서 결정적으로 본국 근무

보다 즐거웠다. 나는 이곳에서 처음으로 초콜릿, 햄, 소시지 등 하이컬
러한 과자나 먹을거리를 맛보았고 아버지는 네모진 푸른 캔에 든 웨스
트민스터라는 담배를 피웠으며 어머니는 머리모양을 열로 드라이를 하
는 고대를 해서 귀를 가리는 모양으로 묶었다.

— 『나의 소화사』 I, pp.11~13

서울의 겨울이 영하 10도는 예사라는 것, 그러나 온돌이 있어 따뜻
했다는 것, 어느 날 조선 부랑아 소년이 얼어 죽었다는 것, 일본인들
이 옷을 주면 갈가리 찢어버렸다는 것, 조선인 아이는 무섭다는 것 등
을 야스오카는 회고했는데 이 중에 주목되는 것은 그가 조선에서 소
학교를 다녔다는 것에 못지않게 그의 아버지가 실상은 수의사 대위였
음의 고백이라 할 것입니다. 그는 이렇게 또 적었으니까요. "소화 5년
(1930) 3월에서 8월까지 아버지가 육군수의학교에 연수하기 위해 우리
들도 도쿄에 살게 되었다."(p.26)라고. 부친이 군의관임엔 틀림없으나
짐승을 다루는 군의관이었다는 것, 바로 이것이 『해변의 광경』에 그대
로 노출되어 있지 않겠습니까. 에토 준으로 하여금 그토록 신바람 나
게 한 바로 그 대목.

제가 새삼 감탄하는 것은 일본 특유의 사소설이 지닌 강인성입니다.
축축하지만 이 끈질긴 자기 고백의 윤리적 감각이야말로 글쓰기 에너
지의 근원이었다는 사실. 한국문학에서는 결여된 것으로 보이는 이
윤리감각이 실상 에토 준의 평론을 낳게 한 원천이 아니었을까.

서두에서 밝혔듯이 제가 사소설론이라든가 「성숙과 상실」의 됨됨이
를 논의하기 위해 이런 인용을 한 것은 아닙니다. 예술원 회원이며 고
희에 접어든 『해변의 광경』의 작가의 에세이 한 편을 음미하기 위해서
일 따름입니다. 사소설이라는 고도의 내공을 지닌 이 작가의 에세이

에 「접이식 배와 종군위안부」(『아사히신문』, 1992.2.12.)가 있습니다. "1944년 여름 구만주 도하 연숙에서의 한 정경(情景)"이라는 부제를 단 이 글에서 편집자는 핵심요소를 크게 다음처럼 뽑고 있습니다.

"무심히 고기를 좇고 있는 처녀를 회고하니 왠지 넘쳐흐르는 눈물"

앞의 것은 종군위안부에 대한 회고이고 뒤의 것은 전사한 전우들에 대한 것으로 정리됩니다. 작가 야스오카에 있어 이 두 기억은 분리되기 어려운 것으로 읽히게끔 되어 있어 조금 소개해주고 싶군요.

1944년 12월 학도병으로 야스오카(게이오대학)가 간 곳은 만·소 국경인 순위(孫吳, Sunwu)라는 곳. 국경도시인 만큼 러시아 화폐와 중국 화폐 등이 동시에 사용되는 아무르 강변의 이 도시는 실로 이국적이면서도 황량한 곳이었는데, 그가 머문 곳은 보병 제1연대.

"순위의 북쪽 변두리 고개 위였는데, 일단 어디를 나가든 귀로에는 길고 긴 언덕길의 영문에로 들게 되어 있었고 형언할 수 없는 우울한 고개였다."(『나의 소화사(Ⅰ)』, p.221)라고 적었군요. 지금 야스오카는 순위의 위안소를 회고하고 있습니다.

내가 군대에 갔을 때는 구만주의 소련국경 근방 순위(孫吳)였는데 거기에도 사단 사령부 근방에 위안소가 있어 영문에는 "만주 제 몇 백 몇 십 부대"라는 커다란 표찰이 나와 있고, 누구의 눈에도 군이 관여하는 시설임이 분명해 보였다. 지극히 당연히도 그 위안소 구내에 들어간 경험 있는 자는 내 주변에는 한 명도 없었다. 우리들은 방공호 파기의 사역으로 사단사령부나 함께 하는 행사 등에는 왕복 도중에 몇 번인가 위안소 앞을 지나 다녔을 뿐이다. 첫째 우리들 초년병에게는 외출이 일체 허가되지 않았고, 일요일이나 공휴일도 연습이 없는 날은 내무반에 남아 고참병 내복 세탁, 구두 닦기 따위로 시간을 보낼 뿐이다. 우리들보다 한 해 먼저 입대한 이등병도, 같은 해에 온 사람이 탈주하는 통에 연대 책임을 물어 공용 이외에는 전원이 한 번도 외출하지 못했다.

— 『아사히신문』, 1992.2.12

원래 순위(孫吳)란 앞에서 말했듯 북쪽 국경의 한촌으로 초원이 펼쳐진 황야이기에 외출해도 갈 곳이 없었고, 군용 영화관이 있긴 해도 전쟁선전용이라 흥미를 끌지 못했기에 고참병들의 외출도 부럽지 않았고, 오직 밥을 많이 먹는 것과 편한 잠자리만이 관심의 전부였다는 것. 그렇다면 대체 어떤 훈련을 했던가. 매일 강가에 나가 '접이식 상륙용 배'를 조립해서 해안까지 옮기고 다시 해체하는 훈련이었다. 소형 자동차만 한 무게를 지닌 접이식 배를 8명이 메고 자갈밭을 지나 해안에로 옮겨가기란 여간 힘든 일이 아니었다. 이 고역 속에서 본 정경이야말로 작가의 시선이 아니었을까.

구만주에도 여름 대낮의 햇볕은 따가웠다. 그러나 흙으로 된 방둑 위로 부는 강바람은 산뜻하여 유쾌했다. 우리들은 초원에 드러누워 상쾌한 기분을 만끽했다. 그때 반장인 E군조가 이쪽을 보면서 말했다.

"봐라. 동원된 순위의 부대는 어느 곳이나 바쁘게 야단법석이기에 위안소 언니들은 찬밥신세이겠군."

늘 곧이곧대로만 하는 E군조가 이런 말을 입에 담는 것을 나는 의외라고 느꼈는데, 과연 강의 얕은 곳에서 젊은 여인들 5, 6명이 물을 거슬러 올라오고 있었다. 그러나 그 자세는 내가 생각한 '위안부'와는 일치되기 어렵고 단지 처녀들로만 여겨졌다. 그녀들은 이럭저럭 작은 물고기를 얕은 곳으로 몰고 있는 듯 보였고 그중 몸집이 큰 두서너 명이 물속에 손을 넣어 간격을 넓히면서 이쪽으로 오고 있었다. 큰 맥고모자에 가려진 얼굴은 잘 안보였으나 살만큼은 희었다.

‘여자 다리가 저토록 흰 것이었을까.’

나는 그런 말을 입으로 중얼거리며 잠시 망연해졌다.

— 『아사히신문』, 1992.2.12.

부대가 남방으로 출발한 것은 그로부터 2주 뒤, 1944년 8월 20일 전 부대가 출동했고 이들 부대는 필리핀의 격전지 레이테 전투에 투입되었다. 그 전투 경위는 기록문학의 걸작인 『레이테전기(レイテ戰記)』(오오카 쇼헤이)에 상세하지요. 거기 한 구절을 야스오카 이등병이 인용하고 있습니다. 레이테 도착 전에 보병 제1연대, 제49연대, 제57연대 등의 일부가 루손섬 북부에 일시 상륙한 것을 서술한 일절이 있는데 거기엔 이렇게 적었다 하오. “똑바른 상륙용 큰 배가 없었다. 작은 접이식 배를 사용했는데 암야 양륙은 위험했으나 그것을 모험하면서도 상륙하고자 함이 가타오카(片岡) 사단장의 의향이었다.”라고. 가타오카 사단장은 순위에서 훈련시킨 바로 그 사람이었다.

야스오카 이등병은 요행히도 남방행에서 빠졌는데 그 자신의 기록은 이러합니다. “부대가 출발하기 전전날 40도 이상의 고열(늑막염)로 다음날 그는 부대에서 병원으로 이송되고 두 달간 순위의 병원 신세를 졌고 본국으로 송환된 것은 1944년 4월이었다.”(『나의 소화사(Ⅰ)』, p.231)라고 회고되어 있습니다. 자기 말대로 접는 배라든가 여자의 그 흰 다리 따위란 다른 사람에겐 무의미한 것이겠지요. 그러나 체험한 당사자에겐 마음에 지워지지 않게 새겨진 것입니다.

일반 독자에겐 아무런, 특별한 문장이지 않으리라. 그러나 나는 ‘작은 접는 배’의 문구를 보는 순간 순위에서의 도하 연습장면과 무심하게 물고기를 좇고 있던 여인들의 흰 다리를 기억해내고 금세 눈이 흐려져 왠지 뜨거운 것이 흘러나오는 것이었다.

— 『아사히신문』, 1992.2.12

이 순백의 이미지란 과연 무엇일까. 저는 이 이미지란 다름 아닌 일본문학의 최상급 표현의 하나라고 추측합니다. 사소설이라 하든, 리얼리즘계라 하든 그런 분류로는 잴 수 없는 경지, 또 다르게 말해 『해변의 광경』의 문학이 이른, 그런 경지가 아닐 것인가. 이 순간 일본문학은 종군위안부를 성스러운 공간으로 이끌어 올렸다고 할 수 없을까요. 제가 굳이 일본문학의 표현력까지 들먹임에는 그 나름의 또 다른 의미가 잠복해 있다고 여기기 때문입니다. 앞에서 살폈듯 야스오카의 아비는 군의관 대위이긴 해도, 또 식민지 조선에 특권층으로 군림했어도 따지고 보면 '수의사' 대위에 지나지 않았음은 『해변의 광경』에 그대로 드러나 있어 에토 준의 「성숙과 상실」의 입구를 장식하고 있습니다. 그러나 문학의 과제라면 종군위안부 문제란 국적과는 관계없이 그 자체가 문제적이 아닐 수 없지요. 위안부는 일본, 중국, 조선, 인도네시아, 필리핀, 네덜란드 등의 국적을 가졌겠지만, 또 그들 각각의 처우에는 차이가 없지는 않았겠으나 위안부의 신분임에는 동일한 것. 물고기를 몰고 있는 냇가의 위안부들의 그 "순백의 다리"에는 변함이 없다는 것. 이를 두고 일본문학의 보편성 속에 깃든 가해자의 요인을 읽는다면 어떠할까요.

제가 이 글에서 문제 삼고자 한 것은 바로 위의 물음입니다. 조선인 위안부를 조선인 학도병이 보았다면 어떠했을까가 그것인데, 여기에는 역사적 설명이 없을 수 없습니다. 요컨대 제국 일본이 학도병 총동원령을 내려 실시한 것은 1943년 12월이었고, 식민지 조선인 학도병의 총동원령을 내려 실시한 것은 한 달 뒤인 1944년 1월 20일이었지요. 총 4,385명이 입대했고, 중국, 남방, 버마전선 등에 투입되었습니다.(졸저, 『일제말기 한국인 학병세대의 체험적 글쓰기론』, 서울대출판부, 2007) 이들 중에는 탈출하여 임시정부나 조선의용군(팔로군 휘하)에 간 자도 있긴 해도 대부분 일본군에 근무하고 8·15 이후 귀국하여 새로운 나라 건설의 주역을 맡게 됩니다. 그중 버마(임팔작전)에 투입된 학도병이 한 소대에 같이 있었는데, 이가형(도쿄제대 불문과), 이종실(주오대학 법학부), 박순동(고마자와대학) 등이 그들입니다. 이중 이종실과 박순동은 버마전선에서 탈출하여 미군 OSS(office of strategic service, 미국 전략정보기관)에 가담했는바, 그들이 탈영할 때의 광경 하나를 훗날 논픽션 작가가 된 박순동은 이렇게 적었습니다.

구메 부락이 가까워질수록 우왕좌왕하는 병정들의 발걸음이 바빴고 구메 부락으로 들어가는 갈림길이 있는 교목 아래에는 장성급의 승용차가 두 대, 그리고 추럭이 세 대가 점거하고 있었다. 야스 사단 본부가 와 있는 모양이었다.

추럭 앞을 지나는데 추럭 옆에 웅성거리고 있는 병정들 너머에서 상기된 듯한 여자의 경상도 사투리가 들려오고 있었다. 병정들 뒤로 다가가 보았다. 7, 8명의 여자들이 추럭 아래 맨 땅에 보따리를 놓고 그 위에 쭈그리고 앉아 있었고, 그중의 한 여자가 푸념을 하고 있었다. 여자들은 몸빼에다가 소매가 짧은 하얀 샤쓰를 입고 있었다. 나뭇잎 사이로 새어드는 달빛을 받고서 그 하얀 샤쓰들이 한 무더기의 박꽃 같았다.

푸념을 하는 여자는 실성한 사람처럼 사설을 늘어놓고 있었다. 푸념 소리에 의하면 그들은 구메 본부락에 와 있던 한국인 위안부들이었다. 어제 저녁에 포주놈이 어디론가 뺑소니를 쳤다는 것이었다. 그리고 일본 놈들만 다 떠나면서 자기들을 추럭에 실어달래도 모른다고 거절을 한다는 것이다. 그러니까 높은 분들한테로 떼지어가서 물고 늘어져야 한다고 다른 여자들을 흔들어대기도 했다.

그러나 추럭에는 모두 산더미처럼 짐이 실려 있었다. 짐 위에 앉은 병정이 그들을 내려다 보면서 혼자 깔깔거리고 있었다.

"여 조센삐야! 너희들 어제는 한 판에 50원 달랬지? 지금은 얼마에 줄 테냐? 지금은? 헤헤…… 하하하……."

버마에 와서 처음으로 조센삐(朝鮮妣)를 보았을 때의 부끄러움은 그 후 광대한 버마전선에 걸쳐서 아주 숱하게 그들과 만남에 따라서 사라진지 오래였다. 일본삐, 중국삐, 버마삐 저마다의 위안료가 달랐다. 일본삐의 위안료가 최고가임은 물론이다. 딴 삐는 고사하고라도 이 불쌍한 동포들은 어떻게 될 것인가……. 그러나 그들의 운명을 걱정하기에는 우리의 갈 길이 너무나 바빴다.

　　　— 박순동, 「모멸의 시대」, 『식민지시대의 지식인』, 청년문고16, 1984,
pp.140~141.

전남 순천 선암사의 사비(寺費)로 고마자와(駒澤)대학에 유학 중 학병으로 간 박순동(『태백산맥』의 작가 조정래의 외삼촌)의 위의 기록에서의 압도적인 울림은 '조센삐'가 아닐 수 없지요. 여기에는 역사적 문제가 가로놓여 있음을 놓칠 수 없지요. 중국, 버마 등의 위안부를 대하는 일본군에 편입된 중국인, 버마인은 없었다는 사실 말입니다. 따라서 이 점이 다른 국적의 위안부와 다른 조선인 학병에게만 강압된 '자의식'이 아닐 수 없습니다. 이 자의식을 박순동이 소박하게나마 그대로 드러낸 것이라 할 것입니다. 중국인도, 인도네시아인도, 필리핀인도 체험한 바 없는 한국만의 특수성, 바로 여기에서 '위안부 문제'가 유독 한·일간의 문제에로 오늘날에까지 지울 수 없는 과제로 가로놓여 있는 이유가 있습니다. 야스오카 쇼타로에 있어서의 위안부 인식과는 근본적으로 다른 좌표에 서 있기 때문입니다.

그럼에도 박순동과 야스오카의 기록이 지닌 의의는 무엇일까요. 제가 이 글에서 문제 삼고자 한 것은 바로 이 물음 속에 뿌리를 내리고 있습니다. 곧, 조선인 박순동도 일본인 야스오카도 그냥 '인간'이란 사실이 그것. 다시 말해 인간이기에 인간만이 가능한 공통된 최상의 이미지를 모르는 사이에 체득하고 있었다는 사실이 그것. 그 최상의 이미지란 가장 절박한 상황에서 가까스로 도출된다는 것. 탈출 직전의 박순동과 접이식 배를 메고 강바닥을 헤매는 과정에서의 야스오카란 그러한 상황에 놓였던 것. 그때 박순동은 달밤에 비친 위안부의 흰 소매에서 시골 초가집 지붕에 어둑해져야 피는 한 무더기의 박꽃(히사고바나[匏花])을 보고 있었지요. 어둠 속에 핀 순백의 박꽃 이미지란 새삼 무엇인가.(김소운의 일어 수필 「匏の花」가 있다. 향토, 곧 어머니를 떠올린다는 이 글에서 유독 조선의 박꽃을 문제 삼았다. 『思雙三十年』 ダヴィッド社, 1954.) 그렇다하더라도 그 박꽃은 은은한 흰색이 아니었던가. 야스오카가 본 "눈부신 백색의 다리"와 이 박꽃은 그 흰 빛깔에서 동질적인 이미지가 아니었을까. 이 점을 평가하지 않는다면 위안부 문제란 여전히 역사의 미궁 속에서 부유하고 말지도 모릅니다.

3. '사소설'과 소설쓰기

한·일 학도병의 시선에 잡힌 정신대가 순수한 백색 이미지였다 해도 이는 어디까지나 논픽션의 영역이었습니다. 예술의 본령에 미달이거나 초월이라 할 수도 있겠지요. 그렇다면 순수예술의 경우는 어떠할까. 이 점에 일본문학은 크게 위력적인 바, 바로 특유의 '사소설'이라는 고도의 영역이 개발되어 있다는 사실에서 옵니다. 대체 일본식 사소설이란 어떤 것일까. 제가 어찌 잘 알겠소마는 여러 해설서 중에서 조금은 알아차릴 수 있는 것에는 오에 겐자부로(大江健三郎)의 것이 있습니다. 씨는 조금 난처한 듯 이런 서두로 설명을 시도했습니다.

일본어 소설의 특수성으로 사소설의 글쓰기라 하는 것이 있다는 것은 새로운 얘기가 아니다. 실제로 사소설을 읽은 외국 연구자들이—높은 수준의 전문가도 적지 않지만—어떻게 독특한 것이 있었는가를 새삼 설명을 구하고 있는가를 보면 대답하기 난처한 것이다. '나'의 일상적인 사실을 그대로 쓰는 소설이라면 어느 나라의 문학에도 있는 것이니까.

—『소설의 경험』, 朝日文芸文庫, 1998, p.234

오에의 설명에 기대면, 일본어의 사소설이란 '나'의 관찰력이나 사고, 상상력이 '나'로서 소설을 써나가는 것으로 이상한 복잡성, '버릇'(일정한 상태가 굳어버린 것)이 있다는 것입니다. 글 쓰는 이는 사소설의 '나'로서만 현실을 살아가지 않을 수 없는 인간으로서 물들어 있음을 느낄 수 있다는 것, 그러한 '나'의 자기 표현이면서 또 한편 거기에는 일본인의 불가사의함, 일본어의 불가사의함의 인식에의 길을 열어가는 경우조차 있다는 것. 이러한 예의 대표적인 것으로 후루야마 고마오(古山高麗雄, 1920~2002)의 「매미의 추억」(『新潮』, 1993.5)을 들고 있습니다. 제가 이 소설을 구해 읽은 것은 한편으로는 사소설의 뜻을 알아보기 위함이지만, 다른 한편으로는 이 점이 소중한데, 한동안 제가 학도병에 대한 관심을 가졌기 때문입니다. 「매미의 추억」이란 버마전선에 투입된 교토3고(염상섭의 『삼대』의 주인공 조덕기는 이 3고의 졸업반이었다.) 중퇴생인 작가의, 조선위안부와 관련된 얘기인 까닭입니다. 거구의 조센삐를 고목이라 친다면 거기에 붙어 매달린 병정들이란 '매미'와 같은 형국이었다는 것. 이 시적 이미지를 검토하는 것이 제 목적이었는데 읽어가는 동안 엉뚱하게도 점점 관심이 '사소설이란 무엇인가'에로 치닫지 않겠습니까.

"근자엔 조금 수그러졌지만 조금 전만 해도 전쟁 중 종군위안부가 매우 요란했다."로 서두를 삼은 에세이식 문장에 이어, 종군위안부란 자기와 동년배라는 것, 당시 자기는 22세였는데 지금은 73세라는 것, 따라서 지금은 고희에 이르렀다는 것, 위안부라고는 하나 그들이 겪은 갖가지 혹독한 일들은 워낙 다양해서 일률적으로 말할 수 없다는 것 등을 적다가 지나가는 말투로, 그러니까 '들었다'는 식으로 이런 것도 적었군요.

> 그 무렵 우리들은 위안소에 따라서는 병사들이 행렬을 지어 순서를 기다리고 있다는 얘기를 들었다. 전후에 어떤 조선인 종군위안부의 하루에 백 명, 이백 명의 손님을 받았다는, 믿기지 않는 이야기도 들었다. 12살에 일본군에 끌려와 위안부가 된 조선인 여성의 증언도 읽었다. 그 여성은 그녀와 같이 끌려온 18세의 조선인 여성을 일본군이 말을 듣지 않았다고 모두가 보는 앞에서 가랑이를 찢어 죽였다고, 믿기지 않는 것을 말했다. 그러나 많은 수의 위안부들이 전지에 보내져 죽거나 가혹한 일을 겪었다는 것만은 분명하다.
>
> 네이판(버마—인용자)의 위안부들도 상당수의 손님을 받지 않을 수 없었으리라. 대단한 일이었으리라. 그러나 네이판에 있던 위안소란 병정들이 행렬을 지어 순서를 기다리며 붐비는 일은 없었다. 붐비는 일요일에도 春子는 春子쪽에서 나에게 말을 걸어왔다.
>
> 白蘭의 방에는 쉼 없이 남자들의 출입이 있는 것 같았지만 松江은 늘 손님을 받지 못하는 것 같았다.
>
> —「매미의 추억」, p.54.

여기에 나오는 松江, 白蘭, 春子 등은 모두 조선인 위안부들입니다. 만일 오에 씨의 말대로 이 작품이 사소설이라면 거기엔 어떤 특징이 있는 것일까. 이 단편은 에세이식 저널리즘의 여론을 서두로 하여 (1) 자기가 어디서 배웠고, 어째서 그 유명한 3고를 중퇴했는가의 경위를 적었다. 또 (2) 간부후보생에 낙제하여 졸병으로 5년간을 일선인 중국과 버마, 필리핀, 베트남 등에 근무한 사실을 적었고(그는 조선 신의주에서 의사 노릇한 집 아들로 태어난 까닭에 '고려'라는 이름이 붙었었다. 중학교까지 신의주에서 자랐던 만큼 소학교 몇 년간을 남산 소학교에 다닌 야스오카와는 다른 경우이다), 군대생활의 동료들을 그렸으며, 그들과 더불어 조선인 위안부 春子 등과 사귀었다는 것을 기록했다. 그리고 (3) 지금은 모두 고희를 넘어 어떻게 살고 있는지 풍문으로 듣기도 하면서 지내고 있다는 내용 등으로 이루어져 있습니다. 이런 것이 어째서 유독 일본식 사소설일까. 오에 씨는 이렇게 대답하고 있군요.

> 단편은 이런 식으로 끝나고 있지만 독자에 있어 '상상'은 그대로 끝나지 않는다. 린치를 당하면서 독특한 버릇이 있는 눈과 마음과 삶의 스타일을 가진 젊은 '나'는, 노인에 이르러서도 여전히 그 눈에 보이는 것, 마음에 느껴지는 것을 놓치지 않고 살아가고 있다. 앞에서 말한 종군위안부에게도, 조금 모자라고 야뇨증이 있는 상등병이나 도벽 있는 보충병에게도 늘 '나'는 거리감 있는 냉담한 눈을 향하고 있다. 그러나 '나'에 있어서 그들은 50년이 지나도 "잊히지 않는, 지금까지도 이름을 알고 있는 인물들"이다. 사소설가란 그러한 인물과 함께 살아가고자 하는 인간의 습관을 만들어 버린 사람을 가리킴이다.
>
> ─『소설의 경험』, pp.237~238

제가 배운 것이 바로 위의 대목 속에 고스란히 깃들어 있습니다. 곧 사소설가란 자기 식 삶의 버릇을 만들어내고 그것을 실천하는 사람을 가리킴이라는 것. 그러기에 그에게는 필연적으로 어떤 사건이나 인물에 대한 냉철한 안목, 일정한 거리를 지니고 바라봄이 있다는 것. 그것이 하나의 '버릇'의 창출로 되어 삶의 스타일을 이루었다는 것. 이렇게 보면 사소설가는 대상에 동화되지 않으면서도 그 대상의 이름을 기억하면서 살아가는 사람이 아닐 것인가. 그러기에 설사 그 이름을 기억한다하더라도 그 이상의 어떤 다른 상상도 할 수 없을 수밖에요. 그러고 보니 작가 자신이 이렇게 사소설가를 규정해놓았습니다.

> 그녀(白蘭)는 물론 春子도 한번 내가 매미가 되었다고 해서 나를 기억할 리는 없다. 그렇지만 내 쪽에서는 지금 그녀들이 적지 않게 애매모호한 것이 사실이지만, 그리하여 源氏名(그림 54첩에 따른 여관 이름—인용자)이겠지만, 분명한 것은 지금까지도 그 이름이 기억나는 인물들이다.
>
> 그녀는 어디서 살아 있을까. 살아 있다면 일제에 대해 또는 자기의 인생이나 운명에 대해 어떻게 생각하고 있을까. 그녀들의 피해보상을 외치는 정의의 단체에 대해서는 어떻게 여기고 있을까.
>
> 그런 알 수 없는 것을 때로는 문득 상상해본다. 그리하여 그럴 때는 아무리 해도, 아무리 해도 상상이 미치지 못함을 생각하는 것이다.
>
> —「매미의 추억」, p.56

이름을 기억한다는 것, 그 이름에서 자기의 스타일을 추구함이 바로 사소설가의 참모습이라는 것, 말을 바꾸면 대상에 대한 일정한 거리를 유지함에서 비로소 가능하다는 것. 바로 이것이 대상에 동정하거나 자기 감정으로 멋대로 대하는 일방적 정서반응과 구별된다는 것.

그러한 전형으로 후루야마 고마오의 「매미의 추억」을 들 수 있을 법합니다. 『프레오 8의 새벽(プレオ—8の夜明け)』(아쿠타가와상), 『푸콘의 전기(フーコン戰記)』(기쿠지칸상) 등의 작가 후루야마는 수필집의 제목을 『반시대적, 반교양적, 반서정적』(ベスト新書, 2001)이라 했더군요.(그는 평생 전쟁체험소설로 일관했는데, 첫 작품은 사이공 형무소 기록으로 『雄鶴通信』에 실린 것으로 알려져 있다. 학도병의 체험을 절대로 쓰지 않겠다던 작가 가지마 쇼조(加島祥造)가 드디어 전쟁체험기인 『어느 밤』을 쓰면서 친구 후루야마를 의식했다고 했다. 『新潮』, 2002.5, p.127) 그가 겪은 전쟁 5년간의 체험이 그대로 소설화된 것인데 특징적인 것은 중년이 되어서야 작가로 나선 점입니다. 포로수용소 체험을 비롯하여 어떤 전쟁터에서도 그 속의 일상적 삶의 미세한 가치란 '외톨이'의 감각으로 평가되는 것도 결코 우연이 아닐 터입니다.(『전후일본문학사—연표』, 고단샤, 1978, p.391.) 그것이 아마도 교토3고 중퇴생의 생존 방식에 다름 아니었을 것이리라. 아내를 먼저 보내고 혼자 산 그를, 출가한 딸이 가끔 와서 돌보긴 했으나 그가 죽었을 때 그 날짜를 몰라 부검을 했다고 알려져 있는데(『아사히신문』, 2002.3.26) 이러한 '외톨이'스런 삶의 방식에서 비로소 진짜 '사소설'이 창출되는 것이라면 이를 두고 굳이 '일본식 사소설'이라 부를 필요가 있을까요. 진짜 작가라면 어느 나라라도 이처럼 '외톨이'스러웠을 터이니까.

4. 고발형 소설의 한 가지 유형

이에 비할 때 어느 나라 문학에나 있는 고발형 소설의 경우는 사정이 썩 다릅니다. 가령, 윤정모의 『에미 이름은 조센삐였다』(1997)가 그러한 사례의 하나일 터입니다. 8·15 해방 이듬해에 태어난 이 여류작가에겐 위안부 체험이란 있을 수 없겠지요. 작가는 풍문, 자료수집, 정신대 여인들과의 만남 등을 통해 소설을 쓴 경우입니다. 일본어 번역본이 재판까지 나왔고 호주 대학 및 독일 등지에서 작가와의 대화 모임을 가질 만큼, 페미니즘의 차원을 넘어서 많은 관심을 끌었던 것으로 알려져 있습니다. 설사 그렇다하더라도 고발형 글쓰기의 정석에서 벗어난 것은 아니라고 할 수 있습니다. 대체 고발형 소설이란 어떤 것일까. 리얼리즘계에 속하긴 해도 거기서는 몇 가지 특징을 이끌어 낼 수 있겠지요.

첫째, 자료조사의 철저함. 가령 '수요모임'이라든가 '나눔의 집'을 방문하여 몇 사람의 증언을 그대로 믿는다든가, 또 그 증언이 진실일지라도 당사자들의 기억에 대한 정서적 반응에는 갖가지 낙차가 있다는 사실을 염두에 두고 이를 어떤 방식으로 비판 수용할 것인가에 대한 작가의 역량이 걸려 있다는 점.

둘째, 소설 형식으로 쓰는 경우는 논픽션과 달리 허구적 충동을 물리치기 어렵다는 점. 즉 이 경우에 강렬성을 겨냥한 과장법의 유혹에서 자유롭기란 실로 어려운데 이는 대상의 중요성에 비례함. 다시 말해 이는 작가의 사명의 강도를 결정하는 것이기에 더욱 그러함.

셋째, 한국문학이 지닌 모종의 특성과 분리되기 어렵다는 것. 곧 분단 문제, 노사 문제 등에서 보여준 고발형의 강도가 이번엔 국가 간의 문제에로 쉽사리 옮겨갈 수 있었다는 것.

『에미 이름은 조센삐였다』의 경우도 이런 특성을 안고 있기에 그 나름의 성과를 어느 수준에서는 문학사 쪽에서 보증했다고 볼 것입니다.

이 작품의 화자는 1948년에 태어나 지금은 37세가 된 배문하라는 소설가로 설정되어 있습니다. 그의 어미가 위안부 출신이었고 그 어미 밑에서 자랐는데, 이런저런 곡절을 겪으면서 아비 배광하를 찾고, 그의 장례에까지 참석하는 과정을 그려내었지요. 가끔 집에 찾아와 돈을 요구하는 파락호 배광하와 어미의 관계가 어미의 일방적인 얘기로 서술됩니다. 고향은 진주, 이름은 순이, 오빠의 징용 대신 정신대에 지원하여 필리핀으로 파견, 온갖 고초를 겪으며 군표(돈)를 모았고 그 사이에 종전이 왔다. 후퇴 도중 학병으로 끌려온 조선인 배광하가 부상을 입어 사경을 헤맬 때 그녀가 나서서 구출했고, 같이 귀국해서 부산에서 결혼해 낳은 아들이 바로 배문하라는 것. 중학교를 다니다 군에 끌려온 배광하를 '학병'이라 했다든가 기타 부정확한 점이 있더라도 어미의 얘기 속에 녹아 있기에 조금도 어색하다고 할 수 없겠지요. 문제의 중요성은 다음 두 가지. 하나는 배광하가 평생 안주하지 못하고 방황하다 죽었다는 것을 작가는 '일제에 대한 피해의식'으로 돌렸다는 점. 다른 하나는 소설의 참주제가 고발형을 비껴가는 '아비 찾기' 쪽으로 기울어졌다는 것입니다. 자식의 아비 찾기의 과정에서 어미의 체험담이 이용되었다고도 볼 수 있지 않겠습니까. 작가 배문하가 아비 생전에 소설 한 편을 아비 쪽에 보냈다는 사실에서도 이 점이 확인됩니다.

그렇다고 『에미 이름은 조센삐였다』를 두고 고발형으로 규정함에 장애가 생긴 것은 아니겠지요. 그렇지만 제가 지금껏 해온 논의의 중심축인 "눈부신 흰빛"으로서의 위안부의 이미지에 비추어본다면 놓칠 수 없는 대목을 안고 있습니다. 종전 직후 후퇴하는 장면.

우리는 길을 따라 케손(필리핀) 쪽으로 걸었다. 한나절쯤 갔을 때 산더미처럼 짐을 실은 일본군 트럭들이 나무 밑에 일렬로 세워져 있었고 그때 막 앞차부터 떠날 시동이 걸리고 있었다. 그런데 그때 말이다. 숲속에서 많은 여자들이 한꺼번에 우르르 일어나 트럭 쪽으로 달려들었다. 그리고 서로 먼저 차에 오르려고 아귀처럼 매달렸지. 몸뻬에다 짧은 하얀 셔츠를 입은 그녀들은 모두 조선에서 온 위안부들이었다. 그런데 말이다. 트럭의 짐 위에 걸터앉은 군인들, 아, 그들도 사람이었을까. 모두들 킬킬 웃고 있더구나. 웃으면서 어쨌는지 아니? 여자들이 기어오르면 기어오르는 족족 구둣발로 툭툭 차 내고 있었단다.

— 『에미 이름은 조센삐였다』, 당대, 제2쇄, 2005, pp.140~141

"몸뻬에다 짧은 하얀 셔츠"란 박순동이 버마전선 탈출 직전에 본 "몸뻬에다가 소매가 짧은 하얀 셔츠"와 겹치지 않습니까. 고발을 고발대로 하면서도 무의식 속에 남아 있는 이 '하얀 셔츠'의 이미지란 바로 '문학적 현상'이라 할 수 없을까요. 야스오카 쇼타로의 눈시울을 뜨겁게 한 "무심히 물고기를 쫓는 위안부들의 눈부신 흰 다리"도 그러한 '문학적 현상'의 일종이 아니었을까요. 이 속에 「매미의 추억」도 살아 숨쉬는 것이 아니었을까요.

5. '문학적 현상'의 지향성에 부쳐

제 얘기가 너무 길어졌고 또한 두서없긴 합니다만, 한 가지만 더 말하고 마칠까 합니다. 조선인 학도병과 조선인 위안부의 만남 장면이 그것입니다.

도쿄제대 불문과 재학 중인 1944년 1월 20일 학도병으로 용산 제26부대에 입대하여 5개월간 훈련을 받은 이가형이 패색이 짙은 버마전선(임팔작전)에 투입되었는데, 그가 처음 조센삐를 대면한 것은 "1944
년 8월 31일 버마의 모올메인"으로 되어 있습니다. 미야사키 상등병의
안내로 찾아간 곳의 묘사는 이러합니다.

> 사무실 같은 방의 창문 뒤 판자벽에는 椿, 春江, 貞子 등의 명패가 5
> 개 붙어 있었다. (…중략…)
> "애들아 데리고 왔어. 약속대로 데리고 왔단 말이야."
> 미야사키가 수선을 떨기가 바쁘게 어디선지 5, 6명의 여자들이 우르
> 르 몰려나와 나를 둘러싸듯이 하면서 마침 그곳에 있던 가죽 소파에 나
> 를 앉혔다.
> "오빠는 언제 떠났어요?"
> "오빠 고향은 어디세요?"
> 만리 이역에서 만난 동포 여성에게서 '오빠'라고 불리고 나니 나는
> 어쩐지 눈시울이 뜨거워졌다. (…중략…) 나와 고향이 제일 가깝다는 군
> 산 출신의 貞子라는 얌전하게 생긴 여자가 나를 그녀의 방으로 데리고
> 갔다. (…중략…) 낮술과 무더위에 나는 숨이 가쁘고 온 몸은 피곤에 시
> 달리고 있었다. 이렇게 단둘이만 얼굴을 맞대고 있으니까 차츰 방 안의
> 공기가 답답해졌다. 뉘우침과 부끄러움이 우리를 한참동안 사로잡는 것
> 같았다.
> — 이가형, 「버마전선 패잔기」, 『신동아』, 1964.11, p.277.

이런 상태가 얼마나 지속되었을까. 상등병의 재촉에 얼른 정신을 차
린 이가형은 전 재산인 군표 20원짜리 한 장을 貞子의 손에 쥐어주고
그대로 나왔다고 적고 있습니다. 또 이가형은 버마의 시포에서도 조선
인 위안부를 찾아갔고, 진주여고 중퇴인 미스 김의 〈진주라 천리 길〉
(남인수)을 들었고 즉석에서 고향 목포의 노래인 〈목포의 눈물〉(이난
영)로 화답했다고 썼습니다. 여기에서도 일본 장교의 행패로 그냥 헤

어졌다는 것입니다. 이가형은 훗날 소설식으로 쓴 장편『분노의 강』 (1993)에서 위의 두 장면을 상세히 복원해놓고 있습니다. 그중에는 이런 대목도 있습니다.

어둑어둑할 무렵에 한 장교가 막사를 찾아왔다. 그는 허리에 군도를 기다랗게 차고 오른쪽 허리에는 권총을 하고 있었다. 복장만으로는 전투부대의 장교 같지는 않았다. 너무 말쑥하기 때문에 정보계통 장교가 아닌가 한다. 33군의 후쿠무라(福村) 소위라고 자기 소개를 한 그가 문관으로서 대우를 받고 있는 조선인이라고 나는 직감적으로 느낀다.
어찌된 영문인지 그는 요코야마 중사와 나를 파티에 초대한다. 요코야마 중사는 장교의 초대를 승낙하지 않을 수 없었다.
후쿠무라 소위는 파티에 참석하지 않았으나 파티의 장소까지 우리를 데리고 갔다. 그가 위안부들의 부탁을 들어준 건 틀림이 없었다. 그는 조선인 위안부를 감독하는 부서의 문관인가 보다.
　　　　　　　　　　　　　　—『분노의 강』, 경운출판사, 1993, p.103.

제가 굳이 이런 대목까지 소개하는 진의를 짐작했으리라 믿습니다. 「매미의 추억」과 송사리를 쫓는 위안부의 눈부신 흰 다리의 이미지에 경의를 표하기 위함이라고 굳이 말하지 않아도 되겠지요. 「매미의 추억」의 작가에게 있어 사소설이란, 삶에 대한 전인적(全人的) 대응 방식이었을 터이며 '흰 다리'의 이미지도 그런 편린의 하나가 아니었을까요. 이가형의 기록에서 생생히 보았듯 조선인 정신대의 삶 속에도 저러한 낭만이 깃들고 있었음이란 하나의 사실이었을 터입니다. 이역만리에서 동포 남녀의 만남이란 조선인만의 특수성이었을 것이지요. 일본군 속에는 용병 아닌 외국인으로는 조선인 밖에는 없었으니까요. 그렇지만 동포 남녀끼리의 만남이 지닌 의의란, 선의의 방향, 또 말해

낭만적 지향성을 가질 수 있다고 할 수는 없겠습니까. 만일 그렇다면 이런 것을 '문학적 현상'의 하나라 할 수 없을까요. 조선인 남녀끼리의 문제가 인간의 보편적 측면에로 나아가는 길목의 하나라고 할수 없을까요. 여기에서 한 발자국만 나서면 일본인 처녀 히데코와 조선인 학도병(나고야부대 치중대)의 사랑을 다룬 한운사의 『현해탄은 알고 있다』(정음사, 1961)에 닿을 수 있을지도 모르지 않습니까.

두서없는 제 얘기를 들어주신 분들께 감사드립니다.

최재서의 『문학원론』과 맑스 · 엥겔스의 『예술원론』

1. 『문학원론』의 위상

1957년은, 넓은 뜻의 문학교육을 논의하는 마당에서라면 획기적인 시점이 아닐까 싶다. 최재서의 『문학원론』(춘조사, 1957)이 나온 해이기에 그러하다. 이 책의 서문에서 저자는 이러한 첫 줄을 내걸었다.

> 해방 후에 자유의 단맛을 알았지만 또 질서의 귀중함을 깨달았다. 나 날이 어지러워만 가는 혼란한 환경 속에서 나는 질서를 그리워하는 마 음이 간절했다. 그럴 적마다 나는 문학 속에 침잠했다. 나는 현실로부터 의 도피가 아니라고 자기 변명할 필요조차 느끼지 않았다. 그것이 나에 게는 적극적으로 진실하게 또 풍부하게 사는 유일한 길이라 함을 자신 했기 때문이다.

키워드는 질서, 곧 질서로서의 문학관이며 이것을 그는 셰익스피어 에서 발견했다는 것이다. 그러나 집필한 구체적 계기는 환도 후 1954

년부터 '문학개론' 강의를 맡았음에서 왔다. 그동안 일본인들이 쓴 문학개론이나 허드슨, 베넷 등의 것에서 벗어나 독창적인 개론서를 쓰겠다는 야심이 이 책을 가능케 했다고 주장했다. 이미 『사상계』, 『새벽』 등에 수시로 발표하여 비판을 받은 바도 있다는 것과 이 원론이 앞으로 나올 문학각론을 대전제로 했음을 고백하고 있다. 그 구상은 자못 웅대해서 '주와 원문 발췌를 겸한 참고서 목록'이 무려 29면에 걸쳐 수록되어 있었다. 또한 이 원론의 부수적인 문학논집으로 영문 *Theories of Literature*가 준비 중에 있다 했다.

총 9장으로 된 이 책에서 심혈을 기울인 것은 시적 체험, 비극적 체험과 상상에 대한 현장 감각이며 당연히도 이 모든 논의는 구체적인, 살아 숨 쉬는 영문학에 기반을 두고 있다. 그중에서도 불발의 근원은 『햄릿』, 『맥베스』의 셰익스피어에 놓여 있었다. 당연히도 이 『문학원론』은 영문학 전공 쪽에서 이룬 성과로 기억될 성질의 것이다.

2. 맑스 · 엥겔스의 『예술원론』과 이중역의 과격성

세상은 이렇게 말하기 쉽다. 어째서 프랑스문학, 독문학이 아닌 영문학에서만인가, 라고. 말하기는 쉽지만 해답을 찾기란 실로 난감한 만큼 여기에 매달리기보다도, 또 다른 '문학원론'을 비교 · 검토함이 한층 생산적이 아닐까 싶다. 영문학이 통칭 자유민주주의를 내세운 자본주의적 삶의 최고의 표현이라면, 소련을 중심으로 한 사회민주주의(통칭 공산주의) 쪽의 문학원론과 비교 · 검토하는 일이 좀 더 생산적이 아닐까 싶다. 냉전체제 속에서의 두 세력권이 세계를 두 쪽으로 갈라놓은 형세인 만큼 두 개의 문학원론도 그만큼 상용하기 어려운 것으로 예견될 수 있었다.

상용하기 어려운 문학원론은 각각 어떠할까. 그 위상을 검토하는 일은 필자와 같은 얕은 역량으로는 도저히 감당할 수 있는 것이 못 된다. 다만 필자가 조금은 할 수 있는 것은 소련 쪽의 문학원론의 수용 양상이다.

"이제 해방된 오늘 새로운 민주주의 민족문학 건설에 있어서나 또는 새로운 예술학, 문예학의 수립에 있어서나 맑스와 엥겔스의 예술상 견해가 지시하는 높은 사상은 다시 없는 광명이 될 것을 믿어 의심치 않는다."라는 김남천의 서언을 머리에 인 『맑스 · 엥겔스 예술론』 (건설출판사, 1946.11)이 박찬모 번역으로 나왔는데, 80면에 지나지 않는 분량이지만 나름대로의 내용을 갖춘 것이었다. 여기서 '나름대로' 라 함은 맑스나 엥겔스가 예술론을 체계적으로 논의한 바 없고 그들의 거대한 저술에서 단편적으로 예술상 · 미학상의 견해를 보였음을 가리킴이다. 문학원론에 앞서, 분화되기 전의 예술원론이라 한 이유이기도 하다.

이를 둘러싸고 정책 당국자들은 현실에 맞게 적용함으로써 그들의 권위를 확보하고자 했다. 맑스 · 레닌 노선을 고수한 소련에서 특히 그러했다. 루카치를 필두로 하는 유럽 중심의 맑스 · 엥겔스 노선과는 많은 점에서 달랐음도 알려진 바와 같다. 설사 그렇기는 해도, 어느 수준에서의 문학원론이 요망되었을 터이다.

그러한 한 가지 사례를 든다면 소련의 최고 과학연구소(콤 아카데미)의 문학부에서 주최한 〈소설 이론의 문제〉(1935.12.20~28)가 아닐까 싶다. 콤 아카데미 편 철학사전에 들어갈 소설 항목을 위해 여러 미학자들이 동원되었는데, 토론용 주제 논문의 집필자는 소련 망명

중인 루카치였다. 레닌도 톨스토이 소설에 정통한 바 있는 만큼 소설을 어떻게 규정하느냐의 문제는 정치에 직결되는 바가 있었다. 소설이란 "대서사시적 작품으로서 사회적 전체의 이야기를 묘사하는 소설은 고대 서사와 전혀 대척적인 것"이라든가 사회주의적 리얼리즘의 장래 등에 걸친 루카치의 주장의 여사여사함이나 이에 대한 비판을 여기서 내가 문제 삼을 처지는 못 된다.

나의 관심을 끈 것은 이 토론의 텍스트 일역판(구마자와 마타로쿠(熊澤復六) 역, 淸和書店, 1936.3.17)의 신속함이었다. 앞에서 언급한 『맑스·엥겔스 예술론』의 역자 박찬모는 "外村史郎의 편역본과 上田進 역의 이와나미 문고본을 참고로 맑스·엥겔스의 제 저서들에서 그 부분의 여러 일본어역을 통하여 역했다는 것을 말해둔다"고 했다. 러시아어는 물론 독일어도 모르는 처지인지라 일역에 의존했다는 점은 대체 무엇을 가리킴일까.

그 후에 나온 누시노프·세이트린의 『문학원론』(백효원 역, 문경사, 1949)은 어떠했을까. 콤 아카데미 문학예술 연구소 편찬인 문예백과사전 중 '문학의 본질', '문학의 장르', '문학적 영향'만을 번역했다고 역자는 밝히고 있거니와 이 문맥으로만 보면 러시아에서의 직역인지 여부는 불투명하다. 참고문헌이 나열되어 있으나 그중 러시아어로 된 것은 한 편도 없었다. 일본의 경우도 사정은 비슷하지 않았을까. 나프(NAPF) 최고 이론가 구라하라 고레히토(藏原惟人)는 모스크바 특파원 출신이었다. 이처럼 빈약한 일역에 의존하기는 카프 서기장을 지낸 임화도 마찬가지가 아니었을까. 초기 임화의 러시아문학에의 접근은 크로포트킨의 『러시아 문학의 이상과 현실』(일역)이었고 그 뒤엔 헤겔 해설서의 권위인 아마카스 세키스케(甘粕石介)의 『예술론』(1935), 「문예

비평의 기준 문제」(1937) 등에 압도적인 영향을 받았다(졸저, 『임화와 신남철』, 역락, 2011). 요컨대 카프 내에서도 러시아어의 해독자가 없었음은 사실이 아니었을까 싶다. 그러나 해방 공간에서도 이 사정은 크게 변하지 않았다는 점은 과연 어떻게 평가해야 적절할까. 언필칭 프롤레타리아 문학, 문학과 정치, 새로운 세상 만들기와 예술의 관계를 규정하는 이른바 '원론'을 가까스로 일역에 의존했을 뿐 아니라 게다가 단편적이었음을 면치 못했다. 원론에 대한 막연한 신앙을 품을수록 레디컬한 주장으로 향하지 않았을까 하는 의구심을 물리치기 어렵다.

3. 영문학, 민족 해방과 자유에의 갈망

프롤레타리아 쪽의 '문학원론'에 대한 이중 번역의 조급성에 비교하면 최재서의 『문학원론』의 위상을 어느 수준에서 가늠할 수 있지 않을까 싶다. 여기에는 그만한 학문적 온축이 있었다고 봐야 한다. 일본 영문학회의 멤버로 페이터를 공부한 이양하의 I. A. 리차즈의 『시와 과학』(일역, 1932)을 비롯, 최재서의 「현대 비평에 있어서의 개성의 문제」(『영문학 연구』, 일본영문학회 기관지, 1936.4), 김기림의 『시의 이해』(1949) 등을 염두에 두지 않을 수 없다. 이들 영문학 전공자들은 각자의 총명함을 제한다면, 영문과의 위상에 관련된 부분이 많지 않았나 싶다. 세계를 지배하는 영어권이고 보면 이를 공부하는 제국대학 영문학과의 자존심이 그것이다.

어문학 부장을 지낸 어떤 경성제대 교수의 회고록에 기대면, 술 취한 최재서가 설날 휴가에 찾아와 "선생들이 아무리 협박해도 우리 조선인의 혼을 뺏을 수 없다"라고 대단한 말을 던졌다 한다(다카키 이치노스케(高木市之助), 『국문학 50년』, 이와나미신서, 1967, p.140). 이런 최재서를 키워낸 은사 사토 기요시(佐藤淸) 교수는 이렇게 회고하고 있다. "20년 간 조선인 학생과 교제하는 동안 얼마나 그들이 민족해방과 자유를 외국문학 연구에서 찾고자 하고 있었던가를 알고 충격을 받지 않을 수 없었다."(『사토 기요시 전집』 3, p.259)라고. 외국문학, 특히 영문학 연구란 '민족 해방과 자유'를 위한 방편이기도 했다면 어떠할까.

자전소설론

1. 최인훈의 경우

'자전소설' 이전의 자전적 소설의 역사는 소설의 역사 그것만큼 길다면 길다. 이 나라 소설의 개척자 『무정』(1917)의 작가는, 「그의 자서전」(1936), 「나―소년 편」(1947), 「나―스무 살 고개」(1948), 「나의 고백」(1948) 등을 쓴 바 있다. 그렇지만 개성의 자각과 더불어 작가의 내면을 드러낸 자전소설은 4·19 이후, 그러니까 『광장』의 작가 이후라고 볼 수 있을 듯하다. 소설이 작가의 내면을 향함이란 외부와의 단절에서 오는 현상이지만 동시에 그것은 외부에 대한 대결의식의 발로이어서 이때 작품 평가의 기준은 그 균형감각에서 찾을 수 있는 성질의 것이다. 다시 말해 외부(현실)에 여지없이 패함으로써, 또 외부의 세력이 강하면 그럴수록 내면은 깊어지고 외부가 지워지는 현상을 빚게 마련이다. 이 경우 유리한 형식이 「소설가 구보씨의 일일」계이다. 외부의 세력이 워낙 강해서 도무지 어쩔 수 없다고 믿었던 1930년대에 창출된 「구보씨」(1934)계는 모더니스트 박태원의 것이긴 하지만, 동시에 또 이상의 「오감도」(1934)와 쌍을 이루는 것이었다. 후자가 외부에 대한 절망이라면 전자는 절망 다음에 오는 어정쩡한 울림에 지나지 않는다. 이러한 울림이 다시 그 나름의 목소리를 찾기 위해서는 해방 공간이 요망되었다. 그 큰 외부의 소멸과 새로운 외부의 형성 와중에서 「구보씨」계는 저절로 이쪽 아니면 저쪽으로 사라지게 마련이었다. 그러나 6·25를 겪은 이후는 새로 형성된 외부의 벽은 다시금 「구보씨」계를 불러오지 않으면 안 될 만큼 절대적이었다. 이 절대성을 드러내는 지표가 이른바 LST 체험(이북 피난민)이다.

이호철, 최인훈으로 대표되는 LST(landing ship for tanks)세대란 원산에서 피난 온, 이른바 송두리째 뿌리 뽑힌 사람들을 가리킴이다. 이들이 갖는 외부와의 단절의식이 절정에 이른 시기는 1970년 전후이다.

> 구보씨는 이광수라는 사람의 평생을 비로소 알 수 있을 것 같았다. 그리고 그 선배 이상의 수준으로 삶을 마치리라는 아무런 신념도 가질 수 없었다. 그래서 구보씨는 시민생활에서 위대해지려는 생각은 아예 그만두기로 작정했다. 그 대신 글 속에서는 어지간히 "팔을 걷어붙여" 보기로 작정했는데 그 역시 대단한 일을 못하리라는 짐작이 날마다 절실했다.
>
> — 최인훈, 『소설가 구보씨의 일일』, 삼성출판사, 1972, p.126.

이 절실함이 『광장』과 『회색인』을 낳은 원동력이었다. 그 원동력은 구보가 두 번씩이나 창경원을 찾아간 데서 한층 뚜렷이 드러난다. 구보는 수시로 창경원의 짐승들이 보고 싶다는 생각이 "환장하게 치밀어 올랐다"라고 묘사했다. 구보는 우선 공작새 앞에서 환장한다. 정한

시간이 되면 어김없이 날개를 활짝 펴 춤추는 공작새의 모습을 구보
는 자기 자신이라 여기지 않을 수 없었다.

> 저 리듬, 까무라칠 만큼 아득한 어느 때부터 비롯한 저 버릇, 시무룩
> 한 낯빛으로 꼬리를 잔뜩 펴고 있는 모습은 "공작처럼 거만한" 어쩌구
> 하는 모습처럼은 보이지 않았다. 그보다는 원수의 땅에 포로로 잡혀왔
> 으면서도 하루의 정한 시간에는 자기네 부족의 법식에 따라 예배를 드
> 리고 있는 모습 같았다.
>
> ─『소설가 구보씨의 일일』, p.42.

여기까지 오면, 『소설가 구보씨의 일일』의 구보가 작가 최인훈의 자
전소설에 육박한 신종 소설 형식임을 알아차릴 수 있다. 여기에는 "보
바리 부인은 나다" 식의 기법 따위란 얼씬도 할 수 없고, 도시 산책자
박태원의 어정쩡한 울림과는 비교도 안 될 만큼 치열함이 잠복되어
있다. 왜냐하면 공작새의 춤을 보고 있는 구보는 실상 동중국해 밑바
닥에 가라 앉아 수압을 견디며 한반도의 수압을 재고 있는 『광장』의
이명준에 다름 아니기 때문이다.

여기서 주목할 것은 아무도 최인훈으로 하여금 이런 형식의 소설을
쓰라고 강요하지 않았다는 사실이다. 전후작가 최인훈에 있어 글쓰기
의 필연이랄까 원점이 그로 하여금 이 형식을 가져왔다.

2. 이청준과 이문구

이러한 원점 확인·노출은 4·19세대에 오면 한층 빈번해진다. 이
청준의 경우가 선명하고도 속 깊은 방식의 하나라 할 만하다.

고등학교 1학년 때 형의 주벽으로 가계가 파산을 겪은 뒤부터, 그리
고 마침내 그 형이 세 조카아이와 홀어머니까지를 포함한 모든 장남의
책임을 내게 떠맡기고 세상을 떠난 뒤부터 일은 줄곧 그렇게만 되어온
셈이다.
　　고등학교와 대학교와 군영 3년을 치러내는 동안 노인은 내게 아무것
도 낳아 기르는 사람의 몫을 못했고, 나는 또 나대로 그 고등학교와 대
학과 군영의 의무를 치르고 나와서도 자식 놈의 도리는 엄두를 못 냈다.
노인이 내게 베푼 바가 없어서가 아니라 그럴 처지가 못 되었기 때문이
다. 나는 나대로 형이 내게 떠맡기고 간 장남의 책임을 감당하기를 사양
치 않을 수 없었기 때문이었다.

— 이청준, 『눈길』, 홍성사, 1984, p.232

　　이청준의 가작 「눈길」(1977)의 이 한 대목은 가감 없이 그의 청소년
기의 실인생이라 할 것이다. 군영 3년이라 했으나, 학보병이었기에 2
년 복무했다든가 입대시에 노모에게 사복을 보냄으로써 사실을 알렸
다는 등(김병익, 김현 편, 『이청준』, 은애, 1979, p.320)의 세부사항도
「눈길」의 위의 대목에 파묻힐 수 있는 성질의 것이다. 그렇기는 하나,
작가론에서 신중해야 할 문제 중의 하나로 작가의 자전적 요소를 꼽
을 수 있다. 허구 속에 어떤 사건이나 인물도 작가의 실인생의 투영이
아닐 수 없지만, 유독 자전적 요소에 주목하는 것은 거기에 끼어드는
허구적 요소가 아닐 수 없다. 가령 대부분의 사건이나 묘사가 자전적
일지라도 만일 거기에 한 조각 허구가 끼어든다면 전체가 허구화되기
마련인 까닭이다. 『신화를 삼킨 섬』(2003)을 쓰는 마당에서 작가 이청
준이 서두에다 깃발처럼 내세운 것은 바로 이 점이었다. 뭍의 사람이,
예민한 4·3 사건의 역사 감각을 다루기 위해 미리 쳐둔 바람막이로
보기 쉽지만, 진지한 작가치고 이 문제를 고민하지 않은 경우는 거의

없을 터이다. 「눈길」이 그러한 사례의 전형이라 할 때, 그 이유를 다음 셋으로 세분해볼 수 있을 듯하다.

첫째 노모를 '노인'이라 지칭했음. 자기의 자전적 요소를 내세운 만큼 이를 탕감하여 허구화하기 위한 전략으로 선택된 용어가 '노인'이었다.

둘째, 옷궤 얘기. 고등학교 일학년 때의 일을 작가는 되풀이해놓고 나서 옷궤라도 없으면 사람 사는 집이 아니라는 것. 농경사회의 윤리 규범이 노모를 통째로 감싸고 있다고 할 것이다.

셋째, 이 점이 중요한데, 아들을 보낸 노모가 동네 입구에서 앉아 있는 장면. 햇빛이 눈에 시렸다는 것, 그것은 천지간에 부끄러움이 없는 기품에 관련된 것이었다. 어른이 된 아들이 노모의 이런 얘기를 듣고 참기 어려웠던 이유란 어떤 부분보다도 자전적인데, 왜냐면 이청준 특유의 원죄의식에 방불한 '선험적 가난'(졸고, 「선험적 문학과 선험적 가난—김현과 이청준」, 『문학의 문학』)에 관련되었기 때문이다. '선험적 가난'과 윤리감각, 곧 기품의 유지는 이 경우 비로소 마주쳐 빛을 내뿜고 있기에 「눈길」은 자전소설이 아닐 수 없다. 곧 작가 이청준의 창작의 원점은 여기에 놓여 있다.

『관촌수필』(1977)을 두고 전위적 실험적 작가로 본 것은 이인성이었다. "그 끈끈한 문체가 내게 전위적 양상으로 읽히는 이유는 무엇일까"(『식물성의 저항』, 열림원, 2000, p.32)라고 이인성은 감지했는데, 그런 읽힘은 8편의 연작소설집을 소설 아닌 '수필'이라고 우긴 점에서도 능히 엿볼 수 있다. 이문구의 글쓰기의 원점이 바로 이 '우긴 점'에 있기 때문이다.

8편의 소설이 모두 관촌(양반 한산 이씨 집성촌, 보령)의 한 소년을 다룬 것이지만 그중 제일 무게가 놓인 것이 「공산토월(空山吐月)」이다. "빈 산이 달을 토해내다 곧, 빈 산에서 달이 솟았다"로 풀이할 수 있고, 한자 그대로 둔 것은 한산 이씨 가계보의 발로로 보기 싶지만 그렇게 단순한 것이 아님은 '수필'로 우겼음에서도 능히 엿볼 수 있다. 요컨대 소설일 수 없음을, 적어도 60년대식 소설일 수 없음을 대전제로 했기에 어떤 60년대 식 소설규칙도 미치지 않는 영역, 이인성은 여기서 '전위성'을 발견했다. 그도 그럴 것이 이인성 자신이 가장 전위적 작가였기에 가능한 인식이었다.

"빈 산이 달을 토해냈다"가 허구(소설) 아닌 수필(실화)이라면 "빈 산에서 제일 크고 밝은 달이 솟았다"도 허구 아닌 사실이라고 작가 이문구가 주장할 때, 작가 이문구 역시 현상이 아니라 실체가 아닐 수 없다. 말을 바꾸면 작품 「공산토월」이란 두 개의 달이 빈 산에 솟아올랐음을 가리킴인데, 그 하나는 석공이라 불리는 사내.

> 그 사람은 내가 일생을 살며 추모해도 다하지 못할 만큼 나이를 얻어 살수록 못내 그립기만 했다. 그의 이름은 신현석(申鉉石), 향년 37세였고 살아 있다면 올해 마흔 여덟이 될 터였다. 이름에 돌 석 자가 들어 그랬던지 그는 살아생전 유난히 돌을 좋아했거니와 돌이켜 따져보면 그 자신이 천생 돌과 같은 사람이기도 했다. 그래서 모두들 석공(石公)이란 별명으로 부르기를 즐겨하였고 본인도 그런 명칭을 마다하지 않았던 줄 안다. (…중략…) 석공이 그렇듯 돌과 같았던 줄로 생각하기를 나는 서슴지 않는다. 산이 높으면 달이 작게 보이듯, 워낙 거친 세상에 섞여 있기로 더러는 잊으며 살긴 했지마는.
> ─ 『관촌수필』, 문학과 지성사, p.192.

이 성자처럼 순박하고 만인의 존경을 받는 석공을 내세운, 바꿔 말해 석공을 성자처럼 추커세운 작가의 의도는 따로 있었다. 그것은 또 다른 달, 진짜 달을 내세우기 위함이었다.

그러나 나는 석공의 추억이 일기 시작하면 내가 즐겨 놀았던 마당으로서보다도 나의 아버지가 평생에 단 한 번 객스럽게 놀아보신 장소라는 데에 보다 소중함이 느껴져 잊지 못 해온 사실을 밝혀두고 싶다. 그것은 내가 일곱 살 나던 해의 가을이었다.

— 『관촌수필』, p.197.

석공의 혼례식 피로연이 석공집 마당에 벌어졌을 때 홀연 나타난 중년의 신사, 바로 6세 소년이 난생 처음 본 아비였다는 사실이야말로 진짜 빈 산에 솟아오른 달이었던 것. 밤중에서만 잠시 나타났다가 사라지는, 부재하는 아버지. 이념을 위해 죽은 아비와 그 때문에 고통 속에서 몸부림친 순박한 석공의 인정담이란, 소년이 훗날 어른이 되어서야 비로소 깨친 두 개의 달이었다. 한쪽 달은 빈 산이 토해내는 달이었고, 다른 쪽의 달은 빈 산에 솟아오른 달이었음을 알아차리기에 이르렀거니와 이 경우 문제적인 것은, 위에서 지적한 바와 같이 허구일 수 없다는 것에서 온다. 바로 여기가 작가 이문구의 글쓰기의 원점이 아닐 수 없다. 이에 비할 때 이문구의 충청도 농촌 사투리의 범람은 일종의 공허감에 지나지 않는다. 만일 작가의 처녀작을 문제 삼을 때, 또 그것이 그 작가의 글쓰기 전체를 규정하는 원죄의식 같은 것일 때, 이를 밝히는 것이야말로 그 작가 이해의 애착이자 지름길이 아닐 수 없다. 이문구 특유의 전(傳)의 형식이 감지되는 것도 여기까지 이르렀을 때 비로소 가능해지기 때문이다.

3. 자전소설을 강요하는 『문학동네』의 초기 전략

원죄의식으로서의 처녀작의 의미, 그것은 앞에서 보았듯 최인훈, 이청준, 이문구 등에서 매우 자연스럽게 이루어졌음이 한눈에 들어오거니와, 이들의 활동무대에 주목한다면 어쩌할까. 철날 무렵 4·19와 5·16을 체험한 이 나라의 60~70년대에 해당되기 때문이다. 반공(反共)을 국시(國是)로 하는 통제하의 글쓰기 판에서는 이른바 '자전소설' 따위란 부끄러워 얼굴도 내밀 수 없었다고 볼 것이다. 글쓰기의 사명감이랄까, 고발의식에 불타올랐기 때문이다. 독자측도 자전소설 따위를 요구할 만큼 여유가 있었을 턱이 없고 보면 아주 은밀하게 자전적 원죄의식을 행간에 끼워넣을 수밖에 없었다. 이 점에서 대표적인 경우로 최인훈, 이청준, 이문구를 들 수 있었을 따름이었다. 그러나 90년대에 들어오면 소설판에선 '자전소설'의 등장이 불가피했는데, 두 가지 이유에서 이를 설명할 수 있다. 하나는 광주의 5월까지 소화해낸 사명감의 축적이 그 포화 상태에 이르렀음을 들 것이다. 언필칭 분단 문제, 노사 문제라 할 정도로 그 방면의 소설적 축적은 눈부신바 있었다. 그렇기는 하나, 모종의 성과에 안주할 수 없음이 소설이 특성이고 보면 이에 대한 반발이랄까 이탈, 곧 새로운 형태의 시도란 필연적이었다고 볼 것이다.

그 계기의 하나는 90년대 중반에 등장한 계간 『문학동네』(1994, 겨울호)에서 시도되었다. 여기에는 문단 판도에 대한 약간의 설명이 불가피하다. 모두가 아는바, 민족문학의 기치를 내세운 계간지 『창작과 비평』이 오른팔로 군림했을 때 이에 맞서 등장한 것이 일체의 억압세력에 대한 간접화를 깃발로 치켜든 계간지 『문학과 지성』이었고, 이 두 판도가 워낙 큰 세력권으로 성장한 그 꼭짓점이 90년대였다. 이 두 세력권을 뚫고 새롭게 등장한 것이 계간 『문학동네』였다. 미미하지만 처음 『문학동네』가 내세운 깃발은 기존 두 세력권에서 밀려났거나 끼려고 해도 끼지 못한 작가의 거점 마련하기였고, 그 방법론으로 내세운 것이 두 가지였는바, 그 하나는 물량주의였다. 일찍이 볼 수 없었던, 엄청나게 큰 계간지의 출현이 그것인데, 속되게 말해 거의 무제한에 가까운 지면 제공이었다. 오늘날 모든 계간지가 이 물량주의를 모방하고 있거니와 그때만 해도 기간의 두 계간지는 얇은 분량, 곧 선발된 엘리트주의를 지향하고 있어 웬만한 신인 따위란 넘볼 수 없는 영역이었음을 염두에 둔다면 『문학동네』의 저러한 방침은 실로 매력적이었고 파괴적이었다.

다른 하나는, 그러니까 물량주의와는 다른 방법적인 것으로 고안해낸 것이 이른바 '자전소설' 형식이었다. 신인 중 유망한 작가를 골라 동료의 그에 대한 묘사, 비평가들의 평가를 곁들여 '자전소설'을 쓰게 함으로써 이른바 출판사 규모의 작가 관리의 단초를 열었다. 그러나 이 '자전소설'이란 워낙 생경한 것이어서 해당 작가마다 망설이지 않을 수 없었다. 모든 소설이 '자전소설'임을 대충은 알고 있는 신인이라도 사정은 마찬가지였을 터이다. 개중에 이미 역량이 인정된 윤대녕이나 신경숙 등은 이 함정을 용케 피해갔지만 대부분의 신인은 이 함정에 최소한 한쪽 발이나 다리가 빠져 허우적거리지 않으면 안 되었다. 그것은 이질적인 것도 아니지만 그렇다고 자기 것도 아닌 이상한 형태의 당혹스러움으로 다가왔다. 그런 실감은 다음 인용에서도 능히 엿볼 수 있다.

　　어제 태어난 그에게 어제 자전소설을 써달라는 청탁서가 날아들었
다. ‘자전소설’이라는 단어를 목격한 수난. 그는 이제까지 써온 소설들
과는 그 방법을 썩 달리해야겠다는 생각이 들었다. 기실 많은 사람들이
동의하듯 진정한 소설은, 작가가 현재 서 있는 자리의 모든 것을 드러낸
다는 의미에서, 이미 하나의 자전이다. 자전이 아닌 소설은 소설이라 하
지 않아도 무방하다. 그런데도 불구하고, ‘자전소설’을 써달라는 요구
에서 그는 세상에 하많은 소설들이 자전이 아닌 경우가 많아졌다는 저
간의 사정을 돌아보게 되었고, 어쩌면 그 자신이 써낸 적지 않은 소설
역시 자전이 아닌 경우가 있지는 않았을까, 돌이켜 생각해보았다. 그리
하여, 적어도 이번만은 방법을 조금 달리하여 쓰기로 마음먹었다. 그래
서, 그는 생각해보았다. 소설의 방법이란 무엇일까? 그 결과 그는 자신
이 소설의 방법에 대해 별로 아는 바가 없다는 것을 알게 되었다. 소설
의 방법을 모르는 자가 소설을 써온 것도 기이한 일인데, 방법을 달리하
여 쓰기로 마음을 먹었다면 그것은 또 얼마나 터무니없는 노릇인가? 그
래서, 그는 이렇게 결론을 내렸다. 소설과 망상의 경계, 거기에 방을 한
번 만들어보자. 그리하여, 그 방 안에 자신을 한번 풀어놓아보자. 그 안
에서 그 자신이 무슨 짓을 하든지 그냥, 내버려둬 보자.

— 최인석, 「소설가 최보의 어제 또 어제」, 『서정시대』,

문학동네, 1998, p.130.

　　‘진정한 소설=자전소설’이라 했을 때, 이미 거기에는 작가를 하나
의 ‘현상’(감각적 대상)으로 인식하고자 하는 실마리가 자리를 노리고
있다고 할 것이다. 곧 ‘자동사’로서의 글쓰기가 이에 해당한다. 여기
에는 응분의 설명이 없을 수 없다. 가령 모든 글쓰기란 타동사의 글쓰
기라고 일반적으로 말해진다. 이런 글은 전달할 목적을 가진 것이며,
그 높낮이는 목적의 훌륭함뿐 아니라 이를 드러내는 기교의 섬세함에
서 결정될 성질의 것이다. 그렇지만 어떤 목적도 일단 씌어지고 나면
여지없이 읽히고 만다. 왜냐면 씌어진 그 순간 그것이 제도라는 언어

조직에 알몸으로 노출되기 때문이다. 이 제도 속에 노출된 타동사는 일반화의 과정을 통과하지 않으면 안 되며, 그 결과 그것은 시류적 흐름 속에 휩쓸리기 마련이다. 물론 누구나 자기가 있다. 타동사의 글쓰기에서 주목되는 것은 이 자기에서 온다. 자기란 새삼 무엇인가. 주체성을 가진 개인을 지칭함이 보통이다. 작가도 이런 분류에 든다. 그는 자기의 주체성을 고수하면서 주장하고, 격앙하고, 해석하고, 또 흥분한다. 이에 익숙해진 작가더러 자전소설을 써보라고 강요했을 때 그들이 얼마나 당혹스러웠던가는 짐작될 만한 사안이 아닐 수 없었다. 이 난제 앞에 대응하는 작가의 방도는 각각이겠지만 그것은 많게 적게, 또 알게 모르게 자동사의 글쓰기로 향하게 마련이다. 거기에는 당연히도 큰 대가를 필요로 했는데 주체성(동일성, 실체성: 사유의 대상) 포기가 그것이다. 인간의 그리움을 보장하는 주체성(리얼리티, 이성적인 것)을 포기했을 때 남는 것은 개인으로서의 자리에 '현상'이 군림한다. '감각적 대상'으로서의 작가로 재탄생하지 않으면 안 되었다.

당연히도 여기에는 그만한 노력과 인내가 요망된다. 아무도 주체성을 쉽사리, 깡그리 버리고 스스로 감각적인 대상의 하나로 되기 어렵다. 엉거주춤한 상태에 일단 내려앉는 경우가 그 첫 걸음이다. 타동사와 자동사의 경계선에 이르기가 이에 해당될 터이다. 이 자리는, 여차하면 타동사에로 후퇴할 수 있으며 나아가면 새로운 모험의 경지가 열릴 수도 있을 것, 곧 '현상으로서의 작가'의 인식의 정도에 따라 결정될 성질의 것이다. '순수한 현상'에 어느 작가가 이르렀는가. 이것이 20세기에서 21세기를 넘어오는 이 나라 소설판에 주어진 과제 중의 하나라는 점에 비추어볼 때 『문학동네』가 강요한 저러한 '자전소설'이 갖는 의의는 단연 문학사적이라 할 만하다.

4. 최윤과 은희경

『문학동네』는 1994년 겨울 창간 이래 계절마다 주목되는 신인층 작가에게 '자전소설'이라는 가혹한 과제를 주었고, 또 이를 묶어 첫 자전소설집 『나와 너』(1996)를 간행했는바 여기에는 최윤, 장정일, 김영현, 정찬, 신경숙 등 5명이 수록되었고 두 해 뒤 『서정시대』가 잇달아 간행되었는데 여기엔 채영주, 김인숙, 윤대녕, 은희경, 최인석, 함정임, 구효서 등 7명이 수록되어 있다.

그 첫 번째 주자로 지명된 작가는 최윤. 동인문학상(1992), 이상문학상(1994)의 화려한 경력에 소설집을 두 권이나 갖고 있는 작가에 주목한 『문학동네』의 의도랄까 전략이란 추측컨대 다음 두 가지가 아니었을까. 첫째는 문지파도 창비파도 아니라는 점. 둘째는 새로움. 새로움이라 했을 때 『속삭임, 속삭임』에서 능히 엿볼 수 있었다. 프랑스문학을 전공한 작가답게 최윤은 이 낯선 자전소설 형식을 어떤 식으로 감당했던가. 이 싸움은 구경거리라 할 만한데, 한 총명한 여류작가와 거인(문학동네)과의 한 판 승부였기 때문이다. 굳이 비유컨대 다비드와 골리앗이 승부하는 면모를 갖추었다고나 할까.

신진작가 최윤이 가진 것은 작은 돌멩이들이었다. 「집·방·문·벽·들·장·몸·길·물」이 그 제목이었다. 9개로 구성된 돌멩이로 자전소설을 돌파하기의 전략이었다. 자전을 이탈하지 않으면서도 자동사의 세계로 온몸을 밀어내기의 전략. '나'이면서도 '너'인 것.

'집'이란 무엇인가. 태어난 곳이 아닐 수 없다.

　'집=어머니'의 관계, 자전은 모체에서 분리될 때 비롯된다는 큰 규칙에 벗어난 것은 아니었다.

　'방'이란 집과는 달리 간이역이다. 세상에 들어와서 다시 세상으로 나가기 위한 그런 간이역. 그러기에 글쓰기란 혼자 자기 방에서 쓰는 것이 아니라는 것. 반대로 사람들이 많은 곳에서 비로소 '자유롭게' 글쓰기를 했다고 주장한다. 상식의 역전 현상.

　'문'이란 그러니까 열린 문보다 닫힌 문이 더 많다고 했으나 따지고 보면 열린 문도 굳건히 닫혔음을 알게 된다는 것. 왜냐면 글쓰기란 자동사와 타동사의 경계선 헤매기이니까.

　'벽'이란 4·19세대 앞엔 벽보를 가리킴이지만 동시에 또 기댈 수 있는 벽도 있다는 것. 마음 편한 그런 벽.

　'들'. 경기도 마석 외가댁이 들이다. 두 동생이 있고 외고조의 터전 양수리.

　'장'. 시장 바닥엔 익명성이 존재하기에 마음 편한 곳.

　'몸'. "나의 영혼보다도 내가 더 알고 있는 나의 성실한 동반자, 나의 육체"(마르그리트 유르스나의 『아드리엥의 초상』)를 내세워 어떤 이념보다 육체의 의미를 내세운다고 믿었으나 지금은 데카르트에서 벗어나 몸과 정신의 통합이라는 상식선으로 돌아왔다.

　　고등학교 막바지, 너는 가출을 시도한 적이 있었다. 누구나 그 시절
　에는 아무 이유나 대고 가출하고 싶어 하며 모든 이유가 당사자에게는

정당해 보인다. 그 당시의 가능한 세상의 끝은 바다였는데, 인천은 세상의 끝이라고 하기에는 너무 가까웠고, 남해는 너무 멀었다. 횡단하기 알맞은 세상의 끝은 그러므로 동해, 기차에 오르고 저녁나절에 춘천에 도착. 춘천에서 기차를 내려 걸어 다니다가 너는 한 책방에 들어갔다. 네가 구입한 것은 김지하의 『황토』. 한 여관의 백열등 밑에서 혹시 괴한이 겁탈하러 들어올 것이 두려워—이런 용감한 여행에서조차 여자임을 두려워해야 한다는 것은 얼마나 화나고 품이 안 나는 일이던가—돈은 속옷 속에다 감추고 너는 소리 내어 삼십 편의 시들을 낭송했다. 너는 그의 시를…… 그 즈음, 몸의 시로 이해했다. 아니면 모든 시가 몸의 시가 아닐는지. 몸이 리듬이고 호흡이고 음악이듯이. 이튿날 너는 재생되었으며, 세상의 끝 동해를 버리고 서울로 돌아왔다. 그 이후 너는 여러 번에 걸쳐, 대개는 시인들 덕분에 되돌아왔으므로—그러나 어디에서 어디로?—문학에 빚을 졌다고 말한다. 너는 확실히 문학에 빚을 졌다.

몸이 약했던 너는 육체의 시달림이나 노화를 경험하면서부터 사람이 보수적이 될지도 모른다는 강박관념 때문에 육체와 정신의 결별을 선언한 적이 있었다. 그러나 지금은 그 반대다. 너는 그 둘의 결합을 신임한다.

정신적이건 물질적이건 모든 종류의 삶의 표현 때문에 몸이 위협을 느껴야 하는 사회와 그렇지 않아도 되는 사회, 때로 너의 진보의 개념은 이토록 단순하다.

—「집·방·문·벽·들·장·몸·길·물」, p.36

몸이 할 수 있는 상상이란 검증될 수 없다. 그만큼 어렵고, 꿈꾸게 만든다. 이는 슬픔이 아닐 수 없다. 타협이 요망되는 이유이다.

'길'은 잃기 위해 있는 것. 그리고 그 끝이 없다는 것.

솔직히 물어보자. 무엇이 너를 끝없이 길로 내모는가를. 산속의 길보다는 도시의 길. 아직까지는. 모든 길은 그 어느 하나도 같은 길이 없고 같은 길이라도 어느 한순간 같은 적이 없다는 단순한 사실에 너는 매번

놀란다. 너는 자주 길을 잃는다. 길을 잃을까봐 두려워하기 때문에 더 자주 길을 잃는다. 그러나 그 두려움은 무의식적인 욕구 아니었을까. 너는 길을 잃는 것을 즐긴다. 그 미지에 대한 긴장과 길이 찾아졌을 때의, 제 길로 돌아왔을 때의 아쉬운 환희. 긴장의 절정에서 일어나는 직관의 힘으로 너는 세상의 거리를 이해한다.

— 「집 · 방 · 문 · 벽 · 들 · 장 · 몸 · 길 · 물」, p.37

'물'. 바다, 그 끝에 죽음이 있다는 것. 아마도 『모비딕』의 선장 에이합을 너무 자주 읽었음일까. 줄 베른의 『신비의 섬』 때문이었을까. 프랑스 유학생다운 최윤의 자전소설이 하나의 스타일을 창출했음만은 사실이 아닐 수 없다. 『문학동네』라는 거인과의 싸움에서 판정승을 따지기에 앞서 내세울 수 있는 것은, 이 소년 다비드가 살아남았다는 점이다. 또 그것은 80년대 신인층에게 '자전소설'에 주눅 들지 말라는 상큼한 격려라고 할 수 있음이다.

최윤의 격려사가 너무 추상화된 모던한 스타일이고, 따라서 건너뛰기였다면 은희경의 「서정시대」는 타동사와 자동사의 경계선을 지키기 위해 종래의 구체적 방식으로 안간힘을 쏟았다는 점에서 각각 80년대를 채운 이정표라 할 것이다.

먼저 어째서 '서정시대'인가를 문제 삼을 법한데, 은희경 특유의 성장소설의 용어인 까닭이다. 아직도 미혼인 '나'의 남자 친구 K의 말이 이를 잘 말해준다.

내가 늘 작은 일에 상처를 받는 것이 예민함보다는 진지함 탓임을 잘 알고 있는 그(K)는 한 마디 더 덧붙인다. 너도 이제 인생에 대해 서정적 태도를 버릴 나이가 안 됐던가?

— 「서정시대」, p.93

진지함이 서정적이라는 것. 이는 예민함과는 구별되는 것. 그렇다면 예민함은 무엇으로 표현할 수 있을까. 시방 '나'는, 심각한 고민, 그래봤자 머리카락 몇 올이 빠지는 것이지만, 그것에 대해, K는 점심이나 사라, 대머리가 되면 우습겠다 등등으로 응수한다고 치자.

> "뭐야, 지금? 나는 심각해서 죽겠는데 말 몇 마디 해주고 결국 점심 한 끼 해결하자는 거였어? 인간이 어떻게 그러냐."
> "야, 인간이니까 그런 거지. 인간이 뭐 대단한 건 줄 알아? 오디세우스도 사랑하는 부하들이 다 죽었는데도 밥부터 먹었고, 배가 부르니까 그제사 눈물이 나왔다잖아."
> ―「서정시대」, pp.92~93

오디세우스까지 동원된 K의 말을 이해하지 않으면 진지함과 예민함의 차이를 알기 어렵다. K는 실상 A. 헉슬리의 평론 『밤의 음악』을 알고 있었다. 사이렌에 전우들이 잡아먹혔고 배가 파손된 오디세우스 일행에 대해 헉슬리는 호머가 이렇게 썼다고 힘주어 지적했다. 시실리 해안에 닿은 오디세우스 일당은 '솜씨 좋게' 저녁을 준비했다고 호머는 썼다라고. 또, 문제의 오디세우스 12권은 이렇게 끝난다, 라고.

> 그들은 갈증과 공복을 채우자 다정한 동료들의 '죽음'을 생각하고 울었다. 눈물을 흘리는 동안 졸음이 조용히 그들을 빠지게 했다.
> ―『밤의 음악』(일역판), 사회사상연구회출판부, 1961, pp.6~7

헉슬리는 호머의 이런 식 표현을 두고 '전면적 진실'이라 규정, '일면적 진실'과 구별했다. 아무리 슬퍼도 먹어야 했고 또 잠을 자야 한다는 것, 이를 또 '산문적 진실'이라 하여 '시적 진실'과 구별했다. 일면적 진실이 거짓이 아닌 진실임에 틀림없다. 침식을 전폐하고 동료들의 죽음을 슬퍼할 수도 있기 때문이다. 그렇지만 거기에는 상당한 비약이 있다. 일면적 진실도 진실의 일부이지만 진실의 전부일 수 없다는 것, 곧 제약된 진실이 아닐 수 없다. 부분적 진실이라 할 수밖에 없는데, 헉슬리는 이를 특히 '시적 진실'이라 하여 산문적 진실과 구별했다.

작가 은희경이 '서정시대'라는 제목을 내건 이유가 여기에서 왔음이 이제 자명하거니와, 다만 자기 식으로 조금 다른 명칭으로 바꾸었다. '진지함'이 시적 진실 또는 일면적 진실이라 했고, K처럼 어른급인 산문적 진실 쪽을 '냉정하고 뻔뻔스러움'이라 했다. 그러기에 작가 은희경의 자전소설 쓰기란 서정시대, 곧 '진지함'을 조금씩 잃어가는 과정이 아닐 수 없다. 요컨대 은희경은 거인『문학동네』의 폭력에 맞서기 위해 자기 나름의 방법론을 확립했던 것이다.

대체 은희경은 '진지함'을 어떻게 잃어갔고 마침내 냉정하고 뻔뻔한 인간(작가)으로 나아갔던가.

> 나의 진지함은 기억력이 허락하는 한도인 여섯 살 때부터 시작된다. 바로 전날까지 코흘리개 어린애였던 나는 그날도 전날의 연속인 줄로만 알고 식구들이 아침 밥상을 물린 뒤까지도 철없이 자고 있었다. 그러나 전날과 달리 부모님은 나를 깨우거나 꾸중을 하지 않았다. "아무개는 아직도 자나?" "놔두세요. 내년이면 학교 갈 애인데 제가 다 알아서 할 것예요"라는 대화로 나의 각성을 촉구할 뿐이었다. 그 상황에서 차마 눈을 번쩍 뜨지는 못했지만 나는 큰 충격을 받았다. 아, 어른이란 이렇게 갑자기 되는 거구나
>
> —「서정시대」, p.93

성장 과정의 전면성이 여실하다. 어느 한 부분이나 특성으로 자전소
설을 써내는 많은 경우와 구별되는 구식 방법이 아닐 수 없다. 어른되
기란 초등학교부터 시작된다. 집에 아버지가 있고, 동생과 어머니가 있
다. 부자는 아니지만 아버지는 여사여사, 또 어머니와 외할머니는 또
여사여사. '나'는 백일장에 나가 수상했고, 중, 고교 때, 대학 때는 또
여사여사했고 기숙사생활을 했고, 연애도 했다. 이래저래 헤어졌다.

> 열아홉 살 때, 워낙 진지함으로 무장을 한 탓에 내개는 실연조차 먹
> 혀들지 않았다. 대신 이십 년이 지난 지금에 와서 첫사랑의 남자에게 보
> 기 좋게 차여버린 것이다.
> 나는 이십 년 동안 지녀온 첫사랑의 순결을 훼손당한 사람치고 뜻밖
> 에 담담하다.
> "그랬구나. 나는 그것도 모르고 남자가 왜 그렇게 자신감이 없는지
> 참 안타까워했는데."
> 나는 재미있다는 듯이 큰소리로 웃는다. 속으로 생각한다. '그래, 얘
> 기가 그렇게 되어야 맞는 거였어. 나도 삶이란 바로 이런 거라고 생각하
> 고 있었거든. 나, 별로 놀라지도 않았다구.' 그다음부터는 남자 친구의
> 얘기를 건성으로 들으며 혼자 소설 구상까지 한다.
> —「서정시대」, pp.123~124

작가가 된 이유가 드러났다. '진지함'의 시대 곧 '서정시대'의 끝에
비로소 시작되는 것이 소설(산문)이라는 것. 어느 각도에서는 뻔뻔스
러움으로 보이는 것, 곧 전면적 진실을 받아들일 때 비로소 시적 진실
(일면적 진실)이 극복된다는 것, 이를 드러내기 위해서는 대머리가 될
각오가 요망된다는 것.

K에게 전화를 건다.

"지금 안 바빠? 전화 길게 해도 괜찮겠어?" "응, 상관없어. 무슨 할 얘기 있냐?" "아니 별건 아니고, 대학 때 알던 서클 남자친구 만나기로 했다고 했었잖아." "그랬지." "아까 만나고 왔거든." "근데?" "나, 옛날에는 왜 그렇게 철이 없었나 몰라." "왜?" "남들이 날 우스꽝스럽게 본다는 걸 나만 몰랐어. 혼자만 진지해갖고 말야." "……" "생각해보면 얼마나 푼수 같았는지." "요즘은 안 그렇다고 생각해?" "요즘이야 너무 속을 잘 감춰서 문제지. 푼수같이 안 보이려고 얼마나 긴장을 하는데." "네가 그렇게 생각하면 됐지 뭐."

나는 K답지 않은 우호적인 대답이 못마땅하다. 갑자기 내 목소리가 커진다.

"그래, 솔직히 말하면 말야. 내 땜통처럼 속이 빤히 들여다 보이는 주제에 저 혼자만 진지해갖고 설치던 이십 년 전이나, 그것을 너무 잘 알기 때문에 한사코 감추려고 하는 지금이나 우스운 건 마찬가지야. 나도 알아. 근데 말야. 그냥 우스운 존재로 살면 그만인데 난 그게 잘 안돼. 왜 그럴까?

— 「서정시대」, pp.125~126

요컨대 소설쓰기란, 전면적 진실이기에 그 대가는 자기 머리칼을 뽑아내는, 대머리되기를 각오한 연후라는 것. 작가 은희경이 내세운 것은 어떤 소설도 자전소설임을 각오한 용기 있는 고백문이 아니었을까.

5. 김연수, 조경란과 김중혁, 이기호

자전소설의 세 번째 물결은 두 가지 형태로 나타났다. '자전소설'의 함정을 용케 피해간 경우가 그 하나이며, 『문학동네』가 파놓은 함정을 무시하고자 덤비는 당랑거철의 형국을 빚은 경우가 그 다른 하나이

다. 전자는 어느 수준에서 자기를 지키는 내공을 지닌 작가군이 여기
에 해당한다.(42명의 『자전소설』 전4권, 강 출판사 간행) 그 첫 자리에
김연수의 「뉴욕제과점」을 검토해봄 직하다.

> 나는 이 소설만은 연필로 쓰기로 결심했다. 왜 그런 결심을 하게 됐
> 는지 모르겠다. 그냥 그래야만 할 것 같았다. 그리고 보니 연필로 소설
> 을 쓴 것도 꽤 오래전의 일이다.
>
> — 「뉴욕제과점」, 『자전소설』 2, 강출판사, p.31

서두를 이렇게 삼은 것은, 물을 것도 없이 『문학동네』가 들으라는
문법이 아닐 수 없다. "자전소설을 쓰라고 강요하는데, 그래 쓰마. 쓰
되, 그 이유를 잘 모르겠다."로 정리된다. 그렇다고, 멋대로 하겠다는
뜻이 아님에 주목할 것이다. 곧, "이 (자전)소설만은 연필로 쓰겠다는
것"이다. 연필이란 새삼 무엇인가. 잉크도 붓도 아니며 어떤 기계장치
도 아닌 원초적 자리에 서겠다는 것. 좋게 말해 일종의 타협이며 함정
을 보면서도 그 함정을 연필로 건너가겠다는 것. 글쓰기의 시작은 연
필에서 비롯된 것이기에 이는 일종의 정직성이라 할만하다.

> 오래전의 일로부터 이 소설은 시작한다. 아직도 나는 뉴욕제과점이
> 언제 문을 열었는 지 정확히 알지 못한다. 내가 태어났을 때 거기 뉴욕
> 제과점은 있었다. 어렸을 때 어머니에게 이렇게 물은 적이 있었다.
> "엄마는 언제부터 장사를 시작했어요?" 겨울이면 늘 코를 흘리고 다
> 녀 소매 끝이 반질반질하던 초등학교 시절이었다.
> "니가 태어나기도 한 달 전에 시작했지" 뉴욕제과점 난로 옆에 앉아
> 텔레비전 화면과 뜨개질 바늘을 거의 동시에 바라보며 어머니가 말했
> 다. 그 즈음 우리 형제는 부쩍 자라고 있었다.
>
> — 「뉴욕제과점」, pp.31~32

'뉴욕제과=유년기=자전소설'의 등식을 준수함에 김연수는 오직 매진했을 뿐 한눈도 팔지 않음이 판명된다. 자기 부모의 직업을 이처럼 빈틈없이 확고부동한 위치에 올려놓아 '뉴욕제과=자전소설'의 등식을 구축함으로써 꾀 많고 욕심 많은 『문학동네』의 폭력에 순응했고 동시에 자기를 지킬 수 있었다. 다음 장면에서 모종의 성스러움이 감지되는 것도 이와 무관하지 않다. 『새김천신문』(1994.5.26.)에 실린 기사 「김천 출생의 김연수 군이 시와 소설로 각각 등단한 것이 뒤늦게 밝혀졌다」를 지금도 김연수가 갖고 있다는 것, 또 아버지가 『조선일보』에 실린 교포작가 유미리에 대한 기사를 밑줄 쳐서 보내준 것까지 갖고 있다는 것. 이것이 사실이라는 확신을 독자에게 가져다주는 것은 먼저 김연수 자신에 있어 사실이었음에 왔다.

> 역전의 가게에서 자란 내게 세상의 모든 것은 지나가는 것들이었다. 오후가 되면 빛의 각도는 날카로워졌으므로 어머니는 두 손으로 쇠잡이를 잡고 힘겹게 차양을 드리웠다. 그러면 오랫동안 그늘이 떠나지 않았으므로 가게 안은 평화로웠다. 나는 즐겨 가게 앞에 앉아서 저무는 태양을 바라봤다. (…중략…) 역을 오가는 사람들의 삶도 그와 다르지 않았다. (…중략…) 일 년에 한번 정도 역무원은 긴 사다리를 타고 드높이 붙은 게시판까지 올라가 숫자판을 바꿨다.
> ― 김연수 산문집, 『여행할 권리』, 창비, 2008, pp.279~280

역전 뉴욕제과점이 글쓰기의 원점임을 산문에서 그는 분명히 밝혔고 동시에 아비에 대한 모방(예의 갖추기)에 비로소 닿게 된다. 아비는 재일교포 일세대였고, 8 · 15에 귀국했고, 김천 역전 뉴욕제과점을 열었던 것이었다. 문제는 아비의 귀국이 '잘못'이었음에서 왔다. 아들도 마찬가지. 이국이면 어떠냐, 일본이면 또 어떠냐. 교포 제2세이면 어떻고, 입양고아이면 또 어떠하냐. 교포작가 현월(玄月)을 만나고 또 아스트리드 트롯찌를 만나기도 했다. 김연수의 글쓰기는 "덧없는 것들만이 영원히 반복됨"에 있었다. 『문학동네』의 협박에 순응함이 역전 뉴욕제과점이라면 이런 협박에서 벗어남이 여행(글쓰기)의 방식이었는데 그것은 개별 민족을 뛰어넘고자 하는 다국적 시대의 글쓰기였다.

두 번째 자리에 검토해볼 만한 것은 조경란의 「코끼리를 찾아서」이다. 역전 뉴욕제과점에서 자라면서 끊임없이 먼 곳으로 떠나고자 했고, 그 힘으로 작가가 되었노라는 김연수와 견주어볼 때 조경란의 경우는 단선적이고 수미일관된 구심력이어서 전자의 원심력과 족히 대조적이다. 『문학동네』의 폭력에 대응하는 방식에서는 단연 순응적이라 할 것이다. 그렇지만 그 순응 방식이 생리적이고 환상적인 방법론의 도입으로 말미암아 글쓰기의 고유성을 확보한 경우이다.

> 아버지의 고향은 여수다. 성년이 되어 내가 그곳에 가는 것은 단 한 번뿐이다. 내가 그곳을 싫어하는 이유는 거기가 아버지 고향이기 때문이다.
>
> ─「뉴욕제과점」, p.190

아버지가 서울에 올라와 가정을 이루고 두 딸을 훈장처럼 달고서 좁은 단층집을 지었고, 작가인 '나'는 옥탑방에서 살았다. 아버지→단층집→옥탑방의 도식만큼 강력한 무기란 '나'에게 없었다. 그것도 11년이나 되도록 옥탑방에 살기. 이 단층집이 또 옥탑방이 어느 날 살아 있는 커다란 코끼리가 되었다고 작가는 우기고 있다. 그도 그럴 것이 마지막 남은 폴라로이드 사진에 찍힌 것도 '코끼리 한 마리'였던 것이다.

　　이따금씩 집이 꿈틀 움직일 때가 있다. 그러면 나는 아, 코끼리가 왔
　구나, 짐짓 생각하는 것이었다.
—「뉴욕제과점」, p.211

　코끼리와 함께라면 공룡 같은 『문학동네』와 맞설 수도 있음직하지
않겠는가.
　당랑거철식의 작가의 첫머리엔 김중혁의 「나와 B」.

　　나에게는 햇빛 알레르기가 있다. 삼십분 이상 햇빛 아래 노출돼 있으
　면 눈이 부셔서 차마 쳐다볼 수 없을 정도로 온몸이 하얗게 변하는 증상
　정도면 멋질텐데, 빨갛게 살이 익는다.
—「나와 B」, 『자전소설』 1, p.137

　누가 물었는가. 물론 『문학동네』이다. 자전소설의 강도 앞에서 김중
혁의 대드는 방식이 햇빛 알레르기인 셈인데, 실제 이런 병이 있는지
그 의학적 사실여부에는 관련이 없다. 대드는 방식, 곧 함정을 건너뛰
는 무기란 이런 것뿐이었다.
　그렇다면 이 증상은 언제부터 생겼는가. 음반매장 직원이 '나'였고,
거기서 음반도둑 B를 잡았고, B로부터 기타를 배우게 되었고, 그 여사
여사한 과정에서 햇빛 알레르기가 생겼다는 것이다. 문제는 '나'가 B
와 더불어 기타를 둘러싼 음악에 모든 것을 걸고 있다는 것. 이 음악
이란 무기로 『문학동네』의 함정을 건너겠다는 것이었다. 그러나 만일
B가 또는 음반에서 또는 전기기타에서 침묵만 흘렀다면 어떻게 되었
을까. 햇빛 알레르기란 순전히 멋대로 지어진 자작극이었을까. 이 문
제라면 진작 카프카가 해결한 문제였을 터. 「사이렌의 침묵」(이주동

역, 『카프카 전집』 1, 솔, 1997)에서 카프카는 이렇게 말했다. 오디세우스가 이 물귀신의 노래를 듣기 위해 몸을 돛대에 묶고 나아갔다. 오디세우스는 사이렌의 아름다운 노래를 황홀경에 빠져 듣고 있었다. 오디세우스의 두 눈이 빛을 뿜어내고 있었다. 그러나 실상은 사이렌들의 최고의 무기는 침묵이었다. 노래가 아니라 침묵하고 있음을 누구보다 오디세우스가 미리 알고 있었다는 것이 카프카의 해석이다. 워낙 꾀가 많아 운명의 여신조차 그의 가장 깊은 마음을 꿰뚫을 수 없을 만큼 여우 같은 오디세우스인지라 사이렌들이 침묵했었다는 것을 알아차렸고 그래서 그는 그녀들과 신들에게 위와 같은 외견상의 과정을 방패로 삼아 들이대고 있었다.

놀란 쪽은 오히려 사이렌들. 이 둔한 그녀들이 자의식을 가졌다면 여지없이 파멸되었을 것이라고 카프카는 썼다. 아주 유치한 수단이 구원의 도구였다는 것. 이 삽화에서 카프카가 지적한 본의는 이른바 의태(擬態, mimicry)에 있지 않았을까. 절망적인 상태, 강력한 적 앞에 맞서는 약자의 방식으로서는 의태야말로 한 가지 무기일 수 있다는 것. 골리앗 같은 거인 앞에 선 소년 다비드가 싸우는 방식은 돌팔매질이 아니었던가. 신진작가 김중혁이 맞서는 방법은 전혀 자전과는 무관한 자전소설을 써놓고, '자 보라. 나의 자전소설이다.'라고 황홀한 표정을 짓기가 그것. 시키지도 않았는데 제 풀에 진짜 자전소설을 쓴 최인훈, 이청준, 이문구에 맞먹는 황홀경으로 김중혁이 버티고 서 있는 형국이다. 그 기세가 하도 당당하고 어처구니가 없어 물귀신 『문학동네』도 멍청히 넋을 잃고 바라볼 수밖에 없는 형국을 빚었다.

이기호의 「갈팡질팡하다가 내 이럴 줄 알았지」의 경우는 한층 냉소적이다. 버나드 쇼의 묘비명을 아예 제목으로 삼아 세 가지 거역 방법론을 내세웠다. (1) 소설 제목을 맨 나중에야 붙인다는 것, (2) 우연성, 곧 운명이라는 것, (3) 죽은 뒤에야 자전소설이 가능하다는 것. 곧 창작의도란 아예 없다는 것, 필연성으로 작품을 구성하는 짓 따위란 있을 수 없다는 것, 그러니까 살아 있는 동안 자전소설 쓰기란 불가능할 수밖에 없다는 것.

> 그러나 나는 그 논리가 버거워 종종 우연으로 소설을 끝내 버리곤 했다. 며칠 밤을 지새우며 내적 필연성으로 주인공을 몰고 가기 위해 용을 쓰다가 그만 제 풀에 지쳐 에라이 뽕! 이쯤에서 하나님이나 산신령 등장, 뭐 이런 식이 되었던 것이다.
> —「갈팡질팡하다가 내 이럴 줄 알았지」, 『자전소설』 3, p.298

자전소설 따위란 내 생전엔 없다고 덤비는 이기호에게 『문학동네』는 대체 어떻게 대할 것인가. 역설적이게도 『문학동네』가 꾀 많은 오디세우스가 되어 '의태'를 연출할 수밖에 없지 않았을까.

6. 소설사적 의의

자전소설이란 새삼 무엇이뇨. 이 물음은 '소설=근대소설'의 도식에서 온 것임을 대전제로 한다. 소설이란 시민계급(근대)의 산물이라는 것. 따라서 얘기(픽션)의 긴 역사에 비해 기껏해야 18, 19, 20세기 약 2~300년에 적용된 것일 뿐, 주지하는바 근대라는 국민국가와 자본제 생산양식의 완성 과정에 다름 아닌 것. 개인의 욕망을 기반으로 하는 근대사회란 그 개인이 주체성(실체, 본질, 개성)을 갖는다는 전제에 놓인 것이었다. 이 점에서 작가의 자전적 특징을 선명히 규정한 것은

『서밍 업』의 모음이었다.

> 소설가란 그 타고난 특수한 재능 때문에 보통 사람들보다도 백일몽도 더 뚜렷하고 자세하게 보기 마련이다. 그 백일몽은 성실여하에 따라서 작품에 쓰이기도 하는데 한번 쓰고 나면 그냥 잊어버리고 마는 것이 보통이다. 내 생각으로는, 도스토예프스키도 그 창피스러운 에피소드를 두 번씩이나 쓰고 나니 완전히 흥미를 잃어버린 것이다. 그렇기 때문에 안나에게 한 번도 들려주지 않았을 것이다.
> — S. 모옴, 홍사중 역, 『세계10대 소설과 작가』 하, 삼성문화재단, 1974, p.402

여기 나오는 에피소드란 '스타브로긴의 고백'(『악령』), 『죄와 벌』의 '스비드리가일로프의 고백'에 나오는 소녀 강간사건을 가리킴인 것. 모옴의 작가로서의 기본기는 이 환상과 무관하지 않아 보인다. "나는 지금까지 완전히 아무런 모순도 없는 한결같은 사람을 본적이 없다."(『서밍 업』, 이정기 역)에서 보듯, 작가는 그 자신의 한 사람이 아니고 여러 사람이라는 데 있다. 그가 여러 인물을 창조할 수 있는 것도 그 자신이 여러 사람이기 때문이고, 작가의 위대성도 그가 품고 있는 자아의 수효에 있을 터이다.

죽은 후 그의 편지나 일기를 보고 이런 위선자, 사기꾼하고 흥분한다는 것은 이 사실을 몰각했음에서 온 것이다. 베토벤의 이상주의에 그 비열한 정신을, 바그너의 천국 같은 황홀감에 그 이기주의를, 세르반테스의 도덕적 불륜에 그 부드러운 관대함을 타협시킬 수 있겠는가. 세상 사람들의 목적은 올바른 행동에 있는 반면 예술가의 목적은 창조에 있는 것. 갈 데 없는 이기주의가 아닐 수 없다. 무자비할 정도의 이기주의. 괴테는 애인의 팔에 안겨 있으면서도 여자의 맵시 있는 등에 가볍게 6음각의 박자를 두드리고 있었다. 이런 예술가를 누가 과연 믿을 것인가. 감각이 예민한 여자라면 본능적으로 그를 조심할 것이다. 왜냐면 그가 어딘지 모르게 자기들로부터 떠나게 될 것을 알고 있기 때문이다.

— 이정기 역, 계원출판사, 1997, p.183

환상에 매달린 족속, 그게 작가인 만큼 그는 그의 직관에 따라 그 환상으로 치닫게 마련이다. 인간으로는 고약하지만, 작가인 이상 이 특권만큼은 절대로 양도하거나 포기할 수 없다. 폭군인 독자들은 이 특권적인 영웅의 알몸을 보고 싶어 안달하는 법. 자전소설을 쓰라고 강요하는 곡절은 여기에서 왔다. 그러나 이 승부에서 어느 편도 승리할 수 없다. 조금 신중한 작가는 적당히 타협할 것이며, 과감한 작가는 깡그리 무시하기 때문이다. 이 때문에 모옴의 작가옹호론도 그 한계가 노출된다.

픽션으로서의 얘기의 시각에서 소설의 위치가 근대, 곧 시민사회에 근거된 것이기에 그 시민사회가 일정한 수준에 이르러 해체될 처지에 놓인다면 어떻게 될까. 20세기 후반에 등장한 해체주의가 이에 해당한다. 소설을 해체함이란 새삼 무엇이뇨. 가장 핵심적인 것은 해체 이전의 작가란 주체성(실체)이라는 점에 있었기에 해체주의란 이 주체성의 해체가 아닐 수 없다. 주체성의 자리에 이번엔 '언어'가 올려질 수밖에 없었다. 라캉, 바르트, 크리스테바, 데리다 등이 혼신의 힘으로 이 문제에 달려들었음은 모두가 아는 일. 이 경우 중요한 것은 작가의 재규정이 아닐 수 없다. 주체(실체)로서의 작가란 없다는 것. 그렇다면 종래의 그 작가란 무엇인가. '현상으로서의 작가'일 뿐이다. 감각적 대상으로서의 작가이지 이성적 사유의 대상일 수 없다. 언어가 모든 것을 관장하는 만큼 현실 또한 현상이 아닐 수 없다. 작가란 언어에 반응하는 현상의, 그 더도 덜도 아니다. 그렇기에 어떤 목적을 가지고 쓴 글이 아니다. 타동사로 쓴 글이면 여지없이 판독되는 것. 쓴다면 써지고 읽으면 읽히는 것. 이 절대적인 '따분함'에서 벗어나는 길이 바로 해체주의자들의 전략이었다. 곧 자동사로 쓰기가 그것. 어떤 목적도 이유도 없이 쓰는 것, 그 길밖에 다른 무슨 길이 있을까.

그렇지만 매우 딱하게도 자동사로 쓴 글이라도 일단 제도권의 언어 속에 들어오면 여지없이 읽히고 마는 것이 아니었던가. 이번에 작가 쪽이 나설 차례다. 바로 오디세우스의 지혜에 닿기가 그것. 바로 '의태'의 몸짓. 자기의 쓴 글이 여지없이 읽히고 마는 현상을 목도하면서 마치 타동사로 썼다는 '시늉'을 해보임이 그것. 굳이 『문학동네』가 창간호에서부터 지금까지 '자전소설'을 내걸고 버티어온 것은, 의외에도 소설사적 의의를 안고 있다고 할 것이다.

제3부

소설의 6 · 25와 6 · 25의 소설

민족의 해방에서 개인의 자유와 해방에로

소설의 6·25와 6·25의 소설

―――――――

1. 주인과 노예의 변증법

(객): 보도 부문의 퓰리처상을 받은 여성 기자 마거릿 히긴스는 『한 국에서의 전쟁(War in Korea)』 첫 줄을 이렇게 썼더군요.

공산주의자들이 남조선을 침략한 1950년 6월 25일, 도쿄에서는 뒤늦 게 터진 폭발과 같았다. 이 새벽의 공격의 첫 소식을 접한 다이이치 호 텔에 있는 담당 장교는 대수롭지 않게 받아들였다. 그는 잠에 든 맥아더 장군을 구차스레 깨우려조차 하지 않았다. 그러나 몇 시간 내의 사태의 재빠른 진전은 우리들에게 침략자들의 힘을 경고케 했다. 남조선, 아시 아에서의 비공산권의 전초기지가 무너져 가고 있었다. 미국은 즉각 결 정하지 않으면 안 되었다. 남조선을 피호자로 지지하는 싸움에 참여하 든가 아니면 적군에게 내어주는가를.

― M. Higgins, *War in Korea*, Lion Books, 1952.4, p.5

(주): 히긴스가 『뉴욕 헤럴드 트리뷴』 특파원으로 서울에 온 것은 그
로부터 이틀 후, 그러니까 6월 27일이었는데, 물론 도쿄에 주재
한 다른 신문사 기자들과 함께 김포 비행장에 내렸고, 그로부터
전선이 후퇴되어 수원, 대전으로 밀려 대구에까지 이르는 과정
에 종군했더군요. 물론 그녀는 그동안에도 수시로 도쿄에 들러
맥아더와도 수차례 인터뷰를 했습니다. 그녀는 거친 남성들의
세계에서 상소리와 화장실 등에 시달려야 했고 그 때문에 대전
에서는 워커 장군에게 항의하기도 하고……. 그건 그렇고, 왜 그
쪽에서 이 책을 서두에 문제 삼았는지 짐작이 갑니다. 6·25에
관한 온갖 기록들이 산처럼 많은데 하필 히긴스의 이 책이라니.
혹시 이 책의 결론 부분을 문제 삼고자 함이 아니었나요?

(객): 6·25를 두고 한국은 6·25(동란)라 규정하지만 북한은 '조국
해방전쟁'이라 하지 않습니까. 그러나 실세를 따지면 맥아더와
펑더화이(彭德懷), 미군과 중공군의 싸움이었지요. 미국은 'The
Korean War'라 규정했고 중국은 '항미원조전쟁(抗米援朝戰爭)'이라
부르지요. 모두 '전쟁'이라 하는데 한국 측만이 6·25라 불러오
고 있습니다. 이는 동란이란 뜻으로 읽히기 쉽지만, '임진왜란'
이라 했듯 한국식 전쟁관의 관습용어였는지도 모릅니다. 미국은
그러니까 냉전체제 속에서 중국과 싸웠지만 실상 소련과 싸웠다
고 볼 것이지요. 미국은 실세인 소련과는 물론 그 대리인 격인
중국과 양면작전으로 임한 형국이겠는데, 말을 바꾸면 백일하에
미국만이 전쟁 중심부에 있었다는 사실입니다.

(주): 한국전쟁이 그대로 미국 국내 문제일 수밖에 없었다는 이 점이
소련이나 중국과 다른 점이지요. 미국은 여론의 나라니까. 3만 2

천 수백 명의 미군 전상자를 내고 있었던 만큼 여론은 들끓을 수
밖에요. 그 여론을 대표하는 실마리를 히긴스의 이 책이 제공하
고 있다고 그쪽이 보시는 모양이지요. 그래 어떤 결론을 히긴스
가 내리고 있었던가요.

(객):

　한국에서의 전쟁은 이것만은 분명히 했다. 곧, 공산주의자들이 언제
든지 무력의 힘에 호소할 수 있고, 또 언제든지 비공산권이 쉬운 상대가
아니라고 여기게 되었다는 것. 지금부터 우리는 그들을 저지케 하기 위
해 힘의 우위를 동원해야 한다. 한국에서 우리는 준비하지 않은 탓에 높
은 대가를 치렀다. 승리란 또한 많은 비용이 든다. 그러나 이것은 패배
보다는 저렴할 것이다.

— War in Korea, p.126

　특파원의 여론 조작이 이러하다는 것. 이는 곧 미국의 여론이
라 보아도 되지 않겠습니까. 한국이나 북한 따위란 안중에도 없
다는 것. 있는 것이라곤 공산주의권과 비공산권이라는 것. 전형
적인 양극체제의 산물이라는 것.

(주): 히긴스의 결론을 주목하면 미국이 승리하지 못했다고 해석할
수 있겠지요. 월남(1975)에서의 패배와는 달리 한국전쟁에서는
현상유지 수준이었다는 것. 그 이유를 사전준비 소홀에 돌리고
있군요.

(객): 얼마 전 선생이 『태백산맥』(조정래)과 『남과 북』(홍성원)을 대
비해가면서 읽는 모습을 보았는데요, 이 중 후자에서의 한 대목
에다 선생이 밑줄을 긋고 있더군요.

"지금의 한국은 옛 로마 시대의 원형 투기장과 같은 곳이오. 한반도
라는 이름의 이 극동의 투기장에서 남북한의 한국인들은 지금 방패와
창을 들고 공산주의와 민주주의라는 관객을 위해 피투성이가 되어 시범
경기를 하고 있소. 따라서 이 투기장에서 다치거나 피를 흘리는 사람은
경기에 열중하고 있는 남북한의 한국인들뿐이오. 관객들은 높고 안전한
객석에 올라앉아 있기 때문에 아무런 위험도 없고 다칠 염려는 더욱 없
소. 그들은 다칠 염려가 없기 때문에 가급적이면 자기들이 키운 검투사
가 좀 더 과감히 가열차게 싸워주기를 원하고 있소. 그러나 투기장의 검
투사들이 좀 더 잘 싸운다는 것은 상대편에게 좀 더 큰 상처를 입히거나
상대를 아주 죽이는 것이오. 말하자면 '아레나'에서 싸우는 가련한 검
투사들은 어차피 한쪽은 죽지 않으면 안 되는 운명이고 설혹 살아남아
승자가 된다 하더라도 몸에 치명적인 상처를 입게 마련이오. 결국 한국
인들은 자기를 키워준 주인에게서 서푼어치 밥이나 얻어먹고 민주주의,
공산주의라는 두 낯선 관객들에게 목숨을 건 사생결단의 검투 시합을
서비스하고 있소. 한데 오만한 민주, 공산 양편의 관객들은 그것도 부족
해서 목숨을 걸고 싸우는 남북한 검투사들에게 이데올로기라는 이름의
적개심이 부족하다고, 좀 더 열심히 싸우라고 화를 내며 큰 소리로 고함
을 치고 있소. 대체 이 염치없는 관객들은 한국인 검투사들이 얼마나 더
열심히 싸우기를 원하는 거요? 얼마나 더 많은 한국인 검투사들이 죽거
나 피를 흘려야 당신들 강대국의 관객들은 만족할 작정이오?"
　　　　　— 홍성원, 『남과 북』 4, 문학과지성사, 2000, pp.367~368

외신 기자 설경민이 미국 기자 바커에게 한 말입니다.
(주): 또 한 대목에서도 내가 밑줄을 그었지요. 잠시 보십시오.

한국전쟁은 그 후 한쪽 눈은 전선에 팔고 다른 한쪽 눈은 회담이 열
리는 협상 테이블을 흘겨보며 잠시도 쉬지 않고 지루하게 계속되고 있
다. 병사들은 고지를 점령하거나 방어하라는 명령을 받으면 그것이 제
한된 전쟁임을 깨닫고 전처럼 목숨을 걸고 용감하게 싸우려 하지 않는

다. 그들은 앞으로는 이 전쟁이 총검으로 해결되지 않는 것을 눈치로 알
고 있었다. 언제 끝날지도 모를 전쟁에 그들은 귀한 목숨을 헛되이 버릴
만큼 어리석지 않았다. 승리도 없고 의미도 없는 전투가 회담장 쪽의 눈
치를 살피며 전 전선에 걸쳐 일상의 일처럼 지루하게 반복되고 있는 것
이다.

　그러나 전쟁의 가장 큰 희생은 이 갑작스런 전쟁 종식에 아무 보상
없이 동의할 수는 없다. 그들은 집과 재산을 잃었고 스무 명 중 한 명꼴
로 이 전쟁에서 죽거나 다쳤다. 만일 현 상태로 전쟁을 끝낸다면 한국
국민은 지난 일 년 동안 이 전쟁에 지불한 희생을 어느 곳에서도 보상받
을 수가 없다.

　더구나 그들에게는 통일에의 염원이 있다. 세계 여론이 자기들 편에
유리하게 작용하고 있는 지금, 그들은 어떻게 해서든 이번 전쟁을 통일
의 기회로 만들어야 할 뿐 아니라 다시는 이 땅에 전쟁이 재발하지 않도
록 이번의 정전 회담을 통해 적과 우방으로부터 어떤 보상이나 확답을
받아내야 한다. 단순한 전쟁 종식만으로는 한국은 그들의 미래에 아무
런 희망도 설계도 없는 것이다.

　결국 한국 정부는 그 보장과 확답을 얻어내기 위해 국민들을 광장에
동원하여 정전회담 반대 집회를 대대적으로 열고 있다.

─『남과 북』4, pp.256~257

　내가 위의 두 장면을 인용한 이유는 다음 두 가지에 관련되지
요. 앞의 검투사 대목에서 드러난바 6·25를 대리전쟁으로 확인
했다는 점이 그 하나. 냉전체제의 산물이지 한국인과 전혀 무관
하다는 것. 한국인은 노예라는 도식 위에 선 것. 다른 하나는,
이 사실을 미국인에게 대놓고 발설했다는 점입니다. 대리전쟁이
라 우기는 것도 따지고 보면, 북쪽이 소련 탱크를 앞세워 남침한
것이 소련의 강요에 의했다는 확정이 없는 한 억지거나 감정적
발언에 지나지 않겠지요. 미국 기자가 쉽사리 동의하지 않는 이

유도 따지고 보면 이 때문이 아니었을까.

(객): 선생은 아마도 두 번째 인용에서도 같은 이유를 내세우겠지요. 하나는, 검투사의 비유가 부적절했다는 것. 노예인 검투사가 어째서 보상을 요구할 수 있으랴. 다른 하나는, 희생자이기에 그 보상을 요구한다는 것은 자유인에게나 가능한 논법이니까. 요컨대 선생이 지적하고 싶은 것은 노예(검투사)와 자유인 사이를 오고 가고 있다는 것이겠습니다그려. 어느 한쪽도 철저하지 못하고 이랬다저랬다 했다는 것. 노예가 어떻게 자유인으로 되는가. 그 문제는 헤겔의 주인—노예 변증법의 도입이 불가피하다는 것 아니겠는가.

(주): 노예와 자유인의 미분화를 기저로 하여 『남과 북』이 씌어졌다는 것. 그 어느 쪽에 대한 인식도 철저하지 못했다는 것. 『태백산맥』(조정래)과 비교해보면 이 점 선명히 드러납니다.

(객): 노예가 자유인으로 변신하는 것은, 그러니까 위신을 위한 투쟁(Prestige Kampf)에서는, 헤겔에 따르면 노예의 노동(작업)이 그 계기가 된다고 했더군요. '피라미드를 만들어라!'라는 주인의 명령, 노동의 강요에 목숨을 걸고 매달려야 했을 테고, 그 노동을 통해 맨 먼저 노예가 고안해낸 것이 바로 설계도(추상적, 企投, 개념적인 것)였던 것. 설계도를 만드는 바로 그 순간 노예는 이미 노예가 아닌 것. 자유인(주인)의 반열에 올라서는 것.(A. 코제브, 설헌영 옮김, 『역사와 현실변증법—헤겔 철학 입문』, 한벗사, 1981, p.254)

(주): 이제야 우리는 『남과 북』을 소설로 읽을 수 있는 출발점에 섰군요. (A) 노예가 자유인으로 되는 과정이 6·25냐, 아니면 (B)

그런 과정을 겪고도 노예는 여전히 노예냐. 소설 독법은 많겠지만 적어도 6·25를 가운데 둘 때 어떤 소설도 이 틀에서 벗어나기 어렵겠지요. 이 점에서 『남과 북』은 특별한 위치를 갖고 있습니다.

2. 『남과 북』의 설경민

(객): 그 점에 유의하면서 작품 속으로 들어가 볼까요. 흔히 소설이라 하면 (A) 배경, (B) 인물, (C) 주제를 먼저 떠올리는 것이 정석 아닙니까. 이 범속한 틀에 『남과 북』도 벗어날 수 없겠지요. 우선 (A)부터 볼까요. 여기에는 때와 장소가 문제점이지요. 때는 1950년 5월 30일, 선거 직후. 한국의 외신부장 설경민이 5·30 선거 기사를 읽는 데서 시작, 휴전 직후 명사수로 소문난 박노익 상사의 권총 오발로 한상혁 중대장이 죽는 데까지의 삼 년. 이 기간은 세계사의 과제인 만큼 그 자체가 압도적이라고나 할까.

(주): 그 때문에 소설로서는 적합지 않다, 또는 소설로서는 다루기 어렵다는 뜻이겠는데요. 『일리아드』(호메로스)를 비롯 『전쟁과 평화』(톨스토이)가 있지 않겠는가고. 모든 얘기는 전쟁을 떠날 수 없다고들 하지만 문학이란 어디까지나 평화의 산물이니까. 어떤 소설이든 반전사상으로 일관되는 것도 이 때문. 문제는 전쟁을 피할 수가 없다는 것. 일상성의 규칙이 적용되지 않음에 대한 해방감과, 또 거기에서 오는 불안이 주조저음을 이루는 것. 그 극단적 양상이 죽음이겠는데, 이 죽음의 존재 방식의 기묘함이야말로 전쟁문학의 핵심에 놓인 것. 무차별적 죽음, 돌연한 죽

음, 우발적 죽음이 그것. 이 경우 죽음이란 '죽음 자체의 고유한 의미'에서 해방된 것이지요. 이 점을 『남과 북』이 잘 드러냈다고 하겠습니다. 천하 명사수로 전선에서 독주하던 박 포수의 막내 박노익 상사가 우연히 입수한 흙 속에 파묻힌 은제 권총을 분해하다가 오발로 중대장 한 대위가 죽는 장면으로 대하소설 『남과 북』이 끝나지 않습니까. 엄청난 실수로 박노익이 "중대장님, 오발입니다. (…중략…) 제가 오발을 했습니다"라고 외치지 않습니까. 그로부터 4, 5분 후에 한상혁 중대장이 죽습니다. 한 중대장이 죽어가면서 "아니야, 아니야"라고 되풀이 내뱉는 최후의 말이 뜻하는 것이 바로 6 · 25의 총체적 비판이자 동시에 전쟁 일반에 대한 그것이기도 하지요. 무의미한 죽음이라는 것. 아무런 의미도 없는 죽음이란 새삼 무엇인가. 죽음의 고유성에 대한 모독이 아닐 수 없다는 것, 죽음에 대한 온갖 철학적 사색을 '무'로 돌리는 것, 인간만이 갖는 이 고유성이 철저히 배제되는 것. 이 점에서 『남과 북』은 6 · 25를 무화시킨 문학적 장치랄까 성과의 하나로 볼 수 있겠지요.

(객): 배경의 또 다른 측면이 장소이겠는데요, 6 · 25라면 남북한 전체가 그 장소겠지요. 전방과 후방, 남과 북의 모든 영토가 이 장소에 포함되겠는데, 그렇다면 이를 장소라 할 수 있을까. 『토지』 (박경리)의 하동 평사리, 『태백산맥』의 벌교, 『노을』(김원일)의 진영에 비하면 '경기도 P군 ××면 유천동'이란 얼마나 초라한가. 저는 이 점이 제일 불안합니다.

(주): 동감, 동감. 우리 대화의 좌표축이 이제야 세워졌다고나 할까. 여기서부터 자연스럽게 (B) 인물들 쪽으로 넘어갑시다.

(객): 제가 보기엔 『남과 북』의 중심인물은 (가) 설씨 가문, (나) 박씨 가문, (다) 우씨 가문이고 나머지는 한갓 '뿌리' 없는 뜨내기들이 아닙니까. 제가 좀 심하게 말했나요? 가령 『남과 북』의 전선을 종횡무진하는 직업군인 오영탁 대령, 그의 바람난 아내 강윤정, 미국 기자 로이, 월남한 의학도 신동렬과 그의 형수 민관옥, 철저한 기회주의자로 치부한 최완식 대위, 또 남포에서 월남하여 군에 입대해 장교가 된 한상혁, 모희규 등등은 그 활동들이 아무리 출중해도 일시적 현상에 지나지 않는 것. 우연성, 돌발사건으로 볼 수밖에 없으니까. 꼭 그 사람들이 아니어도 상관없으니까.

(주): 동감.

(객): 이에 비해 『남과 북』의 설씨, 박씨, 우씨 집안의 인물들은 사정이 아주 다릅니다. '뿌리'가 있으니까, 그 굴레를 결코 벗어나지 못하면서 미증유의 전쟁을 맞지 않습니까.

(주): 설씨 집안부터 볼까요. 장남 설경민(薛敬民). 신문사 외신부장. 영어에 통달. 그런데 다리가 불구. 이에 대해 작가는 다만 이렇게 썼소.

불구의 다리. 이제 막 걸음마를 배울 시절부터 경민은 왼손에 늘 지팡이를 휴대해야 했다. 어떻게 그의 다리가 불구가 되었는지 그는 전혀 기억이 없다. 부친이 들려준 이야기로는 그가 아주 어렸을 때 장독댄가 계단에선가 굴러떨어져서 다쳤다는 것이다. 자세한 설명을 요구했지만 부친은 그 이상의 이야기는 끝내 아들에게 들려주지 않았다. 결국 경민이 부친으로부터 확인할 수 있었던 것은 자기의 불구가 생래적인 것은 아니라는 것과, 이제는 어떠한 수단으로도 그 불구를 고칠 수 없다는 사실이다. 남들은 두 발로 시작한 걸음마를 그는 처음부터 세 발로 시작했

으며, 이제는 그것이 습관이 되어 그는 그 불구를 자기에게 주어진 숙명
으로 소화하고 있었다.

— 『남과 북』 1, p.27

다리 불구를 숙명으로 받아들인다는 것. 훗날 미군 병사로부터
다리에 총상을 입고 더욱 심한 불구가 되거니와 그야 어쨌든 위
의 인용에서 보듯 실로 막연하지 않습니까. 왜 불구가 되었는가
에 대해 설명이 회피되어 있지요. 그저 그렇다는 것. 소설에서
이게 말이나 됩니까? 부친인 설규헌 박사는 동막 우동준 밑에서
한준모와 수학한 대학 동기이며 동양사를 전공한 위인. 지금은
K대학 교수. 불온서적을 탐독한 이유로 한준모와 왜경에 체포
된 바 있는 학자. 한준모가 부르주아 악질 지주로 남포에서 위기
에 몰려 그 아들 한상혁을 설규헌에게 보낼 정도. 그러니까 설
박사는 부르주아 우익 편의 대표적인 학자의 한 사람이지요. 인
민군이 서울에서 물러날 때 이광수나 계광순, 방응모, 최린 등
처럼 납북 인사로 끌고 갔지요. 그런 설 박사가 사는 곳은 서울
이지만, 그 가문의 계보는 불투명합니다. 뜨내기까지는 아니라
하더라도 상당히 막연한 가문이라 하겠지요.

(객): 선생이 무슨 말을 하고자 하는지 조금 알겠습니다. 일찍이 선
생은 『삼대』(염상섭, 1931)와 『태평천하』(채만식, 1939)를 비교
하여 논하는 자리에서 전자를 높이 평가했지요. 그 준거는 뿌리
의 확실성이었소. 주인공 조덕기(교토3고 졸업반)의 가문, 중인
층인 그의 조부가 어떻게 돈을 벌었고 어디서 살았던가. 『삼대』
는 이 문제를 가장 먼저 확실히 했지요. 정미업으로 치부했고,
사는 곳은 서울 청계천변 수하동(水下洞, 지금의 을지로입구에서

청계천 쪽)이지요. 중인이자 거부인 육당 최남선 집안도 바로 여기였던 것. 이에 비할 때 『태평천하』는 어떠한가. '우리 집안만 빼고 다 망해라!'를 내세운 이 풍자소설에서 주인공의 조부가 어떻게 치부했던가. 어이없게도 "도박판에서"라고 하여 그런 것은 대수롭지 않은 듯 어물쩍 넘기지요. 그 때문에 작품 전체가 물거품의 형국이라고 선생은 혹평했지요. 이런 관점에서 보면 설씨 가문 역시 그 뿌리가 없다고도 할 것입니다. 장남 설경민의 불구 다리에 함구함에 못지않게 어째서 설경민이 영어에 그렇게 유창했는가에 대한 아무런 해명도 없습니다그려. 틀림없이 부자 집안이 설씨 가문의 장남을 미국쯤 유학시켰을 법한데, 그런 언급은 눈을 씻고 보아도 없지요.(해방 공간에서 미군정 여론국장을 거친 시인이자 작가인 설정식의 경우는 연희전문을 나와 뉴욕 컬럼비아 대학에서 수업한 바 있습니다. 유창한 영어란 이런 경력 없이도 가능할까)

(주): 배경(어느 곳에서 낳고 어느 골짜기의 물을 먹고 자랐는가를 떠나면 어떤 인물도 뜨내기 또는 허깨비일 수밖에)과 인물이 밀접히 연동되어 있음에 주목할 때 가장 확실한 인물이 박한익, 박수익, 박노익 등 삼형제이고, 그 두 번째가 동막 선생 가문의 우효중, 우효진 남매의 경우입니다. 그 이유를 밝히는 것이야말로 『남과 북』의 소설적 성취에 관련된다고 보기 때문입니다. 말을 덧붙이면 소설은 허구이긴 해도 현실과의 상동성(호몰로지, homology) 현상, 다시 말해 현실 반영이라 보기 때문이지요. 구체성을 떠난 허구란 '진짜 허구'일 수밖에 없으니까.

3. 박씨 집안과 우씨 가문

(객): 소설 『남과 북』(『세대』지 연재 당시의 제목은 '육이오'. 1970년
9월~1975년 10월)에서 6·25가 나기 일 년 전에 입대하여 휴전
직후, 그러니까 권총 오발로 중대장을 죽게 함으로써 소설의 끝
을 마무리 짓기에 이르기까지 끝까지 살아남은 자가 바로 박씨
집안의 막내 박노익 상사더군요.

(주): 살아남되, 상처 하나 없었고 백발백중의 명사수일 뿐 아니라
어떤 상황에 놓여도 능히 대처하는 위인. 휴전이 되자 총 대신
도박으로, 혹은 장사꾼으로 재빨리 변신하는 멧돼지 또는 땅두
더지 같은 인물.

(객): 전선에서의 이 불패하는 대단한 인물이 오발 사고를 일으켜 중
대장을 죽게 만드는 아이러니로 작가는 6·25의 성격을 규정했
다고 보겠는데요. 선생의 의견은 어떠신지.

(주): 6·25란 냉전체제의 산물, 맥아더와 펑더화이의 전쟁이며, 우
리는 오직 대리전쟁에 나아간 꼴이다, 오직 우리만이 피해자이
다, 라고 작가는 맨얼굴을 드러내어 목청을 높이고 있지요.

이 전쟁의 패자는 가장 많은 희생을 강요당한 남북한의 한국인들이
었다. 그들은 그들의 땅을 전쟁의 현장으로 징발당함으로써 집과 가족
과 고향을 잃었고, 열 명 중에 한 명은 목숨을 잃었다. 전쟁 영웅과 전쟁
의 승리자가 없기 때문에 이 전쟁을 소설화하는 데는 34명이라는 많은
숫자의 주인공들이 필요했다. 나는 이 소설의 대부분을 그들 34명으로
대표되는 패자들에게 바치고 있다. 그들만이 이 전쟁의 고통스런 전모
를 당시의 참모습 그대로 정직하게 드러낼 수 있기 때문이다.

— 「작가의 말」, 『남과 북』 1, pp.15~16

34명이라 하나 북쪽의 희생자로 내세운 한상혁, 모희규는 물론이고 신동렬, 민관옥도 그저 피난민의 일환이 아니었던가. 희생자라면 간호보조원으로 훗날 설경민의 아들 진철을 낳고 자살한 양공주 최선화 정도라고나 할까. 또, 사회주의자 문정길과 조명숙의 이데올로기에 대한 방황 쪽이 의미 있는 것이지만 작가는 이 모두를 덮어놓고 피해자 그룹으로 편입해버렸더군요.

(객): 선생의 의견은 34명도 너무 많다는 뜻입니까. 지금 제가 물은 것은 박노익 상사의 오발 사건이지 않습니까. 선생은 시방 소설 제목 '남과 북'이 부당하다는 것. 남만 크게 있고 북은 기껏 피난민 몇 명 정도인데 어찌 '남과 북'일까 보냐. 당초 연재 당시의 '육이오'가 합당하다는 것으로 보고 있습니다 그려. 그렇다면 박노익 상사의 오발 사건으로 이 대하소설의 막을 내린 것은 어떻게 보십니까.

(주): 간단한 문제라고 나는 보오. 소설이란 꾸며낸 얘기인데, 언젠가 끝이 나야 하는 법. 『시학』의 아리스토텔레스의 작법 이래 만고의 법칙인 시작, 중간, 끝이 있어야 하는 것이니까. 가령 『마의 산』(토마스 만)의 끝에는 '작품의 끝(finis operis)'이라 적혀 있지요. 음악이나 조각 또는 미술 등 그 자체가 완결된 세계인 것과는 달리 소설이란 다분히 비예술작품에 가까운 것. 그 자체론 완결되었다고 하기 어렵지요. 가령 오발을 일으킨 박노익 상사는 그 후 어떻게 되었을까. 이에 대해 계속 써나갈 수 있겠지요. 그렇다면 일단 '군인 박노익'의 얘기는 여기서 끝일 수밖에요. 그런 의미에서 오발 사건은 이 소설의 끝을 말해주는 정도의 기호일 뿐이 아닐까요.

(객): 선생이 주목하는 것은 이 소설의 뿌리 캐기에 있어 보입니다
그려. 설씨 가문이 어정쩡한 뿌리라면 '박씨 가문과 우씨 가문
이 진짜 뿌리다'라고 주장하고 싶은 모양이겠는데요. 6·25 따
위란 아무래도 상관없고 '뿌리가 문제다!'라고 말이외다.

(주): '싶은 모양'이라니? 내가 어찌 맘대로 박씨 가문이나 우씨 가
문을 조작해낼 수 있었겠는가. 어림도 없는 일. 그쪽에서 무슨
오해를 하신 모양인데, 정작은 작가 자신이 그렇게 해놓고 있지
않았던가. 6·25란 대리전쟁이다, 희생자는 남과 북의 우리들이
다, 억울하고 원통하다, 그래서 34명이나 등장시켜 이 소설을 썼
다고 작가는 우기고 있지만 정작 작중인물의 중심부는 따로 있
었던 것. 이 점에서 작가의 의도가 지닌 허망함이 눈에 선히 드
러납니다. 정작 이 작품의 무게랄까 그다운 작품적 성과는 작가
자신도 의식하지 않았던 '뿌리'에서 근거된 것. 여기에 작품의
위대성이랄까, 가치랄까, 좌우간 리얼리즘계 소설의 성립 근거
가 있다고 나는 믿고 있소이다.

(객): 선생이 그토록 중시하는 '뿌리'의 가장 밑바닥에 놓인 것, 따
라서 확실한 것이 박씨 가문이겠는데요. 사는 곳은 유천동(柳川
洞). '버드내 마을'이란, 인가 이백여는 되는 농촌마을. 이 마을
의 토박이는 우씨 가문인데, 여기에 박씨 가문이 끼어들게 되었
군요. 박씨 가문의 당주인 박두식. 작품엔 이렇게 나와 있군요.
직업은 포수.

　일찍 부모를 여의어 홀로 된 박 포수는 원래 어용엽사(궁중에 소속되
어 녹용, 웅담, 호골 등을 바치던 궁정 전용의 사냥꾼)였던 어느 유명한
노엽사로부터 짐승몰이에서 목 지키기, 불질하기 등 전문적인 사냥술을

익힌, 말하자면 전도유망한 젊고 힘 좋은 청년 엽사였다. 그러나 그를
가르치던 스승 노엽사가 병으로 죽고 뒤이어 의병 봉기로 왜경들이 조
선 사람의 총기 소지를 금지하자 그는 더 깊은 산중으로 들어가 한동안
세상을 등진 채 작은 짐승 잡이 덫사냥으로 쓸쓸히 세월을 보냈다. 한데
얼마 전 총기 소지가 다시 허용돼서 큰 사냥을 시작한 지 얼마 안 된 어
느 날 선불 맞은 멧돼지를 쫓아 산을 타고 내려오던 그는 갑자기 퍼붓는
큰 눈에 갇혀 어쩔 수 없이 버드내 마을에 찾아들게 된 것이다.

— 『남과 북』 1, p.75

박 포수가 버드내의 대지주이자 인격자인 우씨 가문의 도움으
로 우씨 가문의 종년과 혼인하여 아들 삼형제를 두었다는 것. 그
의 아내가 나이 서른에 죽었을 때 박 포수는 40세였고 장남 한익
이 겨우 열 살. 박 포수는 이 아들 삼형제 키우기에 노력, 혼자
서 살았는데 문제는 그 아들놈들이군요. 이 삼형제는 성질들이
모두 모친을 닮아 하나같이 거칠고 극성맞아 학교에서는 쌈패
요, 동네에서는 말썽꾼. 박 포수는 산중을 헤매며 짐승을 쫓았
고 우씨 문중의 우 대인이 집안을 돌보았군요. 박 포수가 우 대
인 앞에 총을 반납했다는 것, 우 대인은 삼 년 뒤에 총을 되돌려
주었다는 것. 총이 있어도 안심이 된다는 뜻이겠지요. 우씨 집
안 앞에 박 포수가 기를 못 쓰는 것은 이런 관계에서 온 것. 문제
는 이 삼형제에 있겠는데요.

(주): 먼저 장남 박한익. 그의 살아가는 능력의 첫 시련의 극복 방식
을 잠시 보시라. 세상이 좌익 천지로 하루아침에 바뀌자 가장 먼
저 대지주 우 대인의 인민재판이 벌어지게 마련. 이 우 대인을
구출한 것이 바로 박한익. 자기 집에 불을 질렀고, 그 혼란의 틈
을 이용해 박 포수가 우 대인을 구출해 도망칩니다. 하필 '자기

집'에 불을 지른 것은 의심을 덜기 위한 의도. 우 대인과 박 포수의 대화 한 토막 속에 박한익의 경륜이 선연합니다.

"헌데, 자네 어쩌다가 그런 신통한 꾀를 내었든가?"
"실은 그 꾀가 제가 낸 꾀가 아니라 우리집 큰놈 한익이가 여러 날 궁리 끝에 만들어낸 꾀올시다. 그 아이가 꾀를 내기는 진작에 낸 모양인데 그 꾀를 내게 전허기로는 바루 오늘 초저녁 무렵이지요."
"한익이가 꾀를 냈어?"
"예."
"그 녀석은 하면 아직두 마을에 남아 있나?"
"혼자 남아서 뒷수습을 하겠노라구 날더러는 대인 어른 뫼시구 얼른 암자루 오라구 했습지요."

— 『남과 북』 2, pp.122~123

위기 돌파력의 민첩함이 이러할 정도.

(객): 그리고 보니 박씨 가문을 살리기 위해 가운데 놈인 수익을 인민군으로 내보내더군요. 포로가 됐고, 반공포로가 되어 귀가하게 됩니다만. 박수익을 민청위원장으로 내세우고 의용군으로 앞세운 것도 맏형 한익의 계산이었던 것. 누구를 위해서? 바로 여기가 급소인데, 박 포수 가문이란 지주 우 대인 가문과 뗄 수 없는 관계.

(주): 그 관계가 바로 계층(계급) 문제입니다. 계층 문제 극복을 위해 박씨 가문은 한익으로 하여금 전력을 기울이게 할 수밖에요. 우 대인의 딸 우효진과의 결합이 그 목표이지요. 바로 헤겔식 '주인—노예 변증법'이 걸린 문제. 〈콰이강의 다리〉에서 보듯 바로 포로인 니콜슨 대령과 포로수용소 소장 하세가와 대좌의 변증법.

(객): 다음 대목이 바로 이것이겠습니다 그려. 절에 숨어 있는 우효
진에게 온갖 편의와 정성을 다 바치는 박한익에 대해 우효진이
한 말.

"한익 씬 그럼 제가 살기 위해 자기 동기간을 판 셈이군요."
"그렇게 하지 않구 어떡합니까?"
그렇다 살길이 없다. 가족 전체가 다치지 않기 위해서는 그렇게라도
하지 않고는 달리 방도가 없는 것이다. 그러나 효진은 한익이라는 사내
가 새삼스럽게 선뜩하도록 무섭고 징그럽다.

— 『남과 북』 2, p.17

지주 딸이자 교사인 우효진의 이런 발언은 계층의식의 선뜩함,
징그러움과 이를 받아들일 수밖에 없음을 드러낸 것. 결국 우효
진이 한익과 결혼하고, 버드내에서 큰 장사꾼이 된 한익의 아들
까지 낳았다는 것. 다시 말해 한익은 수단 방법을 가리지 않고
돈 모으기에 임한다는 것. 절대로 실수가 없다는 것. 뱀처럼 미
끄럽고 징그럽고 지혜로운 증거. 심지어 처남인 교육자 우효중
을 도둑으로 몰 정도. 우효중은 끝내 자살하더군요.

(주): 그렇다면 지서 주임을 두들겨 패고 국군에 입대하여 줄곧 전선
에서 싸우고 있는 박노익은 어떠할까. 맏형 한익과 그 처세술,
상황 돌파력에서 막상막하. 다른 것이 있다면 출중한 사격 솜씨.
박 포수의 내림역이라고나 할까.

(객): 이 소설에서 박노익의 사격 솜씨는 크게 강조되어 있어 인상적
입니다. 순서대로 볼까요.

(A) 중령이 돌연 벌건 얼굴로 손 중위의 가슴을 울컥 떠민다.

"이 새끼 정말 형편없군! 적전 불복죄가 넌 어떤 건지 알고 있나?"

"또 한번 분명히 말씀드립니다. 전 중령님의 지휘하에 있지 않습니다!"

"야, 이 새끼, 죽고 싶나? 좋아, 널 체포하겠다!"

(…중략…)

손 중위는 비실비실 뒷걸음을 치다 말고 중령의 명령에 따라 그 자리에 우뚝 멈춰 섰다. 그러자 중령이 손 중위에게 다가가 손 중위의 해쓱한 턱을 권총 자루로 후려친다.

"개새끼, 사병들 앞에서 꼭 이런 꼴을 보여야겠나? 어이 정 대위, 이놈을 당장 끌고 올라가라. 결사대는 내가 직접 선발하겠다."

그때다. 갑자기 총성이 울리며 중령의 철모가 훌렁 벗겨져 호 밖으로 굴러떨어진다. 아니 호 밖으로 굴러떨어진 철모는 연이어 울리는 총성과 함께 고지 밑으로 데굴데굴 한없이 굴러 내려간다. 이윽고 총성이 멎으며 제2중대의 중사 박노익이 중령에게 까딱 턱짓을 해 보인다.

"그 중위님을 곱게 놔둬라. 안 놔두면 이번에는 네 골통을 쏴버릴 테니까."

— 『남과 북』 3, pp.189~190

(B) 그때다. 좁은 마당에 총성 두 발이 요란하게 적막을 깨뜨린다. 아니 총성이 울림과 동시에 희규의 머리에서 철모가 훌렁 벗겨져 흙바닥으로 덜컥 떨어진다.

"장교님, 그 손 놓으슈. 이번엔 아마 당신 왼쪽 귓바퀴가 날아갈 거요."

(…중략…) 희규가 몸을 날린 것과 중사가 총을 쏜 것과는 동시의 일이다. 희규는 왼쪽 귓바퀴에 화끈한 통증을 느낀다. 중사는 희규가 와락 달려들자 이번엔 총을 겨눈 채 마당에서 훌쩍 담 쪽으로 물러선다.

— 『남과 북』 4, pp.131~132

ⓒ 헌병들이 슬금슬금 뒷걸음을 치려 하자 다시 한 번 연발 총성이 귀청을 째듯 집 안을 울린다. 총탄은 네 발이 가지런히 날아와 헌병들의 가랑이 사이로 먼지를 일구며 쿡쿡 박힌다. 이번에는 허세웅이 철모를 집어 들며 의기양양하게 그들을 향해 입을 연다.

"자 헌병 나리 제군. 이제 총들을 버리시지? 여기 철모에 뚫린 총구멍이 뵈지 않나? 저 친구는 백 미터 밖에서 솔방울 꼬다리를 맞히는 놈이라구. 야, 노익아. 그렇지 않냐? 이 친구들 잘 모르는 모양인데 다시 한 번 맛 좀 뵈줘라!"

— 『남과 북』 5, pp.134~135

박노익이 버드내 지서 주임을 패주고 도망쳐 입대한 것은 6·25가 나기 수 개월 전, 그러니까 입대 5개월이고, 스물네 살이고, 소학을 겨우 나왔고, 시방은 자동소총수(『태백산맥』의 학병 출신 심재모 토벌대장이 M1소총 명사수임과 극히 대조됨). 어째서 박노익 중사는 이처럼 명사수가 되었는가에 대해 작가는 다만 아비 박 포수 밑에서 저절로 익힌 것으로 설명할 뿐 더 이상 언급이 없지요. 그렇기는 하나 박 포수의 내력이 소상한 이상 이 정도로 족하다고 작가는 보았겠지요. 선생은 아마도 이에 대해서도 불만이겠지요. 박노익의 신체적 조건이라든가 어떤 특별한 계기라든가 그런 것에 대해 아무런 언급이 없으니까. 시방 우리는 대하소설을 문제 삼고 있지 않습니까. 단편소설의 독법으로 임할 수는 없지요. 얘기를 문제 삼을 수밖에요. 얘기란 끊임이 없는 것. 누가 무엇을 누구에게 언제 어떻게 왜 하는가의 육하원칙이란 연속성을 본질로 하는 얘기판에서는 대수로운 것이 못 되니까요. 그렇다고 해도 선생의 '뿌리' 문제는 소설독법, 더구나 장편의 경우엔 논의의 으뜸 자리에 놓인다는 것은 확실합니다. 그 첫 번째가 박씨 가문.

(주): 두 번째 가문이 동막 선생 가문. 곧 우씨 가문이겠는데, 이 경우 첫 번째냐 두 번째냐는 따지고 보면 별 의미가 없지요. 어느 시점에서 보느냐에 따라 그것이 달라질 수 있으니까. 전선을 중시하느냐, 후방에 무게를 두느냐에 따라.

4. 박씨 집안과 우씨 집안의 변증법

(객): 우씨 집안은 어떠한가. 읍내에서 곡물상을 하고 있는 박한익은 버드내 출신인데 지금 아비 박 포수의 회갑연을 위해 버드내로 가고 있습니다. 동행들이 있는데, 읍내 금융조합 이사로 있는 배성환을 위시, P군의 경찰서장, 조합장 조길중 등등. P군과 불과 10킬로미터 떨어진 유천동(버드내)에 '우씨 성을 가진 문벌 좋은 양반 집안'이 있다는 것. 바로 박 포수의 주인 격인 인물. 대지주이자 격조 높은 인물.

> "도대체 어떤 집안인데 그 소문이 P군에까지 자자허지?"
> "누대에 걸친 선비 집안일세. 당주 되는 사람이 역사 연구하는 큰 학
> 잔데 공부두 높을 뿐더러 책두 아마 여러 권 냈을 게야."
> — 『남과 북』 1, p.66

해방 전엔 서울에서 대학 교수직에 있었고 해방 후에 낙향. 이름은 우동준, 호는 동막.

(주): 설경민의 부친 설규헌 박사와 한상혁의 부친 한준모가 바로 동막 선생의 제자들. 이 소설은 동막을 가운데 놓고 왼편엔 박씨

집안, 오른편엔 설씨 집안이 연결되게끔 복선이 깔려 있지요.

(객): 우씨 가문의 장남은 우효중. 서울서 대학 교수로 있고, 둘째인 우효석은 화가로 부친 밑에서 가사를 돌보며, 딸 우효진은 서울서 여학교 선생. 이들의 인물평이 나와 있습니다.

"허면 삼남매 자제들도 머리들이 괜찮은 모양이군?"

"글씨, 머리들은 어떨는지 모르지만 두 형제가 당주 우 대인에 비해서는 많이 처지는 인물들이야."

"처지다니?"

"장남 효중이는 어질기는 한데 어딘가 좀 모자라 뵈는 사람이구, 차남 효석이는 다 좋은데 어려서 눈병을 앓다가 눈 한짝이 애꾸가 되었다네."

"딸은 어떤가?"

"차라리 딸이 그중 출중허지. 인물 좋구 행실 야물구 나무랄 데 없는 참한 규수라네."

"그래 그 집안에 재산붙이는 얼마나 되누?"

"금년 초 농지개혁으로 장토(庄土)가 많이 줄었지만 그래두 군 안에서는 다섯 손가락 안에 꼽히는 집안일세."

(…중략…)

"예전엔 만석군으로 근동에서 소문이 났던 집안이지. 농지개혁으루 장토를 많이 처분했지만 그래두 과원이며 산이며 남 몰래 소작 준 논이 수백 두락이 넘는다네. 집두 아주 고래등 같구 숨겨둔 전지(田地)두 상당한 걸로 알고 있네."

—『남과 북』 1, pp.66~67

박 포수 집안의 아들 삼형제와 우씨 가문의 삼남매가 서두에 크게 걸려 있습니다. 박씨 집안에서는 장남이 출중함에 비해 우씨 집안에서는 딸이 출중하다는 것까지 복선으로 깔려 있습니다 그려.

(주): 좋은 지적이군요. 부친세대에서는 우씨 가문과 박씨 가문은 '주인—노예'의 관계라 하겠지요. 그러나 다음 세대에서는 6·25를 경과하면서 이 관계가 역전됩니다. 그 똑똑하고 자의식 강한 여학교 선생 우효진이 박씨 문중의 장남이자 장사꾼 박한익의 아내가 되고 그 아들까지 낳게 되는 것. 그 과정이 실로 지옥같은 길이긴 해도 이를 극복한 곳에 노예 박한익의 승리랄까 성취가 있습니다. 이에 비해 장남 우효중의 어설픈 빈민구호, 애국애족 따위란 무의미하지는 않았다 할지라도 최우선 과제일 수는 없지요. 우효중이 결국 선산 앞에서 음독자살함이 그 증거. 이로써 우씨 가문은 '깨끗이 폐문(廢門)'된 것이니까. 그 잘난 딸 우효진이 남편 박한익에다 대고 이렇게 발악하는 것도 실상 무의미한 것.

한익의 혈색 좋은 얼굴에 서서히 핏기가 사라진다. 좀체 감정을 드러내지 않는 한익이지만 이때만은 그의 얼굴에 애써 감정을 자제하는 듯한 곤욕의 빛이 떠오른다. 할 말을 잃은 짐승처럼 서 있는 한익에게 효진은 눈물을 번쩍이며 육박하듯이 계속 지껄이고 있다.

"이겼어요, 당신이 이겼어요! 당신은 우리 집안을 철저하게 짓밟았어요! 허지만 어떤 승리두 영원한 승리로는 남지 않아요! 당신이 애써서 얻어놓은 승리두 언젠가는 반드시 패망하구 말 거예요! 모든 승리와 패배가 한판 승부로 결정난다면 우린 애써서 역사를 배울 필요가 없어요! 당신을 증오해요! 난 당신을 한번두 사랑해본 일이 없어요!"

그때다. 한익의 손이 바람을 가르고 효진의 뺨을 후려친다. 고꾸라진 효진을 그대로 내버려둔 채 한익은 몸을 돌려 성큼성큼 중문을 나간다.

— 『남과 북』 6, pp.372~373

(객): 선생은 두 가문을 헤겔의 주인—노예 변증법으로 풀어보고 싶
은 모양입니다그려. 하기야 『노인과 바다』(헤밍웨이)를 두고 주
인—노예 변증법으로 분석한 조르주 바타유의 선례도 있으니까.
아무래도 강의조 설명이 있어야겠소.

(주): '위신을 위한 투쟁'에 인간의 본성을 둔 헤겔에 따르면 '대등
욕망'과 '승인욕망'을 떠날 수 없지요. '목숨을 건 투쟁'이어야
비로소 진짜 '위신을 위한 투쟁'에 드는 것. 이 싸움에서 목숨이
아까워 투항한 경우 그가 바로 노예인 것. 주인은 주체할 수 없
는 분노로 노예로 하여금 노동을 강요합니다. 문제는 바로 이
'노동'에서 옵니다.

생을 건 위신투쟁 속에 근거하고 있는 주인의 자연에 대한 우월성은
노예의 '노동'이라는 사실을 통해 실현된다. 이 노동이 주인과 자연 사
이를 매개시킨다. 노예가 '주어져서 현존하고 있는' 실존의 제 조건을
변화시킴으로써 이 조건들은 주인의 요구에 '일치'하게 된다. 노예의
노동에 의해 변화된 자연은 주인에게 '봉사한다'. 그러나 주인 편에서
는 자연에 봉사할 필요가 없다. 자연에 대한 활동관계에 있어서는 예속
적 측면은 노예에게 속한다.
　　　　　　　　— A. 코제브, 『역사와 현실변증법-헤겔 철학 입문』, p.79

헤겔에 의하면 타자에 봉사할 때 수행되는 행동만이 엄밀한 의
미의 '노동', 즉 본질적으로 인간적이며 인간적으로 만드는 행
동이라 했소. 곧 나의 것이 '아닌' 본능을 충족시키기 위해 행위
한다면, 그렇다면 나는 본능이 아닌 어떤 것(본능이라면 자연적,
곧 동물에 머무는 것)을 충족시키기 위해 행위를 한다면, 본능이
아닌 어떤 것에 근거해서 행위하는 것. 곧 나의 '이념'에 근거해

서 행위하는 것이며 이념을 근거로 해서 자연을 변화시키는 것이 엄밀한 의미의 '노동'이다. 헤겔의 선 자리는 '위신을 위한 투쟁'에 있기에 이 점만은 절대부동인 셈.
(객): 그렇군요. 저도 읽은 기억이 납니다. 그 대단한 투쟁론.

결국 우리는 인간이란 최초의 투쟁과 더불어 탄생되었으며 역사는 주인과 노예의 출현으로 종결되고 마는 최초의 투쟁으로 시작된다고 말할 수 있다. 이는 곧 인간은 원래 주인 또는 노예이어야 한다는 것을 의미한다. 즉 주인 '그리고' 노예, 이 양자가 없는 곳에서는 어떠한 현실적 인간도 존재하지 않는다(인간적으로 존재하기 위해서는 적어도 두 명의 인간은 있어야 한다). 그리고 세계사, 즉 인간들과 인간의 자연과의 교호작용 사이에서 일어나는 상호작용의 역사란 전투적 주인과 노동하는 노예 사이의 상호작용의 역사이다. 그러므로 역사는 주인과 노예 사이의 구별 대립이 해소되는 순간, 즉 노예가 더 이상 존재하지 않음으로써 주인이기를 멈춘 순간에, 또 더 이상 주인이 없으므로(게다가 다시금 노예가 주인으로 되지는 않는다. 왜냐면 더 이상의 노예가 없기 때문에) 노예도 노예이기를 멈춘 순간에 정지하게 된다.
— A. 코제브, 『역사와 현실변증법―헤겔 철학 입문』, p.81

주인―노예의 상호작용이 정지되는 순간을 헤겔은 나폴레옹이 예나를 점령했을 때라고 못박고 있더군요. 이른바 역사의 종결, 자유의 실현 말이외다. 그런데 궁금한 것은 유럽 중심주의라는 것, 역사의 종언 이후에도 세계 1차, 2차대전이 있지 않았던가. 이 난해한 헤겔이기에 콜라주 드 프랑스에서 러시아 출신 망명객 코제브의 헤겔 특강을 바타유, 메를로 퐁티 등 프랑스의 일급 두뇌들이 두 해 동안 경청했다고 들었소만. 선생은 시방 6·25를 자유의 실현, 곧 '주인―노예 변증법'으로 보고자 하는 모양이지요. 아마도 어떤 의미에서는 6·25란 '역사의 종언'의 그림 자랄까, 그런 적극적 의미.

(주): 그렇다면 6·25를 대리전쟁이라 주장하는 작가의 의도와 정반대다, 말이 되느냐! 그런 질문이겠는데요. 그렇다고도 하는 것은 아닙니다. 다만 우씨 가문을 문제 삼을 때 헤겔의 주인—노예 변증법을 떠올리게 된다는 점, 그럴 때 모종의 돌파구가 있을 수 있다는 것. 6·25를 적극적으로 해석할 수밖에 없는 이유를 찾겠다는 것. 그만큼 6·25란 단순한 역사적 사건 이상이라는 것. 그런 의미를 뜨내기들이 아닌 뿌리를 둔 가문을 통해 증명할 수밖에 없다는 것. 말을 바꾸면 추상적 설명이 아닌 구체적 증거가 요망될 때 비로소 증거의 단위가 될 수 있다는 것.

(객): 동막 선생을 인민재판에서 구출한 것은 박한익이었지요. 그 막내인 애꾸 우효석은 총살되고. 박한익은 암자에 동막 선생을 숨겨놓지요. 이런 행동은 모두 평소 연모해 마지않던 그 집 딸 우효진을 얻기 위한 수단이었지요. 꼼짝 못하는 주인 동막이 바야흐로 그 딸과 더불어 주인임을 중단하는 사태에 직면합니다 그려. 모든 생활품, 정보 등을 갖고 있는 박한익과 두더지 신세가 된 우씨 가문의 대조가 선명합니다. 동막 우동준의 의식 속에는 박씨 가문의 계층적 의미가 다음처럼 투명하게 드러납니다.

그러나 이렇듯 거칠고 불편하게 살아온 그들 앞에, 갑자기 법과 질서가 일시에 무너진 대혼란의 전쟁이 찾아왔다. 그들은 전쟁이 터지자 겁을 먹거나 주눅이 들기는커녕 마치 제철 만난 들새나 메뚜기처럼 갑자기 분주해졌고 움직임이 기민해졌다. 그들의 눈에는 세상 도처에 임자 없이 버려진 이익과 기회들이 널려 있었다. 질서가 잡힌 평화시에는 언

제나 징벌과 대가가 뒤따르던 이익이나 기회들이, 지금은 눈 닿는 곳곳
에 아무런 단도리 없이 벌거벗은 여자처럼 지천으로 널려 있는 것이다.
우 대인은 그들이 이런 이익들에 얼마나 목말라하며 침을 흘려왔던가를
상상할 수 있다. 그들은 어렵고 가난했기에 작은 이익에도 침을 흘렸고
거두어준 따뜻한 손길이 없었기에 작은 인정에도 감격했고, 줄곧 꾸지
람과 징벌만 받아왔기에 강한 힘을 행사하는 권력에도 남다른 매력과
애착을 느꼈다. 그러나 이제 그 모든 이익과 기회들을 이들 삼형제는 그
들의 재주껏 얼마든지 얻어 가질 절호의 기회를 맞이했다. 그들의 욕망
을 막을 사람은 이 세상에 아무도 없었다. 역사는 이미 낡고 오래된 한
장(章)을 떠나 다음 장의 새로운 주인공인 그들을 편들고 있는 것이다.

— 『남과 북』 2, pp.123~124

과연 6·25란 주인—노예 변증법의 장면으로 볼 수도 있겠습니
다 그려. 노예 박씨 가문과 부호이자 기품 있는 조선 선비 동막
우동준 가문의 역전 현상. 그 한가운데 놓인 잣대랄까 평형추가
6·25라는 것. 이 평형추가 결정적으로 박씨 가문으로 기울기
시작하는 계기가 바로 박한익과 우효진의 결혼이겠는데요.

(주): 잠깐. 지금 우리가 가려내야 할 중요한 사안이 있습니다. 곧
6·25의 이념으로서의 남북 대결과 위의 변증법이란 그 차원이
다르다는 것. 공산주의 혹은 사회민주주의와 자본주의 혹은 자
유민주주의의 대립. 갈등이란 어디까지나 이데올로기(추상적·
관념적인 것), 곧 이념의 차원이라는 것. 거기에다 대고 어느 편
이 옳다/그르다라든가 선악을 잴 수는 없는 노릇이지요. 6·25
란 이 점에서 보면 환각의 일종. 승패도 없는 적당한 거리의 살
육일 뿐. 그 이상도 이하도 아닌 것. 여기다 대고 나만 억울하다
운운은 무의미한 것. 요컨대 그런 것은 정치적 과제에 속하는

것. 이에 비해 계층 문제란 다른 차원입니다. 실상 소설 『남과 북』에서도 잘 드러났듯 6·25란 맥아더와 펑더화이의 전쟁, 미국과 중국(소련)의 냉전체제라는 정치적 차원이었을 뿐. 『남과 북』에서 가장 큰 소설적 성과란 박씨 가문 대 우씨 가문의 변증법적 관계에서 찾아야 되겠지요. 작가의 의도와는 관계없이 말이외다. 『남과 북』이라는 큰 얼굴을 내걸 것이 아니라, 당초 계획대로 '6·25'라 하는 것이 좀 더 막연한 대로 그 특이성을 함의케 하지 않았을까.

5. 뜨내기 집안과 뿌리의 가문

(객): 선생이 어째서 '뿌리'를 내세웠는지 이제야 짐작이 갑니다. 소설 서두에 가장 큰 얼굴로 등장하는 설씨 가문(설규헌 박사)의 장남 설경민을 선생은 대수롭게 여기지 않는바, 그 이유를 조금 알 것 같소. '뿌리'가 아주 없는 것은 아니지만 매우 약하거나 어쩌면 '뜨내기'랄까 부유층에 가깝다고 보았음에서 온 것. 맞습니까?

(주): 설 박사는 초로의 중년 신사. 아내가 죽고 서산댁과 아들 설경민, 대학을 나와 집에서 지내고 있는 딸 소영이 가족 전부입니다. 설 박사는 동막 선생과 사제관계이며 또 대학 동창인 공산주의하의 남포에 사는 한준모의 아들 한상혁을 돌봐주고 있는 인물. 그는 서울 한복판 조용한 한옥에서 살고 있소. 그 아들 설경민은 P신문 외신부장으로 근무하고 있고. 그야말로 태평천하. 그렇지만 잘 따져보면 세 가지 점이 불투명합니다.

첫째, 설 박사가 동양사를 전공했다고 하나 무엇으로 박사가 되었는지, 그의 본명이 설규헌이지만 그 선대가 어떤 가문인지 아무런 실마리가 없다.

둘째, 아들 설경민이 어째서 불구의 다리를 가졌는가에 대한 어떤 해명도 없다. 다만 그것이 선천적인 것이 아니라는 것 외에는.

셋째, 이 점이 가장 중요한데, 어째서 설경민이 영어를 유창히 하게 되었는가에 대한 어떤 언급도 없다.

(객): '뿌리' 없다고 할 수 없으나 부동층이랄까 뜨내기층에 가깝다고 선생은 보는 모양인데, 그러고 보니 박씨 가문이나 우씨 가문과 비교해보면 그렇기도 하군요. 그렇다면 작가는 어째서 설경민을 간판 격으로 내세웠을까요.

(주): 좋은 질문. 6·25를 세계전쟁으로 부각시키기 위한 소설적 장치라는 사실이 그것. 미국 특파원과의 교유, 통역관으로 평양까지 가기, 또 직업군인 오영탁 대위(훗날 대령)의 처 강윤정과 세 번씩이나 간통하기(『남과 북』 2, p.90) 등등, 종횡무진하는 설경민이란 그야말로 허깨비와 흡사한 존재. 후천성 다리 불구란 이 점에서 뜨내기의 소설적 인물에 다름 아닌 것.

(객): 지팡이를 짚고 임시수도 부산, 인민군 치하의 서울 등 남북전선을 누빈다?

(주): 바로 그 지팡이. 소설 구성상 설경민을 내세워 미국 및 저널리즘의 6·25 여론을 기능적으로 보이기 위한 장치였을 터이나, 그것이 기껏해야 '상식 수준'에 지나지 않으니까 난처하지요. 작가의 어설픈 의견 개입용이니까 허수아비꼴.

(객): 그런데 그 지팡이로는 감당할 수 없는 곳에까지 이르는데요.

(주): 좋은 지적. 바로 최선화의 등장. 포로(여자 간호보조원이자 인
천의 병원에서 생포된) 최선화를 설경민이 심문하는 장면.

　　　"당신이 누군지 이름부터 말해주시오."
　　　"최선화예요."
　　　"나이는?"
　　　"열아홉."
　　　"본적은?"
　　　"개성이에요."
　　　"인민군대에는 언제 입대했소?"
　　　"전 군인이 아니에요. (…중략…) 계급은 없어요. 전 보조간호원이
에요."

—『남과 북』 2, p.171

　　고등 여학생 최선화를 묘사함에 미군들은 한결같이 난생처음으
로 본, 한국인 중 최고의 미녀로 보고 있군요. 실감 없는 수사학
이지요. 심지어 자칭 시인이라는 미군 프레쳐는 당장 결혼하겠
다고 덤빌 정도. 설경민이 가로채 동침하고 버렸더니 덜컥 그녀
가 임신했고 아들 진철을 낳았다는 것. 설소영이 이 사실을 알고
귀띔합니다. 최선화는 양공주가 되어 아들을 키우다 자살했고,
아들 진철만 설소영이 거둡니다. 기둥서방인 미군에 대들다 설
경민은 총에 맞아 불구의 다리가 더욱 불구가 되고, 결국 아들만
거두게 된다는 것.
(객): 선생은 설경민과 최선화의 관계를 일종의 멜로드라마로 보고
자 합니다 그려. 6·25가 낳은 뜨내기 지식인의 센티멘털리즘이
라고. 당초 불구의 다리여서 지팡이로 누비던 설경민이 이젠 진

짜 다리 병신이 되었는데도 말입니다.

(주): 설 박사가 납북당하고 바야흐로 대가 끊길 설씨 가문에 최선화로 말미암아 아들을 얻었다는 점에서 보면 '뿌리'가 약하긴 해도 인정되어야 할 가문의 하나로 될 만합니다. 특히 아들을 결국 고아원에 보내긴 해도.

(객): 그러니까 우씨 가문이나 박씨 가문의 확실한 뿌리에 비해 준(準) 뿌리 정도는 된다는 뜻이군요. 실상 6·25를 겪으면서 아들 세 명이 태어납니다. 박한익과 우효진 사이에 난 아들이 가장 확실하겠지요. 두 번째로는 설경민과 최선화 사이에 난 진철. 아비만 달랑 남고 어미는 죽고 없는 상태. 이모 설소영이란, 실상 어미 노릇을 위한 복선이었던 모양세지요. 고아원 경영 운운하면서 뛰어다니는 여인이었으니까. 그런데 또 하나의 아들이 태어났군요. 공대 출신의 인민군 소좌이자 간첩으로 남파된 문정길과 그와 접선한 고정 간첩이자 간호원인 조명숙이 처형 직전에 아들을 낳았으니까.

(주): 아들은 세 명이 태어났고, 딸도 한 명 태어났지요. 민관옥이 낳은 딸 신은경. 1953년 7월 28일생. 휴전 바로 다음날. 의대를 나와 월남한 신동렬이 군의관이 되어 병원을 누비며 대위까지 오릅니다. 그를 사랑한 형수 민관옥 사이에 난 아기가 딸이군요. 그런데 신 대위는 실명 상태. 죽을 기회만을 엿보고 있는 형편. 신 대위의 부상은 단지 교통사고. 앰뷸런스와 탄약 수송차와의 정면충돌. 아기 엄마 민관옥은 본적 평남, 나이 29세.

(객): 네 명의 아기 중 가장 안전한 뿌리가 박과 우씨 가문의 아들이고, 그다음이 아기 설진철, 세 번째가 문정길과 조명숙의 아들.

어떤 경찰의 양자로 입적했으니까. 그렇다면 네 번째인 신동렬, 민관옥의 딸 신은경은 어째야 했을까. 어미 민관옥이 뚜렷이 발을 딛고 있느냐에 따라 운명이 결정나겠지만 선생의 시선에서 보면 가문 축에는 들 수 없겠지요. 그러고 보니 『남과 북』의 제목이 문득 떠오릅니다 그려.

(A) 박씨, 우씨 아들은 남한끼리, 곧 버드내의 소산인 것.
(B) 설씨, 최선화의 아들의 경우는 남과 북의 혼혈아.
(C) 문정길, 조명숙의 아들은 북한끼리의 경우.
(D) 신동렬, 민관옥의 경우도 북한끼리의 경우.

그러고 보니 1 대 2의 비율이고 다만 그 중간형으로 설씨 쪽이 끼어 있군요. 제목 '남과 북'이란 조금 어색하군요. 설씨 쪽만이 이 제목에 어울리는 것 아닙니까. 물론 박노익 상사 중심으로 오영탁 대령, 최완식 소위, 손정남 소위, 허세웅 일등중사, 변칠두 상사, 또한 한상혁, 모희규 소위 등이 담당하고 있는 최전선이 작품의 절반을 차지하고 있으니까. 또 이것은 장편 『D데이의 병촌』(1966)을 쓴 이 작가의 전문 영역이니까 활달할 수밖에요. 그렇더라도 그것은 남쪽 군인만의 일방적인 것이니까.

(주): 내가 당초부터 '뿌리'를 문제 삼았지요. 전쟁이 아무리 처참해도 일시적 현상이라는 시각을 기린 탓이지요. 남한 최고의 사실주의 작가 염상섭은 6·25를 『취우』(1953)라 규정했지요. '소낙비'에 지나지 않는다는 것. 햇빛이 나면 빗방울 흔적만 조금 남는다는 것. '남과 북'이라는 소설 표제엔 나도 내키지 않습니다. 당초 『세대』지에 연재할 때의 표제 「육이오」(1970년 9월~1975

년 10월) 쪽이 좀 더 정직하다고 봐야겠지요. 6·25란 한국만이 사용하는 명칭이니까. 한국은 '전쟁'이란 용어를 공식적으로 쓴 바 없습니다.

헌법상 선전포고는 국무회의의 의결을 거쳐 대통령이 행할 수 있었는데 그러한 조치가 취해진 바 없었다. 당초 우리 정부로서도 국제법상의 전쟁이기보다 북괴군의 침공, 내전이라고 막연하게 생각했던 것 같다.
— 정일영, 「한국전쟁의 국제법적 성격」, 『계간 현대사』 창간호, 1980.11, p.51

북한이 '조국해방전쟁', 미국이 '한국전쟁', 중국이 '항미원조전쟁'이라 했음과 다른 인식이 아닐 수 없지요. 임진왜란처럼 관습의 일종, '동란'이라는 인식에 근거된 것이지요. 국방부 통계로는 한국군 전사 및 부상자 306,866명, 미군 전사 33,629명, 미군 부상자 80,538명, 한국 민간인 사망자 1,060,968명, 북한군 및 중공군 인명 피해 약 250만 명으로 되어 있습니다.(『코리아헤럴드』, 1980.6.24) 또 민간인 피해자를 계산한다면 약 200만 명으로 추산할 수 있다고 했지요.

(객): 선생은 '육이오'라는 당초의 제목도 무리였다고 보는군요. 요컨대 총체적인 6·25를 다루기엔 누구도 무리수라는 것이겠는데요. 그렇다면 어째야 한단 말인가요.

(주): 할 수 있는 한 있는 그대로, 자기가 보고 감당한, 또는 자기 식의 인식을 그려낼 수밖에요. 총체성보다 이 개인적 인식 쪽이 서사적 확신성이니까.

(객): 선생이 '뿌리'를 강조한 뜻도 거기서 나온 것이겠습니다 그려.

(주): 『태백산맥』(조정래)과 비교해보면 이 점이 선명해집니다. '뿌리' 말이외다. 이 대하소설의 배경은 전남 벌교(筏橋)이지요. 어째서 벌교여야 했을까. 다시 말해 벌교가 아니고는 절대로 씌어질 수 없지요. 벌교에 가보시라. 나카시마 일본인 지주 집과 조선인 지주 김범우의 집이 그대로 남아 있습니다. 갯땅을 개간하기 위해 간척사업을 벌인 일본인이 지주로 군림했던 것. 그 노동에 동원된 숯막 화전민들이 소작인으로 모여들었고, 해방이 되자 좌우익 싸움이 치열해질 수밖에. 소작인(농민)의 빨치산화가 가능한 지역이었지요. 진영을 배경으로 한 김원일의 『노을』(1978)도 오사카 하스마 재벌이 낙동강 둑을 쌓아 옥토를 만들었고, 그 지주가 사라진 해방공간에서의 좌우익 투쟁이 치열해질 수밖에요.

(객): 요컨대 '뿌리'가 확실해야 한다는 것. 그러고 보니 『태백산맥』의 제일 큰 뿌리가 염상진이겠는데, 그 뿌리는 화전민(숯막)으로 살다 간척사업에 뛰어들어 소작인이 된 후손. 사범학교를 나와 소작쟁의를 주도하고, 옥살이를 했고, 해방을 맞습니다. '계급이란 핏줄보다 강하다!'라는 신념의 사내.

"범우 자네 맘 내가 다 알어. 허나, 나는 자네하고는 피가 다르네."
염상진은 중얼거리듯 이 말을 남기고 급히 밖으로 나가버렸다.
— 조정래, 『태백산맥』 1, 한길사, 1986, p.76

보십시오. 계급을 '피'로 단정하고 있지 않습니까? 6·25가 내전이라는 것, 곧 계급전쟁임을 이처럼 강력히 내세운 소설은 일찍이 없었을 터.

(주): 또 하나의 확실한 뿌리가 대지주의 차남 김범우. 주목할 것은 이 인물이 이른바 학도병 출신이라는 것. 『태백산맥』에는 학도병 출신 세 명이 큰 몫을 합니다. 김범우, 박두병, 심재모가 그들. 실상 따지고 보면 학도병으로 나가 버마전선에서 탈출, 미군 OSS(미군 전략정보기관) 훈련을 받고 귀국한 실제 인물 박순동의 변형들이지요. 이 박순동이 바로 작가 조정래의 외삼촌이었던 것.(졸고, 「『태백산맥』과 학병 출신의 세 인물론」, 『한국문학』, 2012년 봄·여름호) 이처럼 벌교라는 지역과 인물들의 뿌리가 실물에 육박하는 생동감으로 다가오지요. 김범우가 벌교에서 서울로, 미군 통역으로 평양까지 갔고, 또 포로 신세가 되어 거제도 수용소까지 갔지만, 반공포로 석방으로 결국 벌교로 되돌아옵니다. 그러기에 『태백산맥』이지 『육이오』는 물론 『남과 북』이라 하지 않았지요. 이에 비할 때 『남과 북』은 어떠한가. 버드내[柳川洞]란 실로 애매모호한 곳이지요. 서울 근교의 P군에 내속된 한 읍내를 가리키는 것. 남한이긴 해도 어디인지 아무런 뿌리도 없지요.

유천동은 일명 버드내라고도 불리는 인구 약 200여 호의 평범한 농촌 마을이다. 마을에는 큰 건물로 분교(국민학교)와 정미소, 공회당 따위가 있고 사철 마르지 않는 버들천이라는 큰 개천이 마을을 크게 싸안아 서에서 동으로 흐르고 있다.

— 『남과 북』 1, p.65

뿌리치고는 너무 초라하지요. 진영이나 벌교에 비해보시라. 그럼에도 이곳이 『남과 북』에서는 가장 확실한 '뿌리'로 군림하고 있음이란 새삼 이 작품의 위상을 드러낸 형국이라고나 할까.

(객): 그럼에도 선생은 뭔가 아직 숨기고 있는 것이 있어 보입니다
그려. 6 · 25가 ‘대리전쟁이냐’, ‘내전이냐’의 문제.

(주): 그렇소. 제일 중요한 질문이겠는데요.

6. 내전이냐, 대리전쟁이냐

(객): 제가 알기에 선생은 4 · 19세대가 아니고, 『광장』(1960)의 작가
와 더불어 전후세대이지요. 선생의 자전 에세이 『내가 살아온
20세기 문학과 사상』(2005)에 보면 선생은 대학 이학년 때(1957)
자진 입대(29사단 수색대)한 것으로 되어 있던데요. 그런 세대에
게 6 · 25란 어떤 것이었을까. 바로 여기에서 본론이 시작되겠습
니다 그려.

(주): 거창하게 전후세대까지는 아니더라도 내 개인적인 체험은 조
금 말해볼 수 있습니다. 하버드 옌칭 장학금으로 도쿄대학 외국
인 연구원(1970~1971)으로 간 서른네 살의 젊은 국립대학 조교
수인 나의 의식을 지배한 것은 반공(反共)이었지요. 반공을 국시
(國是)로 한 나라의 교육 공무원이었으니까 너무도 당연한 일.

(객): 연구 목적은 이광수 연구였을 테죠. 초기 일본 유학생들의 삶
의 복원, 영향관계, 요컨대 육당의 꾐에 빠져 대책도 없이 현해
탄을 건넌 소년배의 의식의 복원을 연구하기 위함이었을 터.

(주): 그들 유학생의 의식을 지배한 것은 ‘네 칼로 너를 치리라!’의
명제였던 것. 사라진 민족(국가)이 모든 것을 지배하고 있었으니
까. 어떤 사안도 조선 민족의 시선에서 바라보았음이었소. ‘국

화인형 사건’, ‘모의국회 사건’ 그리고 ‘2·8 독립선언’ 등이 이를 증거하고 있었지요. 국립대의 젊은 조교수의 의식 구조와 한 치도 다르지 않았음의 발견이야말로 놀라움이었던 것.

(객): 실상은 그 조교수가 이광수 등을 그런 시선으로만 보고자 하지 않았을까요? 일본이라는 압도적 선진강국 속에 알몸으로 노출된, 6·25의 폐허 속에서 가까스로 몸을 추스른 나라의 조교수였으니까. 그래서 무엇이 제일 충격적이었을까요. 설마 아카몬(赤門) 앞에서 데모용 용품 상인과 고객 학생들 간의 거래라든가, 이를 지켜보고 있는 경찰들의 담담한 표정 따위는 아니었을 터.

(주): 제일 충격적인 것은 일본 지식인의 교주급에 놓인 마루야마 마사오(丸山眞男, 1914~1996) 도쿄대 법학부 교수의 발언.

[이 전쟁이 북쪽이 일으켰는가 남쪽이 일으켰는가는] 별로 중요한 것이 아니다. 어느 쪽이 다른 쪽을 침략했다기보다 어느 쪽이 먼저 손을 써도 이상할 것 없는 상황이었다는 것이 중요한 것이어서 (…중략…) [미국이] 도발해서 북이 최초에 강공으로 나왔다고 말하지 못할 바도 아니다.
—『丸山眞男集』15, 岩波書店, pp.327~328

『일본 정치사상사 연구』(1952), 『현대정치의 사상과 행동』(1964) 등의 아카데믹한, 독보적인 대가 마루야마 교수의 이런 발언을, 당시의 젊은 조교수가 어찌 감당할 수 있었겠는가. 어림도 없는 일(소련 붕괴 후, 진상이 만천하에 드러나기 무려 이십여 년 전이었으니까).

(객): 아무리 마루야마 교수가 대단해도 이를 용납할 수 없다, 사기꾼인지 모르겠다, 그런 생각이 앞섰던 모양이지요. 아마도 그때

의 젊은 조교수는 정치 공부가 부족한 아마추어였다고나 할까. 수심(水深)도 모른 채 육당의 꾐에 빠진 무수한 선배 소년배에 지나지 않았으니까요. 용케도 그 조교수는 현해탄을 되돌아올 수가 있긴 했습니다 그려.

(주): 수영을 배우기도 전에 바다에 던져졌다면 온몸으로 헤엄칠 수밖에요. 그렇다고 해서 수영법을 극복했다고 할 수 없지요. 가령 훨씬 훗날 나는 다음 두 가지에 부딪혔지요.

(A) 1950년의 전쟁에서 제기된 기본적 이슈들은 해방 직후 삼 개월 동안에 이미 나타난 문제들이었으며 그러한 문제들 때문에 1945~1950년 사이의 공개적 싸움에서(농민 봉기, 노동 투쟁, 게릴라전 그리고 삼팔선에서의 소규모 전투 등) 10만 명 이상의 사람들이 숨져갔던 것이다. 즉 한국전쟁이 일어나기 전에도 똑같은 문제로 이미 싸움은 시작되었다고 볼 수 있다. 달리 말하면, 투쟁 양상은 성격상 내란이나 혁명이었고 그것은 1945년 해방 직후 시작되었으며 혁명과 반혁명의 변증법을 통하여 진행되었다. 1950년 6월의 재래전의 개시는 단지 다른 방법에 의해 해방 직후의 싸움을 계속하는 것이었다.
　　　　— B. 커밍스, 김주환 옮김, 『한국전쟁의 기원』, 청사, 1986, p.14

(B) 조선전쟁에서 누가 먼저 발포했는가에 대해서는 조선 측과 한국 측이 서로 상대방에 책임을 돌린다. 이 문제에 대해 저우언라이(周恩來) 총리가 1953년 전미협상회의에서 행한 조선전쟁에 관한 보고 속에서도 언급하기를 피했고 펑더화이가 1956년 내부에 항미원조(抗美援朝)의 총괄을 행했을 때도 피했다. (…중략…) 전쟁의 발발 원인 배경은 정치·경제·군사 등 다방면에 걸치는 것으로, 이들을 통합해서 비로소 진실의 역사를 재현할 수 있다. 누가 먼저 발포했는가의 문제는 기껏 전쟁의 도화선의 범주이다.
　　조선전쟁에 대해 말할 것 같으면 먼저 발포한 것이 이승만이든 김일성이든 그 전쟁은 내전이었다. 우리들은 일찍이 국민당과 공산당의 내전에서 누가 먼저 발포했는가를 문제 삼은 바 없다. 가령 중국 공산당이 먼저 국민당에 대해 발포했다고 해도 인민을 억압하고 있던 국민당 측에 정의가 있었다고 할 수는 없다.
— 朱建榮, 『毛澤東の朝鮮戰爭』, 岩波現代文庫, 2004, pp.20~21

이론적으로, 그러니까 논리적 수준에서는 아무리 속 빈 젊은 교수도 이해하지 못할 바는 아니지만, 체험적 측면인 감정적·정서적인 쪽에서는 여전히 납득할 수 없었지요. 이성과 감정, 논리와 체험의 모순 갈등에서 벗어나기 어려웠지요. 모르긴 해도 내가 속한 전후세대에서는 알게 모르게, 또 많건 적건 간에 이 모순에서 자유롭기 어렵지 않을까 싶습니다만.

(객): 선생이 어째서 여기까지 얘기를 끌고 왔는지 조금 짐작이 갑니다. 바로 세대감각이겠는데요. 개인은 물론 그 자체로 고유한 측면이 있겠지만 그는 또 종(種)의 일환이며 그 상위개념엔 또 인류(국가)라는 유(類)의 개념이 있습니다. 이를 세속적으로 보면 개(個), 종(種), 유(類)겠는데, 만일 변증법을 문제 삼을 땐(역사의 진행) '종' 개념이야말로 지렛대 역할을 맡는 곳이지요. 세대감각이란 이 '종'에 내속된 것이 아니었을까요. 선생이 그토록 감복한 니시다 기타로(西田幾多郎)와 맞먹는 다나베 하지메(田辺元)의 『종의 논리』(1934~1939)에 기대면 인류적 국가와 개인 사이에 놓인 '종'이야말로, 1930년대에 대두한 나치즘(파시즘)과 근대의 초극 문제 사이에 끼어 어떤 몫을 할 것인가에 대한 철학사적 과제였을 터. 민족주의에 입각한 전체주의 운동을 비판하고, 그렇다고 마르크스주의적 방법도 아닌, 민족주의의 발생터인 종

적(種的) 기체(基體)라는 것을 철저히 변증법적 발전으로 이끌어
내기였다는 것. '개'의 자유국가의 압력, 그 속에 낀 '종'의 몫이
야말로 철학의 과제라고 했을 때 세대감각이란 무엇인가. 6·25
를 가운데 둔 전후세대에게는 논리와 감정, 이성과 비이성 사이
의 화해할 수 없는 모순이 아닐 수 없는데, 이 모순을 해결할 방
도가 없다는 것입니까? 다시 말해 선생은 6·25에 대한 모순적
인식을 도대체 지금껏 어떻게 소화해왔던가요. 곤란하다면 대답
하지 않아도 좋습니다만.

(주): 이렇게 말해도 되겠는지요.

    이성의 무제약적 보편성은 단지 추상적인 보편성이 아니고 구체적인
전체성이 아니면 안 된다. 그것은 객관적 존재로서의 자기의 궁극적인
규정이 모순을 머금은 이율배반에 빠진 결과 자기가 무(無)에 돌아가는
것에서 말미암으며, 도리어 주체적으로 현실 그것이 전체로서 자기를 채
우고 자기, 즉 현실로서 무제약적 보편성을 성립시키지 않으면 안 된다.
         — 田辺元, 『種の論理』, 田辺元哲學選, 岩波文庫, 2010, p.340

    요컨대 이성과 비이성의 모순을 통일하는 방도를 찾아야 되겠
지만 공부가 부족해서 이에 미치지 못한다면 차라리 모순을 그
대로 안고 살아갈 수밖에 없지 않겠습니까. 6·25에 대한 내 인
식이란 논리와 비논리에 낀 부싯돌과 같은 것. 그러한 한 가지
상징물이지요. 이를 사랑할 수밖에 무슨 방도가 있으랴.

(객): 6·25가 내전이냐, 대리전쟁이냐의 접점에 놓인 것도 사정은
마찬가지. 요컨대 선생은 '불가지론자'입니까.

(주): 그것과는 성격이 다르지요. 6·25가 내전이냐 아니냐, 대리전

쟁이냐 아니냐의 문제란 어디까지나 논리적으로 따져보아야 하겠지요. 그렇지만 거기에는 한계가 있는바, 그게 세대감각이란 말입니다. 4·19세대의 역사감각에서 6·25는 위의 어느 쪽에 기울어지는가, 386세대에겐 또 어떠한가 등등의 무게중심 이동의 척도가 세대감각이라는 것이죠. 가령 『남과 북』의 작가(1937~2008)는 이른바 4·19세대에 속하지 않습니까. "『남과 북』은 냉전체제의 이데올로기가 서슬 푸르게 살아 있던 1970년대에 씌어진 작품이다. (…중략…) 공편한 표현이 허용되지 않을 바에야 다음날을 기약하고 북한 쪽 이야기를 유보하는 길밖에 없다."(『남과 북』 1, p.6)에서 보듯 전형적 4·19세대 감각이지요. 선우휘처럼 전쟁 속에 뛰어든 세대와는 크게 다른 것입니다. 4·19 세대에게 6·25란 직접적 체험의 영역이기보다는 간접적 체험의 영역일 뿐. 따라서 서사적 형식에 못지않게 해석적 측면에 의존하게 됩니다.

(객): 요컨대 이성, 비이성의 모순성이 없거나 그런 고민의 밀도가 얕다는 것.

(주): '과거는 미완결이며 어떤 역사서술도 다시 고쳐 쓰지 않으면 안 된다'라는 말이 있지 않습니까. 사실과 허구 사이의 판단이 서지 않는다는 것 말이외다. 내가 문제 삼은 세대감각도 이에 내속되어 있습니다.

7. 순교자와 신 목사

(객): 지금까지 이런저런 핑계를 내세워 마치 자기는 브루스 커밍스

나 마루야마 마사오 또는 『모택동의 조선전쟁』의 저자처럼 흡사 제삼자의 무대 위에 자리를 잡고 앉아 『태백산맥』이 어떻고 『남과 북』이 어떻다는 둥 논리와 체험의 모순성을 도도히 펼쳤습니다 그려. 가소롭다면 가소롭고 치졸하다면 또 그런 경우가 아닙니까. 선생은 뭣을 믿고 그런 도도한 태도를 취할 수 있습니까. 옛날 로마 시대 원형 극장에서 검투사들의 경기를 구경하는 특등석에 앉아 있다니. 그런 비판을 어떻게 감당하고자 덤비고 있습니까.

(주): 참으로 듣고 싶은 비판입니다 그려. 바로 지적하신 그대로입니다. 이론과 체험의 모순이라고 떠벌렸지만 그 둘을 그대로 수용할 수밖에 없고, 그래야 '정체성'이 확보된다고 했지만 따지고 보면 내가 고집스럽게 선 자리는 이론 쪽에 무게중심이 기울어져 있었던 것. 왜냐면 나는 논리라든가 이론조차도 밀도 있게 이해한 축에 들지 못했으니까. 내가 그토록 싫어해 마지않던 마루야마 마사오 교수의 다음 장면의 깊이조차 미치지 못했으니까.

본래 이론가의 임무란 현실과 일거에 융합하는 것이 아니라 일정한 가치기준에 비추어서 복잡다양한 현실을 방법적으로 정서(整序)함에 있다. 따라서 정서된 인식은 아무리 완벽한 것일지라도 무한히 복잡다양한 현실을 송두리째 쌀 수 있는 것이 아니다. 그것은 이른바 이론가 스스로의 책임에 있어서 현실에서, 아니 현실의 미세한 일부로부터 의식적으로도 그렇게 거드름 피워온 것이다. 따라서 이론가의 눈에는 한편으로는 엄밀한 추상의 조작에 기울어지면서 다른 한편에서는 자기의 대상의 외변에 무한한 광야를 이루며 그 가장자리는 박명 속에서 사라져 가는 현실에 대한 '단념'과, 조작의 과정에서 떨어져 나가는 소재에 대한 '애처로움'이 끊임없이 동반된다. 이 '단념'과 남겨진 것에의 감각

이 자기의 지적 조작에 대한 엄한 윤리의식을 배양하고, 나아가 에네르
기슈하게 이론화를 추진해가고자 하는 충동을 환기하는 것이다.
— 丸山眞男, 『日本の思想』, 岩波新書, 1966, p.60

아름다운 문장 아닙니까. 이론가치고 그 누가 이 앞에서 감히
토를 달 수 있으랴. '사기꾼' 마루야마는 이만큼의 자리에서 6·
25를 논했을 터.

(객): 과연 아름답군요. 진리란 아름다운 법이라는 것. 그렇지만 6·
25를 문제 삼는 한 그는 제삼자 아닙니까. 설사 덜 아름답고 거
칠더라도, 당사자의 6·25가 소중한 법이겠지요.

(주): 좋은 지적. 그런데 그 점에서도 나는 크게 미치지 못했지요.
가령 다음 시구를 따르기엔 내 체험이 너무 죄 없는 자기 기만의
형국이라고나 할까.

그리고 나는 괴로워하는 장중한 대지(大地)에게 숨김 없이 내 마음을
바쳤다. 그리고 때로 거룩한 밤에 나는 대지를 향하여, 죽음에 이르기까
지 두려움 없이, 성실하게 대지와 그의 숙명의 무거진 짐을 함께 사랑해
주마고 약속했다. 그리고 또 그의 어떤 풀 수 없는 수수께끼도 멸시하지
않으마고 다짐했다. 이리하여 나는 죽음에 이르기까지의 유대로써 대지
에 연결되었던 것이다.
— 횔덜린, 「엠페도클레스의 죽음」, 곽광수, 『문학·사랑·가난』,
민음사, 1978, p.163

(객): 아, 횔덜린의 그 시는, 6·25를 다룬 김은국의 영문 소설 『순교
자(The Martyred)』(1964)의 속표지 안의 헌사가 아닙니까. 또한
"그의 '이상한 형태의 사랑'에 대한 통찰이 나로 하여금 한국전

선의 참호와 벙커에서의 허무주의를 극복게 해준 알베르 카뮈에게"라는 헌사도 같은 문맥에 놓이는 것이겠는데요. 선생은 앞의 헌사에서 무엇을 감지해냈습니까.

(주): '대지'이기보다는 '수수께끼' 쪽입니다. '그 다음 헌사에서는?' 하고 묻지 마십시오. 바로 카뮈에서 옵니다. '이상한 형태의 사랑'이 바로 '수수께끼'인 까닭.

(객): 조금은 알 만합니다. 두루 아는바 카뮈는 『페스트』에서 보듯 비기독교인지요. 그러나 기독교를 믿지 않으면서도 성자(聖者, saint)가 될 수 있다고 주장했던 것. 신을 믿지 않으면서도 그 신의 증거자인 '성자' 개념을 인식함이란 과연 무엇인가. '그야말로 이상한 형태의 사랑'이 아닐 수 없지요. 당초 기독교의 신이란 '사랑'이 그 핵심이니까. '기독교의 신을 믿지 않으면서도 또한 믿는다', 이것이야말로 진짜 자기 모순이 아닐 것인가. 선생의 그 알량한 '이론—체험', '논리—비논리'의 모순 따위와는 비교도 안 되는 것 아닙니까.

(주): 그러기에 앞의 헌사에서 '수수께끼'에 주목했지 않습니까. '이상한 형태의 사랑'이야말로 일종의 '수수께끼'였던 것. 6·25가 났을 때 학살된 평양의 목사 열네 명 중에서(두 명만 생존, 한 명은 발광) 온전한 정신으로 신을 증거한 주인공 신 목사는 실상 신을 믿지 않는 상태였지요. 고문을 당할수록 그는 신을 증거하며 버티었고 그 때문에 살아남을 수 있었지요. 이게 '이상한 형태의 사랑'(신 없는 시대의 성자)이지요. 누가 보아도 이는 수수께끼의 하나가 아닐 수 없지요. 작가 김은국은 이 신 목사가 본 6·25를 수수께끼로 파악하고 있습니다. 신 목사가 본 6·25란 신의 존재

없이는 어떤 해석도 불가능하다는 것으로 정리됩니다.

(객): 신이 없다면 구원도 없으니까. 비참하게 고통당하는 사람들을 구하기 위해서는 '없다!'고 단정한 신의 부활 없이는 불가능한 법이니까.

(주): 신을 믿지 않으면서 신을 믿으라고 외치는 신 목사의 위선적 자기 기만 행위에 대해 정작 정보부 이 대위의 날카로운 비판이 격렬하게 쏟아졌지요. 이에 대해 신 목사의 답변은 이러합니다.

(신 목사): "날 좀 도와주시오. 내가 내 백성을, 불쌍하고 고통받는 내 교인들, 전쟁과 굶주림과 추위와 질병, 그리고 삶의 피곤 앞에 괴로움을 당하고 있는 사람들을 사랑할 수 있게 도와주시오. 괴로움이 그들의 희망과 믿음을 움켜쥐고 그들을 절망의 바다로 떠내려보내고 있소. 우린 그들에게 빛을 보여주고 그들을 기다리는 영광과 환영이 있다는 것, 그리고 그들이 하나님의 영원한 왕국에서 마침내 승리를 거둘 것이라는 확신을 주어야 합니다.

(이 대위): "희망이라는 환상을 준단 말입니까? 무덤 이후의, 죽음 이후의 환상을 주란 말입니까?"

(신 목사): "그렇소! 그들은 인간이기 때문이오. 절망은 이 피곤한 생의 질병이오. 무의미한 고통으로 가득 찬 이 삶의 질병입니다. 우린 절망과 싸우지 않으면 안 돼요. 우린 그 절망을 때려 부수어 그것이 인간의 삶을 타락시키고 인간을 단순한 겁쟁이로 위축시키지 못하게 해야 합니다."

(이 대위): "당신은? 당신의 절망은 어떡하고 말입니까?"

(신 목사): "그건 나 자신의 십자가요. 난 혼자 그걸 짊어져야 하오."

(이 대위): "용서하십시오, 목사님. 그동안 내가 지나쳤던 것 같습니다. 용서하십시오."

(신 목사): "용서할 건 아무것도 없소. 당신도 져야 할 십자가를 지닌 사람이니까!"

(이 대위): “다른 사람들은?”

(신 목사): “모두가 다 십자가를 질 수 있는 건 아니잖소? (…중략…) 그들은 십자가를 질 수 없는 사람들이고 그래서 그리스도가 필요한 사람들이오. 우린 그들에게 그들의 그리스도와 그들의 유다를 주어야 합니다.”

(이 대위): “그리고 육체의 부활도?”

(신 목사): “그렇소. 육체의 부활도!”

(이 대위): “하나님의 영원한 천국도?”

(신 목사): “그렇소. 그 천국도!”

— 김은국, 도정일 옮김, 『순교자』, 시사영어사, 1978, pp.278~279

절망에 빠진 민중에게 희망이라는 환각을 주어야 한다는 것. 이러한 ‘신 없는 성자’의 사랑이란 대체 무엇인가. 필시 신 목사는 자기의 십자가를 질 수밖에. 죄 없는 자기 기만의 대가 말이외다.

(객): 『납함』 서문에서 루쉰의 말이 문득 떠오릅니다. 안에서는 절대로 열 수 없는 무쇠 공간 속에 갇힌 사람들에게 희망을 운운한다는 것만큼 잔인한 일이 있으랴. 그들을 구출할 방도가 없이는 섣불리 희망을 주어서는 안 된다. 그렇다면 어째야 할까. 루쉰의 대답은 이렇더군요.

그러나 몇 사람이 깬다면 그 쇠로 된 방을 부술 희망이 전혀 없다고는 말할 수 없지 않은가?

그렇다. 나는 물론 내 나름대로의 확신은 가지고 있었지만 그러나 희망을 내세울 때 그것을 말살할 수는 없었다. 왜냐면 희망은 미래에 있는 것이므로 절대로 없다고 하는 내 부정을 가리고, 있을 수 있다는 그의 주장을 깨뜨릴 수는 없었기 때문이다.

— 루쉰, 이가원 옮김, 『아Q정전: 광인일기』, 동서문화사, 1975, p.11

절망에 빠진 중국 민중에게 희망을 주기 위해 글쓰기에 달려든 루쉰과, 6·25의 절망 속에 빠진 피난민에게 환각일지라도 희망을 보여주어야 한다는 신 목사의 처지는 유사한 것인지도 모르겠습니다 그려. 물론 루쉰도 자기의 십자가를 졌으니까. 그건 그렇고, 소설 『순교자』가 정통 기독교인 측에서는 곱지 않은 시선을 받았겠는데요.

(주): 당연히도 그럴 수밖에요. 『순교자』가 『뉴욕타임스』 서평란에 대서특필되자 영화계가 달려들었지요. 유현목 감독의 영화가 개봉됐을 때 기독교측 반발이 격심했지요. 신의 존재를 부정했으니까. 그중에서도 눈여겨볼 만한 비방은, 한국 기독교를 샤머니즘 수준으로 보았다는 것. 『순교자』에는, 앞에서 인용했듯 신 목사나 이 대위 등 엘리트층과 무지한 민중들로 이분되어 있다는 것. 어째서 민중들은 저들의 십자가를 짊어질 수 없는가. 신 목사나 이 대위처럼 지도자, 엘리트와 민중 사이에 그토록 선을 그어도 되는 것일까. 대체 한국 기독교의 수준을 어떻게 보고 덤비고 있는가. "이 작품은 신의 이름을 불러 노래한 무신론에 대한 한 토막극에 지나지 않는다"(황광은, 『기독교공보』, 1975.6.18~7.10.)라는 주장까지 나왔지요.(『신동아』, 1965년 8월호, pp.442~443)

(주): 한국 기독교인들의 분노도 이해함 직한데, 신을 전제한 까닭이지요. 그러나 『순교자』는 '이상한 형태의 사랑'에 주제가 놓인 것이라 번지수가 다른 물건입니다. '신 없는 성자'의 범주가 설정되었으니까. 그것이 일반인의 눈에는 '수수께끼'랄까 '신비주의'로 보일 수밖에요. 『순교자』의 결말에서 보인 다음 장면은 아

름답다고 할 밖에요.

　"내(고 군목)가 신 목사 안부를 캐고 있다는 소문은 이제 온 천막촌
(피난민촌)에 다 퍼져 있소. 한데 이상한 것은 내가 지금까지 얘길 해본
사람 중에 신 목사를 보았다는 사람이 열두엇 된다는 사실이오. 평양에
서 온 사람 가운데는 신 목사가 잘 살아 있다고 말하는 사람도 서넛 있
어요. 그 사람들 얘긴 별로 놀라운 게 아닙니다. 어쩌면 그들 얘기가 사
실인지도 모르니 말요. 하지만 장 대령이 한 얘기가 있지 않소? 또 내가
제일 어리둥절한 건, 평양 출신 아닌 사람들 중에도 신 목사를 보았다고
주장하는 사람이 꽤 많다는 점이오. 내가 말하는 것과 똑같은 사람을 만
주 북경의 한 소읍에서 보았다는 사람이 있는가 하면 서해안에서 보았
다는 사람도 있고 동해안 어느 어촌에서 보았다는 사람도 있소. 그 사람
들 말을 믿기는 어려워요. 하지만 그들은 자기네가 본 사람이야말로 내
가 묘사한 그 사람과 구구절절 들어맞는다고 주장하고 있으니 당신은
이걸 어떻게 생각하오?"

— 『순교자』, p.335

(객): 이른바 신의 존재 방식, 곧 시공을 초월한 '동시 발현 현상'이
　　　군요. 그렇다면 신 목사가 곧 신의 위치에 올랐다는 암시겠는데
　　　요. 사사건건 신 목사를 위선자로 비판하던 고 군목의 이런 지적
　　　앞에, 정작 진리 추구만 고집해온 이 대위는 뭐라 했나요?

(주): "나는 뭐라 말해야 할지 알 수 없었다"라고 했지요. 그렇지만
　　　이 대위는 마음이 "신기할 정도로 가벼워져" 피난민 무리에 끼
　　　어들었다는군요. 한 발은 역사 안에서, 다른 한 발은 역사 너머
　　　에서 끼어들어서 말이외다.

(객): 아름답기는 하나 이 대위의 말대로 "신을 가진 사람들, 그래서
　　　'아멘' 하고 말할 수 있는 사람들"의 세계 아닙니까. 신이 없는

사람, 아니 정확히는 샤머니즘으로 윤색된 우리의 전통적 신의
인식에서는 어떠할까요. 선생처럼 서양식 기독교 신으로 무장된
영문소설을 들먹일 것이 아니라, 6·25를 실제로 겪은 무력한
사람들의 원망이랄까 저주도 소중하게 느껴집니다. 6·25를 한
갓 소낙비로 비유한 염상섭의 『취우』도 있긴 하지만 6·25로 말
미암아 풍비박산이 된 집안도 셀 수 없이 많으니까. 두 오빠가
죽고, 노모는 실신하고, 집안에 달랑 혼자 남은 여자 대학생의
경우가 그런 사례.

> "아버지는 돌아가셨단 말예요. 육이오 바로 한 달 전쯤, 평화롭고 화
> 창한 날, 아들딸들이 임종을 지켜보는 가운데 편히, 무책임하게스리 우
> 리만 남겨놓고, 나만 남겨놓고 (…중략…) 그리곤 그만이에요. 어쩌면
> 그럴 수가…… 난 그 후 혼자서 많은 끔찍한 일을 겪었어요. 그때마다
> 그래도 열심히 아버지의 도움을 빌었어요. 악마도 감동할 만치 절실히
> 빌었단 말예요. 아버진 죽어서 신(神)이…… 신까진 몰라도 아무튼 초인
> 이 됐을 거라고 믿었으니까요. 그렇지만 아버진 모른 척하더군요. 우릴
> 위해 아무것도 안 해줬어요. 어쩌면 그럴 수가…… 난 아버질 미워하다
> 지쳐서 전연 생각조차 안 하기로 했단 말예요."
>
> — 박완서, 『나목』, 열화당, 1976, pp.68~69

(주): '나만 억울하다'의 처지에 있기에 6·25로 멀쩡한 집안이나 사
람들을 보면 심술이 치솟아 도무지 견딜 수 없다는 것.

> 전쟁은 아직 끝나지 않았다고, 전쟁이 몇 번이나 되풀이될 테고 그사
> 이에 전쟁은 사람들에게 재난을 골고루 나누리라고. 나는 다만 재난의
> 분배를 일찍 받았을 뿐이라고.
>
> — 『나목』, p.51

그러나 역사 안에서의 일들이겠지요. 역사 너머에서의 목소리가 없고 보면 사사건건 절박할 수밖에요. 우리의 서민층의 인내심은 '역사 안'에서 해결해야 했던 것. 실상 이 샤머니즘적 체질이 이 나라 소설의 육체였고, 그만큼 자연스럽다고나 할까요.

8. 『광장』과 『지리산』

(객): 『남과 북』에서 작가는 여러 곳에서 6·25를 두고 "이길 수도 없고 질 수도 없고 포기할 수도 없는 전쟁"이라든가, "계속 싸워라, 그러나 너무 심하지 싸우지 말라. 져서는 안 된다. 그리고 이기지도 말라"라든가, 휴전회담이 시작되자 "그들은 앞으로 이 전쟁이 총검으로 해결되지 않는다는 것을 눈치로 알고 있었다. 언제 끝날지도 모를 전쟁에 그들은 귀한 목숨을 헛되이 바칠 만큼 어리석지 않았다. 승리도 없고 의미도 없는 전투가 회담장 쪽의 눈치를 살피며 전 전선에 걸쳐 일상의 일처럼 지루하게 반복되고 있는 것이다."(『남과 북』 4, p.257) 등등. 휴전회담(1951년 7월 10일)이 시작되고 그로부터 두 해나 걸쳐 줄다리기를 했고 마침내 1953년 7월 27일에 조인되었지요. 그 회담 와중에 가장 큰 사건은 한국 정부(이승만)가 반공포로 전원(2만 5천 명)을 석방한 것.

(객): 이 반공포로 석방 사건에서 소설적 상상력을 투영한 작품이 바로 『광장』(최인훈, 1960)이었지요. 이 고명한 작품의 뿌리랄까 견고한 지반에 대해서는 60년대 평론가 김현의 섬세한 분석이 있습니다. 포로 교환이 이루어진 것은 1953년 8월 5일에서 9월 6

일까지였소. 북한군이 75,823명, 중공군이 6,670명, 도합 82,493명을 비무장지대에 데려가 넘겨주었고 공산군은 12,000명의 유엔군 포로를 유엔군에 넘겨주었지요. 나머지 22,000명이 넘는 '비송환 포로'가 중립국 인도군에 넘겨졌고, 이들에 대한 설득 기간이 12월 23일까지 행해졌으며, 그중 공산군으로 되돌아간 사람이 623명에 지나지 않았다. 비극적인 것은 중립국으로 가겠다는 사람이 공산군 쪽에서는 86명, 유엔군 쪽에서 2명이 생긴 것. 한국군 2명이 인도를 선택한 것은 한국문화계에 큰 충격을 주었지요. 『광장』의 이명준이 바로 인도를 선택한 한국군 2명 중 한 사람인 것. 송환되지 않은 포로의 처리 상황(1954년 2월 19일)은 미 국방성의 표 1−2에서 볼 수 있습니다.(김현, 『두꺼운 삶과 얇은 삶』, 나남, 1986, pp.211~212에서 인용)

쌍방의 설득자들 앞에서처럼 시원하던 일이란 그의 과거에서 두 번도 없다.

장내 구조는 양측 설득자들이 마주 보고, 책상을 놓은 사이로 포로는 왼편에서 들어와서 바른편으로 퇴장하게 되어 있었다. 순서는 공산 측이 먼저였다. 네 사람의 공산군 장교와 국민복을 입은 중공군 대표가 한 사람, 합쳐서 다섯 명. 그는 그들 앞에 가서 걸음을 멈췄다. 앞에 앉은 장교가 부드럽게 웃으면서 말했다.

"동무, 앉으시오."

명준은 들리지 않는 양 그대로 버틴 채 움직이지 않았다.

"동무는 어느 쪽으로 가겠소?"

"중립국."

그들은 서로 쳐다보았다. 앉으라고 하던 장교가 상반신을 테이블 위로 바싹 내밀면서,

"동무, 중립국도 역시 자본주의 국가요. 굶주림과 범죄가 우글대는

낯선 곳에 가서 어쩌자는 거요?"

"중립국!"

"다시 한 번 생각하시오. 돌이킬 수 없는 중대한 결정이란 말요. 동무
의 부모는 어디서 살고 있소?"

"중립국!"

이번에는 그 옆에 앉은 장교가 나앉는다.

　　　　　　　　　　　　— 최인훈, 『광장』, 민음사, 1973, pp.189~190.

(『새벽』, 1960년 11월호에 발표 당시는 이런 대목이 없었음. "송환 등
록이 시작됐을 때 (…중략…) 제삼국에 갈 수 있다는 말을 들었을 때 바
로 자기를 위해 마련한 조항이라고 생각했었다. 중립국."(p.291))

(객): 6·25가 명작을 낳은 사실은 『광장』이 증거하고 있습니다 그
려. 아무도 군소리 못할 만큼 거의 절대적이었으니까. 이러한 포
로 교환 문제, 거제도 포로수용소의 폭동 문제, 그리고 특히 이
승만 대통령의 단독 결단에 의한 포로 석방 문제가 소설에 던진
충격도 만만치 않았으리라 보겠지요. 당장 우리가 논의해온 『남
과 북』의 뿌리격인 박씨 가문의 둘째아들 박수익이 바로 반공포
로로 석방된 인물이지요. 가문을 살리기 위해 버드내에서 입대
한 인민의용군 박수익 전사는 거제도 수용소에서 폭행을 당해
외눈이 되었고, 반공포로 판정을 받았고, 1953년 6월 18일 새벽
02시 30분에 석방된 것.

포로수용소는 원래 미군과 한국군이 합동으로 감시를 하고 있다. 그
런데 이번에 내려진 조치는 한국군에게만 은밀히 전달된 극비 명령이었
다. 따라서 한국군은 상부의 명령대로 포로들의 탈출을 못 본 체 묵인할
것이지만 미군들은 탈출을 발견하면 가차 없이 포로들에게 발포를 하리

라는 것이었다.

— 『남과 북』 6, pp.187~188

한국군 헌병 대위의 지시대로 천여 명의 포로들은 재빨리 철조
망을 넘어 시가지에로 스며들었지요.
(주): 워낙 이 사건은, 백 수십 차례에 걸쳐 공들인 미국 국방성 측
에서는 실로 큰 타격이었지요. 그렇다고 해도 어쩔 수도 없는 기
정사실이 '되어버렸고. 클라크 대장이 급거 도쿄에서 서울에 날
아와 이승만과 담판했고, 북의 남일 중장은 해리슨 소장(유엔 대
표)에게 문서로 이런 질문을 했지요.

유엔군 사령부는 한국 정부 및 한국군을 견제할 수 있는가? 만일 안
된다면 휴전에는 이승만 그룹도 더해지는 것인가. 만일 이승만 그룹의
참가가 없더라도 휴전 조항의 한국 측에 있어서의 실시에 대해서 어떤
보장이 있는가?

— 兒島襄, 『朝鮮戰爭』 3, 文藝春秋文庫, 1984, p.445

『태백산맥』에서도 이 포로 문제가 큰 얼굴로 군림하고 있습니
다. 그런데 『태백산맥』에서는 썩 유기적으로 처리되어 있어 한
층 견고하다고 할 것입니다. 곧 주인공의 하나이자 학병 출신이
며 버마전선에서 탈출하여 OSS에 가담했던 벌교 지주 집안의
차남 김범우가 미군 통역으로 평양까지 갔다가 중공군 개입으로
후퇴할 때 인민군에 끌려갔고, 또 유엔군에 의해 포로로 잡혀 거
제도 포로수용소에 수용됩니다. 거기서 반공포로로 판정되어 석
방되고, 고향 벌교로 귀환합니다.

(객): 요컨대 '6·25의 소설'은 '소설의 6·25'일 수밖에 없겠다는
　　 것이 선생의 관점이겠습니다.

(주): 그것만이라면 '6·25의 소설' 범주이지 굳이 '소설의 6·25'라
　　 하기는 아직 무리지요. 곧 소설의 방법이랄까 사상의 심도 말이
　　 겠는데요.

(객): 하준수(일명 남도부, 남부군 부사령관), 이현상(李鉉相, 남부군
　　 총사령관)이 군림한 지리산 빨치산 부대인 이른바 '남부군'의
　　 면모도 결코 빠뜨릴 수 없다는 뜻이겠습니다그려.

(주): 그렇소. 김원일의 『겨울 골짜기』(1987)도 이 범주에 들겠지만
　　 그 전체적 조명의 시도는 논픽션의 시도로 쓰인 이태의 기록
　　 『남부군』(1988)이겠지요. 조선중앙통신사 기자였던 이태가 진퇴
　　 유곡에 빠진 지리산에 집결된 남부군에 편입되고 그 진행 과정
　　 을 수기 형식으로 쓴 『남부군』은 이병주의 『지리산』에도 일부
　　 활용되어 있거니와, 거기에서 특히 주목되는 것은 남부군 빨치
　　 산의 구체적 생활 방식이었지요.

(객): 빨치산 전법, 이는 모택동의 16자 전법이겠는데, 그보다 이런
　　 기록의 진가는 체험자 아니고는 알기 어려운 것이겠지요. 책상
　　 앞에서 소설 쓰는 작가로서는 상상도 하기 어려운 것.

　　 내 경험으로는 산중생활에서 신발처럼 애를 먹이는 것이 없었기 때
　文이다. (…중략…) 그 당시 인민군에서는 양말 대신 소련군 식으로 발
　싸개를 사용했다. 수건만 한 천으로 발을 감는 것이다. 그런데 발싸개는
　장화나 편상화처럼 목이 긴 구두에나 쓸 수 있는 물건이지 짚신이나 고
　무신에는 (…하략…)

　　　　　　　　　　　　　　　　　　　　— 이태, 『남부군』 상, 두레, 1988, p.112

(주): 북쪽 당국은 여순반란사건을 달갑지 않아했는데, 그동안 애써 심어놓은 군부대 내부의 세포조직이 깡그리 노출되었기 때문이었지요. 경위야 어쨌든 남로당 잔여 세력이 유격대로 지리산에 스며들었는데, 주도권은 북쪽 출신들이 쥐고 있었지요. 그 총대장인 박헌영의 직계 이현상이 지리산 유격대를 조직, 공식 명칭 2병단이었고, 총 세력은 약 500명. 그 활동이 본격적으로 시도된 것은 1949년 8월, 그러니까 6·25 일 년 전이었소. 충남 금산의 중농 출신이자 보성전문 출신인 이현상(1901~1953)은 남한 빨치산의 상징이었던 셈. 그의 영웅담이나 기타에 대해서는 겨우 상상력에 의존한 기록들뿐이고(이병주의 『지리산』이 그런 사례) 정작 『남부군』의 저자도 '기록에 의하면'이란 단서를 내세워 이현상이 전투경찰 경사 김용식 이하 33명의 매복조에 걸려 빗점골에서 1953년 9월 18일 11시 5분 10여 발의 총탄을 맞아 벌집이 되어 죽었다는 것. 나이 52세였다는 것, 그의 유품이 창경궁에서 일반에 공개되었다는 것, 시중 들던 하 여인은 이현상의 권고로 귀순하여 행방불명이 됐다는 것. 이런 기록은 당국의 발표를 그대로 옮긴 것이지요. 정작 『남부군』의 저자가 할 수 있는 것은 그가 듣고 본 다음 장면의 기록이겠지요.

    필자는 연전에 대성골을 거쳐 세석평전에 오르는 산행을 하면서 (…중략…) 하룻밤을 민박한 적이 있다. 놀라운 것은 민박집인 초로의 내외는 이현상에 관해 아주 소상한 기억을 갖고 있었다.

— 『남부군』 하, p.247

시중 드는 여자는 없었고, 아주 잘생긴 남자 호위병이 꼭 붙어

다녔는데 음식물을 주면 그 호위병이 반드시 먼저 먹어보고 나
서 바치더라는 것.

(객):『남부군』의 저자조차도 '공화국 영웅' 이현상을 묘사할 수 없
었다는 사실. 달리 말해『남부군』자체도 성격상 전설 속에 편입
되었음을 뜻하는 것이겠는데 이러한 전설을 '현실' 속으로 이끌
어낸 것이, 조금 어폐가 있으나, 이병주의 대하소설『지리산』
(1978)이라 하겠습니다.

(주): 좋은 지적.『관부연락선』(1970)의 후반부에서도 하준수(남도
부)가 등장하지만『지리산』에서는 학병 거부자 하준수, 토박이
공산주의자(끝내 당에 들기를 거부한)인 권창혁과 남로당·이현
상의 대결을 비롯, 지리산 자락에서 그 흙과 물을 먹고 자란 좋
은 가문의 수제급 이규와 고학으로 자기를 세운 하영근의 공산
사회의 꿈 등이 심도 있게, 그러니까 근대적 시선(이데올로기)에
서 묘사되어 있습니다.

(객): 선생이 제법 공들인 저서『이병주와 지리산』(국학자료원,
2010)에서 스페인 내란 때 죽은 시인 로르카(F. Garcia Lorca)를
자주 언급한 것이 그 증거.

어디서 죽고 싶으냐고 물으면 카탈로니아에서 죽고 싶다고 말할밖에
없다.
어느 때 죽고 싶으냐고 물으면 별들만 노래하고 지상엔 모든 음향이
일제히 정지했을 때라고 대답할 밖에 없다.
유언이 없느냐고 물으면
나의 무덤에 꽃을 심지 말라고 부탁할 밖에 없다.
— 이병주,『지리산』6, 한길사, p.39

요컨대 6·25의 축소판이라 할 남부군의 삶과 죽음을 세계사 속으로 이끌어내어 조명했음에 작가 이병주의 야심이랄까 그런 것이 문학적 성과로 평가될 것입니다. 스페인 내란, 곧 지리산 남부군의 운명적 연계성이야말로 "智異山이라 쓰고 지리산으로 읽는다"는 남부군을 햇빛 속으로 이끌어낸 것이라 하겠지요.

(객): 그렇군요. "달빛에 젖으면 신화가 되고 햇볕에 비치면 역사가 된다"고 이병주가 말끝마다 우겼으니까. 이제 보니 이 말이 그 말이군요.

(주): 또 그 말은 '허망한 정열'이 아닐 수 없다는 것. 요컨대 달빛이든 햇볕이든, 그 속에 갖가지 죽음이 펼쳐지지만 결국 '허망한 정열'에 지나지 않는다는 것.

(객): 알겠소. 선생이 무슨 뜻으로 한 말이라는 것. 『지리산』에서도 김경주의 입을 빌려 '허망한 정열'이 등장하지만(『지리산』 6, p.36), 이병주다운 열정은 이데올로기로서의 『남부군』, 이데올로기로서의 6·25를 문제 삼았다는 점. 『태백산맥』이나 『남과 북』에서의 6·25란, 6·25를 내전으로 보든 대리전쟁으로 보든, 엄밀히는 이데올로기 자체를 문제 삼았다고 할 수 없지요. 6·25로 인해 지금까지 살아온 현실이 붕괴되긴 했으나 거기에 민첩히 적응해가는 과정에 주목하고 쓴 소설들입니다. 『지리산』의 이병주에 와서야 비로소 철학적·사상적인 과제, '이데올로기로서의 6·25'가 문제된 것이겠는데요. 그래봤자 그 결론이란 '허망한 정열'이라는 아주 고전적 인간론에 떨어지고 말았지만.

(주): 아주 정확한 지적. 6·25가 이데올로기 차원에서 소설 속으로 부상했다는 것, 그것은 또 다르게 말하면 다음 두 가지로 갈라서

검토될 수 있소. 하나는, 6·25가 비이데올로기로 군림한 전쟁
(폭력)이었다는 것. 천재지변과 흡사한 것이었다는 것. 이 점에
서 『남과 북』을 비롯 대부분의 6·25 관계 소설이 그러했다는
것. 거기엔 이데올로기 문제가 끼어들 틈이 없었지요. 다른 하나
는, 이 점이 중요한데, 6·25를 이데올로기 범주에서 다루었다
는 것. 그러기 위한 최적의 시간과 공간이 『남부군』이었지요. 지
리산이라는 특정 지역에서 비로소 6·25는 이데올로기로서의
6·25를 실험실로 삼을 수 있었지요. 공간적으로도 1948년에서
1953년까지였지요. 이병주는 이 점에서 썩 민첩했는데, 이데올
로기 문제를 세계 혁명사 속에서 재조명해 보인 점이지요. 러시
아 혁명을 비롯 온갖 역사의 변명을 이끌어왔고, 또 그것은 저
『악령』이나 『미성년』의 도스토예프스키가 설파해놓은 '황금시
대'에의 미치고 환장케 하는 바로 그 유토피아 사상에 연결된
것. 요컨대 인간의 주체성. 주체성 앞에 노출된 6·25.

(객): 잘됐든 아니든, 정확히든 아니든 이병주는 지식인답게 그가
읽고 배운 혁명사상과 그 사상가들의 행적을 배웠으니까. 뿐만
아니라 그는 학병으로 끌려갔던 지식인이었으니까.

(주): 내가 민첩하다고 한 것은, 그 이데올로기가 허망하다고 본 점
입니다. 이데올로기란 도스토예프스키의 입을 빌리면 "황금시
대, 이것은 인류의 꿈 중에서도 가장 실현 불가능한 꿈이지. 하
지만 사람들은 바로 그 꿈을 위해서 온 생애와 열정을 바쳐왔고,
또한 그것을 위해 예언자들은 기꺼이 죽었고, 계속해서 죽음을
당했다. 인간은 그런 이념 없이 살기를 원치 않았고, 또 그대로
죽을 수도 없었지!"(도스토옙스키, 이상룡 옮김, 『미성년』 하, 열

린책들, 2000, p.810)라는 정도였지요. 이현상, 권창혁, 하준수, 하영근, 박창혁 등은 모두 이런 인물들이었지만 작가 이병주는 이런 인물들의 꿈이 서서히 무너져 내려, 남은 것이 한갓 '허망한 정열'에 지나지 않는다는 것을 깨치기에 이른다는 것.

(객): 이병주는 그러니까 독서(꿈)에서 얻은 지식을 『지리산』에 덮어씌워 흡사 그것이 6·25의 본질처럼 호도했다는 비판을 면치 어렵지 않을까요.

(주): 동감이오. 공중에 뜬 지식인의 발언이라고 비판당할 수 있겠지요. 60년대 이래 이 나라 소설계가 작가 이병주를 외면해온 것도 그의 지식의 고공비행이 흡사 곡예사처럼 비쳤기 때문. 6·25가 생활 속에 내면화하지 못한 한 가지 전형이니까. '허망한 정열'이라 하여 자기는 쏙 빠져나오면 그만이니까. 그렇지만 6·25를 세계 사상사 속에로 끌어올린 점은 평가될 성질의 것이 아닐 수 없지요. 아주 높이.

9. 피카소의 〈비둘기〉와 휴전회담 장면

(객): 6·25를 논의할 때, 소설이든 현실이든 휴전조약을 문제 삼지 않을 수 없겠는데요, 지금도 법적으로는 휴전 상태니까. 6·25 얘기란 일단 여기에서 마무리 지어야 되겠습니다 그려. 마지막 휴전회담의 조인식으로 잠시 가보면 안 될까요. 선생의 책상엔 그 사진 한 장이 있었는데요.

(주): '무언의 조인식'이라는 표제 아래 제삼자인 어떤 전쟁사의 기록을 그대로 옮겨보고 싶군요.

7월 27일—

클라크 대장은 전날에 와서 문산(汶山)에서 대기 중이었다.

휴전회담의 한국군 대표 최덕신 소장은 5월 25일 이래 판문점 회의를 보이콧하고 있다.

클라크 대장은 한국군 대표가 참석지 않는 휴전조인은 무의미하다고 말해 대통령 이승만에게 한국군 대표의 파견을 요청했지만 이날 아침 일찍 이 대통령은 최 소장의 출석을 연락해왔다.

클라크 대장은 기뻤다.

이날 판문점 일대는 얕은 구름이 끼었고, 때때로 터진 구름 사이로 햇빛이 나오고 바람이 셌다.

그 바람이 모래먼지를 회오리쳐 전투가 아직 멈추지 않은 상징처럼 포성을 실어왔다.

조인식장이 있는 목조 회장의 정면 처마 밑에는, 전날까지 피카소의 비둘기 두 마리의 그림이 흰 펭키로 그려져 있었다.

피카소의 비둘기 그림은 공산주의 진영에선 '평화의 상징' 이라 보았음인지라 클라크 대장은 일부러 흘린 듯한 평범한 문장의 전화연락을 해리슨 소장에 마음을 쓰며, 그런 그림이 있는 건물에는 가지 말라고도 지시해두었다. 흰 피카소의 그림은 조인식장 처마 밑에서 사라져 있었다.

또 클라크 대장은 조인식장 출입구가 북측만의 것이 준비되어 있음을 알고 남측을 유엔 측 출입구에 준비시켰다. 중국에선 고래로 패자가 남쪽을 향해 나아가게 되어 있었다. 개성회담에서도 이런 배려가 행해진 바 있었다. 그 남측 통로의 양측에는 유엔 참전 각국의 헌병이 흰 장갑에 갖가지 스카프, 제복, 헬멧으로 회담에 색깔을 갖추었다. 다만 한국군 헌병의 모습이 없었다.

북측에는 짙은 녹색의 군복을 입은 북조선 호위병이 되풀이 통로를 대나무비로 쓸고 있다.

오전 9시 30분, 관계자와 기자단이 식장에 나타나 소정의 위치에 앉았다. 유엔 측은 각자의 생각대로와 걸음걸이였으나 중국과 조선군 측은 이열종대로 입장하여 '졸업식 학생' 처럼 허리를 펴고 앉았다.

중앙의 테이블 위에는 유엔 측 청색 표지의 협정문 9부와 유엔기,

중·조군 측의 짙은 갈색 표지의 협정문 9부와 북조선 국기가 마주 보게끔 놓여 있었다.

오전 9시 57분 휴전회담 대표의 입장이 시작되고 오전 10시 정각에 해리슨 소장과 남일 중장이 착석했다.

두 사람의 대표는 서로 인사말도 없이 자리에 앉음과 동시에 말없이 협정 문서에 서명을 시작했다.

이것저것 눈앞에 놓인 9부에 서명하자 상대방에 9부를 서명하여 맞바꾸었다.

그사이 식장 안엔 소리라고는 카메라 셔터 소리, 필름 감는 소리, 또 몇 명의 헛기침 소리뿐이었다.

군악대의 연주가 있을 턱이 없고 식 순서를 진행하는 사회자도 없었다. 오전 10시 12분, 두 대표의 서명이 끝났다.

겨우 탄식을 흘리며 해리슨 소장은 카메라를 향해 웃어 보였을 뿐 남일 중장은 무표정 그대로 일어섰다.

해리슨 소장도 서둘러 일어섰고 두 사람은 한순간 상대를 주시했으나 다시 한 마디도 없이 다음의 순간엔 등을 돌려 퇴장했다.

장 바깥에 나오자 해리슨 소장은 주위의 기자와 대표들과 담소를 하며 헬리콥터에 올랐고 남일 중장은 말없는 그대로 대표단의 선두에 서서 마중 나온 소련제 지프에 탔다.

지금까지는, 158회째 계속된 회담도 쌍방의 대표는 아무런 인사도 없이 의제에 나아가고 아무런 인사 없이 헤어진 것이다.

휴전협정 조인이라는 최후의 '막내림'에 있어서도 이 정감과 예의와 양보를 뺀 자세는 유지된 것이었다.

협정 문서는 먼저 클라크 대장이 서명한 뒤에 중조군 측에 넘겨져 중조군 측 지휘관의 서명을 얻은 9부가 유엔 측에 넘겨진다.

클라크 대장은 오후 1시, 문산의 전선 지휘소에서 18부의 협정 문서에 서명했다.

사용된 만년필은 이날을 위해 파커 만년필 회사가 대장에게 기증한 것이었다.

— 兒島襄, 『朝鮮戰爭』 3, pp.459~461

(객): 썩 자세히 묘사되었군요. 전쟁이라든가 휴전이란 인류사에 늘 있는 것. 그렇지만 위의 묘사에서 기억해둘 만한 유별난 것은, 제 생각으로는 다음 두 가지. 클라크 대장이 사용한 파커 만년필. 이는 자본주의 사회만이 할 수 있는 전쟁과 자본가의 연결고리를 잘 말해주는 것이 아닐까. 다른 하나는, 이 점이 기묘한데, 피카소의 비둘기 그림. 〈게르니카〉(1937)의 화가 피카소인데.

(주): 피카소라면 〈한국에서의 학살〉을 떠올리게 되겠지요. 고야의 〈1808년 5월 3일〉, 〈게르니카〉, 그리고 〈한국에서의 학살〉의 그림이란 무엇인가. 네 명의 어린이, 세 명의 여인, 그리고 한 명의 남자를 로봇처럼 생긴 무장한 남자들이 총살하는 장면. 피카소가 이 그림을 그린 것은 1950년, 그의 나이 69세 적이지요. 그가 공산당에 입당한 것은, 연보에 따르면 1944년 파리가 해방된 이후로 되어 있군요.(『世界美術全集―ピカソ』, 小學館, 1978, p.154)

(객): 하기야 화가도 정치활동을 할 수 있으니까. 이상할 것까지는 없지만 좀 뭣하군요. 그 대화가 피카소가 말이외다.

(주): 북한 최고 소설가이자 문예총 실권자 한설야가 파제예프 소개로 피카소를 만난 것은 1947년이었고, 파리에서 열린 제1차 세계평화대회(1949)에 참가한 한설야의 기록에 따르면, 회의장인 파리의 살 플레옐 회관엔 피카소의 그림이 걸려 있었다고 증언하고 있습니다.(『한설야 선집』 제14권, 조선작가동맹출판사, 1960, p.133, p.373)

(객): 스탈린을 먼발치로 두 번씩이나(1947년 9월, 1952년 1월) 보았다는 한설야이고 보면 피카소에 대해서도 기억에서 지우기 어려웠을 터. 권위를 빌려올 수조차 있었을 터이니까. 그야 어쨌든

휴전회담장 건물에 걸린 피카소의 〈비둘기〉란 과연 무엇일까.
'평화의 비둘기'라 말하고, 클라크 대장을 신경 쓰이게 한 그 곡
절은 또 무엇일까요.

(주): 내가 아는 척하면 소도 말도 웃겠지요. 다만 다음의 인용으로
하면 어떨까요.

1949년에 〈비둘기〉에 의해 세계평화운동의 문장(紋章)을 고안하고
민중의 희망에 표정을 부여하려는 좋은 기회가 피카소에게 주어지게 됐
다. 필라델피아 미술원상과 국제평화상을 동시에 수상한 〈비둘기〉는 예
술이 일찍이 들어가지 않은 많은 가정을 찾아가 거기에 받아들여진 것
이다.
    어떤 사람들은 미술관의 전시만으로가 아니라 마을에서 마을로 세계
속을 건너가는 이 그림이 난해와 이해 불능의 소문이 있는 화가의 작품
임을 알고 놀랐다. 그러나 요행은 필연적 요구에 응해질 때 비로소 위대
한 성과를 낳는다. 오대주에 널리 퍼진 〈비둘기〉의 성공은 예술가의 가
장 인간적 보편적 성과 이외 그 아무것도 아니다. 입체주의의 뛰어난 비
평가이자 개척자의 한 사람인 다니엘 헨리 칸바일러가 썼듯, "만일 오
늘 무수한 사람들이 피카소 속에서 비둘기의 작자를 평화인으로 본다면
그들이야말로 피카소 그림의 몇 가지에 객관적 의미도 구하지 않고 착
색된 그림의 표면만을 보고 충분히 만족하는 것이며 그런데도 〈조선에
서의 학살〉에서 뉘우침과 혐오로써 눈을 돌리는 위축된 탐미주의자들
보다도 훨씬 진실의 피카소에 접근되어 있다".
    ― ロジェ・ガロディ, 『ピカソ―反抗の弁証法』, 審美社, 1973, p.81

(객): 자기 내부의 법칙에 충실한 피카소는 〈게르니카〉에서 아우슈
비츠에, 조선에서 스페인에 이르기까지 인간과 그 미래를 능욕
하는 반자연의 로봇과 싸우는 그런 예술가라는 것. 〈비둘기〉도
그런 것의 일종이라는 것.

(주): 그래봤자 태양이 가득한 남프랑스의 아틀리에에 앉아, 또 여
러 여자들을 거느리면서 살이 찌도록 살아가는 이 화가에게, 적
어도 6·25란 남의 나라의 풍경에 지나지 않는 것.『남과 북』의
작가에게 물어보시라. 어림도 없는 일.〈비둘기〉라니. 원형 투기
장에서 싸우는 검투사의 처지에서 보면 높은 관망석에 앉아 외
치고 있는〈비둘기〉란 구경꾼과 진배없는 것. 검투사의 절박성
이 크면 그럴수록 그렇게 인식되지 않았을까요.

(객): 선생은 조금 시니컬해지고 싶은 모양이군요. 6·25란, 예술가
따위가 외부에서 묘사하기엔 너무 큰 산맥이라는 것. 그것이 내
전이든 대리전쟁이든, 적어도 당사자에겐 그렇다는 것.

(주):『태백산맥』의 염상진도, 김범우도 6·25 전 과정에서 비둘기
(평화) 따위의 환상을 품은 바 없다는 것. 하물며『남과 북』에서
랴. 사는 것과 죽음만 있었을 뿐.『광장』의 이명준은 중립국행이
기는커녕 동중국해에 투신자살해야 했고,『나목』의 이경은 ‘고
목’과 ‘나목’ 사이에 끼어서 릴케의「소녀의 기도」를 읊어야 했
던 것. 심지어 ‘신 없는 성자’(카뮈)의 사상으로 무장한『순교자』
도 예술보다 상위 개념인 종교(구원)로 치닫지 않았던가요. 이데
올로기를 위한『남부군』의 싸움이란 한갓 ‘허망한 정열’이 아니
었던가.

(객): 선생이 굳이 ‘소설의 6·25’와 ‘6·25의 소설’을 내세운 이유
를 조금 알 것 같소이다. ‘소설의 6·25’란 6·25를 소재로 한
허구적 글쓰기겠지요. 리얼리즘계 소설이기에 현실의 과학적 인
식을 떠날 수 없는 것. 그러나 ‘6·25의 소설’이란 사정은 썩 달
라 보입니다. 곧 6·25 쪽이 소설을 그냥 두지 않고 부추겨 작가

를 끊임없이 흔든다는 것. 6·25 이후 쓰인 이 나라의 모든 소설은, 전선이든 후방이든 피난민이든 토착민이든 6·25의 각인이 어떤 형식으로든 새겨지게 마련인 것. 선생이 쓴 「한국문학의 월남 체험」(『내가 살아온 한국현대문학사』, 문학과지성사, 2009)도 6·25의 연장선상에서 인식될 수밖에요.

(주): 더 심하게 말하면 '분단 문제'의 소설도 이 범주에 드는 것. '노사 문제'와 '분단 문제', 이 두 기둥이 60년대 이래 이 나라 문학판을 버티고 있었던 것. 이 두 기둥을 연결하는 보이지 않는 힘이 있었는데, 나는 굳이 이것을 두고 '6·25의 소설'이라 부르고 싶었지요.

(객): 몇 시간을 두고 이렇게 대화를 나누고 나니 숨도 차지만 뭔가 해방된 듯한 착각에 빠집니다 그려. 헤겔이라면 이를 어떻게 설명할까, 그런 엉뚱한 생각이 머리를 스칩니다 그려. 선생도 저도 알량한 지식인이니까.

(주): 헤겔까지 갈 것 없이 『남과 북』의 작가가 인용한 카뮈의 한 대목을 들어 '6·25의 소설'과 '소설의 6·25'를 외람되나마 마무리짓고 싶소.

정당하더라도 패배할 수 있으며 폭력이 정신을 정복할 수도 있으며 용기가 그 자체만으로는 보상이 될 수 없는 시대도 있다.

— 『남과 북』 6, 11장, p.7

민족의 해방에서 개인의 자유와 해방에로

1. 걸림돌인 바이런의 「차일드 해롤드의 순례」

한국 근대문학이란, 통념상 『혈의 누』(1906), 「해에게서 소년에게」 (1908)를 기점으로 잡습니다. 이 중에서도 후자에 주목함이 일반적인 바, 두 가지 이유에서입니다. 내용상의 새로움과 형식상의 새로움이 동시에 전개됐기 때문입니다. 이른바 신체시라는 일본인이 개발한 형식에, 해외를 향해 소년을 내몬 내용상의 큰 울림이 이에 해당됩니다. 수심도 가르쳐주지 않고, 백치에 다름없는 소년을 바다로 내몬다면 필시 익사하거나, 설사 외국 선원에게 구조됐다 치더라도 끝내는 그들의 노예 신세에서 벗어날 수 없는 법. 대책도 없이 소년을 내몬 육당은 얼마나 무책임했던가. 날개가 젖어 공주처럼 지쳐서 돌아오는 소년들의 모습이 「바다와 나비」(김기림, 1939)에서 선명히 잡힙니다.

그렇지만 이 「해에게서 소년에게」를, 근대문학 연구자라면 누구도

피해갈 수 없음도 사실이지요. 이 순간 마주치는 것이 외국문학의 영향입니다. 많은 연구자들이 이를 둘러싸고 바이런의 유럽여행 장시 "Childe Harold's Pilgrimage"(1812)의 마지막 칸토스의 번안임을 밝혔습니다. 이른바 "The Ocean"(오랑 역, 『소년』 3호 6권)이 이에 해당됩니다. 요컨대 이 나라 근대문학의 서두에 외국문학(근대)이 큰 얼굴을 내밀고 있음만은 부인하기 어렵습니다. 이것이 그 후에 계속 증폭되었다가 토착적 한국 현실과의 균형감각을 가져온 것이 염상섭의 『삼대』(1932), 정지용의 『정지용 시집』(1935) 언저리입니다. 그 균형감각의 측정은, 외국문학자와 비평가의 섬세한 노력이 요망되는 영역입니다. KAPF를 거치면서 잠시 중단되었던 이 영역은 6·25 이후에 와서는 새로운 측정 단위를 기다리는 과제로 되어 있습니다. 요컨대 한국 근대문학과 외국문학의 영향은 비록 일방적이라 할지라도 바로 그 때문에 신중할 필요성이 있는 영역일 터입니다.

2. 외국문학이 '민족의 해방과 자유' 에 관여된 곡절

외국문학을 공부하는 길이 일제강점기에서는 다음 세 가지가 있었지요. 하나는 막바로 외국으로 나가는 길(이인수, 설정식의 경우)이 그 하나. 둘째는, 일본의 대학에서 배우기. 정지용, 김환태, 이양하, 김사량 등이 이 범주에 듭니다. 셋째는, 경성제대(1926~1945)에서 공부하기. 일제가 식민지에 세운 첫 번째 대학이 경성제대(제6번째 제대)이거니와 이것은 법학부와 문학부를 합친 법문학부라는 조직을 가지고 있었습니다. 문과 속에는 국어국문학(일어일문학), 중어중문학, 영어영문학, 조선어문학 등이 설치되어 있었습니다. 고명한 『상상의 공동체』(앤더슨, 1983)에 따르면 내셔널리즘은 크레올 내셔널리즘, 속어 내셔널리즘, 식민 지배형인 공적 내셔널리즘 등으로 정리되거니와, 공적(official) 내셔널리즘에서는 네덜란드 지배하의 인도네시아의 경우 본국에 있는 라이든대학에 유학하기란 불가능하여 축소된 교육 체제를 현지에서 만들었습니다. 그러나 이와 한국의 경우는 크게 달랐지요. 제국의 수도 도쿄가 지척에 있었을 뿐 아니라 언어도 종족도 비슷했던 것입니다. 이 사실이 경성제대의 존립가치가 제한된 것을 의미하는 것은 아닙니다. 이 대학엔 엘리트 교수들이 있었고, 그들은 비록 지배자의 위치에 있긴 했으나, 학문의 마당에서는 객관성을 유지했거나, 하고자 노력했음이 지울 수 없는 사실인 까닭입니다. 이 대학의 문과 중 영문학 전공(독문학, 불문학은 전공으로 설치되지 않았음)에 국한해서 논의한다면, 창립 때부터 정년까지(1926.6~1945.2) 교수로 있으면서 이효석, 최재서, 조용만, 김동석 등을 길러낸 사토 기요시 교수가 외국문학 전공의 조선 학생에 대한 인상을 다음과 같이 회고한 것을 기억해야 할 것입니다.

> 경성제대에는 매우 엄격히 선발된 소수의 입학자로 이루어진 예과가 있었으며 따라서 문학부에 오는 학생은 소수였으나 영문과에 모이는 학생이 제일 많았으며 수재도 적지 않았다. 특히 조선인 학생의 우수한 자들이 모인 것은 제국대학의 이름에 이끌렸다기보다도 외국문학에 그들의 목마름을 풀어주는 어떤 요소가 제대 속에 있었던 까닭이다. 20년간 조선인 학생과 교제하는 동안, 얼마나 그들이 민족의 해방과 자유를 외국문학 연구에서 찾고자 하고 있었던가를 알고 충격을 받지 않을 수 없었다.
> ― 「경성제대 문과의 전통과 그 학풍」(1959), 『사토 기요시 전집』 3, 1964, p.259

외국문학이란 '민족의 해방과 자유'의 갈증을 해소코자 하는 몸부림이 있었다는 사실은 순수학문인 영문학 자체에 앞서는 것. 이 장면에서 받은 이런 충격이란 어찌 꼭 사토 기요시 교수나 경성제대만의 문제였으랴.

3. '개인의 해방과 자유'를 향하여

해방공간(1945~48) 이후에 오면 외국문학의 위력이 비로소 문학의 학문적 위치와 그 보급, 양면에서 전면적으로 드러납니다. 여기는 설명이 조금 있어야겠지요.

외국문학과 토착정서의 균형감각에 대한 지표에 해당되는 것이 『문장강화』(이태준, 1940)이겠지요. 해방 공간은 이를 올라타고 바야흐로 외국문학이 문학교육 및 교양의 전면에 나선 때입니다. 백철의 통속화된 『문학개론』(1947)을 한편으로 밀치며, 드디어 대학교양의 정면에 나선 것이 영문학자 최재서의 문학론입니다.

> 1954년부터 시작된 최재서 선생의 강의는 그야말로 인기가 높았고, 강의실은 학생들로 넘쳤습니다. 최 선생은 그때 이미 귀걸이 마이크를 사용하였고, 대형 강의실에도 수강생을 다 수용할 수 없어 창문 밖에서 듣는 학생들도 많았어요.
> ― 서은주, 「실천하는 문인, 성찰하는 학인의 자취―국문학자 이선영의 삶과 학문」, 『동방학지』 제153집, 2011.3, p.398 재인용

최재서의 위력이 얼마나 대단했는지는 당대 지식인의 종합지 『사상계』에서도 증명되어 있습니다. 논문 「문학과 사상」(『사상계』, 1956.2)이 다음 달에도 똑같은 제목으로 실린 바 있을 정도였지요. 구차하게도 편집자는 이렇게 변명 아닌 변명을 머리에 실었더군요. "2월호 소

재 필자의 동제목 논문은 필자와 편집자 사이의 연락상 착오로 미흡한 점이 있사옵기에 여기 개고를 싣습니다."라고.

이쯤 되면 외국문학 연구가 '민족의 해방과 자유'의 차원을 넘어 바야흐로 '개인의 해방과 자유'의 차원으로 바뀌어져 있지요. 문학이란, 어느 유파, 어느 나라 문학을 막론하고 그 지향성이 바로 여기에 있지 않겠습니까. 가치 있는 일이 여기에 있지 않다면 누가 문학 따위에 노력과 열정을 기울이겠습니까.

4. 내 앞을 막아선 절대적인 것

누구나 세대감각에서 자유로울 수 없는 법. 나는 이런 상식에서 지금도 벗어나지 못하고 있습니다. '어째서?'라고 묻는다면 내가 살아온 학문적 계기를 말해볼 수밖에요. 나는 시골에서 낳고 메뚜기와 까마귀와 붕어를 속이고 몇 권의 책을 등에 메고 유학을 떠났습니다. 부모의 분부대로 교장 선생이 되기 위함이었지요. 그러나 교원양성대학에 와보니, 거기도 대학인지라 학문을 하지 않겠는가. 학문이란 과학인 것. 이 딱딱한 영역을 담당할 힘이 없어 입대할 수밖에. 그러나 군대도 계속 머물 곳이 아닌지라 복학해보니, 혼자만 달랑 남더군요. 도서관행만이 유일한 안식처. '한국 근대문학'이 내 전공인지라 한국도 조금 알고, 문학도 조금 알지만, '근대'가 거의 절대적으로 앞을 가로막을 수밖에요.

이 근대란 대체 무엇인가. 이 괴물은 국민국가(nation-state)와 자본제 생산양식(mode of capitalistic production)으로 정리되는 것. 정치과에서 4년, 경제과에서 4년, 도합 8년이 요망될 수밖에. 딱하게도 '한국의 근대'가 또 문제되는 것. 한국적 근대를 위해 8년이 또 속절없이 흘러

갔습니다. 무려 16년이나 걸렸지요. 그러나 참으로 딱하게도 근대와 한국의 근대는 거의 모순 상대라는 사실을 발견하였습니다. 식민지가 되었으니까 국민국가도 자본제 생산양식도 모순에 봉착했지요.

학문을 다시 생각할 수밖에요. 과학인 만큼 이랬다저랬다 할 수 없는 법. 법칙이 핵심이니까. 과학은 어떤 준거에 의해 이루어진다는 사실. 바로 내재적 법칙이 그것. 이 법칙은 사회경제학에서 비로소 적용되는 것. 하부 구조와 상부 구조에서 비롯, 단일한 법칙으로 사회구성력을 설명하는 것. 내재적 법칙이 과학인 이상, 나와 나의 세대를 그럴 수 없이 자극한 것이 바로 식민지사관의 과학성이었습니다. 대한민국(1948.8.15~   ), 북한(DPRK, 1948.9.9~   )도 똑같이 이를 증명하라고 요망하고 있었지요. 식민지 사관이 내재적 법칙에 의거한 과학인가 제국주의자들이 조작해낸 허위성인가, 이를 밝히지 않고서는 새 국가를 만들면 무엇하는가, 곧 식민지가 될 터이니까. 과학이 학문(Wissenschaft)에 우선한다는 내재적 발전론의 위력.

5. 인류사의 한 현상인 근대와 소설의 이론

젊은 조교수인 내가 하버드 옌칭 그랜트로 도일한 것은 1970년이었습니다. 이광수들의 모습을 알아보기 위함이었지요. 놀랍게도 그들은 '근대=일본'의 도식에 사로잡혀 있었습니다. 모든 것이 민족, 국가의 시선이었으니까요. 10년 후에, 이번엔 정교수인 내가 저팬 파운데이션 그랜트로 재방일했습니다. 그때나 이때나 이광수들에 있어서의 족쇄는 '근대'였지요. 이 근대가 학문적으로 따져 인류사의 한갓 특정 시기의 산물임을 알아차린 것은 앞에서도 언급한 『상상의 공동체』에서였습니다. 인류사는 이런저런 특정한 것들을 구조적으로 전개했고, 근대도 그중의 하나라는 것. 내 마음이 크게 가라앉았습니다. 더구나 외국인 140만 명을 포용하는 다국적 시대인 한국의 21세기에 와서 보면 너무도 당연한 것이니까.

그렇다면 그동안 나(세대)는 얼마나 딱하고도 한심한가. 근대 속에 갇힌 한 마리 새였으니까. 이 새를 위로할 방도가 혹시 있을까. 있다고 『역사란 무엇인가』(1961)의 저자 E. H. 카는 말했습니다. 그러나 K. 포퍼가 말했듯이 진리란 절대적인 것이 아니라 가짜가 될 수 있는 가능성(a falsifi-ability)이 있는 동안에만 진리인 것. 뉴튼도 아인슈타인도 마찬가지. 그렇다면 어째야 할까. 카는 '혁명'이라 주장했소. 현상유지나 혁명이냐로 고민하는 것이 1970년대 이래 군부독재 밑에서의 의식이었다면 지금은 어떠한가. 아무리 작아도 변화를 수용할 수밖에. 왜냐면 혁명이란 없으니까. 나는 한동안 루카치의 시적 현실 앞에서 야기된 바 있었으나 조국 헝가리 봉기 때 그가 침묵했음을 보았습니다. 그는 시적 현실을 진짜 현실로 착각한 경우가 아니었을까. 거기 소설이란 장르가 있었다고 하겠지요. 헤겔식 『소설의 이론』 말이외다.

다국적 시대에 놓인 오늘의 여러분에게 내(세대)가 무슨 말을 더 할 수 있으리오. 유클리드 기하학도, 비유클리드 기하학도 동시에 성립되는 시대에 놓인 여러분은 또 다른 재앙 앞에 허덕여야 마땅할까. 내 결론은, 아니 결론이라기보다 그냥 느낌은 이렇습니다. 외국문학이란 없다는 것. 「해에게서 소년에게」의 그 해(海)도, 소년도 없다는 것. 있는 것이란 그냥 한 소년이라는 것. 문학과 전혀 무관하거나 무관하지 않아도 상관없는 소년. 소년이 아니라 한 작은 인간. 키 작은 인간.

들어주신 여러분 고맙습니다.

김윤식________

1936년 경남 진영 태생. 문학평론가, 서울대 명예교수. 저서로 『다국적 시대의 우리 소설 읽기』(2010), 『기하학을 위해 죽은 이상의 글쓰기론』(2010), 『임화와 신남철』(2011), 『한일 학병세대의 빛과 어둠』(2012) 등이 있다.

푸른사상 비평선 10

6 · 25의 소설과 소설의 6 · 25

인쇄 2013년 9월 21일 | 발행 2013년 9월 26일

지은이 · 김윤식
펴낸이 · 한봉숙
펴낸곳 · 푸른사상사
주간 · 맹문재 | 편집, 교정 · 지순이 · 김재호 · 김소영

등록   제2-2876호
주소   서울시 중구 충무로 29(초동) 아시아미디어타워 502호
대표전화   02) 2268-8706~7 | 팩시밀리 02) 2268-8708
이메일   prun21c@hanmail.net
홈페이지   www.prun21c.com

ⓒ 김윤식, 2013

ISBN 979-11-308-0019-6 93810
값 20,000원

☞ 저자와의 합의에 의해 인지는 생략합니다.
　이 책의 전부 또는 일부 내용을 재사용하려면 사전에 저작권자와 푸른사상사의
　서면에 의한 동의를 받아야 합니다.

　이 도서의 국립중앙도서관 출판시도서목록(CIP)은 서지정보유통지원시스템 홈페이지
　(http://seoji.nl.go.kr)와 국가자료공동목록시스템(http://www.nl.go.kr/kolisnet)에서 이용하실
　수 있습니다. (CIP제어번호 : CIP2013018446)